# 缉毒狂飙
## 哥伦比亚贩毒集团

詹幼鹏　著

北方文艺出版社

**图书在版编目（CIP）数据**

缉毒狂飙 / 詹幼鹏著 . —— 哈尔滨：北方文艺出版
社，2018.8

ISBN 978-7-5317-4199-2

Ⅰ . ①缉… Ⅱ . ①詹… Ⅲ . ①纪实文学 – 中国 – 当代

Ⅳ . ① I25

中国版本图书馆 CIP 数据核字（2018）第 035571 号

**缉毒狂飙**

Jidu Kuangbiao

作　者 / 詹幼鹏

责任编辑 / 王金秋　赵　芳　　　　　　装帧设计 / 锦色书装

出版发行 / 北方文艺出版社　　　　　　网　址 / www.bfwy.com
邮　编 / 150080　　　　　　　　　　　经　销 / 新华书店
地　址 / 黑龙江现代文化艺术产业园 D 栋 526 室

印　刷 / 廊坊市海涛印刷有限公司　　　开　本 / 880×1230　1/32
字　数 / 278 千　　　　　　　　　　　印　张 / 12
版　次 / 2018 年 8 月第 1 版　　　　　印　次 / 2018 年 8 月第 1 次印刷

书　号 / ISBN 978-7-5317-4199-2　　　定　价 / 39.00 元

# 前　言

制毒、贩毒和吸毒，是当今世界最大的社会公害之一，也是所有的黑道社会铤而走险、情有独钟的"事业"。

原因是这种"事业"，能使之一夜暴富。

哥伦比亚"麦德林卡特尔"贩毒集团，便是这类黑道社会组织的"佼佼者"之一——在近二十年的贩毒生涯中，该集团一直能同东方"金三角"的坤沙"掸邦革命军"比肩齐名，便可略见一斑了。

麦德林贩毒集团以哥伦比亚第二大城市麦德林市为活动中心，辐射全国。从20世纪70年代开始，先后在全国建立了十多个毒品生产基地，以当地的古柯叶为原材料，加工成一批又一批的"白色恶魔"——可卡因，走私世界各国毒品市场。

每年走私到世界各地的可卡因，价值可达20亿美元之巨，美国毒品市场上75%的可卡因都来自麦德林毒贩之手。在近二十年的毒品走私中，他们积累的财富简直是天文数字，以致"可卡因美元"成了哥伦比亚国家的经济支柱。

在一次与政府的谈判中，该集团头目声称，只要政府承认其合法，或者不把他们引渡到美国，他们愿一次性拿出1100亿美元，替国家偿还所有的外债。

但是，在国际舆论面前，这笔肮脏的交易并未成交。不过，由此可见其财大气粗。

为了摧毁这一犯罪团伙，哥伦比亚政府花了近十年的时间，经过三任总统的努力，总算心想事成。

但是在这十年当中，哥伦比亚一个不到三千万人口的国家，竟有二十万人为此丧生，有十多名部长级高级官员、三千五百名政府官员和一百五十七名法官及两千多名军警为此付出了生命的代价。

该集团有五名主要头目，号称"五虎上将"，个个都是亡命之徒，且又老谋深算。在他们的把持下，恶性恐怖事件层出不穷，哥伦比亚首府波哥大被称为"暗杀之都"，美国驻哥伦比亚大使馆不得不建成钢筋水泥的"堡垒"……

他们不仅拥有一支能与政府缉毒部队抗衡的贩毒武装部队，还拥有各种飞机、快艇、坦克和世界上最现代化的轻、重武器。

他们的种种罪恶不仅荼毒世界各国"毒民"，还祸及古巴、巴拿马等国，牵动美国白宫乃至国际社会……

"哥伦比亚麦德林"是毒中之毒，是一切现代社会罪恶的渊薮。

麦德林贩毒集团如今虽然曲终人散，折戟沉沙，但是，另一个贩毒团伙卡利集团依然阴魂不散，其残渣余孽还在继续作祟。

每年有一个"6·26"，这是"国际禁毒日"，大家都很清楚。

每年有多少人死于"毒瘤"，恐怕只有上帝知道。

"毒品不除，世界无安宁之日"——请所有的人都记住前联合国秘书长安南先生的这句忠告！

# 目　录

# 第一章

## 古柯作祟　第三毒源白三角

制毒、贩毒和吸毒是危害当今世界的三大罪恶。

毒品产地遍布全球：东有"金三角""金新月"，西有"白三角"和"黑三角"——"白三角"被称为世界"第三毒源"，原因是它拥有数不尽的古柯叶。

古柯，上帝赐予印第安人的"圣草"，却派生出"白色魔鬼"可卡因；同时，也成就了世界上最大的贩毒集团——哥伦比亚"麦德林卡特尔"。

制毒、贩毒和吸毒是当今世界的三大公害。

当今之世，毒品产地可谓遍布全球。最负"盛名"的有东半球亚洲的"金三角""金新月"，在西半球则有南美洲的"白三角"和非洲的"黑三角"。

东半球以生产鸦片、海洛因为主，西半球则主要生产大麻、可卡因等。东、西双方各具特色，各得其所——前者色深，主要供给黄种人中的"瘾君子"；后者色淡，供应的对象多为白种人。前者历史悠久，源远流长；后者出手不凡，大有后来居上之势。

下面且将东、西半球四大毒品产地，做一简略介绍。


"金三角"地处东南亚缅甸、泰国、老挝三国边境交界处。此地呈三角形，又由于盛产鸦片，财源滚滚，故由此而得名"金三角"。

"金三角"占地近16万平方公里，紧邻有名的湄公河。亚热带气候，雨量充沛，四季如春，是一片山清水秀的好地方。然而，就在这绿色平缓的山谷中，却开满了一望无边的罂粟花。罂粟花姹紫嫣红，千姿百态，在丽日蓝天下婀娜多姿。然而有谁知道，这美丽的罂粟花，竟是危害人类的毒品之一——鸦片的原材料。

"金三角"每年生产的六七百吨鸦片烟和精制提纯的海洛因，几乎占世界毒品产量的70%。从此，这些美丽的罂粟便成了毒品之源，几百年来，一直搅得整个世界不得安宁。

到1996年以后，尽管"金三角"最大的毒枭、"掸邦革命军"司令坤沙已向缅甸政府和国际禁毒组织缴械投降，但"金三角"鸦片的年产量，仍然高达2500吨至3000吨。

"金三角"，依然是世界毒品最大的毒源之一。


"金新月"横跨巴基斯坦、阿富汗和伊朗，位于亚、欧、非三大洲的边缘地带。此地生产的鸦片和海洛因，仅次于"金三角"。据美国有关方面估计，每年仅从阿富汗秘密产地搜集起来的鸦片，就可提炼出60吨的海洛因。

1984年，在巴基斯坦，由于政府首脑齐亚哈克颁布了戒严令，采取铁的手腕，才使当年的鸦片产量由1978年的800吨骤降至45吨。但是，到1985年以后，由于该政府实行"文官政治"，禁毒措施松懈，结果仅1986年，鸦片产量又一下子飙升至145吨。在后来的日子里，这种势头只增不减，到 1996 年，巴基斯坦的鸦片产量已超过 200 吨，罂粟种植面积为 1038 公顷。

老挝的鸦片产品，原来并未列入美国禁毒总署的"预算"之中，但从 1986 年开始，老挝也不得不令世人"刮目相看"了，因为当年老挝的鸦片产量接近 120 吨。

于是，在"金新月"古老的伊斯兰栈道上和茫茫的沙漠中，一队队贩毒的驼队便络绎不绝。这些驼队将鸦片和海洛因源源不断地输入欧亚大陆。

近年来，"金新月"的毒品走向几乎是全方位出击。这些毒品兵分三路：一是从南路经巴基斯坦、印度，流向日本、北美地区；二是从西路经伊朗等沿海国家和土耳其，流向西欧地区；三是从北路经塔吉克斯坦、乌兹别克斯坦和土库曼斯坦等中亚国家，流向俄罗斯和东欧地区。

地处巴基斯坦与阿富汗边界崇山峻岭之中的栈道小镇兰迪·高图，几乎是"金新月"毒品流向世界的始发站。

从"金新月"出口输入英国和西欧等地的海洛因，一度曾占领过 90% 左右的市场，因而，"金新月"便成了一轮名副其实的"新月"，冉冉上升。

更值得一提的是，"金新月"生产的海洛因，其纯度几乎都在 80% 以上，如此货真价实的"名牌"，在世界毒品贸易竞争中，自然可以后来居上。

"金新月"，世界毒源的"新生代"。

"黑三角"是非洲新崛起的一个毒品基地，包括尼日利亚、加纳、肯尼亚、苏丹和南非等五国接壤的边境地带。它的"拳头产品”是大麻。

在非洲，大麻是种植、贩运和滥用的主要毒品。仅南非的大麻种植面积，就超过了8.2万公顷。

此外，非洲还是世界毒品贩运活动的主要中转站，摩洛哥则是从非洲将大麻运往欧洲毒品市场的主要集散地。无论是来自非洲"黑三角"的大麻，还是来自亚洲"金三角""金新月"的鸦片、海洛因等毒品，都是大批量地经过非洲许多国家的海港、机场和公路而潮水般运往欧洲和世界其他地区的。

当然，这其中还有来自南美洲"白三角"的可卡因。

南美洲五国（哥伦比亚、玻利维亚、秘鲁、墨西哥和牙买加）又有"第三毒源"之称，它是继亚洲"金三角""金新月"之后，新兴的世界第三毒品基地。而其中又因哥伦比亚、玻利维亚和秘鲁三国生产的可卡因几乎垄断了全美国的毒品市场，所以又有"白三角"之称。

在"第三毒源"的"白三角"中，首屈一指的"龙头老大"就是哥伦比亚。

哥伦比亚为什么能获此"殊荣"？

众所周知的原因是，哥伦比亚一直保持着几项"世界纪录"而且经久不衰：

年产大麻7500吨至9000吨，无论是数量、质量，还是销售和获利，都居世界第一；

可卡因加工业在南美甚至在全球都名列前茅；

每年向世界各国贩运的可卡因价值20亿美元；

毒品在美国销售最旺，每年涌入美国的大麻占全美大麻消费总量的59%以上，可卡因占其消费总量的75%；

目前，西方国家毒品黑市上15%至20%的大麻和可卡因都来自哥伦比亚；

旅居美国的三十五万哥伦比亚侨民中，约有十万人直接或间接地从事贩毒活动；

哥伦比亚两千九百万国民中，约有六十万人经常吸毒，其比例之大使其他国家望尘莫及，在南美更是位居榜首……

除了上述的"世界纪录"使哥伦比亚理所当然地成为闻名于世的"毒品王国"之外，还有两个更重要的原因，让这个南美国家"名扬四海"——

第一，它拥有年产3万吨的古柯叶——古柯叶是生产可卡因的主要原料；

第二，它拥有一个可以同国家正规军抗衡的武装贩毒集团——"麦德林卡特尔"集团，并且有闻名世界的"头号毒枭"巴勃罗·埃斯科瓦尔和以他为首的"五虎上将"。

这两个原因的互相作用，使哥伦比亚当之无愧地成为"毒品王国"。由巴勃罗·埃斯科瓦尔把持的"麦德林卡特尔"贩毒集团导演的一部历时二十多年的罪恶史，由此演绎而成。

还是先说说古柯叶吧——

在当今有关的国际公约上，明令禁止的毒品有二百余种，其中除了妖娆美丽的罂粟花、罪恶的鸦片膏、危险的"梦神"马菲斯、死亡的代名词"海洛因"、"刺客"克拉克、"干燥草药"印度大麻、"凶手"哈希林、令人迷离的麦司卡灵、强力致幻剂劳士弟、"人造瘟疫"安非它明、"无名杀手"普斯普、"绝非宠物"安纳咖、"命根子"迪洛德、新冰毒、"邮票"、特殊 K、毒膏药之外，还有两种风靡毒品市场的毒品："上帝的圣草"古柯和"白色魔鬼"可卡因。

可卡因是古柯的精炼品。

古柯是一种野生植物。

古柯，生长在拉丁美洲安第斯山脉的中部和北部，是一种性喜潮湿的热带山地常绿灌木。

这种灌木一般只有 2.4 米左右高，叶子较小，革质，呈椭圆形渐尖，通常只有 3 至 7 厘米长，叶序对生，开黄绿色的花，果实为核果。

它的名字叫"高根"，中文译为"古柯"。生活在安第斯山林中的印第安土著居民，则称其为上帝赐予印第安人的礼物——"圣草"。

这种在当地漫山遍野生长的野生植物，含热量极高。用现代科学技术测定，每 1000 克古柯叶中，竟含有 305 千卡以上的热量。更奇妙的是，这种古柯树叶中，含有一种强烈的生物碱 E(古柯碱)。

在安第斯山脉的崇山峻岭中，古柯呈密集的自然状态分布，其面积有 20 万公顷之巨。

古代的印第安人在对植物进行品尝时，无意中发现了一种奇特的现象：当人们咀嚼古柯叶时，有提神作用，并且会使人产生一种飘飘欲仙的舒适感。于是，千百年来，栖息在这片土地上的印第安人，便世世代代都有咀嚼古柯叶的习惯。年复一年，代代相传，印第安人都喜欢时不时地把一片古柯叶，放在嘴里不停地咀嚼。这时，他们腹中的那种饥饿感或身体上的某种不适，就会悄然地烟消云散。这样，印第安人便把这种神秘的古柯叶，称为是上帝恩赐他们的"圣草"，从而更加钟爱。

古柯叶经过咀嚼之后，其中的古柯汁被人们的胃部吸收，然后随着血液循环，其中的古柯碱便流遍全身，引起中枢神经的轻度兴奋。这种兴奋一般能维持两个小时之久。

在引起中枢神经兴奋的同时，古柯碱在消化系统中起逆向反应，胃液和胆汁的分泌都受到了抑制，这就是那些印第安人的饥饿感消失了的原因。同时，这种古柯碱还有一种刺激作用，会减轻胃痉挛、风湿疼痛、头痛等多种症状和高山反应。它还能产生局部麻醉，止痛抗疲劳，而这些功效对生活在深山老林的土著印第安人都是非常需要的。

当然，古柯叶的味道是苦涩的，并不好咀嚼。但是，经过一代又一代人的探索，印第安人终于发明了一种新的咀嚼方式：他们用山地的牛，去换取加勒比海中的贝壳，将贝壳烧成一种白色粉末状的石灰碱，然后用这种石灰碱和着古柯叶一同咀嚼。这样一来，古柯叶的苦味就完全消失了，它从此变得十全十美，成了印第安人一种万能的灵丹妙药。

所以，古柯叶后来成了印第安人的吉祥物。当一位男子汉成熟时，家族中的头人就将两样东西当众授给这位男人，以承认他的成熟。这两样东西，就是一小袋古柯叶和一个葫芦装的烘干的贝壳粉，意味着这两样东西，将伴随着这位男人的一生，并保佑他吉祥如意。

在安第斯山脉的库斯科地区，印第安人还将装有鲜花、糖和古柯叶的精美的小荷包，佩在身上或悬挂在房中，象征着吉祥和爱情……

但是，真正开始认识古柯叶的价值还是后来的事。

公元 1499 年，欧洲人开始注意南美洲大陆那古老而神秘的古柯树了。

这一年，有一位叫梅里科·韦斯普乔的地理学家和航海家，有一天冒险登上了南美大陆。当他来到安第斯山麓印第安人的居住地时，第一眼就惊奇地发现这些印第安人，时常在不停地咀嚼这种苦涩的树叶。

韦斯普乔返回欧洲大陆后，向欧洲人尽情地描绘了一番印第安人与古柯叶的不解情结。这也是遥远的欧洲人，第一次听说"古柯"这一奇妙的植物。当然，当时这些欧洲人无论如何也不会想到，在他们死去的几个世纪之后，他们的后人会受到这种奇妙的植物的困扰。

公元 1609 年，安第斯山麓的印加人西拉索·德拉维加，又再次向欧洲人炫耀这种植物。他说这是上帝的恩赐，这种"圣草"不仅可以充饥、解除疲劳和使不幸者忘却痛苦，还能使男人和女人随时相爱，并且精力旺盛，永葆青春。

由于西拉索的煽情，欧洲人终于动了心。于是，更多的欧洲人便开始研究这种"圣草"。

公元 1860 年，奥地利医学家韦莱尔漂洋过海到了安第斯山下的秘鲁，从那里带回了许多古柯叶，然后在他的实验室里进行了长时期的研究和探索。韦莱尔研究的结果，不仅确认了古柯叶中含有丰富的水、叶绿素、纤维素和钙、磷、维生素 A、维生素 B2 和维生素 C 等多种人体所需的营养成分，而且从古柯叶中提炼出了一种细致的、雪白的、味苦而麻舌的结晶粉状物。这种粉状物就是古柯碱。

于是，一种"白色魔鬼"可卡因由此诞生。

可卡因，即苯甲基爱可宁，是一种高强度的兴奋剂，吸食后能够使中枢神经处于高度的兴奋状态。所以，著名的心理学家弗洛伊德又将其称之为"富有魔力的物质"。

医学家韦莱尔怀着好奇的心情吸食了可卡因之后，立即就感到一种前所未有的快感，这种快感对韦莱尔来说，简直妙不可言。从此，可卡因便名声大振，超过了它的母体古柯，被人们派上了用场，并开始身价百倍。

到了19世纪80年代，更多的人开始尝到了可卡因的"甜头"。特别是在美国，近水楼台先得月，可卡因饮食店开始在许多大城市出现，可卡因成了一种受人青睐的"佐料"。而在一些酒吧和沙龙中，可卡因则被掺进威士忌酒中，使这种酒成了许多人爱喝的饮料。同时，可卡因开始大张旗鼓地出现在广告宣传中，被称为一种"出类拔萃的医疗性饮料"。

1884年，美籍奥地利著名眼科医生卡尔·科勒，首次用可卡因做局部麻醉药用。临床效果证明，可卡因对于阻断神经皁的特殊作用，尤其是对于眼、鼻、喉部的黏膜神经阻导作用更为有效。这是可卡因在人体中唯一的积极作用。

同时，医学研究的结果进一步表明，可卡因的毒副作用是相当大的，它可以对人体造成永久性的危害。这种危害包括脑损伤、癫痫、精神分裂、肾衰竭、贫血和心脏损害等等。如果长期食用过量或连续反复吸食可卡因，可以使人烦躁不安、喋喋不休和精神极度亢奋，甚至呈现阵发性、强直性惊厥和呕吐，最终导致呼吸衰竭而失去生命。而且，可卡因被鼻吸之后，虽然可以很快被鼻黏膜吸收，但因有刺激性而引起血管收缩，从而导致吸食者形成自我溃疡。因此，可卡因有极高的毒性和极大的副作用。

美国加利福尼亚大学医学院的心理药物学家西格尔博士，在对可卡因进行了大量的研究之后指出，可卡因对于人体的作用很快。如果是用鼻吸使用，那么三分钟后就可以作用至大脑；若是纯度极高的可卡因则时间更短，只需要六秒钟。基于，可卡因对人体的作用表明，这是一种不适于吸食的物质。

从可卡因问世到流行半个世纪时，它对于人的危害已众所周知了。因此，公元1914年，美国政府庄严地通过了一部法典——《哈里逊法案》，明文宣布可卡因为违禁品，任何正常人不得使用。与此同时，欧洲的一些国家也以法律的形式，宣布禁止消费古柯制品。因为这时人们都已经知道了可卡因的真正利害。医学界那些善良的专家们，首次向世界披露了一个骇人听闻的数据———剂70毫克的可卡因，足以使一位体重70公斤的成年人顷刻毙命！

但是，这种警示和法律已经太晚了！

当时，可卡因这白色的魔鬼已像幽灵一样，徘徊在大地上，想杜绝它已经不可能了。一是吸食者人数众多，而且离不开它；二是由于可卡因提炼的方法极其简单；三是许多人开始以此为牟利的职业和手段，并且大发其财。

在20世纪前后，位于安第斯山脉下的哥伦比亚、秘鲁、玻利维亚，甚至中美洲的洪都拉斯等原始森林里，到处都是可卡因生产的厂房和据点。于是，可卡因这个白色魔鬼，便开始大举向人类进攻。

据联合国禁毒署的官方统计，在20世纪80年代，全世界范围内的吸毒至少造成了十万人的直接死亡，而美国的吸毒者，绝大多数是可卡因忠实的崇拜者和"殉道者"。

现实中可卡因大行其道，想禁止它实在为时已晚。然而，更可悲的是，不仅一些吸毒者麻木不仁，连一些官员也在为虎作伥，为这种毒品的传播大开方便之门。

1981年3月，美国密歇根湖畔的伊利诺伊州阿佩莱特第四区法院的法官们，竟然一致裁决：可卡因绝非毒品！他们声称："科学界和医药界一致认为可卡因是一种低毒药物，并不很危险，一般并不对人体有毒。"

这一纸无知的裁决，又让多少人带着侥幸的心理去跃跃欲试，又衍生了多少毒民！更为严重的是，可卡因一经解禁，对它的生产者、贩运兜售者和吸食者来说，真不啻是一种来自天堂的福音，因为所有的行为都由非法变成了合法。于是，由可卡因派生出来的其他毒品也便应运而生，其中包括"古柯膏""洛克"和有"刺客"之称的克拉克等。

古柯膏，是可卡因加工过程中的一种初级产品，即半成品。由于其生产技术简陋，制作粗糙，因此价格也相当便宜。在毒品市场的开价极低，每克仅值1美元。

为了扩大古柯膏的消费市场，哥伦比亚的毒品商人采取"买一送一"的办法进行促销，即在1公斤可卡因的包装袋中，塞进一小包古柯膏，让那些吸毒者在买可卡因的同时，还可以得到一包免费的古柯膏。这种促销手段果然奏效，结果到1974年，吸古柯膏的风气便在智利的首都利马蔓延开来。到了1980年，吸食古柯膏的方法已经扩散到整个哥伦比亚、玻利维亚、厄瓜多尔和委内瑞拉等许多拉美国家。那些吸毒者们对于用鼻孔去吸取可卡因粉末的吸食方法感到不满足时，便去吸食用乙醚浸泡的古柯膏和加热生烟后的可卡因。

于是，古柯膏的生产和销售便由此兴盛发达起来了。

"洛克"的生产和吸食是在古柯膏之后。这种毒品的问世有一种独特的背景。

美国的社会环境和经济基础，决定了美国的"瘾君子"在吸毒方面的优越感，因此，他们大都看不上这种质地低劣、制作粗糙的古柯膏。他们在用那种"山姆大叔"的鼻孔吸取可卡因粉末不过瘾时，便看上了将可卡因粉末加热生烟后吸食的办法。

1974年，当智利的首都利马流行吸食古柯膏时，美国的这些"瘾君子"则首先发明了可卡因加热的吸食法。始作俑者便是加利福尼亚州的吸毒者。他们利用乙醚和乙炔喷灯或丁烷喷灯等专用工具来加热可卡因，通过一种化学过程，将劣质的可卡因从可卡因盐酸粉末中过滤出去，然后吸取那种纯度达80%以上的纯正的可卡因。

但是，用乙醚等专门工具提纯可卡因是一种相当危险的过程，最大的危险就是容易发生火灾。1980年6月9日晚上，美国著名的喜剧演员理查德·普顿尔，在旧金山山谷的别墅中，用这种方法将可卡因加热时不慎失火，结果造成其面部和上身三度的烧伤。理查德先生是一位名人，这种灾难对他来说，不仅身受其害，而且大失体面。不管怎么说，吸毒毕竟不像吃中国菜那么值得炫耀。

理查德先生的教训让许多吸毒者们更加心悸。他们在给可卡因加热时不得不更加小心翼翼，格外谨慎。但是，这种在承受巨大心理压力的情况下去加热吸食的可卡因，即使纯度在95%以上，也似乎"食不甘味"。这样，就逼得他们不得不一边小心提防，一边去潜心琢磨，探究一种新的万全之策。

功夫不负有心人——也许是集体的"智慧"，吸毒者们终于发现了一种常见的物质"小苏打"。他们发现小苏打不仅可以替代乙醚，而且不易失火。尽管这种吸食的方法使可卡因的纯度有所下降，但由于其既简便而又安全，所以很快大行其道，迅速流行起来。

到1982年，在美国纽约市区的毒品销售场所，80%的吸毒者都要吸食加热的可卡因。这样一来，出售毒品的毒品商人就必须为自己的顾客，准备一间间固定的房间，为他们一个个地加热可卡因。这时，毒品商人使用的方法大都是用小苏打代替乙醚。但这种吸食的方式也并不尽如人意，尽管安全，但速度太慢。当一名吸毒者吸过之后，必须将吸毒的工具冷却，方能让下一名瘾君子上场。可想而知，吸毒者在吸毒之前，都是"望梅止渴"的饿鬼，谁能有这份耐心去等待。这种既慢又麻烦的办法，不仅令吸毒者急，也令贩毒者烦。

那么，最佳的办法在哪里？

好在毒民们的"智慧"是无穷的。

美国的毒民们还在为自己国家这种不先进的吸毒方法感到不满和苦恼时，一种新的吸毒方法早在加勒比海地区诞生了。

早在1980年理查德先生在自己的别墅里演出了那出"喜剧"的同时，荷属安第列斯的毒民们便另辟蹊径，创造了一种新的吸毒方法并研制出了一种新的毒品——他们用小苏打、水和酒精对古柯膏进行加工，制成了一种新的毒品"洛克"。

洛克形如一枚药丸，吸食后喷出来，不吸入体内。洛克的外形犹如一颗小石子，所以在黑道中又称其为"石子"。

洛克的问世实在是"功德无量"——对瘾君子来说。它不仅吸食方便,便于携带,而且绝对安全,因此流行极快。在它刚问世不久,就开始在南加勒比海地区流行。1983年,洛克开始走俏巴哈马群岛。不过,当年巴哈马岛上的玛格丽特公主医院中,就住进了三十五名"洛克瘾君子",到第二年,住院治疗的人数就猛增到二百名。

可见,洛克真是一种威力无比的毒品。

20世纪80年代初期,加勒比海岛国海地发大水,大批海地难民漂洋过海,越过佛罗里达海峡,涌入美国的佛罗里达半岛南部的最大城市迈阿密地区。海地的难民,从此便把加勒比人吸食洛克的先进方法"无私"地带进了美国。

那么,美国毒民长期困扰的难题是不是由此解决了呢?

非也。美国人永远有美国人的思维方式。他们对洛克这种"舶来品"不屑一顾,他们要寻找一种更先进的吸毒方法。

正是由于美国毒民的努力,一种被称为"刺客"的毒品"克拉克"终于诞生了。

克拉克是一种"非常理想"的毒品,它的"专利"属于美国的毒民。

美国的毒民受到"洛克"的启发后,便把可卡因盐酸粉末兑上小苏打,用热水调和后制成膏状,晾干后又碾成粉末食用。食用时,仍将这种粉末装在一种特制的玻璃烟斗中抽吸。点燃之后,毒民们一边腾云驾雾,一边还能听到一种悦耳的爆炸响声,其乐无穷。于是,毒民们便兴奋地称其为"克拉克"。后来,也有译作"克雷克""奎克"等。

克拉克真是毒民们的一种心爱之物，有许多人甚至模仿"可口可乐"的译法，将其译为"可利口乐"。

克拉克的问世，极大地激发了美国毒民吸毒的热情。从1982年迈阿密警察局缉毒队第一次发现这种毒品开始，到1984年，不到两年的时间，这种廉价、易吸、上瘾极快的"刺客"就在迈阿密的所有贫民区流行起来。与此同时，克拉克迅速占领了纽约毒品市场。

1983年12月，缉毒警察比尔·霍普金首次在纽约发现克拉克时，克拉克已经开始在纽约北曼哈顿地区流行开了。到了1991年，克拉克风靡了美国三十二个州的一百一十三个城市，而且迅速扩散到欧洲英、法等地。

它的"刺客"身份已在世界毒品市场正式确立。近年来，西方许多国家的公民纷纷走上街头进行示威游行，高呼口号："镇压克拉克！"

克拉克，已成为当今世界的一大公害。

无论是可卡因，还是其派生物古柯膏、洛克、克拉克以及其他类型的毒品，它们共同的毒源都是被印第安人称为"圣草"的古柯叶。

所以，位于盛产古柯叶的安第斯山麓及周边的南美五国，被称为世界"第三毒源"是当之无愧的。而在这五国之中，又推哥伦比亚为首，这是因为哥伦比亚不仅有"古柯帝国"之称，而且有一个闻名世界的"麦德林卡特尔"贩毒集团。

哥伦比亚位于南美洲的西北部，东面与委内瑞拉、巴西为界，西北角与巴拿马接壤，南部与厄瓜多尔、秘鲁相邻。南美有名的安第斯山脉像一条巨蟒一样，由北向南，横亘在它的西南部。这里濒临加勒比海，雨量充沛，气候温暖潮湿，遍布茂盛的热带雨林和成片的原始森林，野生的古柯树比比皆是。

从20世纪70年代开始，哥伦比亚的古柯种植面积不断扩大，到80年代后期，已达5000公顷，每年生产的古柯叶近3万吨，仅次于玻利维亚和秘鲁（两国的古柯叶年产量分别为7万吨和3万多吨），居世界第三位。

但是，哥伦比亚却被称为"古柯帝国"，原因是它拥有世界上规模最大的古柯叶加工业和一流的生产设备，而玻利维亚和秘鲁则是古柯叶的原料基地。20世纪70年代开始，哥伦比亚的古柯加工业已发展到一个空前的规模，这时，也正是世界上最大的贩毒团伙——"麦德林卡特尔"贩毒集团的鼎盛时期。

麦德林，位于哥伦比亚的西北部、安第斯山脉的科迪勒拉山峰的西麓，海拔1600米，年平均年温21℃至22℃。麦德林是哥伦比亚安蒂奥基亚省的省会，是哥伦比亚的第二大城市。近年来随着人口的不断增加，现在已拥有人口二百万。麦德林以盛产兰花著称于世，曾享有"花都"的盛誉，整座城市美丽而又清新，沉浸在浓郁的清香之中。它又以纺织业发达而闻名，其产品畅销全球。

然而，真正让麦德林闻名于世的，还是盘踞在这里的"麦德林卡特尔"贩毒集团。

麦德林贩毒集团的一号头目是巴勃罗·埃斯科瓦尔，他手下还有豪尔赫·奥乔亚、卡洛斯·莱德尔、加查和罗德里格斯等四位头目。他们五个人号称贩毒集团的"五虎上将"，由他们把持的麦德林贩毒集团堪称世界贩毒集团之最。仅就贩毒而论，"金三角"坤沙的"掸邦革命军"和意大利的黑手党都不能与之比肩，更不要说美国的一些毒枭。

在此五人当中，埃斯科瓦尔是名副其实的一号头目，其在世界毒品商贩中影响之大、罪孽之深实在是无人可比。他几乎控制着全世界的可卡因贸易。他的财富超过了200亿美元，在《幸福》杂志的"世界富豪排行榜"上，他名列前茅。同时，他拥有一支装备精良，能与政府军队抗衡的私人武装，有十多架各种性能的飞机；他还被称为"杀人魔王""绑架机器"，在国际刑警组织的通缉名单上名列前茅……

在美国的迈阿密、洛杉矶和亚特兰大等几个法庭上，都长期给他保留着一个被告席，由此让他举世瞩目。

他的一举一动，不仅令哥伦比亚的历届首脑坐立不安，同时也牵动着美国白宫甚至整个西方世界；他的麦德林集团，与西方成千上万毒民的命运息息相关。

从一个小镇的破落户子弟到一个举世瞩目的大毒枭，埃斯科瓦尔和他的麦德林贩毒集团，永远是一个令人津津乐道的话题。

# 第二章

## 艰难崛起　众头目殊途同归

得不到妓女的"温柔"，是因为拿不出一枚宝石钻戒；几次在美国坐牢，是因为母亲是汽车司机的"情人"；还有一位诡计多端的头儿，原来是"杀人犯"出身……

麦德林虽然有"花都"之称，但却聚集着一群这样的社会渣滓。

于是，一种特殊的"汽车生意"，让这些人殊途同归。一个罪恶的犯罪团伙从此产生。


1949年12月1日，巴勃罗·埃斯科瓦尔生于恩维加一个普通农民家庭。

恩维加位于麦德林西南仅20公里之遥的科迪勒拉山峰的崇山峻岭之中。这是一个很容易让人遗忘的地方，原因是它闭塞、贫穷、落后。在有关的资料中，恩维加被认为是安第斯山脉中印第安土著部落的聚居地。它与麦德林虽然相隔20公里，但一座海拔

9800英尺的科迪勒拉山峰，将它们分割成两个世界。

这里到处是茂密的热带雨林植物，高大的香蕉树、橡树，一人多高的仙人掌，一望无边的咖啡林，几乎掩埋了这个小镇。古柯树更是漫山遍野，咀嚼古柯叶是恩维加人千年不变的习俗……

埃斯科瓦尔的父亲曾有过一座小农场，但接二连三的灾难和生活的窘迫，使这座小农场最后也落入他人之手。埃斯科瓦尔从生下来的第一天起，贫困就与之相伴。

他的母亲从小受过较好的教育，曾做过乡村小学教师，但到后来也只能是为埃斯科瓦尔的父亲在家生儿育女。

在家中，埃斯科瓦尔在三兄弟中排行第三，有幸的是，他在母亲教书的学校里受过几年正规的学校教育。后来由于家境的衰败和母亲的被辞退，他的学生时代也永远结束了。从此，他便开始在社会上混饭吃。

1963年，13岁的埃斯科瓦尔到一家农场去打工。这家农场在一座深深的山林之中，主要是种植古柯。13岁的埃斯科瓦尔来到这里，每天都同那些成年人一样挖地开荒，为老板垦出一块又一块的荒地，种上古柯苗。一天到晚，累得腰酸背痛。

在这家农场里，埃斯科瓦尔整整待了五年。在这五年当中，他唯一的收获，就是学会了怎样种古柯，怎样给古柯打杈整枝，怎样用火烘烤古柯叶。每当累了的时候，他也同其他的人一样，咀嚼着那些苦涩的古柯叶，这时，一种异样的感觉，让他暂时忘记了疲劳。当时，他无论如何也没有想到，自己的一生竟同这种苦涩的树叶结下了不解之缘。

18岁那年，埃斯科瓦尔离开了那家农场。当他走出这片待了五年的深山老林，回到自己那破落的家中时，他的母亲几乎认不出他来了。奇怪的是，五年这样的生活，竟让18岁的埃斯科瓦尔长成了一位身材高大的男子汉。由于山林中的气候和日照的缘故，他那张脸竟变得像象牙一样泛着光泽。一头卷曲的长发自然地散落在那颗硕大的头颅上，加上端正的五官，他看上去很像一位音乐系的大学生。

但是，贫困的家境让埃斯科瓦尔永远同大学音乐系无缘，他甚至连这个梦都没有做过。他当时唯一的想法，就是如何去弄来一些钱，也去镇上的酒馆里坐一坐，尝尝让人服侍的滋味，或者是去买一件体面的衣服。从此，无所事事的埃斯科瓦尔，便成天在这座小镇上逛来逛去，一条肮脏的街道和几间破旧的小店成了他消磨时光的最佳去处。

一天，镇上开来几辆漂亮的小轿车，轿车后面是一辆卡车，上面放着一具棺材，棺材周围摆满了花圈和各式各样的挽幛。原来是镇上一位在麦德林开了几家工厂的老板死了，他的儿子把他的尸体运到家乡来安葬。

车队停下来之后，许多人都来看热闹，埃斯科瓦尔也站在那里。这时，他心里真有点恨那些有钱的人，死了之后还要这样摆阔气。

正在这时，忽然有一只大手从背后伸过来，狠狠地在他的肩上拍了一下。

"嘿，伙计，站在这里发什么呆？"

埃斯科瓦尔吓了一跳，回头一看，原来是几年前也在那家农场里做过工的豪尔赫·奥乔亚。

奥乔亚比埃斯科瓦尔年长几岁，麦德林市人。在他18岁的时候和人打架，误伤了一条人命，便连夜翻过科迪勒拉山，躲到了恩维加这个深山小镇来了。此人头脑灵活，且又心狠手辣，在麦德林见过一些世面，遇事敢作敢为。他最大的特点就是善于赚钱，无论在什么地方都能想办法找到赚钱的门道。

逃到恩维加后，他举目无亲，便也到那家农场种古柯去了。在埃斯科瓦尔到农场去的第三个年头，奥乔亚却不辞而别了。原来是在前几天老板叫他去押运古柯苗时，他竟把半车古柯苗在恩维加卖给了另一位古柯商人。当他押运着半车古柯苗回到农场时，竟向老板谎称路上被人抢劫了。这时，他还指着手臂上几道自己制造出来的伤痕对老板说，他是如何地同那些抢劫的人进行搏斗。

老板当时对他很赏识，不仅没有责怪他，反而给了他 20 个比索叫他去治伤。因为在当时，哥伦比亚的科迪勒拉山区到处都在大种古柯，古柯苗种相当紧俏，这种抢劫的事时有发生。有些人家白天种上的古柯苗，到了晚上，便不翼而飞，被人拔得精光。所以，老板对奥乔亚的谎言便信以为真。

由于运来的古柯苗少了一半，许多垦出来的荒坡都是空的。十天以后，老板又派奥乔亚去押运古柯苗，并派了埃斯科瓦尔和他同行。

运古柯苗的还是恩维加镇上的那辆卡车，开车的还是那位司机，上一次，就是他同奥乔亚联手捞了一把。这一次，当他装着满满的一车古柯苗来到恩维加时，便把车停在路边的小店吃饭。这时，那位司机又对奥乔亚说：

"伙计，这次怎么样，我又有了一家买主，价钱比上次的还好。"

奥乔亚看了坐在一旁的埃斯科瓦尔一眼，对他说："巴勃罗，你听见这家伙在说什么吗？"

埃斯科瓦尔想到上次奥乔亚被抢劫的事，他心里当然明白了。

于是，他便很机灵地装糊涂说："大哥，我不知道他说什么。我们吃了饭赶路吧。"

这时，那位司机才知道自己失言，便笑着说："我看这位小兄弟也是个机灵人，不会有什么事，我们就下手轻一点吧。"

奥乔亚考虑了一下，便点了点头。

这一次，他们一共从车上卸下了五十捆古柯苗，司机把它藏在老地方，然后才和他们开着车子来到了农场。

由于这次偷的数量少，老板当时没有发现。但是，几天以后老板还是发现了破绽，因为他预算中的山坡还有 10 多公顷没有栽上。这时老板便怀疑奥乔亚在路上做了手脚，甚至对上次"抢劫"的事也产生了疑问，他便把埃斯科瓦尔找了去。

当埃斯科瓦尔被老板叫去时，奥乔亚心中着实紧张了一阵子。但是没过多久，埃斯科瓦尔就没事一样地回来了，一边走，一边还在嘴里嚼着一片古柯叶。事后，什么事情也没有发生，奥乔亚慢慢地对埃斯科瓦尔越来越好，把他当成一个小兄弟一样看待，他知道这是一位值得信赖的小伙子。

这年秋天，奥乔亚就突然离开了这家农场。然而，就在他离去后的第三天夜里，农场存放古柯叶的仓库失窃了，烘干了的古柯叶，一下子被偷走了六十多包。

埃斯科瓦尔从此再也没有听到奥乔亚的消息。两年以后，他从深山里的那家农场回到了恩维加，他才知道奥乔亚并没有回麦德林，而是在恩维加开了一家饭店，他已经是一位像模像样的小老板了。

这时，埃斯科瓦尔被奥乔亚用力一拍，他才知道，原来自己竟不知不觉地站在他的饭店门口。他望着奥乔亚已经发福了的胖脸笑了笑说："老兄，你死了之后也可以这样摆一摆。"

奥乔亚也笑着说："离那一天还远着哩，我们还是先管管现在吧，来，进去坐坐！"

说着，一把拉着埃斯科瓦尔走进了自己的饭店。

第三天夜里，恩维加这座闭塞的小镇，发生了一件很久没有发生的事——那位刚刚下葬的老板的墓碑，竖了才一天就被人偷走了。

那可是一块近 2 米高的白玉石墓碑，他的儿子花了 3000 比索特地从遥远的哥伦比亚首都波哥大买来的，并且花了近 1000 个比索，请人在上面雕刻了精美的图案和铭文。

这块墓碑到哪里去了呢？

原来，它就藏在奥乔亚的饭店后院的那座大酒窖里。

从此，这座大酒窖里就有了越来越多的墓碑，有白玉石的，也有花岗岩的，都是一些在当地比较名贵的石料。这里的人们也有一种东方人的习俗，死了之后都要在墓前竖上一块又高又大的墓碑，上面刻着古老而又意为吉祥的图案和一些歌功颂德的碑文，想以这种方式永垂不朽。所以，墓碑在这里成了一种很走俏的必需品，有许多人为了给自己的父母或自己找一块墓碑，往往在很早就"未雨绸缪"。

于是，精明的奥乔亚就看上了这条生财之道，伙同这位值得信赖的小兄弟干起了这种勾当。除了埃斯科瓦尔之外，他手下还有几位伙计，把墓碑偷来之后，就藏在他的酒窖里，然后磨去上面的图案和碑文，再秘密地运往省会麦德林重新投放市场。

奥乔亚在麦德林老家结识了一位杂货铺的老板，这家杂货铺除了合伙出售他偷来的墓碑之外，还出售从棺材里偷来的一些殉葬品，其中有古老的铜器、锡器、瓷器和酒器，当然也有洗刷干净了的体面而又昂贵的寿衣和帽子、皮鞋等。这一切，都是埃斯科瓦尔和奥乔亚手下的伙计们，在偷墓碑时意外的收获。反正墓穴已经打开了，干脆一不做二不休。有时这些东西的价钱，往往会是一块沉重的墓碑的几倍或几十倍。

这样的日子过了一两年以后，埃斯科瓦尔的腰包里开始有了大把大把的比索。这时，他不再满足在奥乔亚的饭店里喝那种当地产的烈性的奇查酒，而是到一些灯光幽暗的酒吧去喝从巴拿马运来的美国蓝带啤酒和法国葡萄酒。那种酒不仅不像奇查酒那样苦涩火辣，一喝就上头，弄得人神志不清，更主要的是，那些装潢考究的酒吧里都有一些漂亮而性感的陪酒女郎。她们那高耸的乳房结实而又硬挺，往往是一道上等的下酒菜。如果你出手大方，这些来自巴西或墨西哥的女子还会同你到里面的包厢去快活一番。

这时，埃斯科瓦尔已经20岁了，他完全懂得女人是怎么一回事，他也非常需要女人了，不愿一个人老是在闷热的长夜翻来覆去，把床板压得吱吱呀呀地叫。

一天夜里，埃斯科瓦尔在一家名叫"好望角"的酒吧里，遇到了一张熟悉的面孔。原来她就是他小学时候的同学和邻居毛拉。在昏暗的灯光和激越的迪斯科舞曲声中，毛拉正一步一步地向他走来。埃斯科瓦尔没想到几年不见，当年的黄毛丫头竟出落得如此风姿绰约。在那件透明的晚礼服下，裸露的胸脯和优美的曲线，就像古柯叶一样令人痴迷。

毛拉也认出他来了，正要走过来在他身边坐下时，突然一位满脸横肉的巴拿马商人打了一个漂亮的响指，对"好望角"的老板说："嘿，为什么不让那位妞坐到我身边来，难道我会少你的钱吗！"

于是，那位胖老板赶紧过来，把毛拉带到了那位巴拿马商人身边，并不停地点头哈腰。只见那位巴拿马商人不耐烦地朝老板挥了挥手，然后一只毛茸茸的大手一把搂过毛拉，从后面绕到前胸捏住毛拉的大乳房，另一只手迅速摸出一枚绿宝石戒指，送到毛拉的面前。

　　毛拉没有挣扎，顺从地倒在他的怀里，并在他的脸上吻了一下，然后随着那位巴拿马商人，走进了里面的包厢——几分钟之后，那里传来了毛拉惊天动地的惊叫声……

　　埃斯科瓦尔把酒杯往桌上一顿，啪的一声，那只玻璃杯碎了，玫瑰色的酒液立即浸湿了洁白的桌布。他扔下一把比索，匆匆地走出了这家"好望角"酒吧。

　　他听到了背后传来的笑骂声。


　　一年之后，埃斯科瓦尔来到了安蒂奥基亚省的省会麦德林，因为几个月前，奥齐亚也离开了恩维加，在麦德林接替了那位合作者的杂货店生意，开了一家很气派的杂货店。

　　随着原来那位老板的死去，这家杂货店不再出售偷来的墓碑和死人的殉葬品，而是出售来自国外的电视机、电暖器等现代化家用电器和名贵的珠宝、钻戒。奥乔亚现在拥有多少比索已经无人知道，埃斯科瓦尔见到他时，只见他手上有三只宝石戒指，脖子上是一条锁链一样粗的金项链，口里总是咬着一支正宗的古巴雪茄。

　　原来的那位杂货店的老板不知为什么突然暴死在麦德林闹市区的家里，据埃斯科瓦尔所知，这与一颗重 50 克拉的南非钻石有关。

　　几年之后，当奥乔亚从埃斯科瓦尔手中买下一片古柯种植园和三座可卡因加工厂，外加一条通往玻利维亚收购古柯叶的"线路"

时，他就是用这颗 50 克拉的南非钻石付账的。尽管这颗稀世的钻石让它的第一个主人付出了生命的代价，但埃斯科瓦尔还是同奥乔亚拍板成交了。因为这时他已经今非昔比，他并不是当年麦德林那位出售墓碑的杂货店老板了。

当时，埃斯科瓦尔来到麦德林之后，并没有同奥乔亚合伙去开杂货店，而是去了一家汽车销售公司，谋得了一个汽车推销员的差事，每月工资 20 美元，推销一辆汽车，可以得到 30 美元的奖金。

这种收入对埃斯科瓦尔来说当然是杯水车薪。自从在恩维加那家酒吧有了那一幕遭遇之后，毛拉那犹如发情的母猫一样的惊叫声一直在他耳边挥之不去。从此他不仅喜欢上了酒，而且还喜欢上了各种各样的女人。当他第一次成功地推销了一部 1970 式 250GT 法拉利跑车时，他竟破例拿到了 50 美元的奖金。因为这种车是当时世界最名贵的跑车，设计新颖，做工精细，时速可达 300 公里，价值 100 万比索。

埃斯科瓦尔拿到这笔奖金之后，第一件事就是买了一件体面的双排扣西服，去了一家灯红酒绿的酒吧。一进去，他就看上了那位坐台的吧女，因为这位牙买加混血儿长得极似毛拉。

埃斯科瓦尔很气派地要了一杯酒，并用一个漂亮的"榧子"，向老板召来了那位吧女。在考究的餐桌后，埃斯科瓦尔隔着中间的一束白兰花，静静地观赏着这位女郎，他觉得她越看越像毛拉。于是，他就坐到她的身边，轻轻地伸过手去搂她。但是，这位女郎却挡住了埃斯科瓦尔的手，而是伸出那只纤纤小手，在他面前晃了晃。涂满彩色指甲油的手指，顿时幻化成一道彩色的霓虹。埃斯科瓦尔迫不及待地一把攥住，心里在"怦怦"直跳，一股无名之火在下身燃烧。但是，只是片刻，这位女郎却把手挣脱出来，用另一只手指了指左手的无名指，说了两个字——"戒指！"

埃斯科瓦尔一惊，自然明白了什么意思，但还是装糊涂地又去拉那只手，并把嘴凑过来想吻她。

那位女郎又是莞尔一笑，轻轻地推开了他的手，仍然在重复着刚才那个单词。

埃斯科瓦尔这时已不能自己了，他便忙不迭地从西服口袋里摸出两张美钞，往那位女郎手中一塞。谁知那位女郎接过来，拿在手里看了看，然后轻轻放在埃斯科瓦尔的手中，嘴里却恶狠狠地说："拿回去买瓶汽水吧，可恶的乡巴佬！我看你的这件西服准是偷来的！"

说完，她就霍地站起来离开了埃斯科瓦尔，高跟鞋底敲得地板咯咯响……

埃斯科瓦尔不知道自己是怎样走出了这家酒吧。他怀着满腔的怒火，寻到一家下等妓院，在一位黑色女人身上，尽情地发泄着他内心的愤怒。尽管那位黑女人也在他的身下惊天动地地又喊又叫，但那永远不是毛拉的声音。

从此，他对钱的渴求超过了一切。


一个偶然的机会，让埃斯科瓦尔终于找到了一条生财之道。

那是一个炎热的下午，埃斯科瓦尔路过奥乔亚的杂货店。他已经好久没有来这里了，当他走进那摆满商品的店堂时，他不得不佩服奥乔亚的本事。

奥乔亚很客气地同他喝着冰镇啤酒，问他近来的生意怎样。埃斯科瓦尔终于无可奈何地一吐心曲，一副愁眉苦脸的样子。

奥乔亚一听，竟然哈哈大笑地说：

"老弟，不是我说你，你真是捧着金饭碗要饭吃。"

埃斯科瓦尔说："你这是什么意思？"

"你知道你做的是什么生意？"奥乔亚恨铁不成钢地说，"你做的是汽车生意，这可是动辄几十万的大买卖啊！"

"那可是人家的生意，我只是……"

"我知道你只是个推销员，不是老板，"奥乔亚迫不及待地打断埃斯科瓦尔的话说，"当年的古柯苗也是那位农场老板的，怎么让我赚了钱呢！老弟，人只要想办法，不是老板也是老板，你明白吗？"

埃斯科瓦尔被他说得一头雾水，还是端着酒杯怔怔地望着奥乔亚。

奥乔亚一见，便低声地对埃斯科瓦尔说：

"你不是汽车推销员嘛！你不能拿到汽车钥匙吗？对，这就好办了，你知道你的买主吗？好，这更好办了……"

"啊，我明白了。"

埃斯科瓦尔说出了自己的想法。

奥乔亚一听，不停地点头说：

"对，就是这样干。这样，你就是老板了，那些汽车就是你的了。只要把你的汽车交给我，我就会给你钱，给你比推销一部汽车的奖金多几十倍甚至上百倍的钱。我们合作吧，我绝不会亏待你的，老弟！"

从此，埃斯科瓦尔就在奥乔亚的指点下，利用汽车推销员的身份，开始了偷卖汽车的勾当。

这也是埃斯科瓦尔同奥乔亚正式合作的开始。这种合作关系，为日后"麦德林卡特尔"贩毒集团的组合，打下了坚实的基础。

埃斯科瓦尔利用职务之便，很快地熟悉了各种汽车的性能，并且很快地学会了驾驶汽车。凡是经他出手销售的汽车，他都想尽办法，复制了一把钥匙，并且将买主的姓名、身份、职业、住址和主要行车路线及停车场所都摸索得一清二楚，汽车的外形和车号更是牢牢地记在心中。所以，凡是经他推销的汽车，只要在麦德林大街上一驶过，他都能准确无误地一眼认出来，并且知道这辆车的主人是谁，一般停在哪些停车场所。

后来，埃斯科瓦尔身边的车钥匙多了，他通过认真的研究和琢磨，竟研究出了一种能打开所有车锁的"万能钥匙"，哪怕是最先进的电子锁也不例外。因为他知道不管是什么电子锁，最终还要落实到机械锁的原理上来。在这方面，埃斯科瓦尔真是一位天才，他利用自己研制的这把"万能钥匙"，使开锁率能达 85% 以上。这样，麦德林市几乎每一辆汽车，都成了他的"私家车"。

于是，他利用这种本领不知偷走了多少汽车，而且干得毫不费力而又神不知鬼不觉。他只要相中了哪辆汽车，几乎没有不成功的，弄得那些有车人防不胜防。他经常大大方方地进入各种停车场，向那些保卫人员出示自己推销员的证件，然后以跟踪调查或其他与业务有关的借口在停车场上逛来逛去，趁保卫人员不注意时，溜进某辆已被他打开了车门的汽车，发动了引擎，几乎是像车主一样把车开出停车场，甚至在保卫人员的眼皮底下将车开走。对一位握有车钥匙的"车主"，那些保卫人员一般是不敢轻易过问的。因为在麦德林市，贫民是不配拥有汽车的，更不要说拥有那种名贵的汽车。拥有一辆私家车是一种身份的标志。

埃斯科瓦尔把偷来的每一辆汽车，都交给奥乔亚，然后从他手中接过一沓现钞，这其中有比索，但更多的是美元。对于每一种车辆的价格，埃斯科瓦尔更是了如指掌，何况他偷的大都是新车。

奥乔亚得到这些车之后，立即进行处理。他还有一位销赃的高手，就是后来有"哥伦比亚黑手党教父"之称的卡洛斯·莱德尔。埃斯科瓦尔偷来的每一辆车，都是经过他的手或整或零地再次推销出去。

不过，在当时，埃斯科瓦尔并不知道有莱德尔这个人，就如莱德尔也不知道他一样，他们都是同奥乔亚单线联系，一个负责供应，一个负责推销，形成以奥乔亚为轴心的供销一条龙。

这也是奥乔亚的精明之处，如果他们两人接上了头，那么他这个中间人就架空了。

莱德尔是埃斯科瓦尔的同龄人。1949 年他出生于哥伦比亚的阿曼尼亚城。他的母亲是当地一位知名度较高的哥伦比亚美女，父亲是德国人。

莱德尔在家中最小，排行第四。在他 3 岁时，他的父母便由于感情破裂而离异了。父亲回到他的故乡德国去了，莱德尔同已经不再美丽的母亲生活在哥伦比亚。连同兄弟姐妹一家五口，他的母亲即使再能干也难以维持一家人的生活。于是，母亲后来嫁给了一位汽车司机，年龄最小的莱德尔便成了这位司机的儿子。

这位司机是一位生性粗暴而又好色之人。母亲年轻的时候就成了他猎艳的目标，但由于地位的悬殊使他屡屡不能得手。后来，在一次意外的邂逅之中，他利用近似强暴的手段终于如愿以偿，占有了这位已生了三个孩子，但风韵犹存的女人。

他得手之后，便似乎感到自己突然身价百倍，于是就在周围的朋友中大吹大擂，把占有莱德尔的母亲看成是一件非常光荣的胜利。他不但吹嘘莱德尔的母亲如何对自己一往情深，如何美丽温柔，而且还把那次占有的细节描绘得天花乱坠，结果闹得满城风雨，不管莱德尔的母亲如何解释都无济于事。因为他把这位美人儿最隐秘的生理特征，都描绘得路人皆知。

于是，莱德尔的父亲同母亲离异，也成了情理之中的事，何况他还一有机会就不时寻找机会来骚扰。莱德尔出生之后，他一直认为是他的儿子，这也是莱德尔跟着母亲一同"嫁"给这位继父的主要原因。

从此，莱德尔的身份便成了"私生子"，受到了各方面的歧视，在这个世界上唯一喜欢他的就只有这位汽车司机。甚至连他的母亲都怀疑这位儿子真的是罪恶的结果。

不过，这位汽车司机却有一手绝活，除了驾驶汽车外，他几乎会修理世界上所有的汽车。对于每一种汽车的产地、功能和型号都了如指掌，一辆汽车，看一眼就能说出它是第几代产品和它的来龙去脉，甚至连关于某种汽车的趣闻逸事都能娓娓道来。

自从莱德尔成了他的"儿子"之后，他便开始把自己的这门绝活，毫不保留地传授给他。有幸的是，莱德尔当时并没有辜负这位继父的一片苦心。是不是他的父亲他倒不感兴趣，感兴趣的是每天都有汽车玩。

自从娶了莱德尔的母亲之后，这位汽车司机便不再开汽车，而是在家里开了家汽车修理公司，由于他的手艺和声望，他的生意很是红火。莱德尔差不多是从 5 岁开始就成了他的帮手，整天和汽车打交道。当然，这时他并不知道自己的身世竟有这么一个曲折的故事。

到了 1966 年，莱德尔已经 17 岁了。这时，他不仅有一门精湛的修理汽车的技术，而且了解了自己的身世。于是，他便带着一种耻辱感一个人背井离乡，悄悄地离开了这个家，去了美国。

莱德尔来到美国的第一站是纽约。在这个大都市里，他几乎尝尽了一个流浪汉的苦头。他本想靠自己的这门手艺混一碗饭吃，哪知那种驱使他出走的耻辱感，让他根本不屑于此道。从此，他便流落街头，与那些嬉皮士、皮条客和下等妓女为伍，由此深陷其中而不能自拔。

在实在无法混日子的时候，他也去那些下等餐馆或汽车旅馆打几天工，洗洗盘子、打扫卫生或帮人开车门、拎包箱、洗汽车。

真正发挥他的一技之长是两年以后的事。


1968 年，莱德尔又从纽约流落到了美国的最大汽车工业城市底特律。这时，与他结伴同行的还有一位哥伦比亚的流浪汉，他的名字叫加查。

来到底特律之后，莱德尔由于一个偶然的机会，被当地的一个专门倒卖汽车的黑道团伙看中了。

一天傍晚，莱德尔和加查在一条大街的转角处，发现了一辆没有锁车门的汽车，而且还是一辆崭新的福特牌轿车。

这一发现，让差不多两天没有吃饭的莱德尔来了精神。尽管他曾发过誓这一辈子不碰汽车，但是，面对饥饿的威胁，他这种誓言再也不那么重要了。

这时，他左右前后看了看，都没有看到一个像车主的人，就连警察也在很远的地方，就是在这个地方杀了人都不会有人知道。莱德尔心想：这倒是一桩好买卖，把这家伙偷去换顿饭吃总能绰绰有余。

于是，他就对身边的同伴加查说，把这辆汽车偷走，换几天的饭钱。

加查一听，以为是他开玩笑。因为自己从纽约跟他一路流浪到底特律，历时一个多月时间，也没有听说他会开汽车，甚至连汽车这两个字都没听他说过。他当然认为这是莱德尔的一种穷开心，便说：

　　"行！干吧，伙计！我帮你望风。"

　　莱德尔说："真的干吗？"

　　加查说："只要你能开走它，我这一辈子跟你做仆人。"

　　莱德尔说："我倒不要你做仆人，只要你不害怕就行。万一我被抓住了，你得去牢里看我，我们在这里都没有亲人。"

　　加查见他说得这么认真，便糊里糊涂地点了点头——不知是同意他偷，还是同意去牢里看他。

　　莱德尔一听，果然很内行地一眨眼就溜进了车内，试了一下油路、灯光，便发动引擎，踩了踩离合器。奇怪的是，这么一辆崭新的汽车竟开不动。莱德尔又鼓捣了几下，还是开不动，他便扫兴地跳下车来说：

　　"妈的，原来是一辆坏车。"

　　加查一听，乐不可支地笑起来了。他说：

　　"什么坏车，还不是你功夫不到家，不要吹牛了，我们还是去找点吃的吧。"

　　莱德尔一听，脾气却上来了。他说：

　　"你不要高兴得太早，即使是辆坏车，我也要把它开走，你就等着做我的仆人吧！"

　　说着，他又一不做二不休地钻进车内，找到了工具箱，叮叮当当地找出了扳手、螺丝刀等修车的工具，非常老到地打开了引擎盖，动手修了起来。

他这一连串的动作，像变戏法一样，让加查看得眼花缭乱。即使莱德尔不能把这辆汽车修好，他也打心眼里佩服他。

莱德尔几乎是在没有灯光的情况下，三下两下就把这辆汽车大卸八块，各种零、配件摆了一地。最后他认真检查了一下发动机和油路，终于发现这是一辆根本修不好的车。别看这辆车外表油光发亮，崭新的样子，其实里面的零件大部分是凑上去的，只有那几个发动机缸套是原装的，新的。

莱德尔心想：是谁把这么一辆车摆在这里？莫不是一个圈套？凭他在纽约生活了两年的经验，他知道这很可能是一种讹诈的手段。

于是，他便对加查说：

"这里面一定有诈，我们还是捡这几个缸套去换几块饼吧！"

加查一听，再也不认为他是在为自己找借口，便说："你说得有道理，我们快走吧！"

但是，他们已经走不了了。

只见眼前一亮，一道亮光唰地一下从对面的高楼上照射过来，就像探照灯一样，把他们罩在这强烈的光圈之中。

这时，在他们的前后左右，已围上了几个彪形大汉……

原来，这辆福特轿车，正是一伙倒卖汽车的车贩子的诱饵。这伙人常常利用这种手段，寻找一些汽车司机或修理工，然后威逼他们入伙。

刚才莱德尔的一举一动，已经被他们在对面高楼上看得一清二楚，他们认为这个十八九岁的小伙子，实在是一个难得的人才。

于是，在这伙人的威胁下，莱德尔反正也走投无路，便答应了入伙，并把加查也介绍给了他们。

为了表现一下自己的实力，今后不被他们小看，莱德尔打算给这些人露一手。他对其中的一位头目模样的人说，只要给他几样他需要的零配件，他将在十分钟内把这辆福特车开走。

那个人打开手中的一个包，对莱德尔说：

"这是不是你要的东西，先生！现在就看你的了！"

莱德尔清点了一下，很神气地把手一挥说：

"请把灯关掉，我不喜欢在强烈的灯光下工作，请尊重我的习惯，朋友！"

此言一出，真让这伙人大吃一惊。他们心想：这一下可钓到了一条大鱼。

那个人也神气地把手一挥，灯光熄灭了，他并没有忘记看了一下手上的表。

后来的结果，证明了莱德尔果然是他们这个团伙中的高手。从此，莱德尔就带着加查在美国干上了这一行。他们的境况迅速地得到了改变，并且很快地暴富起来。

1970年，莱德尔第一次以"倒卖罪"在底特律被警方起诉。他的那个团伙也树倒猢狲散，各奔前程了。这时，加查花了20万美金，为莱德尔请了一位辩护律师。在法庭上两次唇枪舌剑之后，莱德尔终于在缴纳了50万美元的"保证金"后被保释出狱了。

但是，出狱后不到一星期，他们又因走私200磅大麻而被判了两年监禁。

在美国西部加利福尼亚的监狱里，莱德尔和加查结识了流亡美国多年的毒贩罗德里格斯。他们一见如故，志同道合，在狱中共同谋划出狱后的贩毒计划，结成了一个贩毒集团。

1972年，这个贩毒团伙的所有成员都刑满释放，于是他们便分工合作，开始实施他们的贩毒计划。这时，他们便把目光投向能获巨额利润的可卡因走私，由加查协助罗德里格斯长驻加利福尼亚州的东北部，开拓一个遍及西部的毒品转运网络，莱德尔则回到阔别了多年的老家哥伦比亚，专门收购毒品。

不到半年的时光，几笔生意下来，他们就净赚 220 万美元。每人分得 20 万美元的"红利"之后，莱德尔便把剩下的钱在麦德林开办了一家汽车修配厂，以这家修配厂为据点，一方面掩护其贩毒活动，一方面与"萍水相逢"的奥乔亚联手，倒卖由埃斯科瓦尔偷来的汽车。双管齐下，生意越做越大。

就这样，后来闻名世界的哥伦比亚最大黑帮——麦德林卡特尔贩毒集团的几位头目，便殊途同归，一步一步地走到一起来了。

但他们真正结成贩毒集团，还是在埃斯科瓦尔第一次被送上法庭之后。

# 第三章

# 走私受阻　巴勃罗另辟蹊径

为对一位吧女报"一箭之仇"，结果被第一次送上法庭，虽然"无罪释放"，却被老板"炒"了鱿鱼；

从此开始集体走私，又在巴、哥边境受阻，被边防军打得人仰马翻……

面对可卡因生意的诱惑，巴勃罗开始另辟蹊径，同奥乔亚暂时分道扬镳。

他由此寻找到了自己的"终生职业"。

埃斯科瓦尔第一次被送上法庭是 1973 年 8 月的一天，罪名是涉嫌偷窃汽车。

这条罪状对埃斯科瓦尔来说，实在是恰如其分。因为在这之前的两年来，他至少亲手偷窃过三十多辆汽车，而且都是清一色的小轿车，其中不乏价值 20 万美元以上的世界名车。

埃斯科瓦尔偷来的这些车，都是经过奥乔亚的手，送进了莱德尔的麦德林汽车修理厂，由他进行"加工"，或重新喷漆，或改组外形，或者干脆肢解成各种部件，然后一件一件地去"零售"。有的在国内销赃不了的，就想办法偷运出境，销到国外去。

莱德尔在这方面的确是位高手，经过他"加工"后的汽车，已经是面目全非，即使是卖到了原来的车主本人手中，也难一时认得出来，还以为是捡了个便宜货。至于那些被肢解了的名车，更是"死"无对证，永远找不到它的任何踪迹，就像在这世界上风化了或者是沉到加勒比海里去了一样。即使是那些名车都有统一编号的发动机，但找到这些发动机时，它也许已经在巴西、美国甚至是西欧某地同类型的车上了。

埃斯科瓦尔每交给奥乔亚一辆汽车，他都可以从他手上接过3万至5万美元不等的现钞。他这两年来的收入，也就可想而知了。现在的埃斯科瓦尔虽然还是一名地位低下的汽车推销员，但他已今非昔比了。他现在推销汽车的目的，并不是为了那每月20美元的薪金和每部车30美元的奖金，他现在的主要目的是为了寻找让他得到3万至5万美元的线索。因此，他仍然干得非常卖力，并且多次受到老板的嘉奖，成为全公司最优秀的职员。

埃斯科瓦尔对此常常从内心感到可笑。每当夜深人静的时候，他拿出那把没有任何人知道的万能钥匙，不由得放在嘴边吻了又吻，这可真是一把名副其实的"金钥匙"啊！

有了钱之后，埃斯科瓦尔还有许多的痛苦。

首先，他不能像大街上那些有钱的人那样，正大光明地拥有属于自己的楼房、名车和美貌的妻子、情人。他依然只能住在一间肮脏的汽车旅馆里，没有属于自己的一切。

其次，如今他依然孑然一身，还没有一个属于自己的女人。尽管这两年来，他几乎逛遍了麦德林所有的上等妓院，玩遍了世界上各种肤色的女人。但是，却没有一个女人是属于他的，没有哪一次不是先付钱再上床。

　　这倒并不是说他没有钱去娶一个女人，而是他还不能去娶一位有头有脸、有身份和地位的女人。由于麦德林市的窃车案接连不断，已引起了警方的注意，风声越来越紧。因此，奥乔亚一再警告他，千万不能过分张扬，否则，警察就会找上门来。这样，埃斯科瓦尔一直不敢轻举妄动，只好在一个又一个妓女的床上，打发难熬的长夜。

　　还有一件令埃斯科瓦尔一直耿耿于怀的事，就是那位向他要戒指的坐台吧女对自己的侮辱。他总忘不了她恶狠狠地对自己说"我看你这件西服准是偷来的"那种声调和神态。

　　现在，别说是一枚戒指，就是十枚戒指，把她十根手指都戴满，他也可以买得起。但是，埃斯科瓦尔却一直没有去找她算这笔账。这一直成了他的一块心病。他多次去找奥乔亚诉说自己的这种痛苦，但每次都被奥乔亚用同样的理由说服了。

　　一天夜里，埃斯科瓦尔又走进了一家妓院，接待他的是一位十分乏味的巴西女子。埃斯科瓦尔在她毫无性感的身上挣扎了几十分钟之后，扔下两张美钞就走了出来。这时，一种意犹未尽的感觉终于驱使着他，走进了那家让他受辱的酒吧。他一进门，发现吧台上那位女子还在。他就像一位醉汉一样地走过去，冲着那位吧女打了个响指，神气十足地说：

　　"小姐，给我来一杯威士忌！"

　　埃斯科瓦尔说这句话时，他的眼睛故意向上看着五光十色的天花板，而不去看她那张长得像毛拉一样的脸。但是，他眼睛的余光，却准确地窥视到了这位吧女那吃惊的神色，并知道她正在往酒杯里缓缓地倒酒。

　　"先生，给你酒。"

埃斯科瓦尔听到那位吧女在招呼自己。

他以一种居高临下的目光，傲慢地盯着她半天，才缓缓地接过酒杯，轻轻地呷了一口。

突然，他眉头一皱，大叫起来：

"啊，臭娘们，这是什么东西，这也叫酒吗？老板，老板……"

当那位胖乎乎的老板闻声赶出来时，埃斯科瓦尔已随手连酒带杯子摔在那位吧女的身上。杯子"哐当"一声在大理石地面上碎了，酒浇了那位吧女一身。

老板惊讶地说：

"先生，怎么回事，这一杯威士忌在我这里可是 2000 比索！"

其他的顾客也都睁大眼睛看着这一幕闹剧。

埃斯科瓦尔一见更来劲了，他向老板丢去一沓美元说：

"这是 200 美元，总够你一杯威士忌吧！不过，我要告诉你，我明明看见这个女人倒的不是威士忌，是烈性的奇查酒，你看着办吧！"

说完他就扬长而去。转身时，他得意地看了一眼吧女的那张哭丧的脸，他的心里似乎轻松了许多。

然而，埃斯科瓦尔的这种恶作剧，并没有让酒吧的老板炒这位吧女的鱿鱼，倒是他的行为引起了许多人的注意。

一个汽车推销员出手就是 200 美元，这可相当于他十个月的工资啊！当天晚上，一位在现场目睹这出闹剧的市参议员，把这种情况报告了麦德林市的警察局长。因为，他似乎认出了这位扔下 200 美元的人，就是那位对自己推销那辆价值 100 万比索的 250CT 型法拉利跑车的汽车推销员，而自己的那辆法拉利仅仅用了才四个月就不翼而飞了。

麦德林市警察局根据这一线索，同汽车推销公司进行了联系。通过调查发现，经埃斯科瓦尔之手推销的近五十辆汽车中，就有二十多辆被偷。

这可真是一个意外的发现。

埃斯科瓦尔由此被作为嫌疑人，受到了警方的传讯，并于三天之后在麦德林法庭举行宣誓听证会，他已经被正式起诉。

奥乔亚听到这一消息之后，不由得大骂埃斯科瓦尔："混账！"

三天之后，宣誓听证会如期举行。

法庭上除了三名法官之外，还有包括那位奥乔亚在内的五名麦德林市的市民代表组成的陪审团。旁听席上，除了各报社和电台、电视台的新闻记者和一百多名市民之外，还有许多丢了车的车主。那位议员也在其中，他是和那家酒吧的老板、吧女一道，作为证人出席这次听证会的。

奥乔亚作为陪审团成员，是因为他既有钱，又有名，属于麦德林市那种受人尊敬的上层人物，甚至是名流之列。如果将他的真实面目公布于众，那么，站在被告席上的应该是他。

然而，今天站在被告席上的却是汽车推销员埃斯科瓦尔。对此，埃斯科瓦尔并不为自己那天晚上的行为感到后悔。他知道即使没有那天晚上的行为，这一天迟早也会来到，只是时间的早晚。他已经开始讨厌这种人不人鬼不鬼的日子了。

他只是对道貌岸然地坐在陪审席上的奥乔亚，感到有点滑稽。他不由得又抬起头来朝他看了一眼。他发现此时奥乔亚也正在看着自己。

他当然不会承认自己有罪。昨天，奥乔亚给他聘请的辩护律师已经转告了他：关键是不能承认自己会开汽车，并告诉他，他的老板也将会为他证明这一点。

埃斯科瓦尔当然知道，这位律师所得的"出庭费"绝不少于自己偷两部车的回扣。

一个半小时的听证会结束了，法庭没有找到埃斯科瓦尔任何有关偷汽车的证据。一位汽车推销员关心汽车，出入各种有汽车的场所，售后同客户继续保持联系，询问车况及有关问题，这都是属于正常职责范围。售后服务是值得提倡的，这是任何一位从事商业活动的人应具备的职业道德。再说，一位不会开汽车的人，在没有同伙的帮助下，是不可能把汽车偷走的，除非他能把汽车推着走；如果要说他有同伙，但目前尚无迹象表明这一点。至于说他出手大方，把200美元不当一回事，这未免有些少见多怪。在这样的时代，谁都有弄钱的办法。客户的"回扣""感谢费"等等，都是一位推销员经常可以碰上的好事。另外，如果你喜欢赌博，如果你又运气好也会发点小财。只要不出人命，赌博不应该在法庭讨论……

——以上是那位律师辩护时的主要内容，他为埃斯科瓦尔挡住了八面来风，开脱得滴水不漏。这不能不让埃斯科瓦尔另眼相待。真是"条条道路通罗马"，嘴巴上的功夫也有高低之分。

在法庭上，埃斯科瓦尔的老板也以证人的身份，证实了他的下属不但不会开汽车，而且是一位忠诚老实，很有敬业精神的职员。为了维护公司的形象，他愿以个人和公司的名义，为埃斯科瓦尔担保。

法庭最后做出裁决，接受这位老板的担保，撤销对埃斯科瓦尔的指控，当场释放，随老板"回家"。

但是，埃斯科瓦尔一回到公司，老板就正式对他宣布：

"从现在起，你被公司开除了，今后，你的一切行为与公司无关，请你不要再以公司的名义去招摇撞骗，否则，我将再次送你上法庭。你现在就滚蛋吧，朋友！但愿我今后不要再见到你！"

对于老板的这种愤怒，埃斯科瓦尔完全可以理解。他对老板宽容地笑了笑，然后几乎是高兴地走出了这家汽车推销公司的大门。

告别了推销员的生涯，埃斯科瓦尔正式开始了他后来的"终生职业"。

1974年2月，奥乔亚终于将埃斯科瓦尔介绍给了莱德尔，同时也把对方介绍给他。直到这时，这三位后来将哥伦比亚闹得天翻地覆的主要黑帮头目才真正走到一起来了，一个犯罪团伙渐渐形成。

他们在奥乔亚的提议下，决定成立一家公司，这家公司就叫"麦德林卡特尔"。他们的主要"商业活动"就是以奥乔亚的杂货店和莱德尔的汽车修理厂为据点，进行境外走私。当时，他们并没有把走私毒品当成主要"业务"。作为一位哥伦比亚公民，他们都知道以下几个事实：

1970年11月，哥伦比亚政府第一次颁布法令，宣布对非法买卖和拥有毒品者给予严厉制裁。这一法令经过多次补充和修改，已正式列入国家的宪法条款之中。

其次，是从1971年上述法令颁布之后，哥伦比亚警方配合政府各有关部门，立即进行了一次全国性的缉毒运动。从此以后，这种运动便持续不断地进行，每年至少要收缴和焚烧两次毒品，每次被收缴焚烧的各类毒品都在5000公斤以上。

同时，政府还从1971年开始，专门成立了一支武装精良的缉毒部队，对机场、港口和通往各处边境的口岸进行严格检查。一经查出，便人赃俱拿，决不宽恕。

　　所以，贩毒虽然是一桩赚钱的买卖，但也是风险最大的生意，一步不慎，便人财两空。到底能发多大的财，他们一时还摸不准。尽管莱德尔尝过这种"甜头"，但这两年他一直在国内，加查和罗德里格斯在加州的网络发展如何，他也不十分清楚。再说现在全世界都在禁毒，国外毒品市场的前景又如何，这都有待于进一步调查研究。

　　走私家电、珠宝，这是奥乔亚的拿手戏，在没有认识莱德尔以前的那两年，他就是干这一行，手下有一班人马专干这种营生。同时，这也是80年代初期，哥伦比亚许多人都在干的勾当。

　　第二次世界大战以后，由于政局动荡不安，哥伦比亚的经济一直处于疲软阶段。经济衰退的结果，导致了许多民族工业的破产。一直到20世纪70年代，甚至连收音机、电热器这样的家用电器都要依赖国外进口，更不要说高档的产品。

　　尽管哥伦比亚历届政府力求发展本国民族工业，多次下令封锁边界，抵制各种走私货物，但是，由于市场的需求在不断提高，国内产品又供不应求，这就给走私创造了一个极大的生存空间，也使走私变成了一种有利可图的生财之道。

　　另外，在哥伦比亚长达6300多公里的国境线上，都是人烟稀少的崇山峻岭。茂密的热带雨林为走私者设下了无数的天然屏障，一条条隐秘的"绿色通道"就在这密林深处，通往周边的许多国家的商品集散地，让政府的缉私人员和边防部队防不胜防。有了这样得天独厚的自然条件，有利可图的走私活动自然屡禁难绝。

　　由于在东南部与哥伦比亚接壤的委内瑞拉、巴西和厄瓜多尔、秘鲁等国都不十分富裕，所以在西北部与之接壤的巴拿马就成了哥伦比亚走私的主要通道。

巴拿马本来是哥伦比亚西北部的一个行省，在美国的支持下，巴拿马于1903年11月3日发生军变，宣布脱离哥伦比亚。三天之后的11月6日，美国率先承认巴拿马为主权独立国家，并派遣一支海军开赴巴拿马海峡，帮助新独立的巴拿马抵御哥伦比亚军队的颠覆。紧接着，美国又同巴拿马缔结了一个举世皆知的《海布诺瓦里条约》，从此，诞生了世界近代海运史上的一个奇迹——巴拿马运河。

巴拿马运河的开通，将太平洋和大西洋连接起来，使来往船只缩短了近7万公里的航程。为开凿这条举世闻名的运河，巴拿马人付出了近七万人的生命。但是，由于《海布诺瓦里条约》的签订，运河的主权却落入美国人之手。不过，巴拿马的经济也由此得到了发展。

巴拿马的发展，既让哥伦比亚政府眼红，也给哥伦比亚造成了极大的威胁。尤其是第二次世界大战以后，集结在运河地区的许多战后剩余物资，成了走私贩子注目的目标。这里除了有大量的食品、服装之外，更多的是弹药军火。

为此，哥伦比亚政府曾多次下令封锁哥、巴边境，防止反政府武装从运河区偷运军火入境。然而，这种封锁，也给哥伦比亚的经济发展带来了极大的副作用，尤其是哥伦比亚上流社会所需求的生活品，如古巴雪茄、法国香水、海地棕榈油、荷兰奶酪和美国香烟、可口可乐等等，都在这种封锁之中被阻在国门之外。因此，从五六十年代开始，哥、巴边境的走私活动不仅屡禁不止，而且格外猖獗。尽管哥、巴边境山峦起伏、林深草密，巨蛇猛兽经常出没其间，但走私的马帮车队依然络绎不绝。因为他们知道，哪怕是九次失手，但只要一次得手，也可以获利。因此，许多人甘愿冒性命之虞，也要铤而走险。

如今，奥乔亚的走私集团也把目光瞄准了这条险象环生的"绿色通道"。谁知，等待他们的却是一条"死亡之途"。

1974年4月的一天，埃斯科瓦尔和莱德尔带着一支由三十多人和十多匹马组成的走私马帮，潜出了哥、巴边境，一个礼拜之后，他们满载着许多从巴拿马黑市上倒来的禁运物资，钻进了边境的丛林之中。两个印第安人的向导走在前面，埃斯科瓦尔和莱德尔分别走在马帮的中间和最后。他们之间永远相隔300米的距离，手中的大口径手枪机头大开，随时预防不测。

在密林中艰难地走了两天，除了两匹马陷进了沼泽之外，倒没有发生什么意外。第三天，已接近哥伦比亚边境线了，这是关键的一段路程。埃斯科瓦尔和莱德尔商量了一下，决定将剩下的十一匹马分成两队，疏散开来，由两位向导分别带领，寻找入境的途径，然后在离边境50公里的一个叫巴拉亚奥的小镇集合。

在一位印第安人的带领下，埃斯科瓦尔带着由五匹马组成的马帮同莱德尔带领的马帮分道扬镳。临别时他们再一次互道了"小心"，并明确了会合的地点和时间。

等对方隐入林莽之后，埃斯科瓦尔才招呼自己的马帮，朝另一个方向进入一条险峻的峡谷。

这是一条干涸的河床，再过两个月季风季节一到，这里便江河横溢，浑浊的洪流势不可当。可是，如今这里却是一条崎岖的山间小道。苍鹰在悬崖边盘旋，巨蟒为寻找水源横跨峡谷竟像一座独木桥一样……脚下与其说是路，倒不如说是从一块块滚动的石块丛中，踏出来的一个个脚窝。埃斯科瓦尔带着他的马帮，在这条峡谷中艰难地跋涉。大约过了一个小时的样子，头上响起了隆隆的声音，他们抬头望去，只见两架军用直升机擦着山头掠过去，随后又在山头盘旋。随即从山那边，传来了一阵激烈的枪声。

枪声响的地方，正是莱德尔那伙人经过的地方。那是一片比较开阔的丘陵地带。枪声告诉了埃斯科瓦尔，莱德尔的马帮已经遭到了边防军的伏击，或者是进入了包围圈，结果一定是凶多吉少。于是，埃斯科瓦尔马上命令自己的马帮攀上旁边的悬崖，立即离开这条峡谷，隐入旁边的丛林之中。

但是，从峡谷往上攀登谈何容易。尽管这几匹马也和他手下的赶马人一样，是一匹匹能在山林中奔走的山地马，而要背负这样的重荷，爬上近90度的悬崖却不是一件容易的事。约莫半个小时后，他们终于找到了一条走出峡谷的小道。但第一匹攀上去的马却踩上了一块风化的石头，双脚凌空，不由自主地从悬崖上滚了下来。只听到轰隆隆的一阵巨响，在峡谷的回声之中，这匹马一直无遮无拦地滚到了涧底，最后像一件自由落体一样，重重地摔在干涸的河床上。连同它一起摔碎在那河床的乱石上的，除了它身上价值几千美元的索尼彩电和其他货品外，还有那位牵马的墨西哥人。那匹马四脚折腾了几下就不再动弹了。

其余的四匹马一阵惊恐，在"哼哼"地嘶鸣长啸。吓得埃斯科瓦尔大吼一声，命令他们全都退下。望着乱石堆上那些死去的同伙，其他的牵马人便再也不肯往上爬了。他们只有再次沿着峡谷，一步一步地向上游走去。

这时，那两架直升机又出现在头顶上，在峡谷上方盘桓。也许他们已经嗅出了什么味道。埃斯科瓦尔心想：看来今天真是在劫难逃。

果然不出他所料——可能是那乱石堆上的死人和死马散发出来的血腥味，立刻招引来一大群凶狠的墨西哥苍鹰，扑腾腾地从附近的悬崖边飞来，在乱石堆上展开了一场生死搏斗。其中有几只鹰，竟然是从直升机的螺旋桨边掠过。

　　这一反常的迹象，让直升机上的那些边防军士兵终于明白了这里曾发生了什么。于是，一阵冰雹一样的子弹，从半空中倾泻下来。一架飞机过去了，又一架飞了过来。那些士兵们疯狂地向峡谷扫射，将这段峡谷打得乌烟瘴气。这时，又一匹马受伤了，它挣脱缰绳，疯狂地从悬崖底下冲出来，在直升机的扫射下狂奔，最后也重重地倒在峡谷中。

　　这一下，所有的人和马都完全暴露了。埃斯科瓦尔知道，这条路，今天无论如何是走不通的。现在唯一的办法，就是将人马分散，再次缩小目标，各自为政，分别潜入境内，还是后天下午到那个巴拉亚奥小镇集合。他心中也清楚，这种做法也是不得已而为之。他还是第一次与这些手下人打交道。虽然他们都是奥乔亚的部下，但在这样的时刻，就是自己的儿子也没有那么忠诚。能捡回一条性命回麦德林就不错了，还管身上的什么东西，即使是金子他们也会丢掉的。

　　直升机终于飞走了。

　　接踵而来的，将是边防军的巡逻队。

　　埃斯科瓦尔抓住这个空当，立即带领人马由原路退回，从峡谷的入口处分散爬上周围的山峰，然后钻进莽莽的原始森林。

　　和埃斯科瓦尔同行的，还是那位印第安向导。他实在是一位最忠诚的仆人和卫士。在这原始森林当中，他一边仔细地寻找路径，一边不停地挥舞手中的长刀，砍去挡道的树枝和长藤，驱散迎面而来的马蜂，引导埃斯科瓦尔避开那看不见的蚁穴、蛇窝和食人树……

由于这位印第安人的忠诚，埃斯科瓦尔才安全地越过了防守严密的国境线，在第三天下午约定的时间内，到达了巴拉亚奥小镇。

但是，当他伏在镇外的山林中朝那座山谷中的小镇望去，却发现这座小镇也不那么平静，镇中似乎隐隐埋伏着军队。他立即招呼那位印第安人蹲下来，观察一阵子再说。

果然没过多久，一位走私队伍中的墨西哥人，刚一走到镇边，就被埋伏在路旁的边防军一拥而上活捉了。

原来在莱德尔的那拨人马遭到袭击时，边防巡逻队就从活捉的几个走私贩子中，知道了他们这次行动的全部秘密。于是便派出飞机侦察埃斯科瓦尔这伙人，然后在巴拉亚奥小镇埋下了伏兵，要把这伙人一网打尽。

这次行动是一次彻底失败的行动。所有的走私人员和马匹、货物，除打死、走散和丢失的外，大部分都被人赃俱获。埃斯科瓦尔和这位印第安向导漏了网，另外还有莱德尔和两位墨西哥人，也从原路空手潜回了巴拿马，直到两个月后才回到了麦德林。

不过这次失败，让埃斯科瓦尔找到了一条日后发迹的"正道"。


1974年夏天，埃斯科瓦尔又回到他的故乡恩维加小镇。

由于前不久的那次走私行动失败，他不得不另辟蹊径。回到麦德林后，他便向奥乔亚谈了自己的想法。

他对奥乔亚说："反正是玩命，要干就干大的。我看现在能发大财的生意，除了贩毒还是贩毒，不搞大麻就搞可卡因，我们这里满山遍野都是古柯叶，这就像你当年开导我的那样，不要捧着金饭碗去要饭。"

"这话是不错，"奥乔亚老谋深算地说，"但这可是犯法的生意……"

"你走私这些违禁品同样犯法，"埃斯科瓦尔打断他的话说，"反正都是犯法，何不去挑大的做！"

"如果政府采取强硬措施，进行武装干预那将怎么办？"

"那怕什么！"埃斯科瓦尔杀气腾腾地说，"政府可以武装干预，我们就可以武装贩毒，飞机大炮又不是买不到。我就不信那些缉毒部队的兵不是肉长的。"

奥乔亚不由得认真打量起眼前的这位年轻人来，心里说：真是后生可畏啊！如果他要这么干，让他碰碰运气也好。于是，便对埃斯科瓦尔说："你有这种胆略，我当然高兴，那我们就双管齐下，我这种生意也不能丢，你那种买卖也试着干，这样可以二者兼顾，有进有退，你看如何？"

埃斯科瓦尔见他这么说，自然知道他另有打算，便说："行，我还是回恩维加去，在那里搞几个古柯种植园，再建几个秘密的可卡因加工厂，那里是深山老林，比麦德林安全。你如果认为这事能成，就来找我，先投资再合伙。"

他就是差一点儿没有说：咱们分道扬镳吧！

奥乔亚当然明白埃斯科瓦尔的意思，他也不好再说什么。但他的内心是相当矛盾的，既希望他成功，也希望他翻船。

一对"黄金搭档"，就这样暂时地分手了。

不过，奥乔亚还是给自己留了条后路，一是答应利用自己手下人走私的机会，帮他去国外寻找销路，发展贩毒网络；二是当时借给了埃斯科瓦尔50万美元。他知道埃斯科瓦尔如果真的大干，自己的本钱一定是不够的。如果他成功了，他是会还的；如果他失败了，也不敢不变着法子还。

埃斯科瓦尔没有过多地去揣摩奥乔亚的良苦用心，只是非常感激他的慷慨和支持。

于是，埃斯科瓦尔就这样一个人单枪匹马地干起来了。


把古柯叶加工成可卡因实在是一项赚大钱的买卖。

20世纪80年代中期，在麦德林1公斤古柯叶的时价，仅仅只值70至90美元（当然是指烘干了的），而加工成可卡因，每公斤也不过800至1000美元。但是，如果将可卡因走私到国外，那就"海"了——

在欧洲荷兰的名城阿姆斯特丹，当时的可卡因在黑市上的批发价，每公斤就高达12万美元；如果走私到美国纽约，黑市批发价将上升到每公斤20万至22万美元；要是在其他城市，如波士顿、芝加哥等地零售，每公斤可卡因的价格将是230万美元。

所以，世界上没有任何一种商品有如此高的利润，即使是黄金、珠宝也望尘莫及。

为什么有这么高的利润呢？

究其原因不外乎有以下几种：

第一，走私贩卖毒品是非法的，这是国际常识。因此，世界上绝大多数国家，都对走私贩毒行为进行严厉的打击，对制造生产毒品的窝点进行摧毁，使毒品的生产和流通受到巨大的威胁。而另一方面，随着国际交往的日益频繁和交通事业的空前发达，再加上许多人为的因素，世界范围内吸毒的人数越来越多。尤其是世界上一些富裕的国家，如美国、意大利、澳大利亚、新西兰、日本、德国、英国……都是吸毒人数较多的国家。

以美国为例。据美国国家毒品滥用问题研究所的两次调查数据表明：在全美两亿三千万左右的人口中，有两千三百万人经常使用大麻，五千四百万人试过大麻的味道；有四十五万海洛因的"瘾君子"，未成瘾的海洛因使用者至少有二百万；有五百万人是定期使用可卡因，有二百万人经常使用"迷幻药"（即 LSD），一千六百万人试用过"迷幻药"；有八百万人尝试过 PCP（即苯环碱），有三千万到四千万人经常使用一种或多种毒品；使用过非法毒品的人至少有一亿人；平均每年的毒品消费从 500 亿至 2000 亿美元不等——这其中还不包括其他"合法"毒品。截至 1997 年 6 月 26 日"国际禁毒日"为止，美国平均每年的毒品消费为 1600 亿美元。而这种情况还有增无减，愈演愈烈。近年来有资料表明，美国 18 岁以下的青少年中，吸毒者为 16%，18 至 25 岁的青年中，吸毒者为 66%。在密歇根大学，吸大麻的大学生为 25%；哈佛大学，30% 的学生吸食过可卡因，该校一千名年轻的医生和医学院学生中，已有 30% 的人沾上了毒瘾；在全美，每天吸食大麻的高中生长期固定在 5% 至 10% 之间……

在美国文艺、体育界，吸毒已是公开的秘密。从三四十年代好莱坞著名的男影星切斯特·莫里斯，到 90 年代的女明星安娜·玛丽亚、玛丽·麦克、黛娜·华盛顿，演奏家吉姆·莫里森，著名摇滚歌星迈克尔·杰克逊，著名喜剧演员约翰·贝勃，明星演员查德·德赖弗斯，还有前文介绍过的、因吸毒烧伤了面部的喜剧演员、畅销片《愚蠢的激动》的男主角扮演者理查德·普顿尔等等都是著名的"瘾君子"，有的还因吸毒失业、堕落、坐牢甚至死于非命。

在美国的体育界职业运动员中，可卡因的食用非常普遍。全美篮协著名运动员、凤凰城太阳队的特拉克·罗宾逊认为，全美篮协运动员中，服过毒品的人达80%到90%。加州的一名篮球队总经理弗朗克·兼顿说得更明白：

"全国篮协中，没有哪一个是你可以有信心地说没有毒品问题的。"

1986年6月，年方22岁的篮球明星毕亚斯，因吸毒而突然死亡，就证明了这位总经理的话不是危言耸听。

这仅仅是美国人吸毒情况的一个粗略的统计，至于其他国家的情况如何，也就可想而知了。

联合国禁毒机构公布的一份资料说：1975年，全世界共没收了3吨可卡因、2吨海洛因、55吨大麻脂，而十年以后的1985年，没收的可卡因却多达56吨、海洛因14吨、大麻脂380吨！

在这十年当中，没收的"量"翻了多少倍？没有没收的又有多少？实在令人触目惊心。

全世界到底有多少人在吸毒，永远是一个无法搞清楚的谜。

到1997年6月26日的"国际禁毒日"为止，有一份资料表明：

各种毒品蔓延的范围已遍布全球五大洲的二百多个国家和地区；目前全世界有据可查的吸毒人数在五千万左右；全世界每年有二十万人因吸毒而死亡；

全世界毒品年交易额已突破5000亿美元，相当于国际贸易总额的10%至13%……

以上仅仅是一些有据可查的公开数据，而那些无据可查的"地下"数据又是多少呢？

由于毒品需求量不断增加和全世界各国不断打击和遏制，两者之间形成了一种"供不应求"的反差。这种反差便是"高利润"产生的主要原因。"物以稀为贵"这是一种普遍的价值规律。

第二，走私贩运过程中，过多的中间环节也是使毒品价格升值的另一个原因。

这其中既有贩运成本的提高，也有贩毒者的投机因素在内。

所谓贩运成本的提高，就是说，如果把在麦德林生产的一吨可卡因走私到美国的纽约毒品市场，因为是非法贸易，毒贩们便要利用合法的手段和材料去伪装；用不同的交通工具，辗转无数个毒品集散地；还有部分或大部分被禁毒部门查获没收，等等。那么，以上各个环节的人力、物力的开支以及损失了的可卡因的价值，都得由最后运到纽约毒品市场那部分甚至极少一部分的可卡因去分摊承担。这样，这一部分甚至极少一部分可卡因的价格，自然就相当于产地麦德林的几倍、几十倍不等了。

另外，所有的毒贩都是心狠手辣的投机者，唯利是图是他们的本性。因此，在贩运的过程中，他们为了牟取暴利，便层层掺假。如果是纯度为80%的1公斤可卡因，那么最后到吸毒者手中时，其纯度仅仅只有3%到5%；而重量则由1公斤膨胀到5公斤、10公斤甚至更多。这种可卡因里面掺进了大量的奎宁、砂糖、面粉等物质。但是，其价格并不是奎宁、砂糖或面粉的价格——而是纯度为80%的可卡因的价格加上贩运成本后的价格的总和，还要加上"地区差价"。

这样，你就可以想一想：1公斤可卡因从产地麦德林运到美国纽约，卖到吸毒者的手中时，其价格变成了多少！

这便是高利润的另一个重要原因。

在20世纪80年代中期，可卡因的行情变化程序大致如下：

第一个毒贩在麦德林买到纯度为80%的可卡因时，每公斤在

800 至 1000 美元之间，这时，他便以每公斤 5 万美元的价格卖给第一道中间商；第一道中间商便开始掺假加工，在每公斤可卡因中掺入同样重量（即 1 公斤）的砂糖和奎宁，使可卡因的纯度下降至 40%，这时，他却以每公斤 6.5 万美元的价格卖给第二中间商。

第二中间商得到纯度为 40% 的可卡因之后，再在每公斤可卡因中掺入同样重量（甚至超过可卡因重量本身）的砂糖和面粉，这时，其纯度就到了 20% 以下。

这时，第二中间商已经是国外某地的毒品批发商了，他不再把整批的毒品批发出去，而是把这纯度为 20% 以下的可卡因开始零售了。他大概是把每 250 克包成一包，每包售价在 1.5 万到 2 万美元之间——而其中同样掺进了 250 克的代用品。

这时，这种纯度为 20% 以下的可卡因就到了零售商手中。

零售商拿到这种可卡因之后，开始卖给一些迫不及待的吸毒者。此时，他便狠赚一把——除了使纯度为 20% 以下的可卡因变成纯度最多只有 3% 到 5% 的"粉末"之外，还将这 250 克一包的可卡因随意分成更小的小包，并随意漫天要价。

这样，原先在麦德林每公斤价格为 800 到 1000 美元的可卡因，这时的价格就升到了 200 万美元以上了。

这种戏法，在当时的毒品交易中，已经是公开的秘密。有人卖，更有人买。一个愿打，一个愿挨，两相情愿。


所以，当埃斯科瓦尔了解这一"秘密"之后，即使是明天要被拉去枪毙，今天他也要大干一场。

于是，他的贩毒生涯由此开始。

# 第四章

## 再度联手　大毒枭首开杀戒

建立毒品基地，埃斯科瓦尔后来居上，黑道称雄，麦德林贩毒集团正式"挂牌"。

首次出师不利，贩毒集团加勒比海"翻船"，一号头目被送上法庭。于是，莱德尔首开杀戒——大法官收到一个包袱，里面竟是妻子的内衣……

几天之后，大法官也在夜行车上毙命，麦德林法院保险柜中的"罪证"不翼而飞。

从此，埃斯科瓦尔又逃之夭夭。

回到老家恩维加之后，埃斯科瓦尔第一件事就是大种古柯树。到家的第二天，他就风尘仆仆去了当年自己打工的那家林场。

当年，他来到这深山中的林场时才13岁。十一年过去了，这里的一切都没有发生什么变化，只是自己那时亲手种下去的古柯树，如今已长大成林了。望着这一片绿荫遮天的古柯树，埃斯科瓦尔并没有"树犹如此，人何以堪"的沧桑之叹，而是想到，这么一大片林子，该可以收多少古柯叶，加工成多少可卡因，卖出多少美元啊！

他真恨不得一口把这片林子吞下去。

埃斯科瓦尔在古柯林边一幢小楼房里，找到了那位老板。那位老板已经认不出当年那位瘦弱的员工了，但埃斯科瓦尔还是一眼就认出他来了，并还记得他叫穆斯。

"穆斯老爷您好啊！"埃斯科瓦尔很气派地同他打着招呼，并摘下了脸上那副大墨镜，把长长的卷发往后捋了捋，在等待对方的反应。

"你，你是谁呀？"穆斯老板把陷在沙发中的胖身子欠了欠，在打量着这位高高大大的不速之客。

"我是巴勃罗，老板，我是专程来看你的。"

"啊，巴勃罗，我想起来了，坐吧！"穆斯老板这才招呼他坐下，并叫仆人送上茶来，"这么多年了，我已经认不出来你了，如今在哪里发财啊？"

埃斯科瓦尔在另一张椅子上坐了下来，掏出一只精致的金属烟盒，递给了当年的老板一支烟。这是一支美国骆驼牌香烟，穆斯拿在手上转了转，便点上了火，对埃斯科瓦尔说：

"不错，抽上外烟了，混得挺不错嘛！"

"哪里，老板。您老人家才不错哩。"埃斯科瓦尔也一边抽着烟，一边漫不经心地套着近乎，"您这片林子现在获利了，一年能收多少古柯叶子？"

"不多，一次也就那么几千公斤吧，赚不了几个钱。"

"一次就几千公斤，行啊！我看您这片林子能值几十万哩！"

"你说是比索还是美元？"

"当然是美元！"

穆斯老板诡诈地笑了笑说："那我把它卖给你，我不要几十万，只要 1 万美元。”

“嘿嘿，老板您真会开玩笑，1 万美元。”

埃斯科瓦尔打着哈哈说。

“你这是什么意思？”

老板并不明白他“嘿嘿”的含义，不知是说多了还是说少了。

“哈哈哈哈，1 万美元？老板，1 万美元？”

埃斯科瓦尔又打着哈哈，笑得更开心。

他这一笑，越发把穆斯老板弄得莫名其妙。他有些愤怒了。他说：“你笑什么？你能拿得出 1 万美元吗？如果你现在能当场拿出 1 万美元，巴勃罗，我就把这片林子卖给你！”

埃斯科瓦尔说：“好，我要的就是您这句话，老板。”说着，他立即从口袋里摸出一沓美元来，接着又摸出一支手枪，然后恶狠狠地对穆斯说：

“老板，这是 1 万美元，请点一下。如果您要反悔，我就用这支手枪把你崩了！”

穆斯老板根本没想到埃斯科瓦尔会来这一手，他着实有些慌了。这个恩维加的土老财是一个把命看得比什么都重的人，他当然不清楚眼前的这位年轻人这几年是在外面干什么营生。自己本来是不想和他较真，这么一大片古柯林的价钱，何止值 1 万美元，10 万美元也不止。自己只是想逗他玩，没想到他真掏出了 1 万美元。唉，这该怎么办呢？

穆斯半天都没有说话，两眼发直。他不是在看那 1 万美元，而是死死地盯着那支杀气腾腾的手枪。

埃斯科瓦尔也不说话，只是又从烟盒里取出一支烟来，丢给老板一支，自己也点上一支。

他当然知道这位老板这时在想什么。

穆斯老板捡起这支香烟，用手中的烟头在接火。接了几次都没有对准。埃斯科瓦尔发现他的手在微微地抖着，有些哆嗦。

他知道自己更没有必要开口说话了。在这样的时候任何话都是多余的。

他只是在等待穆斯老板开口。这是一种心理上的较量，看谁的底气足。谁先开口，谁就是输家。

埃斯科瓦尔在耐心地等待着，细细地品味着骆驼香烟。

穆斯老板终于输了——他用有点颤抖的语调说：

"巴勃罗，你何必来这一套，把你的手枪收起来，把你的钱也收起来，这片林子就算我送给你，好吗？当年……"

啪的一声，埃斯科瓦尔把手枪猛地在桌子上一砸，打断了他的话说：

"你以为我要抢劫你，是不是？笑话！兔子也不吃窝边草，你把我当成科迪勒拉山上的土匪是不是？说，是不是？"

"不是，不是。"

穆斯老板连忙说。他知道这个巴勃罗已经不是当年的巴勃罗了。

"不是就把这钱拿过去，给我立张字据，这片林子从今天起就归我了，你今天就给我滚到恩维加镇上去！"

"这……巴勃罗，还有这房子，这……"

"这什么？这房子，这里的一切都归我。来，我再加你 2 万美元，再多你就别想了！"

埃斯科瓦尔又在桌子上放下了 2 万美元。

一笔生意就这样地"成交"了。

三天以后，埃斯科瓦尔就成了这片古柯林的主人，他住进了这栋小楼房。

两个月以后的一天，奥乔亚和莱德尔开着两部车子，带着几个保镖来到这深山找埃斯科瓦尔来了。

莱德尔那次在边境线上给堵住了，又回到了巴拿马，在那里待了几十天，然后才回到了麦德林。

待在巴拿马的日子里，他和奥乔亚通过几次电话，知道埃斯科瓦尔回恩维加去了，他非常赞成他这种想法。因为，这时他也同在美国加州的加查和罗德里格斯联系上了，知道了美国毒品市场上可卡因的行情，也知道了他们两人已经在那里干得不错，发展了一大批"朋友"，并通过关系，同美国纽约黑帮甘比诺家族的首领卡罗·甘比诺、墨西哥的"毒品大王"皮诺·卡塔尼亚、加拿大的黑手党头目文森特·科特罗尼兄弟及有巴西黑手党"教父"之称的大毒枭巴塞塔等人都建立了联系，一个巨大的跨国贩毒网络正在逐步形成。

一旦这个网络成为事实，可卡因的生产就将不是小规模的零打碎敲了，就必须要有自己的古柯基地提供大量的原料，就必须要有自己的可卡因加工厂，还必须有一支庞大的走私队伍。所以，莱德尔认为埃斯科瓦尔是一个有远见卓识的合作伙伴，他也决定一回到麦德林，就与之联手大干一场，他本来就是贩毒的老手。

鉴于上次走私失败的教训，莱德尔还看到，光从哥、巴边境出口大批的可卡因是很困难的，因此，他打算从加勒比海打开一条海上通道，从哥伦比亚取道在东北部与之接壤的委内瑞拉，然后从加勒比海直运岛国古巴，或墨西哥湾和美国的迈阿密等地，这是一条比较安全的捷径，既可以用船，还可以用飞机，比通过戒备森严的哥、巴边境要保险得多。因此，在巴拿马期间，他还通过原先的关系，在古巴寻找代理人。

当然，如果能在巴拿马的上层打通关节，也是一条可行之道，但这要等待时间和机遇。

莱德尔带着这种"宏伟的构想"回到麦德林后，立即同奥乔亚取得了共识。于是，他便马不停蹄，立即同奥乔亚来到了恩维加。

他们在离恩维加50公里远的科迪勒拉山脉的崇山峻岭之中，找到了如今已是古柯种植园农场主的埃斯科瓦尔。

在这两个月的时间内，埃斯科瓦尔所做的一切，实在令这两位老朋友吃惊——

他以3万美元的代价，几乎是从穆斯老板手中"抢"来这家价值10万美元的农场之后，立即在这个基础上，大刀阔斧地干起来了。

他从附近招募了大批的农工，其中有恩维加人，也有印第安土著，还有流亡的无业游民和政府通缉的逃犯。他把这些人分成了几个垦荒队，不仅把原有的农场扩展了几倍，而且又在科迪勒拉山的深山中垦出了几大片荒坡，全部种上了古柯苗。

更让莱德尔和奥乔亚吃惊的是，埃斯科瓦尔已经将收购的古柯叶，加工成了第一批可卡因，而且纯度都在80%以上。由于他以前在农场干过这种买卖，有这方面的经验，同时，他还以高薪从首府波哥大聘来了两位这方面的化学专家。一位是波哥大科学研究院的研究员、古柯专家马尔克斯，另一位是他的助手和学生、玻利维亚人阿瑟。另外，他还有一大批熟练的技术工人和几处厂房及成套的加工设备。

这时，埃斯科瓦尔手里还有一支三百多人的武装走私队伍。这支队伍的头目是一位剽悍的墨西哥人，对埃斯科瓦尔非常忠诚。这位墨西哥人原来就是这家农场护林队的队长，几年前曾是科迪勒拉山区的一个土匪头子，据说还是"四一九运动"的游击队的军事教官。

这一切，都表明埃斯科瓦尔已经具备了生产可卡因和进行跨国走私毒品的格局和能力，而且已经初具规模了。而这种规模，据莱德尔和奥乔亚所知，在哥伦比亚国内还是独一无二的，暂时还找不到第二家。

这时，奥乔亚真有点后悔，当初太低估了埃斯科瓦尔这方面的能力，而莱德尔对这位昔日的合作者更是佩服不已，觉得他实在是一位干大事业的人物。

三个人见面之后，通过交谈，奥乔亚已经失去了当年"老大"的优势。莱德尔有一个庞大的国外贩毒网络，埃斯科瓦尔有了现在的一切，而他自己除了有钱之外，没有任何优势。但是，这种优势不用半年就会被埃斯科瓦尔所取代。只要他把仓库里第一批可卡因交给莱德尔之后，他的钱就是奥乔亚的几倍甚至更多。

于是，昔日这个"麦德林卡特尔"的"老大"的地位，就这样落到埃斯科瓦尔的头上了。通过进一步的商定，他们进行了具体的分工：莱德尔负责海外销售，奥乔亚负责在国内进行各方面的联络，埃斯科瓦尔坐镇恩维加地区，进行大量的生产，保证货源。为了加强这方面的力量，埃斯科瓦尔还要求莱德尔立即将加查召回国内，协助自己。奥乔亚和莱德尔在麦德林的杂货店和汽车修理厂继续办下去，作为他们合法的据点，并打算明年再在麦德林进行投资，开办几家酒吧、商业大楼、汽车公司和其他的企业，把麦德林能挣钱的行当都垄断下来。

这一次见面，使麦德林贩毒集团正式诞生了，一切都纳入了正常的运作轨道。莱德尔和奥乔亚带来的巨额美元，让埃斯科瓦尔如虎添翼，使恩维加的毒品生产基地得到了进一步的发展。

一个月之后，远在美国加州的加查回到了麦德林。第二天，他就来到了恩维加，成了埃斯科瓦尔得力的副手。加查这几年的国外闯荡，已经让他由一个流浪汉变成了一位有胆有识，又具有商业头脑的毒品商人。加上他手中庞大的贩毒网络，他拥有一笔巨大的无形资产，这为他日后在麦德林贩毒集团中，成为一个举足轻重的人物奠定了基础。

加查的到来，让埃斯科瓦尔的种植计划，又有了一个更大胆的设想。这年秋天，他的第一批可卡因已通过莱德尔和加查的网络，走私到了美国加州的毒品市场，在罗德里格斯的操持下，给他们带来了巨额的利润。于是，他便将这种大胆的设想开始付诸实施。

1974 年 10 月的一天，埃斯科瓦尔和加查带着他的几十名保镖，开车来到了恩维加镇。他们找到了该镇镇长班达基大叔，把全镇的乡亲们召集到镇中心的广场上。埃斯科瓦尔威风凛凛地站在那里，对台下黑压压的人群大声宣布：

"乡亲们，我在这里命令你们，把你们各家的香蕉树砍掉，玉米秸砍掉，可可豆拔掉，把地里种的所有农作物，给我全部翻过来……"

埃斯科瓦尔的话让乡亲们大吃一惊，台下顿时议论纷纷：

"这巴勃罗家的小子肯定是疯了！"

"是啊，一定是疯了！"

"我们世世代代都是靠这些香蕉、玉米、可可豆过日子，全毁掉了我们靠什么活！"

"不要听他的鬼话，这个疯子，我们不砍他又敢怎么样！"

…………

这种议论和愤怒，当然在埃斯科瓦尔的意料之中。这时，他并没有发火，而是笑嘻嘻地把镇长班达基请到台上来了。他对班达基说：

"镇长大人，还是你说两句吧。"

镇长班达基果然走到台前，清了清嗓子发表了一通演说。他说：

"乡亲们，这位老巴勃罗家的儿子不是疯子，他是想让大家发财。也许你们会说，砍掉这些农作物就会发财吗？我可以告诉你们，是的，可以发财！……"

这时，班达基镇长故意停了一下，看看下面有什么反应。奇怪的是，台下竟然一片寂静，鸦雀无声，大家都眼巴巴地盯着台上，等着他说下去。

班达基一见，便接着往下说：

"既然可以发财，那么，到底怎样发财呢？下面还是请巴勃罗给大家说吧。他是我们镇上的人，这几年在麦德林见过世面，请大家相信他不会骗你们。"

班达基的话说完了，他又把埃斯科瓦尔请到了台前。

这时，台下已经很安静了，镇长的话，给这些乡亲们吃了一颗定心丸。是啊，本乡本土的，怎么能骗乡亲呢！

埃斯科瓦尔见镇长的话起了作用，便信心百倍地对大家侃侃而谈，大谈他早就策划好的生财之道。他说：

"乡亲们，发财的办法很简单。只要你们把这些香蕉树、玉米什么的都砍掉，全都种上古柯树，我就包你们发财……"

"那我们吃什么呢？"

台下又有一些人在喊。

埃斯科瓦尔笑着说：

"我给你们吃的。我可以告诉你们，只要种了古柯，你们不但有吃的，有喝的，有穿的，还会有富人住的那种洋楼，还会像麦德林的老板那样，有钱买上一辆自己的汽车，坐着去兜风……"

"巴勃罗，你不是在哄我们上吊吧！"

"是啊，你怎么不买上一辆汽车呢！"

许多人像是在嘲笑，又像是在质问。

埃斯科瓦尔一见不来点真的，他们是不开眼的。于是便叫加查打开带来的皮箱，抓起一摞又一摞的美钞对台下说：

"你们看着，这是什么？这是美钞，可以买到世界上所有的东西，现在就会归你们，拿去吧！"

说着，他就把手中的美钞，一下又一下地往人群中抛去。花花绿绿的美钞就像古柯叶一样，飘飘洒洒地落在人们的头上，台下顿时像飓风刮过海面，乱成了一团糟……

埃斯科瓦尔和加查耐心地看着这一切，让他们抢个够。

班达基大叔站在一边，眼睛都直了。心想这小子哪来的这么多钱，他是不是真的疯了！

台下还在乱哄哄的，许多人在为争抢美元吵起来了，甚至打了起来。埃斯科瓦尔眼看演说下不去了，他只有从口袋里掏出一支手枪，朝着人群的上空，"叭叭叭"地打了三枪。

枪声就像强烈的电流一样，把那些乱糟糟的人们都击麻了。他们顿时像一个个木偶一样地僵直在那里。

这时，埃斯科瓦尔提着枪口还在冒烟的手枪，凶神恶煞地站在那里，恶狠狠地说：

"谁要想得到美元，就听我的，把古柯树乖乖地种上；谁要是不听我的，就别怪我不客气了，不管你们种什么，我都叫你们收不成！下面就都到镇长班达基大叔那里去登记，一边登记，一边发美元。"

经过埃斯科瓦尔的一番利诱和威胁，恩维加几个月以后，完全变成了一片古柯的世界。所有的耕地几乎全种上了古柯树，所有的居民几乎都在加工古柯。

恩维加，成了世界上最大的毒品基地之一。

1976年3月10日，埃斯科瓦尔亲自带着他的走私舰队，企图从哥伦比亚北端的港口城市巴兰基亚出发，偷渡过加勒比海峡，直航墨西哥湾，在美国的佛罗里达州登陆。这一次，他的船上装着20吨大麻、10吨可卡因和其他的一些禁运物资，价值近3亿美元。

但是，他们的船队还没有驶出巴兰基亚港，就被哥伦比亚的海上缉私部队截获。一场枪战之后，埃斯科瓦尔第一次被警方捕获。当天晚上，警方用军用直升机把他押送到麦德林，等待审判。

埃斯科瓦尔的被捕，使初具规模的麦德林贩毒集团遭到了巨大的损失，使可卡因生产和走私活动一度陷入了困境。这时，该集团的其他头目奥乔亚、莱德尔和加查等人，立即采取紧急营救措施。

3月12日，在埃斯科瓦尔被捕的第二天，莱德尔立即派出加查，带领一支暗杀队，将逮捕埃斯科瓦尔的两名警官杀死。同时，他们在麦德林放出风声：埃斯科瓦尔被关押一天，他们就一天杀死一名警官或政府工作人员，直到埃斯科瓦尔被释放为止。

麦德林市一时风声鹤唳，草木皆兵，虽然一天二十四小时，有一队队的武装警察带着德国狼狗在大街小巷巡逻，一发现形迹可疑者和没有居住证的人就进行逮捕，但是，暗杀事件还时有发生，许多警方人员和政府官员都惶惶不可终日。许多其他的流氓团伙，也趁机顶风作案，抢劫强奸案接连不断。

麦德林警察局和司法部门，立即组成一个特别法庭，对埃斯科瓦尔进行审判。担任这次审判的首席法官是麦德林有名的大法官克尔沃斯。此人以执法公正而著称，由他来主持这次审判，埃斯科瓦尔肯定凶多吉少。

麦德林贩毒集团头目获得这一消息，立即又进行大规模的报复行动。

3月21日，莱德尔亲自带领一伙党徒，袭击了麦德林警察局的一个办事处，并抢劫了一家市民银行，打死了两名警察和三名市民，烧毁了一辆警车。

这次骚乱给麦德林当局造成了很大的震动，有些市议员被吓住了，纷纷打电话或约见克尔沃斯，想抵制这次审判。但是，这位大法官依然我行我素，不为所动。

这时，麦德林贩毒集团打来电话，对克尔沃斯声称，如果要对埃斯科瓦尔和他的手下人判刑，他们将采取更大的报复行动，不惜杀害所有参与审判的法官，甚至包括他们的亲属。

在这种恫吓下，一名女法官被吓住了，她不得不宣布退出这次审判。结果，法院被迫中断审判，暂时休庭。

但是，大法官克尔沃斯仍然坚持履行自己的职责，把生死置之度外。为了家人的安全，他立即安排来此度假的妻子返回首都波哥大。为了不走漏消息，他并不要求派警察护送，而是让他妻子一个人驾着车，秘密地离开麦德林。然而，这个秘密却被奥乔亚从一位与他过从甚密的陪审员口中知道了。于是，他立即同莱德尔策划了一场阴谋。

4月5日清晨，科迪勒拉山峰还笼罩在浓雾之中，而在通过首都波哥大的盘山公路上，加查带着几位贩毒集团的成员，带着武器埋伏在这条山间公路的一个转弯处。他们已得到准确的情报，克尔沃斯的妻子将在今天一早就去波哥大，在8点左右通过这里。

加查指挥手下人，在7点30分以后，将他们开来的那辆大卡车，横在公路上的转弯处，派两个人钻在车底下，装着修车的样子，密切地监视着公路上来往的车辆。所有来往车辆的司机，一到这里都得拼命地按着喇叭，骂骂咧咧地挨着这辆横着的大卡车，从旁边的悬崖上小心翼翼地开过去。加查为自己的这一布置非常满意。

大约二十分钟以后，一辆黑色的奔驰从山下爬上来，来到这个转弯处，它也毫不例外地减慢速度缓缓地向前擦过去。这时，埋伏在路边的加查等人已经看清楚了，这正是他们要等待的那辆车。坐在大卡车驾驶室里的一名歹徒，立即发动车子，将横着的卡车倒退了一米多，将这辆奔驰逼到悬崖边上。坐在车子里的正是克尔沃斯的妻子。她一见这情景，吓得一脚踩死了刹车，躲在车里不敢出来。

这时，加查等人一拥而上，用手中的武器和修车的扳手、榔头敲打着车门。加查得意地说：

"法官夫人，下来吧，不然我们就把你连人带车推到悬崖下去。"

说着，几个歹徒竟动手在推车子了。

望着前面深不见底的万丈深渊，法官夫人只好乖乖地把车门摇下了半截，大声地说：

"你们是谁？你们要干什么？"

加查一听，大声地对手下人说：

"不要管她，用力往下推！"

克尔沃斯的妻子见状，知道已没有讲价钱的余地了，只好打开了车门。

　　车门刚一打开，她就被一把从车上拽了出来，狠狠地摔在路边的乱石堆上。

　　这时，加查走过来，用手枪柄在她的头上狠狠地砸了一下，鲜红的血立即顺着她那苍白的面孔往下滴。克尔沃斯的妻子这时知道碰上什么人了，她有气无力地说：

　　"你们要干什么，要我答应什么条件，我都可以答应你们。"

　　加查阴阳怪气地说：

　　"我们不想干什么，也不要你答应条件，我们只想看看你的内衣是什么颜色。"

　　"哈哈哈，"他手下的人一阵怪笑。其中一个接着说：

　　"是呀是呀，总不能让法官大人一个人看，不让我们看看，这太不公平了！"

　　克尔沃斯的妻子吓得浑身在颤抖，她哆嗦着说："你们不能这样，你们不能这样对待一位母亲，我的儿子都差不多有你们这么大了……"

　　"住口！"

　　加查狠狠地踢了她一脚。

　　"脱！臭婊子！还想在我们面前装淑女！"

　　"再不脱，我们就把你丢下去！"

　　几个手下人在大吼着。

　　加查见她还没有动静，便对手下人说：

　　"动手！你两个把她拖到对面的树林里去，好好地收拾她一下。"

　　两名歹徒马上来劲了，立即拽着克尔沃斯妻子的手和脚，把她弄到马路对面的树林子。一会儿，那里传来了她的惨叫声。站在车旁边的加查和其他的手下人听得哈哈大笑起来。其中有几个大声说：

"哥们儿，手下留点情！"

"是呀，不要把她当成巴西妓女啊！"

"妈的，让你们捡了个便宜，当了一回大法官哩，嘻嘻嘻……"

好一阵子，那两个歹徒才提着克尔沃斯妻子的内衣，走出了树林子。然后，大家一齐动手，把这辆黑色的奔驰推下了路边的万丈悬崖。这辆奔驰轿车在悬崖上撞了几下，便轰隆一声爆炸了，只见一团火光一直滚进了浓雾深处，有几块碎片飞到了对面的山坡上。

当天晚上，大法官克尔沃斯收到了一个包裹，里面是他妻子那沾满鲜血的内衣和内裤。这时，他已经得到了他妻子在波哥大一家医院里治疗的电话，她昏迷了八个钟头才苏醒过来。她当时是爬到马路边上，被一辆过路的车子送往波哥大的。

在这个令他感到莫大耻辱的包裹中，还有一封警告信。麦德林集团在信中说，如果埃斯科瓦尔不能无罪释放，他们将杀尽他的全家，还包括他本人在内……

克尔沃斯并没有被这封信吓住。他当夜向波哥大最高法院打了电话，要他们保护他的妻子和家人。他表示他决不向麦德林集团妥协，要将埃斯科瓦尔绳之以法。

但是，克尔沃斯的这种想法，最终却成了他遗恨千古的"遗愿"。

一个月之后的5月6日，对埃斯科瓦尔的审讯暂告一个段落之后，克尔沃斯奉命去波哥大出席一次禁毒会议。

这一次，他接受了妻子的教训，没有开车去，而是从麦德林坐火车去波哥大。麦德林当局为了他的安全，特地为他准备了一节包厢，并从麦德林警察局挑选了四名武艺高强的特警做他的保镖。

当天晚上，克尔沃斯一行在警车的护送下，直接来到了麦德林火车站的站台，在他的包厢门口下了车，然后走进了车厢。

车厢的位置在机车头后的第五节，这是一个很理想的位置。在它的前面是四节头等车厢，在它的后面还有两节同样是上等人坐的车厢，第八节是餐车和乘务人员、乘警等人的休息室，列车长的办公室也在这一节车厢上。从第九节车厢开始，便是一长溜肮脏的普通车厢，硬邦邦的椅子上坐着的都是普通的老百姓，其中大多是小商贩、打工者和买不起头等座位或没有身份的农民。

莱德尔和加查带着一位杀手，在克尔沃斯走进车厢的十分钟之后，也通过熙熙攘攘的进站口，挤上了第九节车厢。在这混乱的人群中，他们三个那西装革履的打扮和派头格外引人注目。开往波哥大的列车，在晚8时驶离麦德林站台，以每小时120公里的速度在夜色中向前疾驶。

三十分钟以后，乱哄哄的车厢开始安静下来，人们开始寻找一个舒适的地方，准备睡上一觉。但是莱德尔三人却没有这种想法，他们今天晚上的任务就是要干掉那位在包厢里的大法官克尔沃斯。

通过内线，他们已经知道克尔沃斯的包厢在前面第五节，要接近第五节车厢，除了通过一节餐车之外，还要通过两节头等车厢。头等车厢都是卧铺车厢，按照以往的惯例，如果头等车厢还有空的卧铺，那么在开车后三十分钟左右，车上的播音室就会广播。想要得到卧铺的旅客，可以到餐车去补票，然后进入头等车厢。

但是，今天晚上好像故意和他们作对似的，列车运行了三十分钟，广播室除了在广播列车沿途停靠的站名和到达的时间外，并没有播出头等车厢有卧铺空出的消息。唯一播出的一则消息，是说在第十二号车厢突然有一位旅客因肚子痛昏迷了，请列车上的随行医生速去急救。

这则消息与他们三个人本来没有任何关系。但是，莱德尔听到这则消息之后，突然受到了一种启发。他想，要接近第五节车厢，利用这个办法进入头等车厢倒是个好主意。只要进入了头等车厢，不管是哪一节，都向他们的目标靠近了一步。如果不想办法越过第八节车厢，那么今天晚上的行动便要泡汤了。

于是，在第十二节车厢那位病人的消息播出二十分钟后，莱德尔便与加查商量，叫他装病，说是得了急性盲肠炎，然后叫那位杀手去第八节车厢找列车长，想办法让他把他们安排到前面的头等车厢去，并且商定了下一步的行动计划。

几分钟之后，那位杀手果然去敲第八节车厢的门，说他的一位朋友病了，请列车长帮他寻找医生。

列车长听到这个消息后，很快通过广播又找来了那位随行医生，和一位乘务员一同来到了第九节车厢，把装病的加查诊断了一番。但是加查依然"疼痛"不止，在一边大喊大叫。

这时，坐在另一边正在打瞌睡的莱德尔故意大声发脾气，说把这样的一位病人放在这里，会让全车的人都不得安宁。他对加查旁边的那位杀手说：

"既然是你的朋友，现在又病了，为什么不把他弄到头等车厢去，找个卧铺休息一下，让他在这里痛得这样大喊大叫，是很不合适的。"

那位杀手装出一副很无奈的样子去求那位医生和乘务员。他们也都做不了主，便去请示列车长。

一会儿，那位乘务员回来了，她说列车长同意了这位病人去头等车厢。于是，在一位乘警的陪同下，加查由那位杀手搀扶着，一步一步地向前面的车厢走去。

莱德尔这时心花怒放。他心里说：看来今天晚上有戏了。

更令莱德尔意想不到的是：当那位杀手问那位乘警，他们将去哪节车厢时，那位乘警却很不耐烦地说了两个字"二号"。

莱德尔一听是二号车厢，心里更是一阵高兴。他装着无意地朝加查看了一眼，双方交流了一个旁人没有注意的眼神。

九号车厢的一幕闹剧收场了，加查和那位杀手去了二号车厢。他们刚一进去，八号车厢连接九号车厢之间的车门，又被推上了，并且被锁得严严实实的。

这时，列车在继续向前疾驶，莱德尔坐在窗边，望着车窗外模糊不清的景物。车厢内灯火通明，他只能看到一格格的车窗玻璃上，反映出来的车厢内的景色。车厢内，大多数人都进入了梦乡，安静得很，还不时传来一些人呼呼的鼾声。没有任何人注意他这时在想什么，在看什么。

突然，车窗外的一道灯光一闪，紧接着一个小站扑入莱德尔的眼帘。他认真地瞧了一眼，知道列车已驶入科迪勒拉山的谷地，前面不远处就是一条近千米长的隧道。在进入隧道口处，最近增加了一排加固的钢架，横跨在隧道口上边，离车顶不到30厘米。他们商量的行动计划就是，当列车进入隧道时，加查和那位杀手利用火车减速的机会，跃出车厢，攀住那排钢架子，然后落在车顶上，准确地找到五号车厢的位置。等到列车钻出隧道后行驶在前面一个急转弯的地方时，由莱德尔在九号车厢朝五号车厢的左侧开枪，吸引五号车厢内克尔沃斯和他的保镖的注意力，而在车顶上的加查和那位杀手，再用绳子索住自己，从右边下垂到窗边，向车厢内开火，将克尔沃斯杀死。

后来的行动果然按照他们商定的计划进行。唯一失误的就是，在莱德尔的枪声响了之后，那位杀手悬挂在 5 号车窗边朝里面开火时，虽然他将一梭子子弹送进了克尔沃斯的身体之中，但他却被克尔沃斯的一位保镖回过身来开枪打中，把他打死了。

就在克尔沃斯在火车上殒命的当晚，麦德林法院内的保险柜被人打开了，有关埃斯科瓦尔和他手下人的所有材料都不翼而飞。这件事当然是奥乔亚通过那位与他关系密切的陪审员派人干的。

这些材料的丢失，使法院再也无法对埃斯科瓦尔和他的同党进行审判，因为法院已无法找到给他们定罪的证据。同时，大法官克尔沃斯的死，在麦德林以至哥伦比亚司法界，引起了极大的震动，再也没有哪一位法官，敢冒杀身之险，去步克尔沃斯的后尘，重新对埃斯科瓦尔和他的同党进行调查和审判。

结果，在没有任何证据的情况下，麦德林法院只好将埃斯科瓦尔和他的几名同党无罪释放。埃斯科瓦尔就这样轻而易举地走出了看守所的大门，又回到恩维加他的可卡因加工基地。

于是，麦德林贩毒集团由此更加猖獗。

# 第五章

# 大发横财　巴勃罗当选议员

　　"可卡因美元"让贩毒集团威风八面，也支撑着哥伦比亚国家的经济，以致《引渡条约》成为一纸空文，巴勃罗·埃斯科瓦尔竟由此当选候补议员。

　　他的"消灭贫民窟计划"让麦德林人受益匪浅，贩毒武装几乎超过了国家的军队……

　　哥伦比亚由此成了真正的"毒品王国"，但是，一场扫毒行动正在酝酿之中。

　　第一次同政府的较量取得胜利之后，麦德林贩毒集团便进入了一个全面发展时期。埃斯科瓦尔开始成为该集团真正的领袖。

　　他一出狱，便立即继续进行大规模的古柯种植、可卡因生产和贩毒活动。

　　到了20世纪80年代后期，一直作为麦德林主要工业支柱的纺织业急剧衰落。原料贫乏，出口份额大跌，许多纺织厂纷纷倒闭关门。纺织工人大量失业，失业率几乎高达80%。在工人失业的同时，农民的日子也不好过。这种恶性循环，导致大量的农民抛弃田地家园，涌入麦德林寻找谋生之道，从而使整个安蒂奥基亚省及周边地区的经济走入困顿。

这种经济衰败的时局，给麦德林贩毒集团造成了可乘之机。埃斯科瓦尔立即抓住这一时机，派出集团的大小头目全面出击。这些人深入到麦德林周围的农村和安第斯山区的许多农场，利用手中的美元，通过利诱和威胁的手段，迫使许多农民种古柯树，使古柯的种植由恩维加地区迅速扩展到麦德林市郊及科迪勒拉山区的许多地方。古柯种植面积在几倍、几十倍地增长。到20世纪90年代初期，据哥伦比亚官方统计的数字说，麦德林及整个安蒂奥基亚省，从事古柯种植的农民将近一半，种植面积达到可耕面积的30%到40%，其中还不包括许多荒山荒坡。这种大面积的种植，使麦德林贩毒集团的毒品原料，有了可靠的保证。

在埃斯科瓦尔自己的古柯种植园和可卡因加工厂中，他亲自招募的工人，据最保守的估计，在1977年就多达五万人。这些人大都是城市失业者和农村的盲流。

同时，埃斯科瓦尔还高薪聘请了几位专门从事古柯种植和可卡因加工的专家，改变了古柯树自然生长的状态，培育了一大批生长速度快、出叶率高的优良品种。从而使古柯当年种下去，当年就有收成，并且使古柯叶的收摘从一年最多的两次，变成了一年四次。这样，古柯叶的产量就以惊人的速度增长。

古柯的大量种植，促进了麦德林可卡因加工业的大力发展。根据当时的技术设备，大约每10吨古柯叶，就可以提炼1吨可卡因。按照这样的比例计算，当时麦德林的可卡因生产数量是非常惊人的。

除了在麦德林地区，埃斯科瓦尔还在哥伦比亚东南部与巴西接壤的莱蒂西亚地区，建立了一个可卡因生产中心。

这里是一个很荒凉的地方，方圆几百公里都渺无人烟，仅可种植古柯的面积就多达 10 万公顷。埃斯科瓦尔投入大量的资金，招募了一千多名无业游民，在这里安营扎寨。这些人在这里搭起简易的工棚，开垦荒地，种植古柯。他们派人从城里买来粮食和农用机械，使这个地方很快成了一个很热闹的集镇。

埃斯科瓦尔派加查来这里负责，并建立一支一百多人的武装队伍，从走私商人手中购来了充足的枪支弹药。这支武装队伍，除了防范当地印第安土著的侵害，更主要的是保护这片毒品基地不受政府的干扰。

到了 20 世纪 90 年代中期，莱蒂西亚地区成了麦德林贩毒集团的主要毒品生产基地，他们一共在这里建立了三百多家可卡因加工厂，并建立了一支几千人的贩毒武装部队。

在这支武装部队的控制下，莱蒂西亚地区与外界的通道全部被断绝了，所有的进出口和主要通道两旁都设置了无数的障碍，架设了成排的大炮和高射机枪，并配以坦克防守。基地内有四个大型机场，机场上停放着各种类型的飞机，贩毒集团的成员平时都是乘飞机出入这个基地。这支武装部队手中的武器，全是从西方国家进口的，其精良程度比哥伦比亚政府国防军手中的武器要高得多。

这支贩毒武装，直接由大头目埃斯科瓦尔本人控制和指挥。他完全可以用这支贩毒武装，同国家的武装部队真刀真枪地干。

据哥伦比亚报刊报道：1978 年初，毒品犯罪已使哥伦比亚全国感到恐怖，当局已不能保证公民的生命财产的安全。当时，哥伦比亚当局手中，仅有一支六千名同麦德林贩毒集团做斗争的缉毒武装部队，二十辆巡逻车和一支武器陈旧的机动部队。而贩毒集团手中，拥有大量的美式机枪、最现代化的通信设备和带有红外线瞄准器的远程步枪。

在武装力量对比如此悬殊的情况下，哥伦比亚当局的缉毒活动频频受阻。

到了20世纪80年代后期，在哥伦比亚北方港口城市巴兰基利亚的码头上，每天装船走私的私货大得惊人，其中有许多是毒品。

1978年初，哥伦比亚缉毒部队在首都波哥大以南350公里处的一个荒无人烟的山谷中，发现了一个秘密的非法机场。哥伦比亚航空管理局及军队空军谍报处，立即进行有关调查发现，这是麦德林贩毒集团的一个机场。这个机场周围有非常严密的防空设施和气象服务设备，可以保证各种类型的飞机，在这里每天二十四小时全天候起飞和降落。这种设施和技术是国家和军队的军用机场都无法相比的。

1978年3月，哥伦比亚当局通过缉毒部队，向这一机场发起袭击。由多架战斗机配合地面部队，终于攻入了这一机场。除了摧毁了机场上三架麦德林贩毒集团的飞机外，还在机场附近查获了一个可卡因实验室，在实验室的仓库里查出价值20亿比索的毒品和许多待运的大麻和古柯叶。当场逮捕了麦德林贩毒集团两名化工专家和十多名地勤人员。

但是，当一队武装警察用两架直升机，将这十多名贩毒集团的成员，秘密押运到马格达雷纳省，关进牢狱后还不到二十四小时，就被一队手持冲锋枪的贩毒武装，将这些人"抢"走了。这一事件在当时令全国震惊，同时，也引起了西方国家，尤其是美国的重视。这些国家都认为，哥伦比亚已经开始无法控制麦德林贩毒集团的不法行为了。

1979 年 4 月 15 日，哥伦比亚总统贝利萨里奥·贝坦库尔·夸尔塔应邀访问美国。

当天上午，时任美国总统的吉米·卡特和国务卿罗杰斯等人，在美国首府华盛顿的白宫草坪上，为夸尔塔总统一行举行了隆重的欢迎仪式。在欢迎的人群中，有一位无论是级别还是地位都不应该在场的人。此人就是美国缉毒总署情报处处长艾博特先生。

这样一位处长，为什么能跻身于两国的政要之列呢？因为这次两国首脑会晤的主要话题就是：禁毒。

所以，夸尔塔总统的这次访问，几乎受到了全世界的关注。

在欢迎仪式后的三天的会谈当中，两国政要围绕这一话题，进行了多轮会谈。在会谈中，美国缉毒总署情报处处长艾博特先生为双方的会谈官员们提供了一系列的重要数据：

1979 年 3 月份仅一个月时间，哥伦比亚毒贩输入美国的可卡因已接近 4000 吨；

据美国缉毒总署情报处所掌握的材料表明：当时在哥伦比亚，直接从事贩毒的人员多达二十万人，间接与毒品有关的从业人员近三百万人，"可卡因美元"已成为哥伦比亚的经济支柱；

在全美国民生产总值中，通过可卡因交易而获利的经济成分约占 3%，即 1250 亿美元，相当于美国军事预算的一半；

在美国，因吸毒而造成的经济损失每年达 260 亿美元；

全美有两千万吸毒者，每年因母亲吸毒而受毒的新生儿达十万人以上，因吸毒而死亡的人数近两千人；

吸毒加剧了美国的犯罪率，在押犯人中，与贩毒、吸毒有关的犯人达 10%；

美国毒品市场的可卡因，70% 来自哥伦比亚；

哥伦比亚四大贩毒集团，主要是麦德林贩毒集团，在巴拿马、荷属安的列斯、巴哈马群岛、开曼群岛等地的存款总额高达6000亿美元，他们在国外银行进行疯狂的洗钱活动，把贩毒所牟取的暴利合法地返回哥伦比亚，一旦他们抽走全部存款，哥伦比亚经济将立刻崩溃，政府将失去控制时局的能力……

艾博特所提供的上述数据，令双方所有的会谈人员吃惊。

但是，哥伦比亚一方有关人员也提出了自己的想法。哥伦比亚扫毒行动委员会主席法克雷斯说：

"进入20世纪70年代以来，哥伦比亚警方已缴获可卡因289.53吨，摧毁古柯种植园十八座，对七百多个贩毒者提出了诉讼……"

但是，尽管哥伦比亚做出了上述努力，而与美方代表所提供的数据相比，这种努力实在是微乎其微，根本没有使本国的毒品生产和走私受到控制，更不要说彻底肃清。

面对美方代表的善意的诘问，哥伦比亚也实在是有口难言。

因为20世纪80年代前，哥伦比亚的主要外汇来源，是靠出口咖啡，它是世界几个重要的咖啡出口国之一。

进入80年代，咖啡的出口价大跌，哥伦比亚经济开始陷入危机之中。当时，随着亚洲"金三角"和"金新月"地区海洛因交易的萎缩，南美的可卡因交易风头正劲。哥伦比亚政府虽然对可卡因的生产和贩运持反对态度，宣布可卡因交易为非法，但是，政界人士却对可卡因交易"首鼠两端"。尤其是总统夸尔塔先生本人出于挽救本国经济危机的考虑，竟准备允许进行可卡因公开交易，让国家从中收取税金。

总统的这一私下里的想法竟不胫而走，成了许多人为可卡因"请命"的根据。

当时，哥伦比亚一位国会参议员，竟公开对英国BBC广播公司记者声称：

"假如没有'可卡因美元'，我们国家的失业率将就不只是目前的25%，而是要上升两倍。"

出现在埃及《金字塔报》上的一位哥伦比亚政界要人的讲话中也说：

"如果我们得不到所需的外国投资的话，我们将不得不依赖'可卡因美元'了。"

政界要人如此青睐可卡因和"可卡因美元"，那么下层平民又是如何看待可卡因问题的呢？

一位麦德林大学法律系的大学生对《国民论坛报》的记者说：

"我的父母也是流入麦德林市的农民。贩毒集团虽然是一种罪恶的存在，但他们给失业者以救济，给贫民以住房，这些都是政府难以做到的。我有时认为这是一场旨在摧毁政府特权的革命，也许有一天我也要加入他们的行列之中。"

这位大学生的话被原文不动地刊登在报纸上之后，立即引起舆论界一片哗然。许多人都认为他的话，代表的并不仅仅是他一个人的心声，而且是"下层人们寻找到反抗政府的有力武器"。

以麦德林贩毒集团为首的哥伦比亚所有的毒贩，在这种舆论背景面前，自然不甘寂寞。他们赶紧利用这种舆论，借助某些新闻媒体，在报纸上大发议论，为自己张目。

《波哥大时报》曾刊登过一位记者与埃斯科瓦尔的对话，其中有一段理直气壮的说词：

"我们的行动是替国家分忧解难，是弥补政府的无能。我们的存在，正是给广大的工人农民提供机会，带来实际利益，反而有人要消灭我们！我们对国家、对民族，到底是有罪，还是有功？"

另一方面，他们马上趁机向国家的权力机关伸出贿赂之手，用走私毒品获取的大量不义之财收买国会议员、各级官员和一些知名人士，在政界和其他社会阶层建立一种支持和保护自己的势力，以便在关键时刻能助一臂之力。

贩毒集团的这种策略，在某种程度上已经心想事成了。哥伦比亚的历届政府中的一些官员，都成了这种"可卡因美元"的俘虏，有的甚至已经上了贼船。不仅为其通风报信，提供情报和信息，而且内外勾结，狼狈为奸。

此外，哥伦比亚还有一股反政府左派势力"四一九运动"也公开主张可卡因交易合法化。这股左派势力有一支游击队，1954 年起义失败之后，他们便逃入山林，一直与政府为敌。他们的宗旨是主张暴力革命，反对美帝国主义，推翻哥伦比亚现政府。

这时，这支游击队也与贩毒集团遥相呼应，与贩毒武装进行勾结。他们认为，走私毒品所得到的美元和出口其他产品所得到的美元并没有什么两样，要求政府承认可卡因交易的合法化。至于美国受到毒品危害，他们则认为这正是他们所需要的。游击队在传单上写道：

"哥伦比亚人民终于拿起了打击美帝国主义的有力武器，我们对美国社会的两千五百万吸毒者不负任何责任！"

因此，在哥伦比亚，当时几乎是上至总统，下至各级官僚、平民百姓，甚至反政府势力，对可卡因的生产和走私，都持有一种非常暧昧或者是支持和亲近的态度，这就是哥伦比亚的毒品生产屡禁不止的主要原因。它使"可卡因美元"成了哥伦比亚国家的经济支柱，可卡因的出口创汇占全国国民经济总产值的一半以上。在哥伦比亚从事可卡因生产的人，竟占其总人口的九分之一。这种情况到后来愈演愈烈，到 1990 年，哥伦比亚毒贩仅向美国和欧洲就提供了可卡因 800 吨左右。

在麦德林贩毒集团控制了哥伦比亚大部分毒品生产时，西方国家毒品市场上 15% 至 20% 的可卡因和大麻都是来自这个国家。他们每年走私到美国的可卡因都在 100 吨以上，价值超过了 100 亿美元。

麦德林贩毒集团加工出来的可卡因，主要是倾销美国的旧金山、洛杉矶、迈阿密、波士顿及纽约等沿海大都市。生活在美国的一百万哥伦比亚人大部分都是毒品走私的参与者。

麦德林贩毒集团购置了先进的摩托艇和轻型飞机，从墨西哥湾、加勒比海等海域把可卡因运往美国的佛罗里达州，使美国的海岸警卫队防不胜防。

后来，由于美国对漫长的美、墨边境和海岸线加强了控制和警戒，麦德林贩毒集团便开辟了亚洲通道。他们把毒品装在开往日本的货船或航班上，先运到日本，再从日本通过海运或空运进入美国。

几乎是从 20 世纪 70 年代开始，美国就成了可卡因的直接受害者。

因此，哥伦比亚总统夸尔塔这次访美，实际上是美国国会邀请其参加的一次禁毒联防会议。

经过三天的会谈和磋商，最后由卡特总统和夸尔塔总统在白宫签署了一项震动哥伦比亚全国的条约。这项条约简称为《引渡条约》，规定了两国之间可以互相引渡毒品犯罪分子。在签署《引渡条约》的同时，两国总统还签署了《经济援助协定》，由美国政府提供 5000 万美元，用于哥伦比亚添购缉毒设施。

这两项条约的签订，都是从保护美国利益出发，对哥伦比亚的毒品生产进行严厉的控制。

因此，夸尔塔总统的这次访问，在哥伦比亚及世界各地都产生了极大的影响。

众所周知，美国是世界毒品重灾区之一，所以，联邦政府的法律对毒品犯罪分子是最严厉无情的。

20世纪50年代初，美国国会就分别通过了第258号法令和第728号法令，对使用毒品者进行严惩。

进入70年代，联邦政府又颁布了《全面预防和控制滥用毒品法》，以立法的形式对毒品犯罪处以重刑。美国政府甚至允许军队介入缉毒工作，以提高打击力度。

就在美、哥总统签订《引渡条约》的同时，美国芝加哥毒枭吉安卡纳的助手约翰·莱塞斯卡利因走私可卡因，被联邦最高法院判处一百八十二年徒刑，并不得保释，同时还有吉安卡纳的十八名部下被判终身监禁。

对于美国的这些法律和打击毒贩的有力措施，哥伦比亚的毒贩都是有目共睹的。尤其是麦德林贩毒集团的首脑们，更是极力反对两国签订的《引渡条约》。他们知道，如果某一天被政府抓获，一旦引渡到美国，那么下场将不堪设想。因此，这些人当中流行的口号是：宁进哥伦比亚坟墓，不进美国监狱！

麦德林贩毒集团大头目埃斯科瓦尔得知《引渡条约》签订之后，感到十分惶恐，他当时准备筹办一家报纸，叫《引渡论坛报》，以此来打倒夸尔塔总统。

埃斯科瓦尔认为，《引渡条约》是一个彻头彻尾的卖国条约，是哥伦比亚政府屈服于美帝国主义的压力，出卖国家主权，丧失司法独立性的无耻行为。

一些为他所收买的政客也对他说，目前国际上认可的《蒙得维的亚条约》规定，凡是他国的"引渡法"只有同本国法律一致时才能生效，而哥伦比亚目前尚无"引渡法"，因此，哥伦比亚总统夸尔塔先生签署的这一《引渡条约》是非法的。

　　这位出谋献策的政客是哥伦比亚议会的一个议员，此人资历深厚，又深谙哥伦比亚各种法律。因此，他对埃斯科瓦尔建议说：

　　"巴勃罗先生，我们可以把总统先生签署的这个条约，作为他出卖国家主权的铁证，由此迫使他下台。"

　　"那么，该由谁来接任总统呢？"

　　埃斯科瓦尔对此建议很感兴趣。

　　那位议员先生又进一步投其所好地说：

　　"你可以利用手中的金钱，在麦德林和恩维加地区广为布施，为当地人做些有益的好事，取得人民的信任，然后在下次大选中进行竞选，进入议会，然后……"

　　"然后竞选总统，入主波哥大。"

　　埃斯科瓦尔马上又打断这位谋士的话，笑着对他说："你说，是不是这个意思？"

　　那位议员十分得意地笑了笑说：

　　"巴勃罗先生，看来你的才能，并不仅仅表现在可卡因贸易方面。"

　　埃斯科瓦尔也十分得意地笑了。从此，他开始为自己的锦绣前程铺路。


　　几乎是从 1980 年前开始，埃斯科瓦尔就利用手中的"可卡因美元"，实施一项"消灭贫民窟计划"。

　　实施的地域就在他的家乡恩维加镇。

恩维加镇本来是科迪勒拉山区一个贫困小镇，在埃斯科瓦尔的鼓动下，这里一直在大面积种植古柯和进行可卡因加工。但是，贫困的面貌还没有得到改变。

1979年以后，埃斯科瓦尔突然善心大发，慷慨解囊，斥巨资在这里建房修路，把房屋无偿地分给当地人居住，使这里在几年之内，变成了一座拥有十万人的繁华城市。在后来的几年内，他又在这里进行大量的福利投资，先后在恩维加建立了三十二所幼儿园，二十三所小学，十一所私立中学，七所公立中学，四所夜大学，两所大学。

在哥伦比亚全国，文盲占总人口的13%，而恩维加已经没有一个文盲了。许多人都能受到较正规的中、高等教育。

同时，在恩维加地区，还建有十个网球场、三个足球场和五家旱冰俱乐部。这里还拥有全哥伦比亚唯一的一支甲级职业足球队。

在这里，不但贫民窟被消灭了，而且见不到一个乞丐和流浪汉。在大街或街心花园中，见到的都是衣着光鲜体面、满面红光的居民。这里是哥伦比亚唯一实行失业和老龄补贴的地方，其公共福利除得补贴外，还能定期得到一定的补贴金，受惠人数达99%。这在哥伦比亚是独一无二的。

除了恩维加之外，埃斯科瓦尔还在麦德林市西郊的一个叫罗列特的地方，通过一位天主教神父，买下了几百公顷的土地，建造了六百栋设施齐备的单元住房，将这些住房同样无偿地分给当地的居民居住。

埃斯科瓦尔所做的这一切，为他赢得了极大的声誉，他被当地人称为"大善人巴勃罗"或"巴勃罗大叔"。他像神明一样被人们所崇拜和敬仰，关于他的"神话"在当地比比皆是。

有人说，他一次故意乘坐一辆出租汽车，一出手就丢给那位出租车司机500万比索（约合7500美元）；又有一次，一位叫卢汉的皮鞋匠为他擦了一双皮鞋，他一出手就给了他20万比索，够他买十多双新的高档皮鞋……

同时，他的这些"善举"也得到了社会各界的好评，舆论界都一致公认他"办到了许多国家无法办到的事情"。

因此，1982年大选时，埃斯科瓦尔居然以自由党候选人的身份，全票当选为安蒂奥基亚省的候补国会议员。

埃斯科瓦尔开始由一个大毒枭跻身政界，成为一个参政议政的政界人物。

与此同时，他的麦德林贩毒集团也进入鼎盛时期。因为他已经走出了深山老林，能在恩维加和麦德林市的大街上招摇过市，并且能结交各界名流和政界要人，打通各种关节，疏通各种关系，建立自己的网络。甚至可以在上层政界要人和国会议员中，找到自己的代言人和代理人，使麦德林贩毒集团的活动一路绿灯。这是当时哥伦比亚所有的大小贩毒集团无法比拟的。

这时，他理想中的"埃斯科瓦尔地区"也已初具规模。

"埃斯科瓦尔地区"实际上是哥伦比亚的"国中之国"，或者是他们的"毒品王国"。这其中包括恩维加市、莱蒂西亚地区、"罗列特"住宅区，甚至包括麦德林市在内。这一大片领域，基本上是麦德林卡特尔集团的天下，埃斯科瓦尔就是这"国中之国"的"国王"。

在"埃斯科瓦尔地区"各处，总共有埃斯科瓦尔的雇佣军四万多人，这是一支装备精良的贩毒武装。在恩维加市他还有一支非正规武装力量的私人卫队，约两千多人。这支私人卫队是他的嫡系部队，其中大部分是他的亲属和心腹，有很多人是从麦德林市招募过来的。这支部队人都是由 15 至 20 岁的青年人组成，他们崇拜埃斯科瓦尔，把他当成自己的领袖和偶像。当然，他们也可以从埃斯科瓦尔那里得到许多特殊的待遇，至少可以弄到不少的钱。

在恩维加市，还有一个埃斯科瓦尔的大本营。这里有整齐的营房，公开的和隐蔽的练兵场，还有一个拥有二百多张病床的军用医院，在里面工作的，有许多是从美国高薪招聘来的高级医生。这里还有一所保健院和一座佛教庙宇，并有设备先进的通信工具。这里白天是一片热闹的景象，但到了晚上 10 点以后，便全市停电戒严，大街上只有一队队全副武装的巡逻兵。因为许多毒品仓库和弹药库都在这里，埃斯科瓦尔本人和他的家人，还有其他一些头目也经常住宿在这里。

埃斯科瓦尔对他的贩毒武装军人要求非常严格，每天除了练兵外，就是参加可卡因加工厂的劳动。所有的贩毒人员都不准吸毒，在军队中要求更加严格。如果发现吸毒者，三次警告后就拉出去枪毙。他深知一支吸毒的军队，是无法同政府武装对抗的。

从巴西到哥伦比亚，然后进入麦德林贩毒集团的毒品基地，坐汽车也只要三个小时。所以一过巴西与哥伦比亚交界处，进入哥伦比亚边境后，几乎都是埃斯科瓦尔的贩毒武装控制区，所有的交通要道和制高点，都有麦德林贩毒集团的士兵防守。

哥伦比亚第二大城市、安蒂奥基亚省的省会麦德林市，是麦德林贩毒集团走私毒品的第一站和主要毒品集散地。所有的毒品，几乎都是从这里远销世界各地。

麦德林有迷人的自然风光和优越的地理位置，而且在历史上是哥伦比亚有名的"纺织之城"和"花都"，所以，它的繁华程度并不亚于首都波哥大，是颇受外国游客青睐的观光旅游的地方。

近年来，由于麦德林贩毒集团的控制，这里成了世界有名的"恐怖之城""贩毒之都"和"暗杀之地"。这里云集着世界各地各路的"英雄好汉"。经常有一些国际著名的黑社会头目光顾麦德林，各派杀手、毒贩也在这里"藏龙卧虎"。世界各地的黑社会和黑帮组织，都在这里设有眼线、耳目和"卧底"。麦德林贩毒集团更是当仁不让，在这里设立了无数个据点和联络站进行毒品贸易联络。他们通过"洗钱"，把国外的非法黑钱，变成合法的收入，大量地投资到麦德林市。

据哥伦比亚警方调查，麦德林贩毒集团在该市的合法资产有600亿美元，并有大量的不动产。他们控制了该市一切赚钱的行业，拥有几百家合法公司，其中包括银行、建筑公司、房地产公司、广播电台、汽车公司及大型商场等，而那些酒楼、赌场、妓院等消费、娱乐、色情服务业更是星罗棋布。当年奥乔亚的杂货店和莱德尔的汽车修理厂，如今已经是大型的企业和公司，同时又是贩毒集团在麦德林的最大的据点。这里经常高朋满座，宾客如云，一笔生意的成交额往往是几十万，甚至上百万美元。

同时，这里还有一支特殊的队伍，专门从事贿赂和暗杀。前者是由奥乔亚负责，后者是由莱德尔操纵。

受到麦德林贩毒集团贿赂的人员有各个行业和部门的高级官员，也涉及国会议员和政府法官、律师及军警情报人员。后来，警方从奥乔亚的表兄家中搜出过一张长长的贿赂名单，发现受贿的官员除议员、律师、警察和外交官之外，还有大学校长，仅1985年和1986年两年的贿赂金额就高达150万美元，付款地点大都在麦德林和另一个毒品据点卡塔赫纳。行贿者提出的条件是降低对贩毒的罚款，阻止向美国引渡、免罪释放贩毒者等。

麦德林贩毒集团通过"可卡因美元",已经打倒了一大片政府官员和司法人员,使他们形同虚设,为其提供了极大的方便。

当时,哥伦比亚首都波哥大有名的《人民之声论坛》撰文评论当时的时局说:

议会充斥着由毒品赃款资助而当选的政客,他们对毒品问题都保持沉默。传统的自由党和保守党这两大政党中的显要人物,据说也都卷进了毒品垄断集团之中。就连罗马天主教会直到三年前,还在接受这些毒品大亨为求得社会地位而做出的慈善捐赠。在毒品问题上,他们自然也没有发言权了……

麦德林贩毒集团的贿赂政策,甚至连"四一九运动"这样的反政府左派武装力量也不放过。他们知道"四一九运动"游击队在山区生活,也非常需要钱,便向他们提供大量的"可卡因美元",雇佣他们作为自己的"业余杀手"。

在后来的反缉毒斗争中,麦德林贩毒集团的这一招果然奏效,"四一九运动"游击队的确帮了他们不少的大忙。

有时,贿赂达不到的目的,麦德林贩毒集团就使出暗杀这一招。在这一方面,莱德尔可是一把好手。

当时,在麦德林所在地的安蒂奥基亚省和附近地区,则成了"真正的射击地带"。

在这里,每天都要杀死几个人,都有一些人暴尸街头。因为人们对这种现象已经习以为常了,觉得这是很自然的事。

有一天,麦德林市的几家大报同时在头版头条刊出一条特大新闻:

……麦市从昨天到今天早晨6时止,24小时之内未发生行凶杀人事件，大街小巷未发现任何被暗杀的尸体……

在埃斯科瓦尔的家乡恩维加，1980 年平均每月有十四起凶杀案发生，全年共发生凶杀案一百六十七起，而到了 1982 年，则平均每月发生凶杀案多达二十起。当时在麦德林市，一位 18 岁以上的成年男人，他的基本"职业"就是杀人——只要敢于杀人，就能得到汽车、住宅、女人和他所需要的一切。从夸尔塔总统执政期间（1982 至 1986 年）到巴尔科总统执政期间（1986 至 1990 年），哥伦比亚，尤其是麦德林市及周边地区，暴力事件层出不穷。这其中有"四一九运动"游击队干的，也有一些其他流氓贩毒团伙和恐怖组织干的，但 80% 以上是麦德林贩毒集团留下的"光辉业绩"。他们就是依靠暗杀和恐怖手段，把可卡因加工和贩毒走私的主动权，牢牢地控制在自己的手中。

面对这种情况，美国驻哥伦比亚的大使馆，不得不公开告诫美国的公民，不要轻易来麦德林旅游。

利用贿赂和暗杀，麦德林贩毒集团通过毒品走私，给他们带来了巨额的非法收入。据有关方面估计，他们每年仅流回哥伦比亚的"合法"收入，大约有 20 亿美元之巨，而存在国外银行的非法收入那就是无法估计的天文数字了。

手执这些巨额的"可卡因美元"，贩毒集团的大小头目全都挥霍无度，过着穷奢极欲的天堂生活。他们每个人都拥有世界上最豪华的轿车、各种私人飞机和数不清的庄园别墅，他们所控制的饭店、旅馆更是堪称世界一流。这些饭店内大都有室内游泳池、网球场和小型的斗牛场。屋顶上是巨大的圆形天线，高悬的阳台上则是舒适的露天游泳池……

所有的这一切，都可以说是极尽豪华之能事。

而他们的总头目埃斯科瓦尔的生活又是一番怎样的情景呢？

在离麦德林市 174 公里处，有埃斯科瓦尔的一片私人公寓。这座公寓仅仅是他注册的公寓之一。类似这样的公寓、庄园，他有九十六处之多。

仅这片公寓，就占地 600 公顷，其中除了成片的楼房之外，还有一个中型的飞机场，拥有中型飞机一架，小型客机五架，直升机两架。这里有高级防弹轿车两辆，保镖、枪手、仆人和跟班共两千多人。这里有他的一座私人动物园，其中的动物之多，超过了哥伦比亚全国所有动物园动物的总和。其中仅大象就有四头。为了饲养鹦鹉，每天买葵花籽当饲料的费用，就相当于哥伦比亚三十五个工人一个月的工资收入。

这座公寓中有一间"大厅"（即会议室），其豪华程度完全超过了美国的白宫和英国的白金汉宫。大厅的吊顶是由数百枚水晶连缀而成的顶灯，直径达 2 米。室内的一面墙壁上，镶嵌着一幅屏面约 20 米长的从日本进口的壁式显示屏，遮住了整整的一面墙。这幅显示屏通过卫星天线，既可以浏览世界各地的名胜风光和旅游胜地，又可以显示世界各地重要的港口、机场和城市，它成了埃斯科瓦尔遥控其贩毒集团在世界各地活动的指挥中枢。

大厅的另一侧是两长溜卢浮式的大包房，每一间不仅装饰得金碧辉煌，而且都选取了世界各地的名胜古迹和独特的异域风光，分别把它称为"日本厅""希腊厅"等。

"日本厅"是一间东京银座式的豪华包房，包房内正面是著名的富士山，地面是整块的蓝色玻璃砖，就像一片蔚蓝色的海水一样，反映出富士山顶上的常年白雪、山底的绚丽樱花和蓝天上的白云。

"希腊厅"中是希腊雅典帕特农神庙遗址，黄色的格式地面，呈现出一种庄严、古朴和高雅富贵；"伊拉克厅"中则是巴比伦古城门，室内正面蓝色的 H 形城门，在整块的波斯地毯的映衬下，又极尽肃穆庄严……

凡是世界上古往今来的名胜，如悉尼歌剧院、埃及狮身人面像、西班牙斗牛场、美国的大峡谷国家公园、缅甸的吴哥王朝遗址，甚至连中国的万里长城，都可以在这些包房中找到它们的缩影。

这座大厅是麦德林贩毒集团头目经常聚会的地方，一个个贩毒阴谋都在这里产生。

这里还有一间包房，是埃斯科瓦尔的办公室，宽大的橡木桌上模仿着一些国家元首的办公桌那样，摆上红、黄、蓝三色的三台专线电话。这红、黄、蓝三色既是各种色彩的三原色，又是哥伦比亚国旗的颜色，分别象征着古柯、咖啡和蓝宝石。这间办公室的墙上是一幅整面墙壁的大世界地图。埃斯科瓦尔经常站在世界地图面前，像当年拿破仑那样，用红、蓝两色铅笔，在地图上圈圈点点，把麦德林这个"毒品王国"同世界各地的某个城市和港口连上一条红色和蓝色的线。

他站在世界地图面前，就像一位站在地球之巅的巨人，正在打开他的潘多拉魔盒，释放出一个又一个的黑色魔鬼和白色幽灵……

埃斯科瓦尔除了经常在这里约见世界各地黑社会头目和有名的毒枭外，还约见许多来自美国、法国、英国、日本、新加坡等大报的记者，通过这些记者来传递他的声音。

这其中最有影响的，莫过于他在 1982 年 5 月 21 日约见美国《纽约时报》的记者时的谈话。埃斯科瓦尔在谈话中振振有词地声称：

　　我在麦德林已经风风雨雨三十二年，麦德林人民经受的苦难，足以让世界上凡是有良知的善良人们悲悯落泪。麦德林人在无能的政府专权统治之下竟无立锥之地，苦难的生活教会当地人一条特殊的生存之路：种植古柯……人民欢迎我，拥戴我，其根本在于我能够用我们掌握的一点点武装和军队，去捍卫他们辛勤劳动得出来的果实，并为他们把这种果实销售出去，换回各种钞票，以维持他们的生计……我愿在我有生之年，为麦德林人的苦难而奋斗，为我们的祖国和人民不再受苦受穷，并且能过上上帝赐给他们的好日子而奋斗……

　　埃斯科瓦尔的这番讲话，被冠上《埃斯科瓦尔宣言》的赫然标题，登在该报头版醒目的位置上，一时引起了哥伦比亚国内和世界各地强烈的反响。

　　于是，哥伦比亚政府立即做出决定：再次对麦德林贩毒集团进行猛烈的打击！

# 第六章

# 大兵压境　众头目逃亡海外

　　司法部长拉腊上台，对特兰基兰迪亚毒品基地进行扫荡。大兵压境，麦德林集团众头目被迫逃亡海外。

　　埃斯科瓦尔逃亡巴拿马，开始与政府"对话"，巴拿马国防军总司令诺列加为之牵线搭桥。大毒枭一诺千金：愿拿出 1100 亿美元为政府偿还外债。

　　面对"可卡因美元"的"神力"，哥伦比亚政府无法拒绝。于是，双方化干戈为玉帛，扫毒大军只好原地待命。

　　1983 年 11 月 25 日，哥伦比亚总统夸尔塔签署任命书，任命罗德里戈·拉腊·博尼利亚为哥伦比亚司法部部长。

　　拉腊时年 37 岁，属哥伦比亚自由党正统派。他毕业于哥伦比亚大学法学系，后留学英国剑桥大学，获剑桥大学法学博士学位，是哥伦比亚当时少有的资深法学专家。在此之前，他曾任众议院法律委员会主席。

　　在 1979 年 4 月 15 日，哥伦比亚总统夸尔塔访美时，他以法学专家和法律委员会主席的身份，随同总统出访美国。访美期间，他会晤了美国众议院多数党领袖曼斯菲尔特，讨论两国共同禁毒的问题。他深知毒品对两国人民和社会的危害，尽管哥伦比亚总统禁毒态度暧昧，他还是力主禁毒，并促成《引渡条约》的签署。条约签订之后，他以法律委员会主席的身份代表总统向美国司法当局，提交了哥伦比亚毒枭首批引渡名单，麦德林贩毒集团有十多位大头目都在这份名单之上。尤其是一号头目埃斯科瓦尔更是名列榜首。

埃斯科瓦尔于 1982 年当选为自由党候补议员时，拉腊并不以此为荣，而是感到一种极大的耻辱。他认为像埃斯科瓦尔这样的大毒枭，通过"可卡因美元"，运用极其卑鄙的手段，竟在庄严的议会中占有一席之地，不仅是荒唐的笑话，更是玷污了自由党的荣誉。

从这时开始，拉腊就认识到，如果不把埃斯科瓦尔这样的"议员"送进牢狱，那将后患无穷。

就在这时，又有许多有关麦德林贩毒集团的罪证送到拉腊的办公桌上。这些材料表明，麦德林贩毒集团不仅在大肆地进行可卡因加工，甚至在公开地贩运可卡因、大麻、海洛因等各种毒品，而且在极力诋毁政府与美国签署的《引渡条约》，将这一条约视为出卖国家主权的证据，并想以此对总统进行弹劾。

拉腊此时更有一种紧迫感。他认为，一日不把埃斯科瓦尔这样的大毒枭绳之以法，国家就一日不得安宁。但是，凭自己此时的身份和地位，又是无法同麦德林贩毒集团这种错综复杂、树大根深的犯罪团伙抗衡的。因此，他需要时间，需要更大的职位和权力。

他从许多送到办公桌上的材料和情报中看到，麦德林贩毒集团近年来，不仅在国内为非作歹，攫取了大量的非法收入，而且已在国外建立了许多走私毒品的据点。

一份情报上说，已成为亿万富翁的麦德林贩毒集团三号头目莱德尔，已在1978年就斥巨资在离佛罗里达海岸仅200海里处，买下了一座长约12英里、宽8英里的诺曼岛作为自己的贩毒基地。

这座岛周围是白色的海滩，并且有两处天然的港口和码头，地处加勒比海海域的海上交通要冲。从这里起航的船只可以远航世界各地的港口和码头。一位普通的哥伦比亚公民，能从国家的版图上，买去一片领土据为己有，这在统一了的主权国家，还是第一次。

莱德尔买下诺曼岛之后，立即修筑房屋、扩建港口和修建机场，并将原来世居岛上的居民全部赶走。对许多不愿迁入他处的居民，他竟派人将他们赶入海中活活淹死。赶走了岛上所有的居民之后，他又从美国等地招来了许多逃亡的走私犯和毒贩，作为自己进行毒品走私的工具。

在莱德尔几年的经营下，这里已成为像哥伦比亚本土上"埃斯科瓦尔地区"一样的毒品基地，成了又一个政府军打不进去的毒品王国，成吨的毒品正从这里源源不断地输往海外。

与此同时，莱德尔这位靠贩毒起家的大毒枭，又把魔爪伸向国外。他在加勒比海的岛国巴哈马首都拿骚，建立了国际德国资源公司、蒙特航空公司、泰坦尼克飞机贸易公司等许多跨国公司，进行海外贸易。通过这种贸易，大肆倾销毒品。为了取得合法的地位，他不惜一切拉拢腐蚀当地的政府官员，甚至连巴哈马总理登·皮德林也接受过他的巨额贿赂，真可谓手眼通天。

1979年5月，莱德尔前往西德与名模莱齐娜结婚。在汉堡举行隆重而又排场的婚礼之后，他们夫妇双双住进了"总统套房"。这套"总统套房"曾是伊朗国王和日本天皇居住过的。

在蜜月期间，他为了讨得莱齐娜的欢心，陪她参观了许多待售的别墅，最后花 500 万美元买下了一幢"猎户山庄"，但仅住了十几天就一直闲置在那里。他陪莱齐娜逛街，竟一次买空了三家超市和一家精品屋，用"一掷千金"来形容还远远不够。

作为这样一位麦德林贩毒集团的"三号人物"，他不仅拥有十五辆名贵轿车和载重汽车、三架飞机、一架直升机，还有十二幢别墅、九块面积不等的地产、一座富丽堂皇的大饭店和几十亿美元的存款。

在他的那座大饭店区内，还有猎屋、酒吧、餐厅等大片的建筑。他在猎屋中养了两头狮子供人观赏。他那猎屋的规模虽然不及埃斯科瓦尔的动物园，但他这两头狮子，每十天至少要吃掉一匹活马，是真正的"狮子大开口"。

……这些材料对拉腊的刺激非常大。一个"三号人物"尚且如此，那么，一号头目埃斯科瓦尔呢？那么，整个麦德林贩毒集团及其大大小小的百十号头目呢？

这位有职无权的法律委员会主席心中早就下定了决心："一旦权在手，便把令来行！"


这一天终于来到了。

出任司法部部长以后，拉腊在走马上任第二天就在议会上发表演说。在这最高的讲坛上，他面对参、众两院的议员慷慨激昂地说：

"……来自安蒂奥基亚省的自由党候补议员巴勃罗·埃斯科瓦尔先生，竟是一位臭名昭著的毒品大王。这几年，以他为首的麦德林卡特尔贩毒集团，正在疯狂地从事毒品走私和可卡因生产，并发表所谓的'宣言'为自己的罪恶活动张目。这样一个大毒枭居然能跻身议会，参政议政，这实在是国家的耻辱，更是议会的耻辱……

在此，我以个人的名义郑重提议：撤销巴勃罗先生的候补议员资格，并立即将其逮捕，由司法部追究其刑事责任，并视其认罪态度决定是否将其引渡美国……"

新任司法部部长拉腊的演说，令与会的全体议员大为震惊。大家震惊的不仅仅是埃斯科瓦尔这样一位贩毒集团的一号头目，能跻身于被国人视为正义与权力化身的最高机构，而是为这位新的司法部部长有如此的勇气和胆略感到震惊。

因为这些年来，政府的暧昧和各级官员的腐败无能，从另一个方面滋长和怂恿了麦德林贩毒集团及其他大小贩毒团伙铤而走险的野心，才使毒品走私屡禁不止，让"可卡因美元"一步一步地侵蚀到国家的经济命脉之中，以致酿成了如此一发不可收拾的局面。然而，更为严重的是，这些年来，却没有哪一位司法部部长或哪一位政府官员，敢在大庭广众公开指名道姓，历数这些毒贩的罪状。今天，终于有了这么一位强硬的司法部部长，敢于为此直言了。于是，拉腊的提议马上得到全体与会议员一致的响应，并当场以议会的名义，通过一项特别决议：授权司法部部长拉腊，签署对国会候补议员巴勃罗·埃斯科瓦尔和麦德林贩毒集团其他头目的逮捕令，并立即撤销巴勃罗·埃斯科瓦尔的候补议员资格。时间是从此项决议表决通过时开始。

决议通过后，拉腊当场以司法部部长的名义，签署了他上任之后的第一张逮捕令：立即逮捕麦德林卡特尔贩毒集团大小头目十三人。此十三人为埃斯科瓦尔、奥乔亚、莱德尔、加查等核心人物。

此令一出，麦德林贩毒集团的"十三太保"将会被一网打尽。

与此同时，哥伦比亚政府武装部队，也正在集结待命，准备向麦德林贩毒集团的最大毒品基地和埃斯科瓦尔的老巢恩维加发起进攻，对科迪勒拉山下的丛林进行大扫荡。一辆辆猎豹式坦克和道格拉斯水陆两栖装甲车，正满载着全副武装的士兵，在向恩维加隆隆进发；一架架 A-6W"入侵者"强击机成天在丛林上空盘旋，搜索目标；美制"黑鹰"式军用直升机则对科迪勒拉山区每一条山谷都不放过……

一场恶战一触即发，恩维加大兵压境。


此时，麦德林贩毒集团的大小头目，一边对新上任的司法部部长拉腊咬牙切齿，一边在忙乱之中商量对策。身为总头目的埃斯科瓦尔连夜与奥乔亚、莱德尔等人取得联系，并把他们召到恩维加东南面的特兰基兰迪亚基地。

特兰基兰迪亚基地离恩维加镇 50 多公里，位于科迪勒拉山脉腹地。这是埃斯科瓦尔的一处最隐蔽，也是最险要的巢穴。这里四周崇山峻岭，原始树林遮天蔽地，只有一条简易的盘山公路通往山外。公路的一边是万丈绝壁，另一边则是陡峭悬崖，每一个险要的隘口和转弯处，都有埃斯科瓦尔的私人卫队重兵把守。这样的公路无法行驶那些高级轿车，所以，埃斯科瓦尔平时出入，都是乘坐一架叫"云雀"的小型军用直升机。

"云雀"是埃斯科瓦尔的私人专机。这是一架 AH-64"阿帕奇"战斗直升机，由法国阿尔法公司制造，号称"空中坦克"。这种飞机别看其体积小，但却功能齐全。机身两侧伸出短短的机翼，类似普通喷气式战斗机。机顶除了巨大的主旋桨和尾桨外，还有一对喷气涡轮发动机，从而使这种飞机的最高时速可达 600 公里，几乎同早期的螺旋双翼飞机的速度相等。

这种飞机的作战功能良好，它的机翼武器挂架下，可以携挂多管火箭筒、"响尾蛇"红外导弹、航空机关炮等兵器，火力强，命中率高。而它的机身底部又装有70毫米厚的钢板装甲，能抵御地面的高射机枪。

这架飞机是埃斯科瓦尔在科迪勒拉山区上空劫持来的一架哥伦比亚海军航空部队的巡逻机。劫持来了之后，把它迫降在这深山中的特兰基兰迪亚小型机场，并把它称为"云雀"，而不是真正的法国云雀Ⅱ轻型直升机。从此，这架"云雀"就成了他的私人专机。大多情况下，他都是自己驾驶，出没在科迪勒拉山区上空和各个毒品基地。

在特兰基兰迪亚基地，还有五个可卡因加工厂和成排的毒品仓库。埃斯科瓦尔的卧室和指挥中心设在一个凿出来的山洞里，洞底有一条秘密的地下通道，一直通往山下的考卡河河谷，出口在河谷边的悬崖上。这里常年准备着两艘高速摩托艇。如果一有风吹草动，他就可以乘上这种摩托艇，沿考卡河顺流而下，逃出科迪勒拉山区。

如今，司法部部长拉腊不仅把他候补议员的身份剥夺了，而且让他变成了全国通缉的头号要犯。这样，他再也不能光明正大地生活在麦德林市或波哥大，再也不能堂而皇之地出入市政大厅和国会大厦，只能像一只丛林中的鼹鼠一样，过着一种逃亡的生活。更令他不能容忍的是，拉腊还要把他关进牢狱，政府还要派军队来摧毁他这已有的一切。对于拉腊和政府当局的这种做法，埃斯科瓦尔真是"是可忍，孰不可忍"。

在特兰基兰迪亚基地那装饰豪华的指挥中心，埃斯科瓦尔歇斯底里地对其他的大小头目挥动着手臂，狂妄地叫嚷：

"弟兄们，你们说说，我们有什么错！我们的错又在哪里！那些议员先生们，为什么不睁开眼睛看一看，我们所做的一切，给恩维加、麦德林甚至哥伦比亚带来了什么！请他们来吧，来看一看这里的人们所过的幸福的日子。但是，他们为什么不正视这一切，而要和美国人一唱一和。弟兄们，美国人说我们生产可卡因，是对人类社会的一种犯罪，那么，他们生产那么多的原子弹、核武器，难道不同样可以毁灭人类吗？而他们为什么可以公开地、合法地去生产，去向全世界所有需要的国家和地区售卖！他们才是最大的犯罪……"

埃斯科瓦尔怒吼了一通之后，其他的头目也都愤愤不平。

莱德尔说："我们的国家也太无能了，让美国人牵着鼻子转。我们为什么要考虑美国人的利益，而不考虑哥伦比亚人的利益呢？他们也不想一想，如果我们一旦把所有的投资和存款都撤出来，那么，哥伦比亚将有多少人失业，整个国民经济又将是个什么样子！"

奥乔亚这时也非常老成地说："对，我们现在能做的，就是把所有的存款都从银行中抽出来，把所有的企业都关门，让我们的司法部部长先生和所有的老爷们去喝西北风。"

"不，我认为这并不是最好的办法，"加查则一副凶相毕露的样子在手舞足蹈，"我们现在最好的办法，就是把我们的几万人进一步武装起来，和政府军大干一场。即使失败了，我们也可以和'四一九运动'的那些人一样，上山打游击，让那些议员先生们晚上睡不着觉，甚至做噩梦……"

"算啦，大家不要争了，"奥乔亚以老大哥的身份对埃斯科瓦尔说，"巴勃罗，我们大家能混成今天的这个样子，能挣下这么一份家业也不容易。我看还是先避一避，不能和政府军去硬拼。只要有安第斯这座大山在，就不愁没有古柯树；只要有了古柯树，就不愁没有大把大把的美元。我们不能把我们的家当，我们的人，拿去和这样的政府去赌。巴勃罗，你说是不是？"

埃斯科瓦尔想了想，最后才说：

"我看奥乔亚先生的话是对的。虽说我们手里有四万多人，但想打败政府军还是很难的。而更重要的，是我们的加工厂、我们的种植园，我们在恩维加、麦德林以及其他各地的企业和财产，还有银行里的存款都会因一招不慎而付之东流。我并不是怕和政府军打仗，而是怕打坏了我的家当，到时候大家又变成穷光蛋……"

"那你说该怎么办呢？"莱德尔迫不及待地说。

加查也气愤地说："我们总不能不战而退吧！"

埃斯科瓦尔说："对，我们要保护好现有的家当，只有不战而退。拉腊现在要逮捕的是我们这些人，只要我们不在，他也不好再怎么样了。"

"那我们该往哪里去？总不能去向政府投降，把双手伸过去，让拉腊给我们戴上手铐吧！"加查大声地说。

"我们可以先去国外避一避风头，"奥乔亚胸有成竹地说，"巴西、玻利维亚、智利、巴拿马甚至美国和加拿大都有我们的人，那里也有我们的钱，我们在那里同样可以活下去，而且会活得很好。"

"对，等一有机会，我们再回来，收拾拉腊和那班议员老爷们。"埃斯科瓦尔赞许地点了点头说。

这些头目们七嘴八舌地商量了一阵子后，最后还是同意了先去国外避风的做法。莱德尔和加查带一些人去美国，因为罗德里格斯还在那里。他们可以趁这个机会，在美国再好好地策划一下，开辟新的网络。埃斯科瓦尔和奥乔亚则带着其他该走的人去巴拿马。一是巴拿马同哥伦比亚是近邻，可以随时关注国内的动向，另外还

有 个更重要的原因，就是安全——因为巴拿马现在最有权势的人物、国防军总司令是埃斯科瓦尔和奥乔亚当年走私时的"盟友"。

现任巴拿马国防军总司令是曼努埃尔·诺列加。

此人 1934 年生于巴拿马运河南岸的一个穷苦家庭，5 岁时被遗弃于孤儿院中。

诺列加长大以后，明白了一个道理：那就是自己之所以被遗弃，之所以贫穷，完全是美国人一手造成的。

世界航海史上的"金桥"——巴拿马运河虽然每年能给美国创造 3.5 亿美元的巨额利润，但给巴拿马本国带来的年收入却只有 7600 万美元。从 1903 年美国强行与巴拿马政府签订《美巴条约》，以 1000 万美元的价格和每年付 25 万美元的低廉的年租，买下了"永久性租用权"至今，美国人在巴拿马运河上，从巴拿马人手中掠夺的财富，实在是一个无法计算的天文数字。

美国人除了对巴拿马进行经济掠夺之外，最主要的是还践踏了巴拿马的国家主权。巴拿马运河区成了美国的一块"殖民地"。为了长期霸占运河，美国政府采取强权政治，干涉巴拿马的内政，千方百计地扶植一个又一个的"走狗"上台，建立它的傀儡政权，从而使巴拿马政坛一直处于动荡之中。仅从 1903 年到 1968 年的六十年当中，巴拿马先后更换了三十八届总统，其中有五名总统中途被废黜，一名总统遭暗杀。

这样的国家，带给人民的，当然只有贫穷和耻辱。

诺列加在青年时代的最高理想，就是当上共和国总统，驱逐美国人。他这一愿望终于在 1988 年成为现实，但在此之前的六年当中，他一直任巴拿马国防军总司令。他在这个位子上的六年之中，竟神奇地让五位巴拿马总统含悲饮恨地离开了总统的宝座，就可以看出他在巴拿马的权势。

在任国防军总司令之前，诺列加不过是巴拿马国民警卫队中的一个普通军官和中央情报局的一名谍报人员。但在国民警卫队中，由于他支持好友托里霍斯于1968年突然发动军事政变，夺取了巴拿马军政大权之后，他也被委以重任。特别是在1970年，他又一次巧妙地粉碎了一次军事政变，保住了托里霍斯总统的宝座之后，他便被托里霍斯调至国民警卫队司令部，担任军事情报处处长。

在这个位子上，诺列加巧妙地运用手中的权力，在国民警卫队建立了自己的势力，结果在1981年托里霍斯总统因飞机失事丧生之后，诺列加便一举夺取了国民警卫队总司令大权。

成为国民警卫队总司令之后，诺列加迅速主持并通过了巴拿马军事组织法，将巴拿马国民警卫队改为巴拿马国防军，他由此当上了国防军总司令，成为巴拿马的军界寡头和独一无二的强势人物，一任又一任的总统由他推上台去，又被他打入冷宫和监狱。尽管他只是一位国防军总司令，但他已经是总统的"总统"了。

当年，埃斯科瓦尔替奥乔亚卖命，偷越哥、巴边境进行走私活动时，就与诺列加打过交道。那时，诺列加还只是一位驻守在哥、巴边境线上的国民警卫队的中尉军官，埃斯科瓦尔就同他联手鼓捣走私品，从中捞取好处。那时诺列加的任务是"里应外合"或"通风报信"，最后从埃斯科瓦尔手中分得一份"好处"。那时的"好处"，也不过就是一条美国骆驼牌香烟、一只西德打火机或一块瑞士表而已。

待到诺列加成为国民警卫队总司令之后，埃斯科瓦尔也由一名走私犯变成了一位"可卡因大王"。于是水涨船高，两个人不仅地位升级了，"友谊"也更深了。而诺列加所得的"好处"不再是香烟、手表之类的小玩意了。除了高级轿车和成套的洋楼公寓之外，诺列加开口要飞机，埃斯科瓦尔都会立刻拱手相送。因为这时麦德林贩毒集团每年输入美国的可卡因、大麻和其他毒品，有40%是通过哥、巴边境，然后进入美国毒品市场的。从哥伦比亚到美国，除了通过加勒比海之外，就是从巴拿马再经墨西哥，最后到达美国，除此之外，再也没有第三条路可走。如果是进入了巴拿马运河区，那么，麦德林贩毒集团的可卡因便可以堂而皇之地远销世界各地。

麦德林贩毒集团的"货"到了巴拿马，都会被巴拿马国民警卫队像对待"军用物资"一样严密保护。那些运载毒品的飞机，只要降落在巴拿马城国际机场，甚至还可以破例享受外交豁免权，就连驻运河区的美国驻军也无权检查。他们之间的这种"友谊"到了什么样的程度，便可想而知了。

1982年，诺列加成了巴拿马国防军总司令之后，他同麦德林贩毒集团的交往更非同一般了。因为在巴拿马，这时真正的总统就是他诺列加了。

1983年11月底，哥伦比亚司法部部长拉腊签署了逮捕麦德林贩毒集团十三名最大头目的逮捕令之后，埃斯科瓦尔立即通过自己指挥中心的通信系统，同巴拿马国防军总司令诺列加将军取得了联系。

当天晚上，埃斯科瓦尔同奥乔亚带上其他几位头目，坐上了他那架可爱的"云雀"，离开了特兰基兰迪亚基地，连夜逃往巴拿马。

"云雀"凭借现代化的夜航设备，在科迪勒拉山的丛林上空做超低空飞行，躲过了哥伦比亚边防军的雷达网，不到一小时，就飞出了哥、巴边境，安全地降落在巴拿马边境重镇哈克城。

这时，诺列加将军的私人卫队队长，已带着三辆涂有国防军总司令部标识的防弹轿车等候在哈克机场。当埃斯科瓦尔一行刚走下飞机，三辆轿车立即迎了上去，然后一路绿灯，将他们秘密送到了国防军总司令部的地下会客室，在门口迎接他们的正是他们的老朋友诺列加将军。

诺列加同埃斯科瓦尔和奥乔亚等人拥抱之后，便爽朗地大声笑着说：

"怎么样？你们觉得这里怎么样，老朋友？"

奥乔亚笑了笑，望了望埃斯科瓦尔，然后对诺列加说：

"老弟，我们好像成了你的军事顾问了，我的感觉首先是：安全。"

谁知埃斯科瓦尔却大声说：

"安全个屁！我只是觉得憋得慌。你看，这里既没有窗户，也没有山，没有水，更没有树，和地牢没有什么区别。"

诺列加又大笑着说：

"那么，我还不如把你们交给美国人，他们也许会给你们找一处有山有水还有树的监狱。我看他们那座在大洋之中有'恶魔岛'之称的马里恩监狱就蛮不错的，整天能听到惊天动地的涛声。你看如何，巴勃罗！"

埃斯科瓦尔也笑了笑，说：

"那里对你来说也很合适，将军！如果我们进了马里恩那座'恶魔岛'，美国人也不会放过你的，你说呢！"

诺列加没有再笑，只是很认真地说：

"老朋友，不要再说什么了，也不要感到憋得慌，先在这里玩几天再说，就算是我请你和你的朋友们来做客，好吗？"

"说得倒轻巧，"埃斯科瓦尔说，"我们在这里做一天客，可要付出多少代价啊！我真恨不得一刀把那拉腊老杂毛给宰了！"

诺列加说:"这我能理解,你们做的是人生意,一天的损失是无法计算的。但是,光急也没有用,得商量个办法才是。"

"对,老弟你说得有道理。"奥乔亚接着说,"我们现在能争取到的最佳方案,就是要想办法让拉腊这个家伙收回他的逮捕令。"

埃斯科瓦尔一听,不禁冷笑一声:"我说老兄,你别做梦,拉腊是个什么样的人你最清楚,他会这么干吗?"

这时,诺列加在一旁想了想,说:"你们二位别急,我看奥乔亚的想法不是没有可能。拉腊当然厉害,但他头上还有位总统,我倒听说夸尔塔那位总统先生对你们的印象不坏嘛。"

"这并不错,"埃斯科瓦尔说,"当年同美国人签订的那个该死的《引渡条约》时,完全是拉腊在旁边一手操纵的,连引渡的名单也是他一手搞的。"

诺列加说:"这就好办了,你们国家的总统同我们巴拿马的总统可不一样。我们的总统都在我的手心里攥着,我今天要他当他就当,明天要他下台他就不敢等到后天。而你们的总统还是有点实权的,对付一下部长或议会还是可以。不过,要办成这样的大事,你们可得舍得点本钱,出点血才行。"

奥乔亚说:"将军先生的见解果然有独到之处,只要能让我们回去从事合法的可卡因生产和贸易,他们可以开价,巴勃罗你说是不是?"

"行,只要能像你说的那样,我们重建一座波哥大城都行!"埃斯科瓦尔财大气粗地说。

诺列加一听,也很认真地说:

"如果你们真的愿花这么大的代价,我可以同夸尔塔联系一下,叫他派代表来同你们谈判,我做见证人。"

"好吧，你先联系一下再说吧。"埃斯科瓦尔对诺列加说。

"最好是越快越好。"奥乔亚也补充了一句。

诺列加点了点头，然后吩咐他的卫队长，安排埃斯科瓦尔这一行人去休息，并对卫队长说："你要像保卫我一样去保卫我的这几位朋友，如果稍有闪失，我是不会放过你的。"

"请总司令放心！"

诺列加的卫队长非常严肃地行了一个军礼，然后安排去了。


在埃斯科瓦尔一行数人连夜逃亡巴拿马的第二天，诺列加将军就同哥伦比亚总统夸尔塔进行了第一次通话。

在电话中，诺列加郑重其事地对夸尔塔总统说："总统先生，作为多年来友好的邻邦领导人和您私人的朋友，我奉劝您还是清醒一下为妙。有两点我想提醒您注意：一、您能在总统的位置上待到今天，应该说完全是巴勃罗等人的'可卡因美元'才让您没有被您的人民请下台；二、您同美国签订的《引渡条约》已经有四年之久了，在这四年当中，您并没有签署任何一份引渡命令，我很佩服您这种明智。拉腊先生是一位忠心耿耿的人，但他毕竟是一位部长。部长考虑的只是部长职权范围内的事情，而您是总统，总统除了考虑每一位部长的事情之外，更多的是应该考虑属于一位国家总统的事情。您的任期已为时不多了，难道您还希望能通过引渡几名毒贩来促成您的连任吗？我看没有这种可能。"

诺列加真不愧是一位高明的说客。第一次通话虽然没有让夸尔塔立即答应同埃斯科瓦尔等人进行谈判，但是，却使夸尔塔下令所有进入特兰基兰迪亚基地的政府武装停止行动，一律在原地驻扎待命。

这种结果，很快通过特兰基兰迪亚基地的指挥中心，传到了流亡巴拿马的麦德林贩毒集团的头目那里。埃斯科瓦尔听到这一消息，非常高兴，他和奥乔亚不得不佩服诺列加的本事，并请他继续同夸尔塔进行联络。

诺列加同夸尔塔在电话中进行了三次对话之后，一个意料之中的结果出现了——

1984年2月的一天，一架涂有哥伦比亚国家标识的航空班机，降落在巴拿马城机场。从飞机上走下来的是哥伦比亚前总统阿方索·洛佩斯·米切尔先生。如今，他奉夸尔塔总统之命，作为他的秘密特使，前来同麦德林贩毒集团的主要头目埃斯科瓦尔和奥乔亚等人进行谈判。

谈判仍然在巴拿马国防军总司令部的地下会客厅举行。巴拿马国防军总司令诺列加将军，这时作为双方的公证人，出席了这次令世人震惊的会谈。

会谈的议程并不十分正规，气氛也并不那么敌对和严肃，双方代表包括诺列加在内的几个人，就像老朋友在叙谈家常一样。但是，会客厅外面的警卫工作却是空前的。所有的通道都增加了岗哨，担任执勤的都是诺列加的私人卫队。同时，诺列加又把他的嫡系部队"2000年营"调来，全部秘密布防在司令部周围3公里内的大街小巷。为了防止泄密，诺列加命令切断了会客厅所有的外接电源，让室外的雷达天线暂时停止工作，并调来两台高频声频干扰机，随时听候命令开机。

作为一名在中央情报机关工作多年的谍报员和情报处处长，他是深谙此道的。巴拿马的国防军总司令部，距离美国建立在加勒比海一些海岛上的高频窃听站，充其量也不超过1000海里。如果让美方获得麦德林贩毒集团的一、二号头目都在这里，那么事情的结局将不堪设想。

在会谈中，埃斯科瓦尔代表麦德林卡特尔公司向总统的全权特使阿方索先生摊牌了。他说："如果政府承认我的财产合法，我愿拿出 1100 亿美元帮助政府还外债。"

阿方索说："我承认政府需要钱，也欣赏巴勃罗先生的大方慷慨，但是美国政府也许不会同意政府这么做。"

这时，坐在一旁的奥乔亚说：

"如果政府不准备这么做，我们将一次性从国内抽走 20 亿美元存款，让哥伦比亚所有的银行关门大吉。"

阿方索还没有表态，在会谈桌证人席上的诺列加马上举手发言说：

"我不欣赏这种不友好的口吻，同时我也相信夸尔塔总统先生是不会放过这种度过经济危机的意外之财的。"

诺列加的话，无疑给了阿方索一种思维的导向。

果然，阿方索没有在这一点上坚持他的看法。他只是说："根据我们国家现行的法律，公民的合法财产是受到法律保护的，请各位不要怀疑这一点。"

他这话的弦外之音，让在座的人都听出来了——只要埃斯科瓦尔等人被承认是哥伦比亚的"公民"，那么他们的财产就是"合法的"。这样，他们现有的几千亿美元的财产就不会被查封没收。

埃斯科瓦尔很快地在大脑里算了一笔账，马上表态说："只要政府废除《引渡条约》，我愿意马上放弃可卡因生产和贸易。"

"完全废除恐怕需要时间，但总统对我说过，可以采取灵活的形式，尽量避免引渡发生。众所周知的事实是：在前几年，自从《引渡条约》签署生效以来，总统还没有签署过一份引渡令。我想凭这一点，诸位也许用不着我在此做保证了。"

阿方索这种闪烁其词的回答，很是令在座的各位满意，气氛顿时活跃起来了。诺列加不由得递给每人一支古巴雪茄，会客厅顿时烟雾缭绕，就像安第斯山林间美丽的晨雾。

这次会谈在轻松愉快的气氛中结束了。会谈的结果可以用四个字来概括，那就是：皆大欢喜。

至于总统的特使阿方索与麦德林贩毒集团达成了什么样的协议，详细内容至今尚未披露。不过，从几天之后麦德林贩毒集团的大小头目，又安然无恙地走出丛林，四处继续他们的日常工作来看，这次会谈的结果也就可想而知了。

几天以后，埃斯科瓦尔又乘着他可爱的"云雀"，平稳地降落在特兰基兰迪亚基地。与从前唯一不同的就是，他再也不是哥伦比亚议会的一名自由党候补议员了。此时，他对这种头衔再也不感兴趣了，他感兴趣的还是"可卡因美元"。

只有"可卡因美元"这种东西，才能在关键的时刻救他于水火之中。"候补议员"，让它见鬼去吧！

不过，让埃斯科瓦尔不愉快的事还在——

拉腊签署的逮捕令依然生效；

进攻特兰基兰迪亚基地的政府军还在原地待命。

这一切都预示着，灾难随时都会降临。

# 第七章

# 首战告捷　拉腊部长遭暗算

迫于世界舆论的压力，哥伦比亚政府又对麦德林
贩毒集团用兵。一批特殊的包装桶，让毒品基地现出
原形，顿时火光冲天，成为一片废墟。

然而，正当人们庆祝胜利之时，禁毒主将司法部
部长拉腊却惨遭暗算。

哥伦比亚禁毒代价沉重。

1984 年 2 月底，麦德林贩毒集团同哥伦比亚政府在巴拿马的
谈判，达成了局部"共识"。哥伦比亚政府需要更多的"可卡因美
元"支撑，夸尔塔总统也需要大量的钱来维持他任期的最后时光。
于是，一场公开的钱权交易，就这样不公开地在哥伦比亚这个"毒
品王国"进行。

埃斯科瓦尔和奥乔亚等人从巴拿马回到国内之后，立即指挥麦
德林贩毒集团进行大规模的可卡因生产。这时，由于国际禁毒组织
在其他各国禁毒部门的配合下，对亚洲的"金三角"和非洲的"黑
三角"等地进行了有力的打击，基本上切断了这些地方的毒品进入

美国及西方国家的通道。

美国毒品市场的货源受到遏制之后，许多毒贩和毒民，都把目光投向了世界第三大毒源的南美洲。于是，芝加哥、纽约、迈阿密、洛杉矶及波士顿等各大城市的"订货"密电和密函，便纷纷地飞向哥伦比亚。从这些电报和密函之中，埃斯科瓦尔凭借他多年的贩毒经验，马上意识到麦德林贩毒集团的又一个"黄金时代"正在来临。

此时，他立即同奥乔亚、莱德尔等人密谋：一方面尽快扩大各个毒品基地的可卡因生产能力；另一方面，指示远在美国的罗德里格斯进一步开拓新的毒品市场和网络，和美国各大城市的毒贩及黑社会头目加强联系，在推销毒品的同时，寻找生产可卡因急需的辅助原料——乙醚和丙酮。这两种东西现在非常紧缺。

他们要利用这个千载难逢的"黄金时代"大捞一把。

在罗德里格斯收到这些电报和密函的同时，美国禁毒组织也获得了同样的情报，许多发往哥伦比亚的电报和密函，都经过禁毒情报部门的破译之后，送到了美国缉毒总署情报处处长艾博特先生的办公桌上。

面对这些密件，作为缉毒总署的最高官员，多年来的缉毒经验告诉他，麦德林贩毒集团最近将会有一个大动作。因此，他一方面命令缉毒总署立即密切注视这种来自美国及世界各地的情报，加强对边境和海上的防卫；另一方面，加强同哥伦比亚的司法部部长拉腊进行联系。他知道，在哥伦比亚能积极主张禁毒的就只有这位司法部部长。通过1979年的交谈和《引渡条约》的签署，他对拉腊的这种决心深信不疑。也正是那次见面之后，他们成了朋友。

通过同拉腊的联系，艾博特已经知道了发生在巴拿马城的那笔

"交易"，知道哥伦比亚现任总统夸尔塔对禁毒的态度。艾博特同时也了解到麦德林贩毒集团最近正在进行的"大动作"。于是，他马上将这种情况汇报了国会，希望通过国会对哥伦比亚施加压力，促成哥伦比亚政府尽快对麦德林贩毒集团进行新的打击，并引渡埃斯科瓦尔等首批毒贩。

正在这时，一件情报引起了他的极大注意。

3月2日，情报处的情报特工杰里科从美国有名的杜邦化学公司获悉，一位叫马科斯的人昨天同该公司签订了一份订货合同，三天之内，将从该公司提走两百桶乙醚和三百桶丙酮。

无论是从事毒品生产的人还是缉毒情报人员都知道，乙醚和丙酮都是生产可卡因必不可少的两种化工原料。如果需要如此大批的乙醚和丙酮，一定与可卡因生产有关。

艾博特得到这一报告后，马上通过联邦调查局和有关部门对杜邦公司及买主马科斯进行调查。六小时以后，调查结果送到了艾博特办公室。

调查报告详细地表明：买主马科斯，现年43岁，是纽约地区最大的黑社会组织"正义同盟"的重要头目之一。"正义同盟"的前身为臭名昭著的"三K党"，因顽固坚持种族歧视政策、从事恐怖活动而遭到美国当局致命的打击。20世纪60年代以后，"三K党"销声匿迹，后来却摇身一变，以"正义同盟"的名义进行毒品走私。而马科斯本人曾为美国海军陆战队上士，参加越南战争时因在军队中从事毒品交易被开除军籍，遣返回国。目前他的公开身份是纽约一家跨国贸易公司驻加勒比海地区的代表，其办事处常年设在佛罗里达州首府迈阿密。近年来，此人与哥伦比亚麦德林贩毒集团常驻海外的最大头目罗德里格斯过从甚密……

这一重要的情报使艾博特不由得大吃一惊。从这份报告中提供的情况来看，两百桶乙醚和三百桶丙酮，可以生产多少可卡因啊！这更进一步证实了拉腊在密电中所说的"大动作"。

"好，狐狸终于露出尾巴了！"

艾博特不由得在桌上一击，马上派人将杰里科叫来。他对杰里科说：

"你这次立了一个大功，但这还不是最后的胜利。现在我命令你立即去杜邦化学公司，找到该公司生产部门的经理传达我的命令：一、保证这批货准时按对方的要求出售；二、改装所有的包装桶，在每个包装桶的底部，都装上一台微型的电子自动信号仪，然后在监控台装上一台专门的监控器，我要随时听到这批货的下落。"

杰里科一听，不由得睁大了眼睛，他不得不佩服这位上司的精明。

也正是在3月2日这天深夜，又回到了特兰基兰迪亚基地的埃斯科瓦尔，在基地的指挥中心收到了远在美国佛罗里达州的罗德里格斯发来的一份密电。罗德里格斯在密电中说：所需要的货已购齐，取货时间为3月6日，取货地点临时通知，请告诉取货人临时与他联系。

埃斯科瓦尔收到这份密件，心里非常高兴。他既佩服罗德里格斯办事的精干，也佩服他的老到。

作为一名大毒枭，一位从事可卡因生产的"专家"，他当然明白这批"货"的重要性。

凡是要将古柯叶提炼成可卡因，乙醚和丙酮是必不可少的催化剂。在加工的过程当中，首先将古柯叶提炼成古柯膏，然后再提炼

120

成晶状体的纯古柯碱。但古柯碱毒性极大，不能直接吸食，必须在实验室里进行中和，然后配制成可以吸食和销售的可卡因。这种中和剂就是乙醚和丙酮。如果没有这两种东西，那么古柯碱就只能永远存放在仓库里。如今罗德里格斯找到了这批大宗的货源，对他进行大量的可卡因生产，提供了一种可靠的保证。

3月6日凌晨，埃斯科瓦尔如期派出一架DC-6型小型飞机，由加查同一名驾驶员一道从特兰基兰迪亚机场起飞，朝加勒比海方向飞去。

特兰基兰迪亚机场虽然是科迪勒拉山中一个中型机场，但它却是世界上导航设备和通信联络最先进的机场之一。这里拥有世界上最现代化的导航系统和指挥设备，并租用了与地球同步的卫星频道，可以对远在万里之外的飞机进行跟踪遥控。同时，它又是防守最严密的机场，凡是入侵的飞机，都难逃脱它的红外线遥感预警系统和先进的地对空导弹装置，整个预警时间不超过五秒钟，这种先进的设置，就连哥伦比亚的国防机场也自叹不如。

这所有的指挥和遥感预警系统都安装在埃斯科瓦尔的指挥中心。那座戒备森严的山洞中有一间12平方米的暗室，这就是机场的操纵室，洞壁上一幅3平方米的显示屏，可以及时反映出在这起飞的飞机飞行在世界各地的情景。

凌晨3时整，DC-6型飞机起飞了，三十五秒钟以后，它将进行超低空飞行。这种麦道公司制造的小型螺旋桨飞机，原先是欧美各国航空俱乐部的运动训练机，其续航能力不超过1000公里。但是，加长的双翼却使它有良好的滑翔性能，能在燃料耗尽的情况下，通过长距离的滑行，寻找安全迫降的地点。这种飞机又能在关闭发动机以后，在空中做长时间的超低空飞行，以避开雷达的搜索。DC-6

型飞机这些优良性能实在是为贩毒集团进行贩毒和走私原料准备的。后来，他们又对它进行了改装，增加了它的油箱容量，从而使它的续航能力由 1000 公里提高到 5000 公里，几乎相当于中型喷气式飞机的航程，同时，其承载量也提高到 2000 公斤。

改装后，这架 DC-6 型飞机备受贩毒集团青睐。它多次往返美国、巴西等地运送毒品和原料。

DC-6 型飞机起飞五秒钟以后，埃斯科瓦尔就同远在佛罗里达州的罗德里格斯联系上了，他立即将飞行意图及取货地点传递给在机舱中导航位置上的加查。

此时，埃斯科瓦尔正在操纵室，通过显示屏，看到 DC-6 型飞机已按照飞行指令飞到了加勒比海上空，正向巴哈马群岛飞去。它将在巴哈马首府拿骚上空掉头向西飞行，然后降落在佛罗里达海峡公海上的一座无名小岛上——这座小岛在埃斯科瓦尔编制的飞行指令中编号为"8"号。

一切都在计划之中。埃斯科瓦尔不由得轻松地打开一个通气阀，然后点燃了一支古巴雪茄，仰靠在转椅上闭目养神，只是不时地询问一下旁边工作人员有关 DC-6 型飞行的情况。

然而就在这时，加勒比海上空的美国侦察卫星红外遥感摄像机已经准确地拍摄下了 DC-6 型飞机的飞行轨迹，并通过红外热像仪反馈给美国海岸雷达监控站。一幅巨大的荧光显示屏上立刻出现了一个白色的亮点。这时，坐在荧光屏前的美国缉毒署情报处处长艾博特立即指挥技术人员，将这个白色亮点输入密码分类机。几乎是在同时，密码机迅速显示出一行文字：

一架不明国籍的 DC-6 型飞机从南方进入巴哈马群岛，并折向西北方向。

艾博特一见，心中一喜，心想：麦德林的"客人"到了。

为了稳妥起见，他立即拿起话筒传呼迈阿密海岸警卫队监控中心，迅速与该机进行对话，并录下其无线电台频率。

几秒钟以后，在 DC-6 型飞机上的加查听到了地面的传呼讯号，在询问其国籍、机号及飞行目的。

加查立即打开无电线复话机，按照事先编排的内容进行了回答。加查说：

"我是巴哈马航空俱乐部航空运动教练机，正在做教练飞行。"

加查的这句回答，不仅传到了迈阿密海岸警卫队监控中心，也及时地传入艾博特的耳中。他立即命令技术人员将 DC-6 型飞机的无线电频率输入识别机。识别机的电脑屏幕上立即出现以下内容：

该机无线电频率与资料库保存的资料相符，属麦德林卡特尔集团贩毒飞机，曾多次非法进入我国领空。

艾博特一见，立即下令迈阿密海岸监控中心继续密切监视，并命令海岸国民警卫队注意海面动向。他采取欲擒故纵的办法，让 DC-6 型飞机将"货"取走。

他要放长线钓大鱼。

当日清晨 4 时 15 分，DC-6 型飞机顺利降落在佛罗里达海峡 "8"号岛，与马科斯的"送货人"接上了头，将两百桶乙醚和三百桶丙酮装上了飞机，然后顺利地返航。

当埃斯科瓦尔在操纵室的屏幕上，看到DC-6型飞机正关闭了发动机，打开了反雷达装置，通过滑翔飞行进入科迪勒拉山区，然后安全地在特兰基兰迪亚机场着陆时，他不由放声大笑。他在为加查的这次成功飞行而高兴，更为罗德里格斯为他送来了大批的乙醚和丙酮而开心。

他命令操纵室的工作人员关上了沉重的钢板门，然后来到指挥中心接见加查和那位飞行员。他觉得罗德里格斯真是"雪中送炭"，现在应该是猛干一场的时候了。

但是，他哪里知道，DC-6型飞机给他载来的是一场毁灭性的灾难。那些安装在包装桶底的微型电子自动信号仪，随着一只只包装桶，已从美国的纽约杜邦化学公司，来到了哥伦比亚科迪勒拉山密林深处的特兰基兰迪亚毒品基地。它们在不断地发出一连串的电子信号，传递给高悬在加勒比海上空的侦察卫星，然后再传到美国缉毒总署的情报指挥中心。

通过这种信号的传递，美国缉毒总署情报处毫不费力地找到了它们最后的归宿。

就在特兰基兰迪亚基地的贩毒人员将这些乙醚和丙酮搬进秘密山洞的同时，美国缉毒总署情报中心的技术人员，就在地图上准确地找到了它们的位置：北纬8度，西经75度。

艾博特拿起放大镜，在特制的拉美地图上，找到这两个数据的交汇点。他用一支粗粗的红铅笔，在这个交汇点周围画上了一个异常醒目的红圈。

这个红圈的圆心，就是特兰基兰迪亚毒品基地，它位于哥伦比亚第二大城市麦德林东北方向的安第斯山脉之中。那里是安第斯大山脉中科迪勒拉山峰的腹地，离埃斯科瓦尔的老家恩维加镇的直线距离不过 100 公里。

在这张特制的拉美地图上，这里是一片可爱的绿色，象征着和平与生命。然而，就在这片可爱的绿色之中，却潜伏着一只白色的恶魔，随时在吞噬着无数的生命。

"埃斯科瓦尔，这一次看你往哪里逃！"

艾博特又在他的橡木写字台上，狠狠地砸了一拳。


当天下午 4 时，哥伦比亚司法部部长拉腊，就收到了艾博特电传过来的一个"特急"密件。

艾博特在密件中说，一批制造可卡因的化学原料乙醚和丙酮，已由麦德林贩毒集团偷运到了哥伦比亚麦德林市东北方向密林中的某毒品基地，这批原料至少可以生产 30 吨以上的可卡因。从该贩毒集团一次就购买这么多的生产原料，可以说明该集团的毒品生产量是巨大的，同时也能证明哥伦比亚政府的禁毒并没有真正行动。因此，他受美国国会和总统的委托，敦促哥伦比亚政府履行自己的诺言，在近期内对该毒品基地进行一次大扫荡，美国将对此予以全力支持。

同时，艾博特还在密件中详告了特兰基兰迪亚毒品基地的地理位置。

收到艾博特的这份密件之后，拉腊立即向哥伦比亚总统夸尔塔进行了汇报。夸尔塔迫于美国的压力，尽管与麦德林贩毒集团有过交易，但还是决定对特兰基兰迪亚基地用兵。

拉腊当然知道，总统的这种决定很大程度上是美国人的作用。不过这对他自己来说，也是一种鼓舞，从而更坚定了他禁毒的信心。

1984 年 3 月底，一个摧毁特兰基兰迪亚毒品基地的军事行动开始了。

这是哥伦比亚有史以来，第一次规模最大的扫毒战。拉腊被任命为这次军事行动的总指挥。在哥伦比亚国防军的配合下，一支五千多人的扫毒大军又浩浩荡荡地向恩维加进发。他们将会同上次驻守在科迪勒拉山区的部队，对特兰基兰迪亚基地发起全面的进攻。公路上是长长的坦克部队和装甲车，森林上空是几十架 F-16 战斗轰炸机、海盗强击机和"阿尔帕塔"军用直升机。

艾博特果然没有食言，立即派来了一架 C-130 大力神运输机，不仅送来了美国军事顾问团，而且带来了一套卫星地面接收站的全部装置，并给哥伦比亚军队团以上的指挥员派送了无线电测向仪和电子对讲机。因为他们所遇到的对手是一伙掌握了现代化遥感监控系统的敌人，他们将通过地面接收站，接收来自太空的美国侦察卫星发出的信息，准确地确定他们打击的目标。

几乎是一夜之间，扫毒武装迅速地控制了特兰基兰迪亚基地通向山外的所有通道，然后分别从各个不同的方向向前推进。他们的作战计划是首先攻击贩毒武装的指挥系统，摧毁他们的雷达站，然后派飞机分波次进行轰炸，最后由步兵配合坦克装甲部队发起全面进攻。

这次战斗的目标是摧毁整个毒品基地的机场、加工厂和毒品原料仓库，销毁那几百桶刚从美国运来的乙醚和丙酮，争取活捉包括埃斯科瓦尔和加查在内的所有头目。

有了那套地面卫星接收系统，扫毒部队不仅准确地找到了那些贮藏乙醚和丙酮的山洞（通过安装在包装桶底部的电子信号仪反馈到卫星上的信号来确定这些包装桶的位置，最大的误差不会超过 5 厘米），而且及时地了解了贩毒武装的通信系统和防御分布情况。

在接收站的那幅荧光屏上，斑斑点点的亮点和图像通过技术人员的分析和识别仪的鉴定，使整个基地的情况一览无余。

在发起第一波次攻击之前，给埃斯科瓦尔的第一个"见面礼"，是一枚电子制导自动寻的地对地导弹。这枚导弹通过安装在多枚火箭发射车上的导弹发射架发射出去后，仅在八秒钟的时间内便准确地命中了目标，将毒品基地的雷达站炸得粉碎。

这枚导弹就是一颗进攻的信号弹。随着雷达站"轰隆"一声巨响，扫毒军的几十架各种战斗机和轰炸机便同时起飞，掠过山峰和林梢做超低空飞行，接近预定的目标后便开始将成串的炸弹倾泻下去。整个特兰基兰迪亚基地顿时成了一片火海，工厂、仓库、机场、酒吧等所有的地面设施，都在同时爆炸、燃烧，在机群的呼啸声中化为灰烬。

面对这突如其来的袭击，工厂的工人、酒吧的妓女和贩毒武装人员顿时被打蒙了。有的当场被炸死，有的倒在大火之中，更多的是朝附近的深山老林中溃逃。虽然他们手中也掌握着先进的武器和设施，但他们毕竟不是正规军人，充其量也不过是半路出家的准军事人员，何况还有更多的人，在几年之前还是地地道道的农民。有许多来不及逃走的，便跪在地上，祈求天主的保佑。他们完全失去了抵抗能力。

就在雷达站被炸毁的一刹那，埃斯科瓦尔就蹿出了指挥中心的地下室，亲手击毙了几名溃逃的贩毒武装人员，才稍微压住了一下阵脚。

这时，他立即同加查指挥地面武装，组织力量固守毒品仓库和指挥中心，并把山洞中的几架喷气式战斗机牵引出来，准备升空与政府的空军对抗……

就在他刚部署停当时，扫毒军的飞机第二波次轰炸又开始了。几十架飞机又从远处的山林上空呼啸而来，整个基地再一次陷入火海。就在这些战斗机和轰炸机后边，大队的步兵已被直升机运送过来。这些直升机降落在山间的平地上，成群的步兵手持冲锋枪和火箭筒等武器喊杀着冲向基地。贩毒武装的几架喷气式战斗机还没有来得及起飞，就全部被炸毁在山洞口和机场上。

现在，埃斯科瓦尔再也没有新招了，他眼看大势已去，便带领加查等几位头目钻进了地下指挥中心。在进入那条地下隧道之前，他亲手按下了启动键，引爆了事先安排在指挥中心的弹药库。一时地动山摇，好像整个科迪勒拉山都发生了地震一样，炸塌的岩石将地下室很快填平了，堵住了隧道口，阻止了后面的追兵。这时，他已带着十几位头目，沿着这条长长的地下隧道，朝考卡河谷逃之夭夭。

地面的战斗很快就结束了。整个特兰基兰迪亚基地被彻底地摧毁了，所有的加工厂、仓库、机场和其他的一切地面建筑都成为一片废墟。这次行动，除消灭了埃斯科瓦尔一支几千人的贩毒武装之外，还缴获大量的毒品。仅从山洞中查获的可卡因就有30多吨，还有不计其数的大麻、古柯膏。特别是那几百桶刚从美国买来没几天的乙醚和丙酮，也悉数落入政府的扫毒部队之手。

特兰基兰迪亚毒品基地的被摧毁，几乎震动了整个国际社会。

据《波哥大日报》刊载的一则新闻说：

……哥伦比亚政府军在特兰基兰迪亚扫荡战中，一举摧毁了丛林毒品加工厂十六座，打死贩毒武装分子约一百五十名，俘虏基地加工毒品和进行各种服务的职工一千余人，缴获可卡因30多吨，还有其他毒品和化学原料，贩毒集团的十五架各种类型的飞机也全都成了一堆残骸，所有的地面设施及地下建筑绝大部分已不复存在。这些设施总造价约在3亿美元以上。据有关专家估计，贩毒集团要恢复原有的基地，至少需要五年时间……

更大的收获是：哥伦比亚在开始洗刷"禁毒不力"的罪名，走出"毒品王国"的阴影。许多国家的新闻界都在惊呼：哥伦比亚在找回失去的尊严！

但是，在埃斯科瓦尔的家乡恩维加镇，甚至在麦德林市，更多的人是在怀念潜逃的埃斯科瓦尔，怀念这位给他们带来了许多好处和"可卡因美元"的"大好人"。

在哥伦比亚首都波哥大，也有人在攻击夸尔塔总统，说他的政府是"出卖主权的傀儡"，甚至在议会，也有些议员在私下攻击司法部部长是"卖国分子""美国人的走狗"……

不管人们如何评说，从拉腊任司法部部长开始到1984年4月底，哥伦比亚缉毒机构共查获可卡因贩毒案件五百八十三起，捕获毒贩二百一十五人，没收可卡因170多吨，查获可卡因秘密加工厂一百一十座；破坏古柯种植园一百八十七处，缴获古柯碱、古柯膏等毒品三万五千万余袋。此外，还没收可卡因30多吨，烧毁古柯叶600多吨。同期，缉毒武装在查禁毒品时，共缴获用于贩毒的各类飞机三十三架，各类船只十八艘，各类武器四百余件……

这给哥伦比亚以麦德林贩毒集团为首的所有毒贩以沉重的打击。

所有的这些成绩，都与哥伦比亚的时任司法部部长拉腊分不开。

遗憾的是，当时年仅38岁的司法部部长拉腊，却为此付出了生命的代价。

事情发生在 1984 年的 4 月 30 日，这时离特兰基兰迪亚基地大捷仅一个月。

在特兰基兰迪亚基地被摧毁的当天晚上，麦德林贩毒集团的一号头目埃斯科瓦尔从那条秘密的地下隧道逃走之后，在考卡河谷的出口处乘坐摩托艇，顺流而下，到了恩维加老家。

他同加查在恩维加的镇长家中换了衣服，立即坐上一辆防弹奔驰轿车，连夜向麦德林逃去。

奇怪的是，政府扫毒部队在科迪勒拉山的腹地打得热火朝天，而在这条由恩维加通往麦德林的必由之路上却没有设下任何关卡。手握方向盘的埃斯科瓦尔对身边的加查说：

"不要太紧张了，把你手中的枪收起来，我想那些猪猡们是料不到这一招的。"

加查果然把手中的手提冲锋枪靠在怀里，然后点燃一支烟，又递给埃斯科瓦尔一支。他们吸着烟，一路开着车朝麦德林飞驰而去。

在麦德林奥乔亚的豪华公寓里，他们同莱德尔等人见了面。大家见面之后，把司法部部长拉腊大骂了一通，最后决定对他下手。埃斯科瓦尔咬牙切齿地说：

"我要不把他干掉，我就誓不为人，就不解我心头之恨！"

莱德尔笑着说："巴勃罗先生，你也不要太激动了。今天晚上的遭遇当然悲惨，但我看禁毒并不是拉腊一个人的事。"

"那你说该怎么办？"加查在一旁忍不住问。

莱德尔很有大将风度地说：

"我看这样，我们可以先把拉腊这个人干掉，杀鸡给猴看，让那些叫得凶的人收敛一些。另外，我还想玩一玩那些政客们常玩的手法，和他们在舆论上斗一斗。"

埃斯科瓦尔说："你这种做法并不高明，政治和舆论是我们这些人玩的吗？"

莱德尔说："你要不信，就让我试一试看。"

埃斯科瓦尔笑着说："好吧，就试一试吧。不过我也要去试一试。"

莱德尔是一个敢说敢做的人。过了几天，他果然玩起"舆论"来了。他自己掏钱请了几位笔杆子，创办了一张《自由金迪奥》日报，对开八版，围绕"禁毒"和"引渡"两大主题，在报纸上大做文章。上至总统，下至部长、议员，一个个都被他骂得狗血淋头。这份《自由金迪奥》报，让莱德尔出了大名，一夜之间使他身价百倍。于是，他趁机组织了一个"拉丁美洲民族党"，竭力煽动国民的民族情绪，把自己打扮成一位国家利益的代言人，对政府进一步施加压力。

莱德尔的这一招果然奏效。在强大的舆论攻势面前，哥伦比亚政府对毒品走私的查禁又降温了。更主要的是，这使夸尔塔总统对引渡这件事不得不持慎而又慎的态度。所以，直到他下台为止，都没有签署一份引渡令。这对那些哥伦比亚的大小毒枭来说，真是一件"功德无量"的事。

莱德尔在从事上述两次"工作"时，他还极力协助埃斯科瓦尔等人，开始了谋杀司法部部长拉腊的计划。

为了掌握拉腊的生活习惯和日常规律，埃斯科瓦尔派人在拉腊的住宅附近，开设一家冷饮屋，以卖冷饮为掩护，对拉腊的家人和他本人进行监视。拉腊每天上下班和外出的时间，都有详细的记录。甚至连拉腊的妻子喜欢穿什么颜色的服饰，一般常去哪些商店，拉腊的女儿喜欢吃什么样的冷饮都了解得一清二楚。

后来，他们干脆进行电话窃听。在通往拉腊的家和办公室的电话线上，都秘密地安装了窃听器，每天二十四小时实行电话监听和录音。从此，麦德林贩毒集团对拉腊生活、工作、个人嗜好和社交圈等各种情况，都了如指掌。他们能根据今天的电话记录，判断出拉腊明天什么时候出门上班，坐什么车，走哪条路线，然后会见哪些客人，处理哪些重要事务或向总统汇报什么情况，等等。

对于一位司法部部长的行踪和日常工作、生活情况了解到如此程度，那么，这个国家还有什么机密可言。

在对拉腊进行全方位的监视和监听的同时，麦德林贩毒集团还通过内线，将一名精干的贩毒人员安插到哥伦比亚"F-2"内部。

哥伦比亚的"F-2"是国家专门负责缉毒工作的秘密警察组织，它的全称为哥伦比亚国家缉毒警察局，其职能相当于美国的中央情报局和苏联的克格勃。"F-2"除了对毒品生产和走私进行调查侦破以外，还对国家公务人员及官员进行内部监督，发现意外立即立案。

打进"F-2"的这名贩毒人员，代号为"维生素O"。有一次他送来一份情报，上面有十二个贩毒集团的头目的名字，这些头目有麦德林贩毒集团的，也有哥伦比亚其他贩毒团伙的。这十二个贩毒集团的头目，如今都关押在波哥大的监狱里，拉腊准备把他们全部引渡去美国。这是一份送请总统审批的名单。

正是这份引渡名单，宣判了拉腊的死刑。

1984年4月29日傍晚，拉腊给总统办公室去了一个电话，询问那份名单审批的情况。夸尔塔总统在电话中说：

"拉腊先生，这件事我不想轻易表态。"

"那是为什么呢？难道您有什么难处吗，总统先生？"拉腊很焦虑地问。

"这件事在电话里也不好说。"夸尔塔总统似乎在忧心忡忡，他说，"我们国家的经济状况我想你也应该清楚，如果真的失去了'可卡因美元'，我这个总统的日子可不好过啊。"

拉腊一听，当然明白总统的意思。但是，打击毒品走私，是他一向坚持的原则。作为一名司法部部长，又是《引渡条约》的签约人之一，他不想让他的美国朋友失望，更不想让国际社会看不起自己的国家。

于是，他便对总统说："我看先引渡这十二位有影响的毒贩，给麦德林贩毒集团那伙人一点颜色瞧瞧。您难道没有看到他们创办的什么狗屁报纸吗，总统先生！那简直沸反盈天了！"

夸尔塔总统在那头沉吟了半晌。他当然理解这位下属的一片苦心。今年他才38岁，正是年富力强，又身居高位，实在是一位难得的人才。那渊博的法学知识和刚直不阿的一身正气，在哥伦比亚实在是无人可比，更不要说他那潇洒英俊如电影明星一样的派头。面对这样一位忠心耿耿的下属，该怎么回答他呢？

夸尔塔总统尽管对禁毒一直不敢动真格的，就是上次攻打特兰基兰迪亚毒品基地，也实在是不得已而为之，但是，他却不忍心对这样的部下敷衍塞责，虚与委蛇。于是，他经过再三考虑，最后才在电话中对拉腊说：

"我看这样吧，今晚7点，你来我的私人官邸，我再把缉毒警察局长戈麦斯也找过来，大家认真商量一下，最后把这件事敲定，你看如何？"

拉腊听总统这么一说，当然没有话说，只是说：

"我没有任何意见，晚上7点准时出席，请总统原谅我的打扰。"

拉腊放下话筒后，想了想又给缉毒警察局局长戈麦斯打了个电话。他在电话中通报了总统的想法和忧虑，希望他能在晚上的会见时和自己联手，打消总统的顾虑，让他在自己呈报的引渡名单上签字。他郑重其事地对戈麦斯说："毒品交易像一张水床，这边压下去了，那边又鼓了起来，不采取强硬的措施，加强打击力度，是无法奏效的。毒品现在不仅是侵蚀了国家的肌肤，而且是渗透到了骨髓，不动真格的不行，光靠一两次的军事行动也不行，要采取深入持久的办法，把这些毒贩一个个地肃清，这样国家才能太平。"

警察局长戈麦斯是拉腊的好友，两人都是哥伦比亚大学法学系的高才生。戈麦斯大学毕业后，一直在警察、司法部门工作，由于政绩卓著，被总统提拔为缉毒警察局局长。在缉毒方面，他一直是拉腊的积极支持者，并且多次动用自己的警察部队，对这位司法部部长的人身安全进行保护。他对拉腊刚才的建议，当然积极响应，在电话中相约6点50分，准时在总统官邸门前见面，然后同去晋见总统，争取在今天晚上把引渡的名单敲定。

拉腊找到了一位这样得力的支持者，心中非常高兴。这时他看了一下表，已经6点多了，看来回家吃晚饭已来不及。他便又拿起话筒给家里打了个电话，向妻子说明了不能回家吃饭的理由。他的妻子是一位很通情达理的女人，在电话中没有丝毫责怪他的意思，只是嘱咐他要多加小心，近来波哥大的日子也不太平。

6点20分，拉腊收拾一下办公桌，将一些重要的文件锁进了保险柜，随手将钥匙交给了贴身的机要秘书，然后走出了办公室。

这时，大楼的人大部分都下班了，整座大楼显得空荡荡的。电梯已经停止工作了，拉腊便信步从五楼一步一步地走下去，就当是锻炼一下身体。

大楼底层的室内停车场上，停着拉腊的座车。这是一辆黑色的雪铁龙，拉腊已经用了三年，但车况却很好。拉腊的驾驶技术不错，所以无论是上班还是下班，他从来不要司机代劳。除非是去外地出席一些正规会议，与会者都有司机、秘书和保镖一大串，他才不好标新立异。

停车场的出口处站着一位哨兵，持枪肃立在那里。见部长开着车子过来，他赶紧行了一个标准的军礼。拉腊轻轻地按了一下喇叭，算是对哨兵的答礼，然后将放在油门上的那只脚轻轻一踩，雪铁龙便汇入了大街上的车流之中。

此时正是交通高峰期，成串的车辆一辆咬着一辆鱼贯而前。拉腊好不容易挤上了街口的立交桥，然后向西朝郊外驶去。夸尔塔总统的官邸在西郊20公里处，一条四车道的高速公路一直通向那里。

已经6点40分了，拉腊已经失去了吃晚饭的机会。他要在十分钟之内赶到官邸门前同戈麦斯见面，然后稍事收拾一下仪容再去见总统。

驶下了立交桥，他便加大油门，以时速120公里的速度朝西疾驶。他随手按了一下车窗启动键，车窗便徐徐降下了半截。清新的空气夹着龙舌兰的清香涌了进来，黑黝黝的安第斯山脉横亘在远处的天际，山峰上还有一抹残余的霞光。这一切都令拉腊心旷神怡，他不禁稍稍地松了松领带，竟像年轻的车手一样吹起了口哨，吹起了那首欢快的美国民歌《铃儿响叮当》……

然而就在这时，一辆红色的日本本田摩托从后面追了上来，拉腊在反光镜中看到了两名年轻的摩托车手，都戴着橘红色的头盔。这让拉腊想到了自己当年在大学时，那骑着摩托车狂飙的青春岁月。他竟有点羡慕这两个年轻人。尽管自己并不老，但所从事的这种职业让他只有永远板起脸孔做人。

正当拉腊浮想联翩的时候，那辆摩托车追了上来。奇怪的是他们并没有超车的意思，而是赶上来和拉腊的雪铁龙并驾齐驱。拉腊这时并不介意，而是用脚又在油门上点了一下。当他的轿车正要变速时，突然一梭子子弹从车窗外射了进来。他先是感到肩头一热，紧接着一串子弹就穿过了他的头颅。拉腊不由自主地倒在方向盘上，但雪铁龙依然呼啸向前，然后跃过路边的栏杆，冲下了路基，一头栽在路旁的甘蔗林里，"轰隆"一声爆炸了，火光冲天……

那辆摩托车已经跑得无影无踪了。拉腊当场死去，他的尸体在轿车跃过栏杆时被甩了出来，落在路边上。

十分钟以后，一队警车闪着红灯嘶鸣着冲过来，但一切都太晚了……

# 第八章

# 疯狂反扑　复仇女神大行动

　　为司法部部长举行了隆重的"国葬"之后，哥国
再次开展全国性的缉毒运动。但是，麦德林贩毒集团
则有恃无恐，进行疯狂反扑：袭击司法大厦、劫持法
官，又收买"四一九运动"游击队烧毁最高法院……
　　波哥大血雨腥风，"复仇女神"大行动——国家缉
毒警察局局长又在劫难逃。


司法部部长拉腊被谋杀的消息，让整个哥伦比亚都震惊了！
　　当晚，等候在总统官邸门前的缉毒警察局局长戈麦斯立即奉命
进行调查。
　　谁是凶手？
　　当晚 12 点，一个匿名电话打到哥伦比亚第二大报《观察家报》
编辑部，正在值夜班的总编辑吉列尔莫·卡诺拿起话筒："喂——"
　　"复仇女神开始行动！……"
　　对方丢下这么一句莫名其妙的话就把电话挂断了。
　　总编辑卡诺还久久地握着话筒。这时听到的只是一阵"嘟——

嘟——嘟"的忙音。

此时，拉腊被谋杀的消息已传到报社，这条特大新闻已作为明天《观察家报》的头版头条。总编辑卡诺破例在报社深夜值班，就是守在这里亲自审定和校对这条新闻的小样和大样。

卡诺对拉腊的死非常悲伤。他们虽然还没有成为朋友，但作为一家大报的总编，他当然清楚这位年富力强的法学专家和司法部部长，是国家的栋梁之材。

卡诺的手边就有拉腊生前的照片和记者刚从谋杀现场拍摄下来的遗照，这些照片都被冲洗放大了，将出现在明天《观察家报》的头版上。

他拿起拉腊的照片，认真地审视了一下那张潇洒英俊的面孔。然后在案头的台历上，记下了刚才电话中的那句话——"复仇女神开始行动！"

复仇女神是谁？

几天后，哥伦比亚大学一位民族学教授，终于找到了这个答案。

他在给总统的报告中说：

"据我所知，在一些印第安部落的方言中，'复仇女神'的发音与'埃斯科瓦尔'的发音十分相似。因此，我认为，谋杀司法部部长拉腊的凶手，就是麦德林卡特尔贩毒集团。"

这位满头白发的民族学教授，是一位毕生从事安第斯土著语言研究的专家。为了他的生命安全，总统办公室收到这份报告之后，并没有向外界公布他的姓名和身份。

不过，"谜底"便由此揭穿。

5月1日，司法部部长拉腊的葬礼在波哥大隆重举行，成千上万的市民为他前来送葬。哥伦比亚总统夸尔塔原打算前来参加葬礼，但在戈麦斯等人的劝阻下，出于安全方面的考虑，最后还是作罢。

不过，当天晚上他在波哥大电视台，却举行了一次措辞强硬的电视演讲。无数哥伦比亚人通过电视，听到这位对禁毒一向顾虑重重的总统，在电视中用拳头捶着讲台发出"咚咚"的声音。伴随着这"咚咚"的声音，人们听到他在义愤填膺地说：

"……对司法部部长拉腊先生的谋杀，是对我国法律的公然蔑视，是对政府的挑战！……在此，我代表政府做出最强硬的反应！第一，将司法部部长拉腊呈送的引渡名单上的十二位毒贩，全部引渡美国，决不姑息！第二，从今天——即5月1日开始，向贩毒集团全面宣战！……"

夸尔塔总统的电视演讲，使扫毒的战火再次燃遍哥伦比亚全国。

哥伦比亚政府的态度，立即得到美国的赞赏和大力支持。美国政府立即拨款3000万美元，并支援十五架美制B-26型战斗机和大批武器装备，同时，又派出一个由反毒专家和中级军官组成的二十五人的军事顾问团，协助哥伦比亚的扫毒行动。

这次大规模的扫毒行动从1984年5月1日开始，一直持续到1985年6月。在这一年零一个月的时间内，扫毒部队共捣毁可卡因加工厂二百六十八个，查获可卡因500多吨，古柯叶将近8000吨，逮捕贩毒和毒品生产人员两千七百多名。事后，至少有一百名航空人员和二百多名哥伦比亚警察因参与毒品走私而受到起诉，四百多名法官因与毒品贸易有关而受到审查。

然而，在这次扫毒期间，以麦德林贩毒集团为首的大小贩毒团伙，也进行了疯狂的反扑。一场罪恶的毒品战又在哥伦比亚拉开了战幕。"复仇女神"开始了大规模的行动。

1985 年 5 月 14 日，在缉毒警察局局长戈麦斯的主持下，哥伦比亚最高法院、最高检察院和许多缉毒组织的首脑们，聚集在波哥大司法大厦的会议厅，商讨将狱中关押的毒贩，向美国引渡的事宜。

上午 11 点 30 分，快下班时，麦德林贩毒集团的头目莱德尔和加查等人，带领一支五十多人的"敢死队"，分乘两辆中型面包车来到司法大厦门前。然后手持冲锋枪，撂倒了门前的岗哨后冲进司法大厦，企图劫持会议厅的那些法官和司法部门的首脑为人质，去换回关押在波哥大狱中的同伙。

一场激烈的枪战在司法大厦展开，数百名军警奋力抵抗。下午 3 时，埃斯科瓦尔和奥乔亚又带领三百名贩毒武装分子赶来增援，并带来了火箭筒和汽油燃烧弹。

枪战一直持续到晚上 12 点以后。

在这十多个小时的枪战中，双方共有近百人死亡。其中有三十多名警察，二十多名老百姓和十一名法官，贩毒武装也丢下二十多具尸体。

贩毒武装冲进了议会大厦，劫持了五名法官和一位警察局副局长。三天以后，这六个人的尸体都被抛在波哥大的大街上。

当年 11 月，麦德林贩毒集团又与"四一九运动"游击队联系，进行了一笔血淋淋的交易。

麦德林贩毒集团为游击队提供 200 万美元的活动经费，游击队为他们袭击哥伦比亚最高法院，销毁所有关于贩毒成员的档案材料和有关犯罪证据。

11 月 17 日，双方达成协议。埃斯科瓦尔亲手将 200 万美元交给了游击队的头目，并附上了一张最高法院办公大楼的平面图，上面清楚地标明了档案馆、资料室、保密室和主要法官的办公室以及警卫岗哨的位置和火力配备情况。这张平面图，就是由打入缉毒警察局的卧底"维生素O"提供的。他已经获得了"F-2"首脑们的信任，被提升为机要科副警长，可以自由出入国家司法、保密等要害部门，为贩毒集团提供大量的机密情报。

11月19日，"四一九运动"游击队，按计划袭击哥伦比亚最高法院。

最高法院位于波哥大市的第三大街，是由一幢十五层的办公大楼和其他附属建筑组成的建筑群。整个建筑群周围是3米高的水泥墙，墙头上又有一道80厘米高的高压电网。大门边有两道岗哨，里面常驻一个警察中队三百多人，配有很强的火力。整个安全设施是很严密的。

法院的保密室在大楼的第十二层，由室内电梯上下。据"维生素O"提供的情报说，所有贩毒头目的档案和罪证材料，都在这保密室。所以，这里便成了"四一九运动"游击队主要进攻的目标。

每天清早7点50分上班前，正是车辆和人员进出的高峰期。大门口人来车往，川流不息。这时，也是警戒最严密的时候。刚从7点30分换岗的哨兵，一个个都精神抖擞地站在哨位上，密切注视着每一辆开进来的车辆和每一位进来的人。但是，这时也是大门口最混乱的时候，那么多轿车，那么多摩托车，还有那么多夹着公文包匆匆进来的公务员，哨兵的眼睛根本不够用。更主要的是，大家都是刚刚上班，有的是刚坐下来开锁拉抽屉，有的则还在走廊上未找到办公室的门……一天的工作还没有开始，一切都还未理出一个头绪，有的即使坐下来了，也坐在那里发呆，不知道该先干什么。

这种意识上的混乱和松懈，远远超过了大门口的混乱。于是，

"四一九运动"游击队，便抓住这种"混乱"开始了他们的袭击。

这一天，一辆大型的集装箱卡车，随着熙熙攘攘的车流和人群，突然出现在最高法院的大门口。刚一停下，哨兵正要上前干涉时，集装箱的大门打开了，就像蜜蜂从蜂房里涌出来一样——百多名全副武装的游击队战士突然出现在哨兵的面前。几乎是在一瞬间内，就解除了他们的武装。只见领头的把手一挥，一阵枪声骤然响起，游击队在人群的惊叫声中非常顺利地冲进了大门，迅速占领了一楼电梯的进出口。

电梯间的工作人员根本不知道这里发生的一切，所以电梯依然运转如故。几十名游击队战士进入了电梯，正在向第十二层升去。楼外的游击队战士已迅速散开，分别占据了大楼前的花坛、库房顶和其他低矮的建筑物，封锁了办公大楼的进出口，并利用几辆轿车为屏障，构成临时的工事。

院内驻防的警察部队是最先反应过来的人，他们这时已在调遣火力，开始向游击队还击。双方正式枪战由此开始。

正当楼下子弹纷飞，枪声大作时，楼上的激战也开始了。原来当电梯升到第十二楼时，从电梯中冲出来的游击队员，遭到了保密室旁边驻守的警察的阻击。保密室在第十二楼走廊的尽头，在它旁边相对的两间房间，正是从昨天开始才住进了几十名武装警察，这是"维生素O"始料未及的，所以他提供的火力配备图上并没有标明。

游击队原来的打算是速战速决，攻进保密室后，拿到所有的材料就撤，拿不走的就放火烧毁。现在这意外的变故打乱了整个战斗部署。这时，许多房间的电话都响起来了，一些已经走进办公室的人们，现在完全清醒过来了，他们知道今天所做的第一件事应该是报警，向警察局和上级报告。与此同时，大楼上的报警器也响起来了，惊人的怪叫让人胆战心惊。

楼下的游击队头目得到第十二楼受阻的情况后，立即通过步话机，命令楼上的游击队立即改变计划，不要接近保密室，而是把刚才带上去的火箭筒和汽油燃烧弹打出去，将保密室所有的文件材料全部烧毁。同时，命令他们一定要守住电梯，打完了立即撤下来。

楼上的游击队员接到命令后，不再想冲进保密室拿走文件，而是朝保密室开火。一枚又一枚的火箭筒射向保密室，穿透了保密室的钢板门之后便在里面爆炸开来。汽油燃烧弹也跟着飞了进去，保密室在一片爆炸声中顿时浓烟滚滚，火光冲天，发出噼里啪啦的燃烧声。许多保险箱的碎片飞出了窗外，无数的纸屑随着浓烟在翻卷，然后漫出倒塌的门窗，在半空中纷纷扬扬。

这时，波哥大警察局和警备司令部接到电话之后，立刻派出大批的武装警察和国防军赶来增援。大街上警车和军队的吉普、摩托和军用卡车呼啸而来，朝着火光冲天的法院大楼汇集。

眼看马上要被包围了，游击队的头目立即下令边打边撤。当楼下的游击队员已撤到大门口时，楼上的那些队员已经下不来了。虽然他们控制了电梯，但电梯间已经切断了电源，电梯不再动了。几个率先逃进电梯的游击队员被关在电梯里，等待做警察的俘虏。那些还没有跑进电梯的游击队员，只好顺着楼梯，一层一层地向下跑。但是，等他们跑到第一层的楼梯口时，楼梯口已经被冲进来的武装警察截住了，他们有的被打死，有的做了俘虏。有几个胆大的冲进附近的办公室逃到阳台上往下跳，结果死的死，伤的伤，一个都没有漏网。

楼下的游击队员这时已逃上了大门口的卡车，卡车发动了，朝前狂奔。后面集装箱里的游击队员便向追来的警察和大街上的市民疯狂扫射，许多警察和市民当场倒下了。

大卡车就像一头疯狂的美洲豹，拼命地朝郊外逃去。等到增援的兵力赶到法院时，这几十名游击队员已逃之夭夭了。一路上他们撞倒了公路上的栏杆和两个警察亭，还有几辆来不及躲避的小轿车。

法院的办公大楼已成一片火海，无数支高压水枪朝第十二楼保密室的窗口喷射。待到消防队员冲进保密室时，满地的纸灰在水中漂浮，保密室所有的材料和毒贩们的罪证，都已化为乌有。

"四一九运动"游击队的这次偷袭，真是帮了哥伦比亚所有贩毒集团的大忙。他们虽然只得到了 200 万美元，但却丢下了二十多具尸体和十多个俘虏。更主要的"战绩"是，他们将哥伦比亚司法部门花了十多年时间，甚至以许多警察和情报人员的生命为代价收集起来的机密材料，还有"可引渡者"的罪证全部销毁一空。

许多缉毒和司法专家们惊呼：哥伦比亚最高法院的这次损失，将使这个国家的扫毒史倒退三十年，许多工作得从头开始，而有许多材料却是永远没有重新获得的机会了。


1986 年，在美国政府的支持下，哥伦比亚政府开始对"四一九运动"进行肃清。

3 月 21 日，国会通过了一项决议，宣布"四一九运动"为非法组织，立即取缔，并对该组织的游击队根据地进行军事围剿。

几天以后，政府军队攻入了游击队在科迪勒拉山区的根据地卡拉马尔镇。他们捕获了许多未来得及逃走的游击队员和伤病员，烧毁了所有营地、仓库、兵工厂和被服厂，并查获了三家可卡因毒品加工厂和几处毒品仓库。遗憾的是，政府军并没有抓获游击队的总司令雷纳斯将军和参谋长穆拉托。

哥伦比亚当局立即向全国发出通缉令，通缉这两名政府要犯。同时，在所有游击队活动过的地区进行搜捕。但是，几天过去了，依然没有消息，搜捕也一无所获。

这时，缉毒警察局局长戈麦斯手下的一位秘密警察，给他送来了一份重要的情报：在科迪勒拉山深处的某个印第安土著部落，出现了两位形迹可疑的人，据说其相貌特征同通缉令上的雷纳斯和穆拉托的照片十分相像。

戈麦斯得到这一重要的情报后，立即派遣一支秘密警察小分队，前去那个印第安部落进行追踪。三天以后，戈麦斯办公室收到那支小分队发来的密电说，游击队总司令雷纳斯将军，已被穆拉托打死在哥伦比亚和巴拿马交界的边境的丛林中，而穆拉托也在越境时，被哥伦比亚边防军击毙了。

穆拉托为什么要打死他们的总司令雷纳斯呢？后经查明，原来穆拉托在游击队偷袭最高法院之前，就同雷纳斯产生了分歧。原因是穆拉托不同意游击队接受麦德林贩毒集团的200万美元，而去为他们当枪手。但是，雷纳斯则认为这笔交易并不坏，200万美元对游击队来说是很需要的。还有一个重要的原因就是，游击队加工可卡因和走私毒品的证据也落入缉毒警察的手中，如果这些证据一旦公开，他们这支反政府的武装和所谓的"左派势力"便会威风扫地。他们和麦德林贩毒集团的这笔交易，既可以从中得到200万美元，又可以趁机销毁自己的罪证，真是一笔"一箭双雕"的赚钱买卖。

不幸的是，这位总司令并没有预料到，在偷袭法院时竟付出了那么大的代价，连参谋长的一位亲兄弟也赔上了。

参谋长穆拉托的亲兄弟埃努卡中校，就是带领游击队队员占领电梯，冲上第十二楼保密室的那位头目，结果在撤退时卡在电梯中，被警察活捉了。

埃努卡被捕后，在审讯时他供出了游击队同麦德林贩毒集团勾结的全部内幕，在哥伦比亚政坛引起一片哗然。埃斯科瓦尔听到这个消息后，立即密令"维生素 O"将埃努卡杀死在看守所，并放出风声，说是雷纳斯将军指使的。

埃斯科瓦尔这种"离间计"的目的，是要让"四一九运动"游击队从内部分化瓦解，最后不攻自破。因为这支游击队在哥伦比亚已经出大名了，成为各种势力的众矢之的，无论从政治上还是实力上，都已经没有利用的价值了。同时，也免得这些人今后又经常来找自己要钱。

对于埃努卡的死，穆拉托当然伤心。但让他更担心的是，埃努卡给警察交代的内幕，大部分是从自己这里得到的。而这些内幕又是属于游击队的高层机密，除了总司令和自己，游击队中不可能有第三个人知道。现在这些内幕已经让政府当局了解了，并公布于众，无论是对麦德林贩毒集团还是对"四一九运动"都是非常不利的。尤其是在政治上和舆论中，前者勾结反政府武装反对政府，这是罪上加罪；后者则与贩毒集团狼狈为奸，更谈不上政治上的进步。总之，双方都会失去许多支持者和政治势力。这种事情，总司令雷纳斯肯定会怀疑自己别有所图。现在，他已下令杀死了埃努卡，那么，下一次他将下令杀死谁呢？

想到这种结果，穆拉托便先下手为强，决定投靠一种势力，既可以保全自己，又可以剪除雷纳斯。他在心里全盘考虑了一下，觉得无论是政府方面还是麦德林方面都已经失去了合作的机会，唯一能投靠的只有一股势力，那就是美国人。

于是，他便通过一位议员，与美国驻哥伦比亚大使馆取得联系。他愿意充当政府的"卧底"，消灭"四一九运动"游击队，交换的条件是保证他的生命财产安全。

美国大使馆了解到穆拉托的这种动机后，立即同哥伦比亚政府联系，同意穆拉托的条件，但必须提供可靠的情报。

穆拉托果然在政府宣布"四一九运动"为非法组织后的第三天，便把游击队总部所在地卡拉马尔镇的所有布防情况，绘制了一张详细的地图，送往美国大使馆。就这样，卡拉马尔根据地便被政府军一举攻破，整个"四一九运动"由此土崩瓦解。

在卡拉马尔总部被攻破之前，穆拉托就同雷纳斯转移到了印第安土著部落。他这么做的目的无非是想进一步骗取雷纳斯对他的信任，想占有游击队这几年来通过贩毒和接受麦德林贩毒集团的资助而得到的钱。

事实上，雷纳斯并没有亲自下令杀死埃努卡，当然不会怀疑穆拉托的忠诚。结果在卡拉马尔总部被攻破之后，他便将游击队在麦德林和波哥大及海外各家银行的存款都告诉了穆拉托，叫他利用这些钱去收拾旧部，购买武器装备，准备东山再起。

谁知穆拉托掌握了这笔几千万美元的巨款之后，便找了一个机会，将雷纳斯干掉了，然后准备逃亡巴拿马再去美国发财。哪晓得人算不如天算，在偷越哥、巴边界时，死在边防军的枪口下。

"四一九运动"的覆灭，让麦德林贩毒集团找到了一个同美国人算账的口实。因为据"维生素O"提供的情报得知，进攻游击队根据地卡拉马尔的作战情报和计划都是由美国军事顾问团提供和制订的。于是，在雷纳斯和穆拉托死后不久，麦德林贩毒集团的"敢死队"头目加查，便在一天夜里，在美国驻哥伦比亚大使馆内安放了一枚炸弹，结果使一名无辜的大使馆女仆丧生。

爆炸事件发生以后，美国驻哥伦比亚大使馆立刻采取紧急措施，撤走了十七名外交人员，并马上改建原来的办公楼，建成了一幢地堡式的建筑，每个墙角上都设了岗哨，由士兵防守，而且规定每一位外交人员，在大使馆走动都必须身佩手枪以防不测。晚上，则由使馆外交官员轮流值班，进行彻夜巡逻。

尽管采取了上述相应的措施，但美国驻哥大使馆仍然受到贩毒集团的威胁，每天都能收到他们寄来的恐吓信，信套里装着一粒子弹或者是一只死者的耳朵。恫吓和威胁的电话接连不断。

麦德林贩毒集团公开张贴告示，悬赏 30 万美元的高价，捉拿任何一名美国缉毒官员。哪怕是扛来他的尸体，也能领到 30 万美元。此告示一贴，大使馆所有的外交官员一时人心惶惶，恨不得早日任职期满，回到美国去。

1986 年，麦德林贩毒集团的暗杀活动达到了高潮。他们以高薪雇用了一批职业杀手，专门为他们从事暗杀活动。

这年 6 月，在麦德林贩毒集团头目莱德尔的建议下，他们特设了一所专门训练杀手的学校，培养职业杀手。同时，他们还组织了专门从事暗杀行动的"死亡小组"，对那些拒不接受贿赂、敢于缉毒的官员，坚决干掉，决不心慈手软。自从"死亡小组"成立以后，哥伦比亚先后有五十多名法官、二十五名记者、数百名缉毒官员和警察死在他们的手中。

自 1984 年哥伦比亚司法部部长拉腊罹难之后，第二位遇害的部长级官员便是哥伦比亚缉毒警察局局长戈麦斯。

戈麦斯是继拉腊之后，又一位力主禁毒的强硬人物。此人担任缉毒警察局局长以后，积极配合司法部部长拉腊，对贩毒集团进行严厉的打击。

1984年4月拉腊遇刺之后，戈麦斯进行了大量的调查工作，企望找到杀害司法部部长的凶手，为其报仇。戈麦斯通过调查发现，拉腊上任之后，麦德林贩毒集团就对他进行了监控，把他列入了暗杀的名单之首。无论是他家的电话还是他办公室的电话都被人窃听了，他所有的活动和同别人通话都在贩毒集团的掌握之中。

通过调查，他还发现有一位代号为"维生素O"的贩毒人员，已打入国家安全机关，许多暗杀事件都与他有关，袭击最高法院是由他提供的情报。戈麦斯发现这一情况后，感到事态严重，立即写成报告上报总统办公室，要求马上对国家所有的安全机关，进行一次大清查，对来历不明或有嫌疑的人员立即立案侦查，尽快找出这位暗藏的"维生素O"。

清查工作于1986年4月进行，"维生素O"的身份很快就要暴露了。"维生素O"得到了埃斯科瓦尔的指示：干掉戈麦斯，继续潜伏。

1986年6月3日，戈麦斯通过"F-2"机要科向麦德林市警察局发一份传真电报，电报称：

经总统批准，务必将贵局关押的拉雷斯等十二名毒贩头目，于6月4日押往波哥大第5号监狱，复审后将引渡美国……

这份电报其实是戈麦斯设下的一个圈套。他要以此证明机要科副警长的身份。

电报发出之后，戈麦斯立即亲自同麦德林市警察局局长通了一个保密电话。他在电话中说："贵局收到我局的传真电报后，不要将拉雷斯等人押往波哥大，其中原因待日后面谈。"

麦德林警察局长听到戈麦斯这个指示后，非常不满，他不明白一个全国缉毒警察局局长，怎么可以这样出尔反尔，拿这种事情开玩笑。

再说，拉雷斯这十二名贩毒头目，都是在攻破特兰基兰迪亚毒品基地时抓获的，如今在麦德林监狱关押了三年多。这些人随时有被劫走的危险，这成了这位局长的一件包袱。麦德林市警察局也多次向国家安全司法部门报告过，鉴于麦德林的治安状况，请政府立即将这十二名要犯转往波哥大。但是，一直未得到上面的批准。理由是波哥大近来也不安全，暗杀和劫持事件时有发生，这十二名要犯暂时不能转狱。等到波哥大的国家最高法院遭到袭击之后，这件事更没有商量的余地。

没想到刚才竟收到缉毒警察局的传真电报，这真让这位一直提心吊胆过日子的小局长大喜过望。但是，这种高兴仅仅维持了十分钟，便又被警察局长戈麦斯这个电话给搅黄了。

麦德林警察局的这位局长放下电话后，想了想，还是决定派人派车将拉雷斯等十二名要犯押往波哥大。他也不管三七二十一，反正有你全国缉毒警察局长的传真电报，至于你局长戈麦斯的电话，我就不管了。口是风，笔是踪，即使有什么不对，也只好由你这位局长去担待了。

第二天，麦德林警察局果然派出两辆警车和一辆囚车，将拉雷斯这十二名要犯押上了囚车，一清早就往波哥大开去。

这时，这位麦德林市警察局局长才了却了一桩多年的心事，一身轻松地去找一些老朋友打牌去了。他只是把昨天收到的那份传真电报，亲自锁进了保密柜中。他想，说不定这东西过两天会有大用场。

在上午 10 时左右，正在赌场上的麦德林警察局局长的手提电话响起来了。他打开一听，是戈麦斯那个混账的家伙在大发雷霆。原来麦德林警察局开往波哥大的三辆车子，在路上被麦德林贩毒集团的"死亡小组"劫持了。押运要犯的八名警官三死五伤，拉雷斯等十二名要犯悉数被劫走。

这位警察局局长一听，头上顿时冒出了汗珠，他连连说："这……这……"

"这什么这！"电话中戈麦斯在大声说，"难道你没有听到我说的话吗？昨天我不是亲口对你说过，你不要把这批家伙送来吗？你等着瞧，我要枪毙你！……"

"你听着，戈麦斯先生，"这位警察局局长经戈麦斯这样臭骂一通后，反而清醒了许多，他不卑不亢地说，"我一个小小的局长，只不过是奉命行事，你不要忘记，你昨天发给我的传真电报还在我手中，到时候看究竟是谁挨枪子儿。再见，局长先生！"

麦德林的这位警察局局长不再听对方打官腔了，他"啪"的一声关上了手提电话，又对其他的几位牌友说："来来来，该谁出牌啦？怪不得我的手气今天这么臭！"

…………

在波哥大缉毒警察局的局长办公室，戈麦斯这时还在拿着电话干等，话筒里传来的只是一片忙音。他气得狠狠地丢下话筒，恨恨地说："这个猪猡，麦德林真是个毒窝，没有一个好东西！"

戈麦斯很快就意识到，自己所做的这件蠢事将不可收拾。

果然没有几天，哥伦比亚最高检察院派来了一个调查组，调查毒贩拉雷斯等十二人被劫走的责任。麦德林警察局局长拿出那份传真电报，戈麦斯有口难辩。尤其是"经总统批准"那几个字，让戈麦斯吃不了兜着走。总统虽然理解这位缉毒干将，但国会议员却闹得沸沸扬扬。最后，这位哥伦比亚缉毒警察局局长只好饮恨辞职，才平息了这场波及哥伦比亚政坛的风波。

不过，戈麦斯在辞职之前，还把麦德林贩毒集团狠狠地宰了一刀——他将"F-2"机要科的副警长、代号为"维生素O"的那个"卧底"抓了起来，在没有经过任何司法程序的情况下，派人在监狱里把他暗杀了。因为通过那份交给他的传真电报，就完全证明了他的身份。那份传真电报除了戈麦斯本人和麦德林警察局局长以外，没有更多的人知道。而那位警察局局长要想将拉雷斯等人放走，易如反掌，在关押的三年当中，完全有这种机会。所以，给麦德林贩毒集团泄露这份电报内容的，就只有"维生素O"。

他本来是想给这位"卧底"提供一个假情报，没想到那位麦德林市混账的警察局局长假戏真唱了。

戈麦斯刺向麦德林贩毒集团的最后一刀，也给他自己带来了杀身之祸。

戈麦斯辞职后，在波哥大郊区的私人别墅中赋闲，他打算过一段时间后，和一位青年时代的好友合伙开一家公司，来打发这种权力失落的时光。

1986年11月17日，他带着妻子和一个女儿，准备去波哥大的马球场去玩一玩。他们三人出门坐上了汽车，刚一发动汽车就爆炸了。这是一辆蓝色的马自达轿车，随着一声巨响，它和它的主人都成了碎片，一团烈焰在熊熊燃烧。

事后经警察部门调查，发现是有人在汽车的发动机里，事先安放了一颗炸弹。这是一起恶性的蓄意谋杀事件。事情发生后，已下台的哥伦比亚总统夸尔塔收到了一封匿名信。写信人在信中说：

"感谢你在作为总统的最后日子里帮了我们的大忙，但'维生素O'的血不能白流……"

这封匿名信，坦率地告诉了这位已下台的总统，谁是杀害戈麦斯的凶手。

这让夸尔塔悔恨不已。

戈麦斯的死，让哥伦比亚正直善良的人们，又一次沉浸在悲痛之中。尽管他是一位已经辞职的政府官员，但刚刚上台的哥伦比亚总统巴尔科还是为戈麦斯举行了隆重的葬礼。

据有关消息说，巴尔科总统正在考虑重新起用戈麦斯，可惜他没有等到那一天。

戈麦斯的死，并没有让麦德林贩毒集团的谋杀活动画上句号。无论是麦德林还是波哥大，依然笼罩在暗杀的恐怖之中。

# 第九章

# 邪不压正　二号头目落法网

新总统上台坚持"引渡"，贩毒集团大动干戈，恐怖暗杀波及新闻界。总编辑家中枪战激烈，报社社长上班不得不坐防弹轿车。

毒品检查站站长竟是贩毒集团头目，忠心耿耿的缉毒警察最后竟死在疯人院里。

总检察长顺藤摸瓜，二号头目落入法网。

1986 年，哥伦比亚新总统巴尔科上台之后，坚持对贩毒集团实行强硬的打击政策。但是，麦德林贩毒集团并没有由此而收敛。到 1986 年年底，暗杀活动达到了高潮。

继退隐的反毒专家、哥伦比亚前缉毒警察局局长戈麦斯遇难之后，又有许多政府官员和军警界要人惨遭毒手。

1986 年 12 月 10 日凌晨，哥伦比亚上校警官桑利因为拒绝贩毒集团的贿赂，不肯放走一位被关押的贩毒集团头目，结果被杀害在自己的家门口。

这时，麦德林贩毒集团一方面利用暗杀，大搞恐怖活动，企图将政府的禁毒态度改变，承认其走私毒品合法；另一方面，又利用舆论和法律，来迫使巴尔科总统废除他的前任同美国签订的《引渡条约》。

1986年12月，哥伦比亚最高法院召集了全国五十七名高级法官，重新对《引渡条约》的合法性进行仲裁。经过三天激烈的论证和辩论，从所谓"严格的法律意义"出发，哥伦比亚最高法院最终做出裁决，认定《引渡条约》不符合哥伦比亚宪法。

这种裁决，立即在哥伦比亚引起一片混乱。但是，巴尔科总统却严厉地驳斥了这种荒谬的法律依据和荒唐的裁决结论，以坚定的态度驳回了这一裁决，宣布这种裁决无效，并在电视台向全国人民呼吁：

"新政府将坚持《引渡条约》的规定，对贩毒集团和首恶分子决不姑息。"

巴尔科总统的态度，立刻得到哥伦比亚新闻舆论界的一致支持。

在巴尔科总统发表电视讲话的当天深夜，哥伦比亚第二大报《观察家报》的总编室又是灯火通明。该报总编辑吉列尔莫·卡诺先生，又像1984年哥伦比亚司法部部长拉腊遇难的那天晚上那样，破例在报社值班。在他的主持下，《观察家报》撰写了一篇重要的社论，对最高法院的这种裁决结论进行了严厉的批评，对总统巴尔科的禁毒决心大力支持和赞颂。卡诺先生在总编室等待这篇社论的小样出来，他将亲自进行修改和校对。

1986年12月14日的《观察家报》，在头版头条以醒目的大标题，刊出了这篇义正词严的社论。社论极大地鼓舞了哥伦比亚各界禁毒的决心，宣扬了社会的道德感、责任心和一种正气。但是，麦德林贩毒集团也对此恨之入骨，《观察家报》的总编辑卡诺先生，被埃斯科瓦尔亲手列上了暗杀的黑名单。

三天之后的 12 月 17 日晚 7 时，总编辑卡诺先生下班回家。他走出办公大楼，坐上他的小轿车驶上了大街。然而，就在他驶离报社还不到 100 米的街头时，加查亲自带着两名"死亡小组"的成员，又是乘坐两辆本田摩托追上他的轿车，用手提冲锋枪朝驾驶室一阵狂扫。

卡诺身中数弹，被送往医院抢救。一小时后，这位仗义执言的总编辑卡诺先生便与世长辞了。

仅 12 月份一个月时间，哥伦比亚就有一百五十多名各界反毒品人士死于贩毒集团的暗杀之中。这一年的 12 月，被哥伦比亚舆论界惊呼为"黑色的 12 月"。

《观察家报》总编辑卡诺之死，激起了哥伦比亚人民极大的愤怒。12 月 18 日，全国报纸、电台、电视台都停止工作一天，以示抗议。许多报纸除标上年月日的字样外，干脆发行一张空白的"号外"，表示对这位报界同人和禁毒斗士的哀悼。哥伦比亚新闻工作者协会发出倡议，举行全国性的示威游行，并号召全国所有的新闻工作者，团结起来同贩毒分子进行坚决的斗争。

在卡诺总编辑遇害的当天晚上，巴尔科总统连夜召开内阁紧急会议，制定反击措施。在二十四小时内，政府连续颁布三十七条法令，号召全国人民严厉打击贩毒活动，同时又在首都波哥大增加了一千多名武装警察，并配备了装甲车，四处出击，连夜追捕凶手和贩毒分子。许多贩毒集团头目和喽啰连夜纷纷出逃，远走他乡。

《观察家报》总编辑吉列尔莫·卡诺并不是麦德林贩毒集团暗杀的哥伦比亚新闻界的最后一个人。

在卡诺被暗杀的前后，埃斯科瓦尔就十分注意哥伦比亚新闻界对毒品走私和暗杀案件的反应。他经常派人去街头的书报摊买各种报刊进行研究，收集有关贩毒集团活动的资料和报道，然后制定对策，或进行电话恫吓，或寄匿名信威胁，或者派出杀手跟踪追杀……无所不用其极。

麦德林贩毒集团深知新闻舆论的威力和影响，因此，他们还通过与报社新闻部门内部的勾结，派人打入一些大报社内部，窃取一些记者发回的新闻稿件，以免将他们的罪恶活动曝光。同时，对那些禁毒态度十分坚决，并经常报道有关贩毒集团黑幕和罪行的记者进行盯梢和监视，一旦有机可乘便下毒手。

通过这些活动，麦德林贩毒集团了解到，麦德林市的《哥伦比亚人》报的社长胡安·莫尔蒂内斯，也同卡诺一样，是一位一贯与贩毒集团为敌的人。他的《哥伦比亚人》虽然在麦德林贩毒集团的老巢，但这家报纸却一直站在禁毒斗争的前沿，多次以得天独厚的第一手资料，刊发了大量的新闻，将麦德林贩毒集团的暴行，暴露在光天化日之下。许多影响全国甚至全世界的重大新闻，都是《哥伦比亚人》做第一次报道。

对于这样的一家报纸，麦德林贩毒集团开始采取"兔子不吃窝边草"的态度，置之不理。后来，埃斯科瓦尔见这家报纸的影响和对麦德林集团的威胁愈来愈大，便想采取收买的政策，使这个犟老头胡安社长改弦易辙，为自己唱唱赞歌，多报道一些麦德林贩毒集团"消灭贫民窟"计划的"丰功伟绩"，报道一些"巴勃罗大善人"的助贫扶弱的"善举"。

于是，在卡诺先生死后不久的一天夜里，埃斯科瓦尔便在他的"黄金庄园"豪华的卧室中，一手搂着一位名叫黛安娜的情妇，一手拨动床头电话，同《哥伦比亚人》报的社长胡安聊了起来。埃斯科瓦尔说：

"胡安先生，我想同您做笔生意，你干吗？"

"你是谁？我可不是生意人，请不要用这样的口气和我说话。"胡安社长说。

"哈哈哈……"埃斯科瓦尔拧了一把黛安娜的乳房狂笑起来，"什么这样的口气，你知道我是谁吗？我是巴勃罗大善人……什么？不要放下，听我把话说完，我不是叫你去贩卖可卡因，我知道你是一位堂堂的报社社长，是不干这种粗活的。我要同你做的是报纸生意。"

胡安社长一听是报纸生意，以为是埃斯科瓦尔要订报纸，便说：

"这种生意可以做，你要多少份报纸，请同报社发行部去谈，他们会满足你的要求的。好啦，再见——"

"慢！"埃斯科瓦尔连忙说，"这笔生意只能同你谈，发行部的人拍不了板。你听着，我要买下你的报纸所有的版面，并把它改成《麦德林人》，我认为这样更好，不要什么《哥伦比亚人》。怎么样？你开个价吧！"

胡安社长一听，当然明白了这位麦德林贩毒集团掌门人的意思，便大声说：

"你没有资格同我谈这件事，你有什么资格谈麦德林人，所有的麦德林人的脸面和荣誉都让你和你的同伙毁了，你不配称为麦德林人，再见吧，先生，祝你晚安。"

胡安社长说完就搁下了电话，不愿再同这位大毒枭啰唆了。他心里明白，自己可能会遇上麻烦。于是，便采取了一些防范措施。

果然不出胡安之所料，几天以后，麦德林贩毒集团的人找上门来了。

1987 年 7 月的一天下午，胡安·莫尔蒂内斯正在家里休息，忽然听到有人重重地叩门。他心里一动，心想是谁这样无礼。如果是报社同事或其他朋友，他们会先来电话相约，至少会按门上的门铃，绝不会这样把门拍得"咚咚"直响。

他马上警觉起来，叫他的儿子何塞去门口看看。

何塞是一位 23 岁的小伙子，是哥伦比亚摩托车赛车队的赛手，生就一副健壮的体魄和 1.82 米的个头，头脑特别灵光。他一听父亲叫他的口气不对，马上明白将会碰到什么事。他连忙戴上头盔，拿着一根马球棒走到门口，事先挂上门后的保险链条，然后将门打开一条小缝。

还没有等他探过头去看外面是谁，一支手枪突然从门缝中捅了进来。

何塞一见连忙大叫起来："爸爸，有土匪，快开枪！"

胡安一听，急忙抄起一支勃朗宁自动步枪，从一边移到门边。这支枪近日一直放在手边，里面的子弹总是填得满满的。

他持枪来到门边后，顺势击落了那支伸进来的手枪，马上扣动扳机，朝着门缝向外猛射一阵。只听到门外有人"哎哟"一声，紧接着一阵子弹，打得包了铁皮的橡木门"扑扑"直响。

胡安又换上一梭子子弹，再从门缝中扫过去。一时门外没有动静了，只听到几个人咚咚跑走的脚步声。

胡安一边打电话报警，一边对儿子何塞说：

"你快带上那支冲锋枪，守住后门，我去气窗那里看一下，他们很可能会从车库里进来。"

胡安爬到气窗那里一看，果然见几个人正爬上一辆小汽车，绕到一边朝车库开来。他们开足马力，将那辆小汽车往车库门上撞，想撞开车库的门然后冲进来。可是，胡安的车库门是最近新换的钢板防盗门，非常结实，而他的小汽车又顶在车库的门背后，因此，那伙人撞了几下都没有撞动。

那伙人见撞不开门，便打开车门跳下来，准备从车库旁边爬到屋顶上去，翻窗子进来。

"何塞，快，朝他们开枪！"

守在后门的何塞一听，马上朝车库那里瞄准目标，扫出一梭子子弹，打得那些人又缩回了车上。

"打得好，孩子！狠狠揍一揍这帮家伙。"

胡安兴奋地叫起来。

退回车上的那伙人见这边停止了射击，又想从车上下来。何塞一见，又是一阵猛扫，又把他们打得缩了回去。

如此三番五次，双方相持了好大一阵子，胡安父子俩紧紧守住后门，使对方没有办法爬下车来。正当他们想再次试一试时，大街上传来了"呜哇呜哇"的警笛声。几辆警车正朝这里开来。

那伙人见势不妙，不敢再在这里僵持下去了，便开着车子加大油门，将车库门乱撞一通，眼看无法得逞了，才开着车子，在警车赶到之前飞快地溜走了。

胡安父子勇斗贩毒集团杀手的事迹，一时成了《哥伦比亚人》的头条新闻。许多人看到这条新闻之后都深受鼓舞，但更多的人都感到一种愤怒和恐惧。麦德林贩毒集团这次失手之后，更加紧对新闻界的迫害。只要一发现有哪位记者和新闻人士，在报纸上或在公开场合揭露他们的罪恶活动，他们就对这些人进行绑架或暗杀，甚至连这些人的家人也不放过。

一种暴力和恐怖，充斥着麦德林、波哥大和整个哥伦比亚。

哥伦比亚第一大报——《时代报》的社长埃尔南多·桑托斯，面对这种恐怖，不由得哀叹道：

"这是我有生以来，第一次不得不乘坐防弹汽车，我知道这很可能无济于事。但为了建设一个美好而清洁的家园，我和我的同人愿意站在反毒前沿，对贩毒分子进行坚决的打击。"

作为哥伦比亚新闻界一位德高望重的老社长，桑托斯的这番话和他的行动，立即赢得许多人的支持。哥伦比亚一些政府高级官员，在这位老社长的鼓舞下，也开始积极投入到打击贩毒活动的斗争之中，哥伦比亚由此又掀起了一股缉毒旋风。

不幸的是，埃尔南多·桑托斯也同样没有逃脱麦德林贩毒集团对他的报复。

1986 年 8 月的一天，埃斯科瓦尔派出两名杀手冒充新闻记者，前去桑托斯家"采访"他。在桑托斯毫无思想准备的情况下，将他杀害在书房之中。

埃尔南多·桑托斯的死，再一次让哥伦比亚新闻界震惊。哥伦比亚总统巴尔科在电视台再一次呼吁，所有有良知的仁人志士都要毫不留情地同贩毒分子进行坚决的斗争。他说，毒品走私已使哥伦比亚在全世界抬不起头来，这是作为一个国家的最大的耻辱。他对新任哥伦比亚总检察长的卡罗斯·毛罗·奥约斯说：

"只要是贩毒分子，都要毫不客气地起诉、审判和引渡，你将理所当然地拥有这种特权。"

卡罗斯·毛罗·奥约斯是 1986 年 9 月担任哥伦比亚总检察长的。奥约斯时年 47 岁，是同拉腊和戈麦斯一样的富有正义感的缉毒斗士。在对待毒品走私这个问题上，他的态度非常鲜明，既坚持对贩毒分子进行坚决的斗争，又积极主张将有确凿证据的贩毒头目引渡到美国。

奥约斯就任总检察长的时候，正是麦德林贩毒集团暗杀最猖獗的时候，哥伦比亚的许多高级官员，面对这种暗杀都开始为自己寻找隐退的后路。

比如哥伦比亚的司法部部长、拉腊的继任者恩里克·帕雷霍在位时，也积极主张打击毒品走私，被麦德林贩毒集团视为不共戴天的仇敌，扬言要使其成为"拉腊第二"。

帕雷霍面对这种恫吓和威胁，不得不多次提出辞呈，以保全自己的身家性命。哥伦比亚政府为了保护他，答应了他的要求，任命他为哥伦比亚驻匈牙利大使，前去布达佩斯"避难"。

不过，帕雷霍即使辞去了司法部部长的职务，也同样没有逃出暗杀的阴影。

他去匈牙利首都布达佩斯上任不久，麦德林贩毒集团就派出两名职业杀手前去追杀。结果在布达佩斯街头，他被这两名杀手盯上了，向他连开五枪。

帕雷霍就这样惨死在布达佩斯。

麦德林贩毒集团通过暗杀和贿赂已经将势力渗透到哥伦比亚社会的各个阶层，甚至在司法机关、议会和军队中，都找到了他们的代言人。

1985 年，一位名叫维克多·费拉的中校警官，被缉毒警察局调往波哥大市的反毒品检查站工作。

费拉是一位忠心耿耿的缉毒警官，到任以后，他积极配合波哥大的缉毒机构，工作卓有成效。这时，他在工作中发现，这个检查站站长的两名警卫人员，都在秘密地为麦德林贩毒集团效劳，在为贩毒人员通风报信，出卖情报。在一次缉毒活动中，费拉还发现，被抓获的几名毒贩被他们悄悄地放走了两名。

事发以后，费拉立即向波哥大检察院报告，要求上面派人来对此事进行调查。结果，检察院对此事还没有进行调查，费拉却被调离了这个毒品检查站。

1987 年，费拉继续向新上任的哥伦比亚总检察长奥约斯，报告波哥大毒品检查站站长和他的下属同麦德林贩毒集团勾结的事实。奥约斯收到费拉的报告之后，立即派出了调查组，对波哥大市毒品检查站站长及其下属进行调查。

在事情还没有结果时，中校警官费拉却被解雇了，并被送进了疯人院。解雇费拉的那位官员声称，费拉多年来一直患有严重的精神病，是一位偏执狂患者，不但不适合缉毒工作，还必须在精神病医院接受检查。

调查小组发现这一情况后，立即向总检察长奥约斯进行汇报，认为这里面有不可告人的阴谋。

奥约斯得到这一消息，勃然大怒，立即派出他的副官尤斯，前往疯人院去找费拉，一定要把他从疯人院中解救出来。

当尤斯带着几个人驱车来到波哥大西郊的疯人院时，他们见到的是一位真正的精神病患者。只见费拉蓬头垢面，面色黄黑，呆痴的目光中露出一种绝望的恐惧。只要一有人叫他，他就浑身颤抖，跪在地下高举双手求饶，口里连连在说：

"不……不……我什么也没有看见……那个女人真漂亮……奶子真大，嘻嘻……"

副官尤斯见昔日那位英俊潇洒的中校警员，居然在不到一个月的时间内，变成这个样子，心中非常难过。他见费拉经常说"我什么也没有看见"这句话，便知道一定是有人对他进行了过度的惊吓和折磨，真的让他变得神经错乱了。

他立即向疯人院的院长说：

"我以总检察长的名义命令你，立即将费拉警官进行隔离，精心护理。在护理期间除你本人和你的医生之外，不能让他见任何人。要在一个礼拜内，让他的情绪得到稳定。下周一，我再来看他。"

三天以后，副官尤斯接到疯人院院长打来的电话。这位院长在电话中告诉他，警官费拉已在昨天夜里，被人毒死在他的病室。

尤斯一放下电话，马上向总检察长奥约斯进行了汇报。

奥约斯知道，这完全是贩毒集团杀人灭口的阴谋。

费拉之死，让这位总检察长认识到，哥伦比亚已病入膏肓，贩毒集团的黑手已伸进了国家的每个领域，到处都能窥见他们的幽灵。他决定将个人生死置之度外，要以费拉之死为缺口，进行周密的调查，查出背后的黑手。

于是，他立即下令，将费拉生前举报过的检查站站长、站长的警卫人员及费拉调离到新部门的同事，全部列入怀疑的对象，进行传讯，一定要将此事弄个水落石出。

奥约斯的这一命令，得到了总统巴尔科的大力支持。在奥约斯的命令下达后的二十四小时之内，有关的嫌疑人员全部被缉拿，关押在波哥大缉毒警察局看守所。奥约斯马上命令警察局对这些人连夜进行讯问。

讯问的结果，让奥约斯等人大吃一惊。原来这位波哥大毒品检查站站长，就是麦德林贩毒集团打入国家缉毒机构的一位小头目，他直接受麦德林贩毒集团的二号头目奥乔亚的指挥。在他打入缉毒机构内部的这些日子，先后放走了二十多名贩毒人员，并将近50吨的可卡因由波哥大市放行，远销国外。

波哥大毒品检查站站长立即被宣布逮捕。同他一起逮捕的，还有他手下的五名亲信。逮捕这位站长后，奥约斯又下达一道新的命令：马上逮捕麦德林贩毒集团的二号头目奥乔亚。

奥乔亚在麦德林贩毒集团中，其地位仅次于一号头目埃斯科瓦尔。但是，由于他很早就谙于此道，进行走私贩毒，曾一度当过埃斯科瓦尔的"老板"，因此，他在麦德林贩毒集团中的地位并不亚于埃斯科瓦尔。只不过是他一般不直接从事毒品交易，大部分时间是周旋于波哥大上层国家首脑机关，主要是进行联络和贿赂活动，同时，还为埃斯科瓦尔出谋划策，共同策划较大的贩毒行动，充当埃斯科瓦尔的"军师"。

所以，他同三号头目莱德尔的分工是一文一武——莱德尔直接指挥走私和暗杀，奥乔亚进行策划和外交攻势——共同辅佐埃斯科瓦尔，从而，形成三足鼎立的格局，共同支撑麦德林贩毒集团的"天下"。

奥乔亚本人财富此时已达20亿美元以上，在1985年就被美国《福布斯》杂志列为全球前二十名巨富之一。

近年来，奥乔亚豢养了大批职业杀手和贩毒专家，专门从事绑架、暗杀和贿赂。他在哥伦比亚首都波哥大和第二大城市麦德林，运用金钱开道，贿赂和收买了大量的官员和警察。从经济界到政界、军界和法律界，几乎到处都有他的"内线"人物。这些人处处为他提供方便，通风报信，提供情报，为麦德林贩毒集团大开方便之门。

通过这种关系，奥乔亚还将许多贩毒人员，安插到国家的缉毒机构，从中获得大量有价值的情报。因此，奥乔亚在麦德林贩毒集团中，虽然没有庞大的贩毒武装，但同样是一位举足轻重的人物。许多重大的决策，都是由他同埃斯科瓦尔共同策划拍板的。

1987 年 11 月，奥乔亚控制的波哥大毒品检查站被破获之后，奥乔亚本人又遭到哥伦比亚警方的通缉。这时，麦德林贩毒集团一号头目埃斯科瓦尔便通知他，先来麦德林市郊的毒品基地卡利避一避风头。

11 月 21 日，奥乔亚装扮成一位富商，驾驶一辆红色的法拉利超级跑车，风驰电掣地在高速公路上朝卡利方向疾进。

奥乔亚是一位十分爱招摇的人，即使是在受到警方通缉的情况下，他也丝毫不注意收敛。在以前的日子里，他凭着手中的金钱，总是有恃无恐。真是要风得风，要雨有雨，吃遍黑白两道，几乎没有他奥乔亚办不成的事。他总认为，世界只要有了钱，就有了一切。所以，他从来都不在乎什么警察、官员、政府和法律。

但是，这一次奥乔亚却碰到了麻烦，他的金钱战术没有得逞。

红色的法拉利跑车，以每小时 150 公里的速度，飞驰在高速公路上。

这时，前面的一个收费站到了。一道红白相间的金属杆横在收费站的关卡上。收费站前站着几位武装警察，还有许多执勤的工作人员。

奥乔亚远远地看到了这个收费站。他漫不经心地减速，利用惯性将这辆引人注目的法拉利跑车，慢慢地滑行到横杆上才停下。

收费站的收费员是一位年轻貌美的姑娘，她从窗口伸出一只漂亮的手来，接过了奥乔亚递过去的钱。

奥乔亚的双眼紧紧盯着这只手，心里说：上帝啊，真是太美了！

收费员根本没有注意这一点。她接过钱之后，在微机上敲打了两下，然后输出一张收条。这时，她将这张收条和多余的2000比索从窗口里递出来。

奥乔亚一见，只是接过了收条，而把那找回来的2000比索挡了回去。他一边不怀好意地推着那姑娘的手，一边说：

"亲爱的，不用找了，就算我送给你的见面礼吧！"

这位收费员当然不会在执行公务时，在众目睽睽之下接受这种不义之财。她知道这样做，弄不好是会丢饭碗的。于是，她又把钱送了过来，嘴里在说：

"快接着，先生，你没看到我正在忙着哩！"

由于奥乔亚这么推来搡去的，耽误了时间，后面积了一大串的车子，在急不可耐地按着喇叭。有些司机正伸出头来往外看，不知前面发生了什么事。

奥乔亚的行为引起了执勤人员的注意。几位武装警察走了过来，其中一位敲了敲奥乔亚的车窗对他说：

"怎么回事？"

奥乔亚正要解释，又听到那位警察对他说：

"先生，请出示您的证件，驾驶执照、身份证！"

奥乔亚一听，心里咯噔一下，心想，这下可麻烦了。但是，他毕竟是做大买卖的人，见过大场面。稍一思索，便镇静下来了。他马上微笑着说：

"行，行，我马上拿给您！"

他一边说一边在口袋里掏证件。结果，他掏出来的不是身份证，也不是驾驶执照，而是 1 亿比索的现钞。

奥乔亚把这 1 亿比索，像递一支烟一样地递给那位警官，并对他说：

"先生，这点小意思，买两包烟抽。我还要赶路呢！"

那位警官一见，一时惊住了，旁边的几位警察也一时蒙了。心想：这家伙是谁啊？又有这么高级的轿车，又一下子掏出 1 亿比索来。

正当大家猜疑时，奥乔亚心里也在想：看来今天犯了一个大错误，这些家伙马上肯定会明白自己是谁。

果然，那位警官看了看奥乔亚手中的钱，又看了看奥乔亚那张保养得很好的脸，马上严肃地对他说：

"先生，请把您的钱收起来，下车跟我们来一下。"

奥乔亚一听，情知不妙，马上启动引擎想撞断前面的横杆冲过去逃走，并一只手掏出了一支手枪。但是，这一切都已经太晚了。还没有等他发动车子，"嗖"的一声，几支冲锋枪的枪口一起对准了他，乌黑的枪口就像一只只愤怒的眼睛，随时都会喷出愤怒的火焰，将他和他的法拉利烧毁。

"先生，你们这是干什么？"

奥乔亚这时还想装糊涂，不再启动车子，而是向座椅的靠背上一仰，大声地说：

"不应该这样对待一位有身份的公民，否则，我要控告你，警官先生！"

"嘿，奥乔亚先生，请不要再装蒜了，下来跟我们走吧，我们是奉命在这里迎接你的！"

那位警察说着，将手中的枪一挥，旁边的几位警察立即一拥而上，将一副特制的手铐套在奥乔亚的手上，把他从法拉利中拉了出来。

紧接着，他们将奥乔亚推上停在收费站边的一辆警车，一路鸣着警笛，将奥乔亚押往当地的缉毒警察分局。

缉毒警察将奥乔亚在这个看守所中关押了两个小时，并没有对他进行审讯，而是将这一消息打电话向总检察长奥约斯做了汇报。奥约斯一听，马上命令他们将奥乔亚押往波哥大。

三个小时之后，奥乔亚被关进了波哥大南郊的皮科塔单人监狱，被重兵严加看管起来了。


麦德林贩毒集团的二号头目奥乔亚的被捕，不但震动了整个哥伦比亚，而且也惊动了美国。因为这是哥伦比亚当局在打击毒品走私以来，所取得的一次最大的胜利。在过去的十多年内，哥伦比亚当局尽管采取了许多次强硬的行动，甚至包括大规模的军事行动，但是，对贩毒分子的打击一直是收效甚微，对麦德林贩毒集团并没有造成致命的打击。这次，总算逮住了一条大鱼，麦德林贩毒集团也许将会由于奥乔亚的落网而分崩离析。

美国缉毒总署听到这一消息后，马上发来贺电，祝贺哥伦比亚禁毒行动取得了重大成果，同时，根据双方签署的《引渡条约》，要求迅速将奥乔亚引渡到美国受审。

奥乔亚的落网，的确让麦德林贩毒集团大为震惊。一号头目埃斯科瓦尔在奥乔亚落网后的第二天下午，立即在他的"黄金庄园"召开了紧急会议。出席这次会议的有三号头目莱德尔、"死亡小组"的组长加查和其他各个毒品基地的大小头目五十多人。

埃斯科瓦尔在会上做出了如下部署：

一、加强暗杀、绑架行动，争取以人质来换取奥乔亚出狱；

二、收买一切有联系的官员和法官，尽快阻止引渡奥乔亚；

三、对总检察长进行恫吓和威胁，迫使他将奥乔亚无罪释放；

四、立即调兵遣将，在暗杀、恫吓和威胁无效的情况下，武力解救奥乔亚。

"黄金庄园"的紧急会议之后，麦德林贩毒集团立即兵分数路出击，大小头目各显神通，波哥大、麦德林等许多城市，一时又血雨腥风，暗杀、绑架事件频频发生。许多警察和政府官员都遭到袭击，波哥大在奥乔亚落网后的一个星期内，先后有十二名警官丧生，五名法官被绑架。

贩毒分子扬言，奥乔亚被关押一天，就杀死十名法官和警察，直到他恢复自由的那一天为止。

为了给政府当局造成更大的威胁，11月27日，麦德林贩毒集团竟丧心病狂地炸毁了一架波音747客机，致使飞机上一百多名乘客和十八名机组人员全部罹难。

11月27日这天清晨，一架从波哥大国际机场起飞的波音747客机，在起飞后五分钟发生爆炸。事后麦德林贩毒集团专门负责暗杀的头目加查声称，这是他的"死亡小组"的第一次"特别行动"。炸毁这架客机的原因，是这架飞机上有五名缉毒警察，其中有两名就是11月21日在收费站亲手逮捕奥乔亚的警官。

贩毒分子的这种穷凶极恶，并没有动摇哥伦比亚当局，尤其是总检察长奥约斯尽快审讯奥乔亚，并将他引渡到美国去的决心。

面对政府的这种强硬态度，埃斯科瓦尔立即同莱德尔商量对策，决定改变策略，由暗杀转向收买。利用"可卡因美元"的魔力，去收买那些有可能直接参与审理奥乔亚一案的法官和在监狱中看守奥乔亚的看守和警察。如果在法庭上不能争取到奥乔亚无罪释放，就争取在监狱中将他劫持。总之，无论如何不能让这位麦德林集团的二号人物，落入美国警方之手。如果奥乔亚被引渡到美国，那么不仅他本人从此难见天日，在美国的监狱中终老余生，同时，对其他所有的贩毒集团的大小头目，都是一种沉重的精神打击，而且还会冲击他们在海外的毒品市场，造成一系列的连锁反应，这将对他们的"可卡因事业"是一种毁灭性的打击。

埃斯科瓦尔这种及时的"调整"，不仅改变了奥乔亚的命运，而且使他们的贩毒集团又起死回生。

# 第十章

## 放虎归山　检察长凶多吉少

　　一张 30 万美元的支票，竟让监狱长变成了仆人；二号头目的牢房成了富人的客厅。

　　贿赂成功，两位法院院长先后辞职，没有人敢出庭审判元凶。

　　第 71 号法官的一纸"手谕"，让二号头目堂而皇之地"无罪释放"，最后远逃巴西隐姓埋名。

　　放虎归山，总检察长又凶多吉少……

　　哥伦比亚首都波哥大南郊 30 公里处，有一片荒凉的丘陵地带，方圆几十公里内都少有人烟。然而，却有一条笔直的柏油马路从波哥大直通这里，横穿这人烟稀少的荒漠和丘陵。

　　在这条公路的尽头，有一片低矮的建筑群，这就是皮科塔监狱。

　　皮科塔监狱是哥伦比亚的一座国家级监狱，戒备森严，防守严密。里面关押的大都是重刑犯，总共有犯人一千多人。

　　自从麦德林贩毒集团二号头目奥乔亚关押到这里以后，皮科塔监狱不仅加强了防务，而且成了哥伦比亚各界瞩目的地方。

皮科塔监狱的监狱长是哥伦比亚司法机关中一位昏庸的人物。他能够爬到这个位置上，完全是凭与时任哥伦比亚司法部部长帕雷霍的同学关系。

自从1984年4月30日，哥伦比亚最强硬的司法部部长拉腊遇害之后，恩里克·帕雷霍出任这一职务。帕雷霍在任期间，曾一度坚持对贩毒组织进行无情的打击，并坚持将十二名毒贩引渡到美国受审。但在对待大毒枭奥乔亚的态度上，却表现得非常暧昧。尤其是在他的建议下，起用他的那位同学担任皮科塔监狱狱长这一重要职务，实在是为奥乔亚打开了一扇方便之门。

1987年11月23日，奥乔亚被关进皮科塔监狱之后，就开始了艰难的"自救"。

这时，奥乔亚脱下了在巴黎定做的西服，万分不情愿地换上了87-112304号囚衣。从穿上这身囚衣的第一分钟开始，他就认识到，要想离开皮科塔，还得用"可卡因美元"开路。尽管在那个去麦德林路上的收费站，他手中的比索不仅没有帮他的忙，反而让他身陷囹圄，但是，现在他还想试一试。

来到皮科塔的第二天，奥乔亚第一次见到了皮科塔监狱的监狱长。一见到这么一位小眼睛、红头发的监狱长，奥乔亚心里就在想：这是一个贪婪的家伙。于是，他便大胆地向监狱长许愿：我愿以30万美元"买"我的自由。

监狱长一听果然答应了。不过，他对奥乔亚说：

"先生，这个价钱只能买到在皮科塔以内的自由，如果要想回到波哥大去，这个价钱太不够了。"

奥乔亚一听，笑了笑说：

"先生，我是个生意人，自然知道金钱的分量。既然这样，那好吧，我要求你帮我脱下这身囚衣，因为它很不舒服。"

奥乔亚本来是想用这一招，来试一试监狱长的诚意，没想到他真的答应了。

监狱长说："这件事我可以办得到。如果我能得到你亲手开的一张 30 万美金的支票，先生，我还可以派人去波哥大的好望角大酒店为你定做饭菜，也可以用我的车子为你送来你需要的咖啡、酒和女人。"

果然，在监狱长离开奥乔亚的单人牢房半小时以后，一位看守为他送来了他前一天换下来的西服。奥乔亚笑了笑，对那位看守说：

"先生，请转告你的最高长官，叫他把这身衣服熨好了再给我送来，我从来不喜欢穿没有熨过的衣服。"

从此，奥乔亚就同这位监狱长成了好朋友。他不仅能穿到熨过的衣服，吃到从波哥大定做的饭菜，甚至在周末的晚上还能成为监狱长家里的贵宾和牌桌上的朋友。

这一切，都是一张 30 万美元的支票买来的。

当然，仅仅有了这一切是不够的，奥乔亚的自由并不是要在皮科塔监狱里，他最终的目的是要回波哥大。于是，奥乔亚便开始了他的第二步计划。

大约是支票交到监狱长手中的第三天，奥乔亚对监狱长说，请派人去把他的表弟找来。

奥乔亚的表弟在他对监狱长限定的时间内如期而至。在奥乔亚的单人牢房里，他的表弟就像十多天前坐在他的客厅里那样，一边坐在柔软的沙发上喝着咖啡，一边听他说话。

"我的案子不久就要开庭了。我现在给你两笔钱。这是一张 50 万美元的支票，你去波哥大给我找五位有名的大律师，请他们接受我的委托到我这里来，我要好好地同他们聊一聊。另外，这是一张120万美元的支票，你去把这些钱分别送给这些人。这是一张名单，上面有每个人应得的数量。"

奥乔亚的表弟接过这张名单一看，只见上面写着许多他熟悉和不熟悉的名字，如司法部部长恩里克·帕雷霍、波哥大71号大法官穆尼奥斯等。他不由得大吃一惊。

奥乔亚对他的表弟说：

"这没有什么大惊小怪的，在这个世界上，我很少发现不喜欢美元的人。"

后来的结果，果然被奥乔亚言中了。


在奥乔亚"自救"的同时，埃斯科瓦尔和莱德尔也在积极进行救援活动。

一天，埃斯科瓦尔约见了麦德林市法院大法官塞拉西。他对这位麦德林贩毒集团的幕后成员说：

"奥乔亚如今关在皮科塔很不方便，你能否去找一找你的顶头上司、最高法院院长费尔南多先生，最好是把奥乔亚弄到麦德林来受审。"

"我可以去试一试，巴勃罗。"大法官塞拉西欣然从命。不过他又说，"如果费尔南多先生不买账的话，那我就没有办法了。"

埃斯科瓦尔说："如果他不买账，你没有办法我可有办法，你先去试一试再说。"

麦德林法院的大法官塞拉西干这种事可不是第一次。他曾利用法官的权力，多次将麦德林贩毒集团那些被捕的头目弄到麦德林来受审。从此，麦德林市的法院，成了这些人的庇护所。许多毒贩到这里后，不是因"证据不足"而被"无罪释放"，就是因看守"失职"，而越狱潜逃，远走高飞。

这一次，塞拉西故伎重演，奉埃斯科瓦尔之命前去波哥大。

11月底的一天，塞拉西坐上麦德林市的班机，亲自飞往波哥大，去求见最高法院院长费尔南多。

在最高法院的客厅里，费尔南多客气地接待了这位专程从麦德林而来的下属。寒暄了一番之后，塞拉西就开诚布公地说明了自己的来意，要求将奥乔亚带回麦德林受审。塞拉西的理由是：奥乔亚是一位大毒枭，是麦德林贩毒集团的二号头目，因此在麦德林市几乎是家喻户晓，路人尽知。如果能将这样的一位人物押往麦德林监狱拘押和受审，那么对麦德林贩毒集团无疑是一次有力的打击，可以对那些贩毒头目来一个敲山震虎的警示。

但是，塞拉西的这种"理由"却遭到了最高法院院长费尔南多的反对。

塞拉西说完之后，费尔南多马上接着说：

"塞拉西法官先生，我承认你的理由是十分正当的。但我国法律却规定罪犯在什么地方抓捕，就在什么地方受审，这一点你是清楚的，请你不要在这方面费心。波哥大法院将在不久对奥乔亚进行审判，并且很快会将他引渡美国。这是总检察长奥约斯坚定不移的主张。"

塞拉西一听，知道再坚持下去就会露马脚了，只好虚与委蛇地同费尔南多周旋了一番便飞回麦德林了。

塞拉西回到麦德林之后，立即向埃斯科瓦尔进行了汇报。

埃斯科瓦尔一听，不由得大骂费尔南多太不识时务，不给塞拉西面子。尤其是听塞拉西说，波哥大司法当局打算将奥乔亚引渡美国，这更让他大发雷霆。他对塞拉西说：

"我看那位什么狗屁检察长奥约斯，大概是活得不耐烦了。如果他一定要坚持引渡奥乔亚，我只好请他上路了。"

塞拉西说："要请奥约斯上路，这并不是难事。现在要紧的是想办法阻止波哥大法院对奥乔亚进行审判。如果他们一开庭，审判一有结果，紧接下来的便是引渡。根据我们国家的法律程序，还没有未经当地法院审判就引渡的先例。"

埃斯科瓦尔认为塞拉西的话是对的，便同他进行了策划。策划的结果是兵分两路：一方面对最高法院院长费尔南多施加压力，迫使他在近期内不开庭审判奥乔亚；另一方面则是尽快同奥乔亚本人取得联系，在政府官员和司法部门寻找一些有权威的代言人，为奥乔亚开脱罪责。因为这几年来，奥乔亚本人一直从事这方面的工作，他利用大量的"可卡因美元"，已拉拢和收买了一大批愿为他效劳的官员和司法人员。养兵千日，用兵一时，现在正是动用这种力量的时候。同时，埃斯科瓦尔还指示奥乔亚利用麦德林贩毒集团二号头目的身份，在监狱中发动那些被逮捕的贩毒头目和重刑犯聚众闹事，为自己创造越狱的机会和条件。

几天以后，哥伦比亚最高法院院长费尔南多收到了一封匿名信，其中除了一颗手枪子弹之外，就是一句话：

"谁审判了奥乔亚，谁就能得到这颗子弹！"

费尔南多收到这封匿名信后，当然明白是谁敢于这么做。他并没有去向总检察长奥约斯甚至是总统巴尔科寻找保护，而是马上向国会递交了一份辞呈，要求辞去最高法院院长职务，去厄瓜多尔"度假"。

奥约斯收到了费尔南多的辞呈，立即请示了总统巴尔科。他对总统说：

"我看这位院长先生是一位没有骨气的男人，您就允许他辞职吧，我就不相信在哥伦比亚找不到第二位法院院长。"

总统巴尔科同意了奥约斯的意见，立即在费尔南多的辞职报告上写道：

"尊敬的费尔南多先生，我代表政府同意你辞职，也同意你去厄瓜多尔。祝你一路顺风！"

最高法院院长费尔南多辞职后，马上去了厄瓜多尔。随后，巴尔科立即任命了罗德里格接替费尔南多，成为哥伦比亚最高法院新一任的院长。

谁知这位受命于危难之中的新法院院长罗德里格也是一位不中用的家伙。他上任之后，仅仅只在这个位置上待了五天，便步了他的前任费尔南多的后尘，也辞去了哥伦比亚最高法院院长的职务。

在哥伦比亚，法院院长是一种受人尊敬的职务，而且可以拿到和总统本人一样多的工资。但是，这位法院院长还是没有因小失大。他认为保全性命才是唯一的大事，其他的一切都是虚的，假的。

最高法院两位院长的相继辞职，使对奥乔亚的审判工作一拖再拖，到了12月中旬还没有进行审判。这给奥乔亚的"自救"提供了一个难得的机会。

奥乔亚通过他的表弟十几天的活动，不仅找到了他需要的人，而且都一个个打通了关节，都表示不但要阻止引渡奥乔亚，还要让他早日恢复自由。

在监狱里，奥乔亚自己也取得了很大的进展。他利用监狱长给他的方便，迅速网罗了一大批在押的贩毒分子。奥乔亚又利用金钱和在外面的威望，使这些人对他唯命是从。他可以指挥这帮人，任意"收拾"一位他看不上眼的看守或犯人，可以随意改变监狱里十多年来的老规矩。在皮科塔监狱，他的权力几乎比监狱长的还大。犯人中发生什么打架斗殴拉山头的事，只要他一出面，双方马上风平浪静。

在这里，奥乔亚有一套自己的单人牢房。60多平方米的房间，别人帮他收拾得干干净净。里面有彩电、沙发、冰柜等许多昂贵的电器和家具，还有专门供他一个人洗澡的浴室，二十四小时供应热水。三位看守每天轮流为他打扫房间，整理内务，或去波哥大采买他需要的日常用品。他的菜单是一天一个样，由他亲手写好再交给值班的看守去波哥大定做，然后送来。

奥乔亚就像一位来这里度假的政府官员，但是，这无论如何不是他向往的生活。他要急着出去挣钱，在这里耽搁一天，他就会损失几十万美元。更让他感到最大威胁的就是引渡去美国。如今的总统巴尔科和总检察长都是禁毒的铁腕人物，决不会让他这样的大毒枭留在国内。一旦引渡去了美国，自己的后半生将会在大西洋的某座海岛上暗无天日，最后将会在寂寞之中死去。

每当想到这些，奥乔亚就感到一阵心跳。因此，他现在唯一的希望，就是早一天逃离皮科塔监狱，回到昔日的生活中去。

这一天终于来了——

12月30日这一天，一辆白色的奔驰从波哥大驶出，像箭一样飞向皮科塔监狱。车内坐着一名国会议员和波哥大警察局局长费罗，另外还有一位《波哥大早报》的女记者和波哥大电视台的一位摄影记者。

女记者金发碧眼，身材窈窕，成了这几位男人中间的一道"菜"。一路上他们谈笑风生，都嫌这条30公里的马路实在太短了。

来到皮科塔监狱的大门口，监狱长和几位下属迎了出来，然后一同走向他的办公室。

在这里，那位议员先生拿出一份文件递给监狱长说：

"监狱长先生，这是波哥大第71号法官穆尼奥斯先生签发的，请您过目。"

监狱长接过这份文件，装模作样地看了一遍，他的目光最后停在文件签名处的那行龙飞凤舞的花体字上。当他确认了这是大法官穆尼奥斯的名字时，才说：

"对的，我想应该如此，奥乔亚先生早该释放。他这种人是不宜关在监狱里的，但是，他是……"

"他是政府通缉的要犯是吗？"费罗马上接过他的话头说，"监狱长先生，我这里还有一份文件。这是司法部部长恩里克·帕雷霍先生签署的一份命令，他已下令撤销了对奥乔亚实行逮捕的命令。请过目。"

监狱长又接过这份权威的官方文件，嘴里又连连说：

"早该如此，早该如此，他关在这里已一个多月了，把他关在这里做什么呢？上帝啊！"

监狱长一边唠唠叨叨，一边对站在门边的一位卫兵说：

"快去，传我的命令，把奥乔亚先生请到我这里来，快！"

"慢！"

那位《波哥大早报》的女记者突然站起来说："监狱长先生，据说奥乔亚先生被关进皮科塔监狱之后，一直受到狱方非人的待遇。他一直住在一个极不卫生的地方，而且每天只能让他睡一个小时。整个波哥大都传得沸沸扬扬。今天，我倒想去他的牢房见识见识，先生您是否同意？"

监狱长一听，简直怀疑自己听错了。他把双手一摊，耸了耸肩膀说：

"记者小姐，还有各位先生，我非常荣幸地接受你们的要求。现在就请各位随我去奥乔亚先生的牢房吧！是谁像你们一样，能制造这种不可思议的新闻，真是太妙了！请吧，各位。"

一行人陪着两位记者，来到了奥乔亚的单人牢房。监狱长不无自豪地介绍说：

"各位，这就是奥乔亚先生居住的地方。这地方不卫生吗？只有上帝才知道。我怎么可以不尊重这样的一位名人呢！"

女记者和电视台的记者互相看了一眼，便拿起照相机和摄像机，将奥乔亚的单人牢房里里外外照了个够。

女记者说："这地方挺不错嘛！"

电视台的那位男记者也说："是不错嘛，这同有钱人的客厅有什么区别呢！"

监狱长也趁机说："你们现在总应该知道，我是如何对待奥乔亚先生的。"

监狱长说完，又将身边的一行人向奥乔亚一一做了介绍，然后郑重其事地对他说：

"奥乔亚先生，我正式向你宣布：你从现在开始，自由了。我这里有第71号法官穆尼奥斯和司法部部长恩里克·帕雷霍的亲笔手谕。现在请你稍事收拾一下，我派专车将你送回波哥大。"

奥乔亚正在对这一伙人的到来感到有些惊奇，现在听监狱长这么一说，心里什么都明白了。对于第71号法官穆尼奥斯和司法部部长恩里克·帕雷霍他并不感到陌生，只是没有料到事情来得这么突然。

就这样，麦德林贩毒集团二号头目以"可卡因美元"开路，在入狱三十八天以后，于12月30日前呼后拥地走出了皮科塔监狱，被波哥大警方宣布无罪释放。

奥乔亚被无罪释放的消息不胫而走，立即传遍了波哥大和哥伦比亚全国。同时，奥乔亚在皮科塔狱中以美元开路，享受特殊优待的照片和新闻，也出现在波哥大电视台当晚的《晚间新闻》节目中和第二天的《波哥大早报》上，整个波哥大一片哗然。许多政府官员和主张禁毒的各界人士，都大骂政府和司法机关同贩毒集团狼狈为奸。

就在奥乔亚走出监狱，还未到达波哥大的家中时，最高检察长奥约斯就得到这一消息。奥约斯立刻向总统巴尔科做了汇报，要求将奥乔亚重新捉拿归案。

经总统首肯之后，奥约斯立即下令出动大批的军警捉拿奥乔亚，但是已经晚了一步。当奥约斯的命令下达时，奥乔亚所坐的轿车并没有径直驶向波哥大自己的家中，而是向瓜伊马拉尔机场驶去。这位哥伦比亚的大毒枭知道：他这种释放完全是暂时的，并不是国家高层领导的意图。自己很快就会遭到追捕，被重新投入监狱。三十六计走为上，波哥大不是自己再能待下去的地方，甚至连哥伦比亚也没有自己的立足之地。自己唯一的选择只有远走高飞。

于是，当他一走出皮科塔监狱，就拿过监狱长的手提电话，通知了他的部下，迅速将他的私人飞机开到瓜伊马拉尔机场的跑道上，做好随时起飞的准备。

当奥乔亚乘坐的轿车驶进瓜伊马拉尔机场时，一架小型的双引擎"斯泰尔"行政公务专用机已经在跑道上待命。奥乔亚的轿车一到飞机的机翼下便猛地刹住了，他以最快的速度钻出了轿车，迅速地爬上了飞机。

几乎是在同一时间，飞机就隆隆地起飞了，眨眼工夫便飞上了几千米的高空，钻进了云层。

机舱里除了机组人员，再也没有别的人。奥乔亚这时才喘着粗气定下神来。他站在机窗边看了看窗外，估计正在往西边飞行。

奥乔亚马上走进驾驶室，对导航人员说：

"这是飞往哪里？"

"麦德林市。"

"混账！立即给我调头，往东南方向飞。"

那位导航似乎有些不明白，便说：

"奥乔亚先生，巴勃罗先生已经知道你被释放的消息。他刚才已来电话，叫你去他那儿。"

"不行！不管谁说的都不行！"奥乔亚随手抓来一只扳手大声吼道，"现在得听我的，立即朝东飞往巴西的库亚里城！"

导航见奥乔亚一脸凶相，手中又握着一只大扳手，便马上示意驾驶员改变航向，因为这位老板的脾气他是知道的。

飞机马上在空中画了一个大圈，径直朝巴西飞去。

这时，奥乔亚才真正松了一口气。

他在靠近舷窗的地方坐了下来，看着窗外掠过的云朵和地面上隐隐约约的山影。这时，他估计已飞过了哥、巴边境进入了巴西领空，这才闭上眼睛，靠在坐椅上，嘴里喃喃地说：

"去他的麦德林，去他的波哥大！我再也不回这鬼地方了！"

"斯泰尔"在奥乔亚的诅咒当中，徐徐地降落在巴西边境城市库亚里的机场上。奥乔亚抖擞了一下精神走出机舱，站在巴西的国土上。

这时，他吩咐了一下机组人员把飞机安顿好，然后坐上一辆计程车驶出机场，朝机场附近的一家整容院开去。

在这家整容院，奥乔亚找到了一位最好的整容师，要他给自己整容。

这位整容师惊奇地看着眼前这张光滑健康，丝毫没有异样的脸说：

"先生，我不明白您的意思。"

奥乔亚这时才意识到什么，便笑着对这位整容师说：

"大夫，您感到有点奇怪是吗？但是，这种事情你见得还少吗？你说，要多少钱？"

整容师说："先生，我……我是想说我不明白您要我到底怎样去做……"

奥乔亚也不由得笑了起来，然后便清楚地交代了自己的"意思"和要求。他说：

"我的意思您现在明白了吗？那好，就照我说的去做，现在就做，请开个价吧！"

"对对对，我明白了，明白了您的意思。"

整容师似乎明白了眼前站着的是一位什么样的顾客，因为在巴西这座边境城市，这样的顾客是经常会光顾的。他想了想便说：

"先生，您的要求我是不会打折扣的，但是这要付一大笔的钱。"

"您开个价吧，无论多少钱我都不在乎。"

整容师点了点头，没有再说什么，只是吩咐他的助手将这位顾客带进了一家秘密的整容院，开始做前期准备工作。

一个月以后，整容师拆开了奥乔亚脸上的绷带，一张他亲手制造的新的脸孔出现了。整容师的助手拿来一块大镜子。奥乔亚向镜子里看去，满意地笑了。因为他看到镜子里出现的，是一位新的"奥乔亚"的脸，原来的奥乔亚已经消失了。

整容以后，奥乔亚立即去了巴西的亚马孙河畔的一座小镇。在这亚马孙河边的丛林之中，他购买了一大片咖啡林。从此，他便在这里隐姓埋名隐居下来，过着一种闲适的田园生活。他在这咖啡林边上依山傍水的峡谷中，建了一片白色的房子，站在宽大的落地窗前，能看到远处亚马孙河上的波光和晚上美丽的月光。

奥乔亚的房子周围是一道白色的栅栏，而他卧室的房顶上，却有一间漆成乳白色的暗室。暗室的墙壁是 16 厘米厚的钢筋水泥混凝土做成的，一排排隐蔽的枪眼分别朝着不同的方向。暗室完全是一座小型的弹药库，里面摆满了各种枪支和子弹。奥乔亚每天都要来到这里，将这些枪支检查和擦拭一遍。暗室的下面是他的卧室，有一条软梯相连。如果推开卧室中那张宽大的席梦思床，便有两块活动的地板。地板下面是一条通往峡谷的暗道，控制活动地板的按键装在席梦思床垫的接头处，只有奥乔亚本人能找得到。

奥乔亚在这里雇了十几名工人种植咖啡，养了两只小牛犊一样大的德国狼狗，也养了几位女人，她们分别来自巴西当地、巴黎和遥远的马来西亚。

但是，奥乔亚在这里过的并不是与世隔绝的世外桃源的生活，他时刻与哥伦比亚国内的麦德林贩毒集团和美国的罗德里格斯，还有世界上其他地区的贩毒分子保持联系。在他刚来这里不久，他就听到了许多与他有关的消息。

先是听到那位《波哥大早报》的女记者和波哥大电视台的那位男记者被人杀害了，再听到的是哥伦比亚的总检察长奥约斯下令追究波哥大那位第 71 号法官穆尼奥斯的刑事责任，原因是他亲手签署了释放奥乔亚的命令，这位大法官由此被撤了职。

奥乔亚还听到了最高检察长奥约斯在请示总统之后，又在追查司法部部长恩里克·帕雷霍关于自己潜逃的责任，因为也正是这位司法部部长亲自取消了对自己的逮捕令。这位司法部部长被迫辞职，要求出任哥伦比亚驻匈牙利大使。由于他在任司法部部长时，曾下令将十二名哥伦比亚毒贩引渡去美国，结果最后被暗杀在布达佩斯的大街上。

……这些消息都让奥乔亚对这位最高检察长奥约斯又气又恨。更让他恼火的是，奥约斯还在下令，继续通缉奥乔亚，并同美国警方联手，在全球通缉。奥约斯公开在电视台发表讲话时说，只要一抓到奥乔亚，就立即引渡美国，让美国警方去审讯他。

于是，奥乔亚对最高检察长奥约斯更恨之入骨。他在听到奥约斯电视讲话的当天夜里，就给波哥大的部下下达了一个指令，对奥约斯进行报复。

奥乔亚在指令中说：谁要是抓住了最高检察长奥约斯，他将重奖 1 亿美元，即使是击毙或毒死了奥约斯，也可以得到同样的奖金。

奥乔亚一生信奉的真理就是：美元万能。尽管他自己的一生正是为金钱所累，但他还是相信重赏之下必有勇夫。

奥乔亚的这道指令，果然成了哥伦比亚最高检察署总检察长奥约斯的死亡"判决书"。


总检察长奥约斯对贩毒分子要谋杀他的阴谋，早就心知肚明。但是，他并没有因此而辞职不干。上台伊始，他就对禁毒表现出一种前所未有的强硬态度。凡是政府逮捕的贩毒头目，他都从重从快地严处，有的甚至引渡到美国。对于那些为虎作伥，与贩毒集团有勾结的政府官员和司法人员，不管其职位多高，影响多大，他都一个不留地进行追查。一旦证据确凿，决不姑息。

奥乔亚在12月30日逃出皮科塔监狱之后，奥约斯立刻发出全国通缉，并与美国警方进行联系，下令再次逮捕奥乔亚。几天之后的1988年1月2日，与奥乔亚潜逃有直接关系的第71号法官穆尼奥斯被撤职，并受到哥伦比亚总检察署的追查。同时，奥约斯还下令追查另一位与此案有关的高级官员，即哥伦比亚司法部部长恩里克·帕雷霍的法律责任。

事后，在哥伦比亚议会，奥约斯发表演说，指责某些政府官员、议会议员不顾国家利益和国际影响，慑于贩毒集团的淫威，与他们狼狈为奸。他认为，这些官员的做法，助长了贩毒分子的嚣张气焰，为国家的禁毒设置了障碍。他大声疾呼：

"整个哥伦比亚几乎被贩毒集团吓倒了，只有一位部长或一位检察长以身殉职，以他的生命和鲜血为代价，才能使之惊醒。作为一位总检察长，我愿为此付出这种代价……"

奥约斯的演说，令与会议员受到了极大的鼓舞，也令一些有辱议员称号的人感到羞愧。同时，他也由此再次与贩毒集团结仇，成为他们暗杀的对象。

仅在两个星期之后，奥约斯真的为此付出了血的代价……

1988年1月24日，在首都波哥大忙碌了一周的总检察长奥约斯，准备下班以后回家去看望自己的老母亲。

奥约斯的家在麦德林市的东郊，那里有一栋白色的小别墅，是一个风景优美的地方。自从奥约斯带着妻子和两个小孩来波哥大工作，住进了最高检察署旁边的一栋公寓之后，他的母亲就带着几位仆人住在这别墅里，照料这个家和园中的花草树木。由于近来为奥乔亚潜逃出狱之事，奥约斯一直忙得焦头烂额，从去年圣诞节以后，一直没有回家去看望自己的母亲。

这一天，奥约斯便动了这份孝心。于是，下班前，他便给母亲打了个电话。

母亲接了这个电话之后，先是一阵高兴，但马上对儿子说：

"孩子，你还是别回来为好。"

奥约斯一听，吃了一惊，便说：

"母亲，您为什么不让我来看望您老人家，是不是生我的气了？"

奥约斯的母亲一听，连忙说：

"孩子，你想到哪里去了。我是多么希望你能待在我的身边。但是你知道吗？这里的人一直在议论你，骂你，恨你……"

"那是为什么？"

"他们在说你支持什么引渡条约，把许多麦德林的大恩人关进了牢房，并且引渡去了美国。如果不让他们种古柯，卖可卡因，他们又要受苦受穷……"

"母亲，您不要听他们的，"奥约斯连忙打断他母亲的话说，"那些贩毒的人，当然要关进牢狱。他们的可卡因，毒害了世界上多少人，害得多少人家破人亡。我不在乎他们怎么说，尽管我也是麦德林人，但是，我还是要坚持这么做。母亲，我不害怕他们的威胁，今天我就回家去看您老人家，看他们敢对我怎么样。"

母亲在电话里说："孩子，我理解你。他们也没有权利叫我们母子一直不能见面。但你要来，可一定要当心啊。"

"我知道，您放心吧，母亲，晚上见。"

"晚上见，儿子。"

奥约斯的母亲放下话筒后，心里很是不安。于是，她又拿起话筒，拨通了麦德林警察局的电话。她在电话中对麦德林警察局局长说，她儿子今天下班后回家来看她，请求警察局长采取措施，保护她的儿子。

警察局局长尽管也是麦德林人，但他也同总检察长奥约斯一样，一直受到麦德林人的非难。尤其是在麦德林这样的一个鬼地方当警察局局长，真是在风口浪尖上行船，已经有一肚子的苦水。现在听说总检察长要回麦德林市，他心里非常高兴。他可以趁机向这位在首都工作的最高行政长官诉一诉苦，想个办法早日把他调离麦德林市这个鬼地方，让他到波哥大去谋个好差事，免得在这里整天提心吊胆。现在听到奥约斯的母亲在向他请求保护，他马上在电话里向她做出保证说：

"太太请放心吧，只要您的儿子一到，我就会派人把他保护好，决不会让人伤他一根毫毛。"

奥约斯的母亲一听，连声说：

"谢谢您了，我相信您会这么做的。等奥约斯到了机场下了飞机后，我邀请您同他一起来我家做客，我亲自弄好吃的招待您。"

"好吧，我一定陪总检察长去看您老人家。"

奥约斯的母亲放下了电话。

这时，她不但放心，而且非常高兴，便吩咐仆人们去准备。她要好好地招待一下自己的儿子和这位热心的警察局局长。

# 第十一章

## 暴虐至极　国葬难消总统恨

　　长达六个多小时的虐杀，总检察长几乎被肢解；
国葬虽然隆重，总难消除国家的耻辱，总统的愤恨。
奥约斯的惨死，唤醒了民族的良知，也引来国际社会
的公愤。

　　但暗杀并未结束……

　　十年来，二十万人丧生，三千五百名官员和
一百五十七名法官先后罹难，都是为了禁毒。

　　麦德林集团又一"高招"出笼……

　　傍晚，总检察长奥约斯的小型工作专用飞机在麦德林市的机场
降落了。

　　奥约斯刚一走下飞机，一辆防弹雪铁龙和四辆警车就迎了上
去。雪铁龙轿车内坐着麦德林市的警察局局长，今天他亲自为这位
总检察长开车，充当他的私人司机。四辆警车上，都是麦德林警察
局的防暴警察，共有十六名。一个个都是全副武装，百倍警惕。

　　奥约斯带上三名保镖从飞机上走了下来，立即钻进了防弹雪铁

龙轿车。在车内，他轻轻在警察局局长的肩上拍了两下，笑着说：

"老兄，辛苦您啦，何必这样兴师动众，就像巴尔科总统来了一样。"

局长一边发动车一边说：

"总统来了也是一样，在我的辖区，我就要为您的安全负责。您说呢！"

"谢谢您了，走吧！"

一会儿，这支不大不小的车队就驶离了麦德林机场，飞驰在大街上。两辆警车闪着红灯，嘶鸣着警笛在前头开路，另外两辆在后面殿后。奥约斯坐在中间的雪铁龙轿车上，一边同开车的局长即兴地聊上两句，一边透过褐色的防弹玻璃，打量着麦德林的街道。

这时，正是华灯初上的时刻，又是周末，麦德林的大街沉浸在一片热闹与繁华之中。来往穿梭的各种车辆像一条运动的河流，五颜六色的尾灯汇成彩色的波影。街道两边高楼林立，耸立在夜空之中，无数的霓虹灯，将夜空也辉映成一片彩色。街道上几乎看不见步行的人影，除了各种名牌的轿车之外就是各式各样的摩托车。所有的商场和酒楼前的停车场上，都密密匝匝地停放着各种车辆，就像博览会一样，展示着汽车业的进步和麦德林市人们的富有。只有在那些装饰气派的超级市场和灯红酒绿的娱乐城门前，奥约斯才看到许多衣着光鲜的人们进进出出，一双双情侣搂抱着款款而行……

平日忙于公务的奥约斯，深深地被这种豪华而气派的街景吸引住了。他简直不敢相信自己的眼睛。他真怀疑这位局长是否带错了地方，把车开进了巴黎的香榭丽、东京的银座、纽约的曼哈顿或是远东的夜香港……

虽然他也是麦德林人，但在他的记忆之中，这座哥伦比亚的第二大城市、安蒂奥基亚省的省城，永远像一位产后的病妇，在贫穷之中呻吟。狭窄而肮脏的街道、萧条的市面和尘土飞扬的街灯，永远是它独特的风景。谁知在这短短的几年内，它却变得珠光宝气，俨然一位上流社会的贵妇人。

奥约斯在默然地看着这眼前的繁华，心里不得不承认：这是一幅在首都波哥大都无法见到的夜景。

但是，他又很职业性地想到，这一切都是"可卡因美元"的魔力。他意识到，麦德林贩毒集团一号头目埃斯科瓦尔的"消灭贫民窟计划"在这里获得了巨大的成功，怪不得母亲在电话中说，这里的人都恨自己。

奥约斯透过这种用不义之财砌起来的繁华，看到了戒毒所中那些瘾君子的疯狂，看到了黑人街区一具具倒毙的尸体，看到了抢劫、凶杀、卖淫等一切由毒品派生出来的人类全部罪恶。因此，面对这种罪恶的繁华，他并没有怀疑自己目前正在做的一切。作为一位总检察长，他有理由让城市繁华，但更有理由去扼杀任何罪恶。

"让人们恨我去吧！"

奥约斯轻轻地长叹一声，然后仰头靠在汽车的靠背上。

此时，车队已穿过市区，朝郊外驶去。大约二十分钟以后，车队来到了母亲的别墅前。奥约斯在三位保镖的簇拥下走下车来，他一眼看见母亲站在门前。他急忙走过去，和母亲紧紧地拥抱，然后对局长说：

"老兄，进去坐会儿吧，大家辛苦了。"

局长本来是打算进去和这位总检察长聊一聊，提一下自己调到波哥大的事，但是，他见到奥约斯见到母亲后的那种亲热劲，便知趣地说："别客气了，我改日再来吧，您也早点休息。"

局长说完，又殷勤地对奥约斯的母亲笑了笑说："老太太，怎么样？我说了会对总检察长的安全负一切责任。"

奥约斯的母亲也说："局长先生，太谢谢您了，进去共进晚餐吧。"

局长说："就别客气了，检察长先生已经到家了，我现在已把他完整地交给他的母亲。什么时候离开我再来接他。要不要把这几位留下来，奥约斯先生？"

奥约斯说："不用了，大家都回去吧，我不是已经到家了吗？"

局长笑着说："家，的确让人感到安全和温馨。好吧，那我们就回去吧，您离开的时候，再给我打个电话。再见，奥约斯。"

奥约斯走过去同局长紧紧地拥抱一下，然后挥挥手，看着他和他的部下又钻进汽车，亮着闪亮的灯光驶上了去市内的高速公路。

和母亲长谈了大半夜，奥约斯在这弥漫着清新空气的乡村别墅中睡了约四个小时，便起床了。收拾一下之后他亲自去屋后的车库，开来了自己上次留在家中的小轿车，匆匆地同母亲道别后，便同三位保镖上了车。

当他起床时，他的母亲建议他给局局长打个电话，请他们派车来接一下，但是奥约斯拒绝了。他对母亲说：

"我不想过分地麻烦别人。再说，又有谁会料到我会这样仅仅只是在家里待了一个晚上就匆匆离开呢！"

母亲望着面前这位已经成熟了的儿子，放心地笑了笑。她看着奥约斯的车子很快消失在晨雾之中。

这是一辆雪佛兰轿车，这时正以每小时150公里的速度朝麦德林机场飞驰。总检察长奥约斯坐在后排的中间，左右各有一名保镖，手中的冲锋枪已打开了保险，密切地注视着车窗外的一切。一名保镖紧握着方向盘，灵活地超过一辆又一辆的汽车，平稳地朝前冲去。

这时，乡间一片宁静，远处的科迪勒拉山峰还在沉睡之中。山谷中飘荡着白色的雾霭，一切都显得那么平静安详。已经有多年没有这样亲近过大自然，体验过这种清晨的宁静，奥约斯有了一种近似诗人的激动。他几乎完全忘记了这一带正是麦德林贩毒集团活动猖獗的地方，完全沉浸在这美妙的清晨之中。

这时，雪佛兰已驶上国家四号公路，向麦德林机场冲去。机场已在眼前，早班飞机正在隆隆作响，快要起飞升空了。坐在车内的奥约斯这才从美妙的遐想中回过神来，几位保镖也稍稍松了一口气，再也没有刚才那么紧张。因为只要再过两分钟，他们的轿车就要驶入机场的大门。

然而就在这时，三辆黑色的奔驰小轿车，正从高速公路上的机场入口处突然飞驶过来，横在公路中间挡住了他们的去路。吓得那位驾车的保镖连忙踩刹车，手中的方向盘猛地一拧，车子发出一声刺耳的尖叫，借着一股猛烈的惯性冲力，滑到路边去了。

当车内的人正被撞得昏头昏脑没有清醒过来时，突然，"哒哒哒哒哒"，一阵疯狂的冲锋枪子弹，就像急风暴雨一般横扫过来，雪佛兰的车窗玻璃全部迸裂破碎，玻璃碴四处乱飞。子弹飞进车内，将所有的人都击中了，无人来得及还击。

第一阵枪响过后，第二阵子弹又飞了过来。袭击者都纷纷下了车，朝奥约斯的轿车又是一阵狂扫。这时，开车的那名保镖已经在方向盘上死去了，另一位保镖准备举枪还击，结果未来得及爬下车就死在半开的车门口。最后一名保镖虽然全身流血，但他还是朝车窗外狂扫了一梭子子弹，然后也倒在奥约斯的脚下。

一群袭击者冲了过来，他们又向车内扫射了一阵，然后一把拉开车门，把浑身是血的奥约斯拉下车来。奥约斯此时虽然已经被射中了五六枪，但他还活着。当他被拉下来后，他还睁大一双愤怒的眼睛，大口大口地喘着粗气。

袭击者见奥约斯居然还在喘气，真是大喜过望。一位年轻的家伙竟大叫起来：

"看，还活着哩！"

这时，奥约斯已经气息奄奄。他痛苦地对那些杀手说："求……求求你们，再……再给我一枪吧……"

"哼，没那么便宜！"

说着，几个人架起奥约斯，把他拖上了汽车。三辆黑色奔驰又风驰电掣一般开走了。


奥约斯被劫持到麦德林附近的一座大楼内。这是麦德林贩毒集团在麦德林的一个秘密据点。自从总检察长奥约斯开始调查波哥大第 71 号法官穆尼奥斯和司法部部长恩里克·帕雷霍开始，麦德林贩毒集团便在这里安插了一个暗杀小组，专门对付奥约斯，寻找下手的机会。

他们在奥约斯那栋别墅内，安装了窃听器，并对他家的电话进行了监听，对奥约斯的母亲和家中的仆人进行监视，时刻掌握奥约斯的行踪。暗杀小组希望的就是能得到奥约斯回麦德林家中的准确消息，然后在麦德林把他干掉或者绑架。如果要在波哥大对他下手，那就要费很大的力气。

暗杀小组的窃听人员，终于在 1 月 24 日下午 6 时左右，窃听到奥约斯和他母亲在电话中的对话。他们非常高兴，立即准备行动。没想到奥约斯的母亲又请来了麦德林市警察局局长为自己的儿子护驾，他们才没有敢在当天晚上对他下手，只好乖乖地看着奥约斯的车队在他们的眼皮底下，驶进了他的别墅。

24 日晚上，暗杀小组派出人员，彻夜在奥约斯的别墅附近进行监视，寻找下手的机会。但是，由于奥约斯的保镖对奥约斯的保卫工作进行了安排，奥约斯本人又一直同他的母亲在谈话，所以，他们又失去了下手的机会。

25 日早晨，暗杀小组的监视人员发现奥约斯很早就起来了，从车库里开出了他的雪佛兰准备回波哥大，他们才立即报告埃斯科瓦尔和他们的直接指挥者加查，决定马上行动。如果等奥约斯回到了波哥大，他们的行动计划又要落空。

埃斯科瓦尔和加查接到报告之后，立即命令暗杀小组行动，无论如何也要阻止奥约斯飞回波哥大。如果抓不到活的，就把他击毙，决不能让他活着回去。他随后和加查火速赶到了暗杀小组潜伏的据点，等待他们的消息。

没想到暗杀小组竟把奥约斯活捉回来了。尽管他已经浑身是伤，但他还有一口气，还没有完全失去知觉。埃斯科瓦尔和加查决定要好好地收拾一下这位与麦德林贩毒集团为敌的总检察长。他要杀鸡给猴看，让那些主张禁毒和引渡的政府官员，看一看这位总检察长的下场。同时，他们也要以此告诉哥伦比亚政府，虽然他们的二号头目已经销声匿迹了，但麦德林贩毒集团还是有能力与政府对抗的。

当奥约斯在 1 月 25 日早晨 6 点 30 分左右，被绑架到这个秘密据点后，这些杀手立即将他从一辆黑色奔驰车上拖了出来。这时，奥约斯身上的伤口还在流血。他的血已经把那辆奔驰轿车的后座都染红了。

埃斯科瓦尔和加查驱车来到这个据点，见到奥约斯时，他已经被扔在地板上，就像一堆被打烂了的肉一样，在痛苦地呻吟着。他全身上下血迹斑斑，完全处于昏迷状态。但是他的手上还戴着一副黄色的铜手铐，两只铜圈已嵌到手腕上的肉里去了。

埃斯科瓦尔走了过去，用脚把奥约斯蜷曲着伏在地板上的身子翻了过来，看了看，然后命令旁边的杀手打来一桶水，哗啦一声泼在他的身上。

奥约斯被这桶冰冷的自来水泼醒了，他的身下是一汪殷红的血水，在地板上流淌。

这时，他的神志稍微清醒了些，躺在这摊血水中，吃力地睁开了眼睛。他想努力地辨识一下自己现在的地方。

埃斯科瓦尔见奥约斯睁开了眼睛，便站到他的视线之内，叉开双脚傲慢地对躺在地下的总检察长说：

"哟，亲爱的奥约斯先生，认得我吗？我就是您下令要逮捕的巴勃罗·埃斯科瓦尔。怎么样，站起来啊，怎么躺在地上呢！"

说着，他走过去，用穿着皮鞋的左脚，在奥约斯受了伤的地方狠狠地踩了一脚。奥约斯痛得又惨叫一声，在地上翻滚了一下。殷红的鲜血又从伤口中汩汩地冒了出来。

埃斯科瓦尔和身边的那些杀手一听奥约斯的惨叫声，都哈哈地大笑起来。

奥约斯在一边惨叫，一边痛苦地哀求：

"巴勃罗，我……我求你再给我一枪吧，我求你了，行吗？"

"哈哈，求我？你现在才想到求我？"

埃斯科瓦尔一边狂笑着，一边又用脚把奥约斯翻转过来，就像踢一只足球一样。

"怎么样，检察长先生，你怎么要求我给你一枪呢？你不是要到电视台去发表演说吗？你不是要为禁毒以身殉职吗？原来你也会像狗一样地趴在地下求我啊！"

奥约斯失望地闭上了眼睛。他紧咬着牙齿，希望能减轻一点疼痛。他知道落到这伙人手里，是没有希望生还的。他现在唯一的希望，就是想早点死去。他知道只有他的死，才能唤醒哥伦比亚这个"毒品王国"的良知。

他想到了在他之前死去的司法部部长拉腊、缉毒警察局局长戈麦斯和许许多多为禁毒而死的人们，他不再感到死是一种痛苦。作为一位国家最高检察署的总检察长，死在贩毒分子的手中是一种必然的结果。他相信他的死，会让更多的人站起来，同这些贩毒分子做斗争。遗憾的是，自己今生再也无法亲手将这些贩毒分子捕获，将他们一个个地引渡到美国去。

埃斯科瓦尔见奥约斯又闭上了眼睛不再理睬自己，便歇斯底里地狂叫起来：

"来人，把他给我绑到椅子上去，我要好好地修理他一下！"

加查连忙指挥几个杀手，七手八脚地把奥约斯从地上拖起来，剥光了他身上所有的衣服，然后用铁丝把他绑在一把高背西餐椅子上。

奥约斯这时已昏迷不醒，但还在急促地呼吸。埃斯科瓦尔大声地命令：

"快，快把他弄醒。如果等他死了，就无法享受我们给他的'快感'了。"

加查阴险地笑了笑说："我来。"

说着，他拿出一只打火机，打开了开关，打火机燃着近一寸多长的火苗，呼呼燃烧。加查把打火机放在奥约斯的脚板心下，烧烤着他那敏感的穴位。一阵皮肉烤焦的臭味飘来，奥约斯的脚板烧得嗞嗞响。他又惨叫一声，双脚抽搐着醒过来了。

埃斯科瓦尔一见，大叫道：

"快，还有那只脚，左脚，再给我烧！让他彻底醒过来！"

加查又如法炮制。奥约斯的左脚板又烧焦了，血水在往下滴。他痛苦地号叫着：

"哎哟……杂种，你们……你们到底要干什么！"

埃斯科瓦尔说："不干什么，我只是想同你说说话。我们都是麦德林人，也算是老乡。你做你的官，我做我的生意，可是你为什么要干涉我们的生意，要把我们送进美国的监狱中去受刑？"

奥约斯吃力地睁开了眼睛，愤怒地对埃斯科瓦尔说：

"巴勃罗，你们做的是什么生意？你们是在抢劫、杀人……你的生意让多少人家破人亡，让多少人倾家荡产……让……"

"胡说！"埃斯科瓦尔挥起粗壮的手臂，"啪"的一声给了奥约斯一记响亮的耳光，"我让许多麦德林人成了百万富翁，我让麦德林市一片繁荣，难道你没有看到吗？来，把他的狗眼给我挖去，它看不清什么是光明和黑暗，要它有什么用！"

几个杀手果然一拥而上，扳紧奥约斯流血的头颅。加查拿出一把水果刀，朝奥约斯的眼窝戳去，然后在里面旋动着。

奥约斯在撕心裂肺地号叫着，全身在拼命地挣扎。他一边叫一边怒骂：

"巴勃罗，你……你这个魔鬼……"

奥约斯那颗褐色的大眼珠终于被剜出来了，加查用刀把它割了下来，然后用刀尖将它戳穿，顶在刀尖上，就像一颗带血的玛瑙球。

奥约斯已经只剩下最后一口气了。他在这群杀手的折磨中一次又一次地昏过去，又在更痛楚的折磨中一次又一次地醒来。

在埃斯科瓦尔和加查这两个完全没人性的魔头的指挥和授意下，杀手们已经割下了他的耳朵、舌头，挖去了他的一只眼珠，砍去了他所有的指头，最后还剜下了他的生殖器……

昨天——准确地说，应该是二十个小时以前，奥约斯还是哥伦比亚一位堂堂的总检察长，坐在波哥大高高的国家检察署威严的办公大楼里，代表着国家、总统和法律，下达着一道道禁毒的法令，或者是在一份份引渡名单和报告上签上自己的大名，可是，这时他已经被麦德林贩毒集团的杀手们，肢解得四肢不全，面目全非。

惨无人道的折磨持续了六个多小时。现在已经是下午1点多钟了，但这种折磨还在继续。用埃斯科瓦尔的话来说，就是不能让这位与贩毒集团为敌的总检察长"痛痛快快地死去"。

在奥约斯被绑架二十分钟后，哥伦比亚总统巴尔科就接到麦德林机场保安人员的报告。巴尔科总统立即给麦德林市市长和警察局局长打来电话，命令他们全力以赴，出动所有的军人和警察，封锁所有的路口、机场、码头，进行大规模的搜捕，寻找总检察长奥约斯的下落，随后，五千名军警分别乘坐二十架战斗直升机和军用吉普、卡车赶赴麦德林市和安蒂奥基亚省及科迪勒拉山区，进行拉网式的大追捕。

在首都波哥大国会大厦，巴尔科总统亲自主持召开了紧急内阁会议，通电全国，追捕绑架总检察长奥约斯的凶手，寻找奥约斯的下落，并号召全国人民起来对贩毒分子进行坚决的斗争。

几个小时的搜捕行动过去了，几千人的大行动一无所获。有谁会想到，这种对国家的法律和尊严践踏的罪恶行为，就在他们的眼皮底下进行。

在离麦德林市不到30公里的这座大楼里，麦德林贩毒集团的暴行，随着总检察长奥约斯身上的血在一滴一滴地流尽而接近尾声。这时，这位已经四肢不全、不成人形的总检察长又被解开了铁丝扔在地板上，除了割去的那些器官留下的伤痕之外，他那运动员一样结实的肌肉上又布满了刀痕和鞭迹。他的全身已完全被打烂了，找不到一寸没有伤痕的地方。他趴在地上一动不动，只有他那微弱的鼻息才证明他还是一个活人。

埃斯科瓦尔命令一位杀手打开照相机，把这具残缺不全的"尸体"翻来覆去地拍了个够，然后又把他的生殖器塞在他那已没有舌头的嘴里，拍了个"特写镜头"。他准备事后将这些照片冲洗复印扩大，一张张地寄给那些主张禁毒和引渡的政府官员、国会议员以及缉毒部队和警察的头头脑脑们，让那些人好好地"欣赏"一下自己的"杰作"，以免他们重蹈奥约斯这位总检察长的覆辙。

渐渐地，奥约斯不再动弹了，躺在地板上就像一具僵尸。

加查走上前去用脚踢了踢，然后对埃斯科瓦尔说：

"老大，他已经死了。"

埃斯科瓦尔说："就死啦？我还没有过瘾呢！加查，带几个兄弟，开辆车去，把他送到早晨那个地方去。"

加查同几位杀手，又七手八脚地把奥约斯拉到门外的那辆车上，然后飞驰到机场前的四号公路上。他们一边开着车，一边朝奥约斯已经没有气息的身体上连开了八枪，然后把他的尸体从飞奔的车上丢了出来。

下午2点多钟，搜捕的警察巡逻队，终于在离机场20公里的四号公路上发现了奥约斯的尸体。这时，他的手上还戴着那副手铐，身上血痕斑斑，面目全非，见到他的警察们全都认不出来了。

奥约斯遇难后，哥伦比亚举国悲愤。巴尔科总统更是悲痛万分，他下令为奥约斯举行隆重的国葬。全国所有的机关和单位都下半旗志哀，所有的工厂、学校、农场、商店等都举行追悼大会，设灵堂以悼念这位惨死的总检察长。

第三天下午，奥约斯的葬礼在波哥大国会广场隆重举行。就像当年悼念部长拉腊一样，成千上万的市民佩戴着黑纱、白花，自动地来为总检察长奥约斯送葬。

当时，巴尔科总统打算亲自出席奥约斯的葬礼，但所有的国会议员和总统的卫队都极力阻止，理由是无法保证他的安全。总统卫队的队长兼安全顾问对巴尔科说：

"根据国家安全局情报处获得的情报说，贩毒集团已将您的名字写上了他们进行暗杀的黑名单，您已经成了他们下一次暗杀的第一个对象。请总统以国事为重，不要参加葬礼。"

面对许多人的忠告，巴尔科总统只好打消了这个念头。他只好派出他的私人秘书，以他的名义代表自己前往麦德林奥约斯的墓前致悼词，表示他对这位禁毒斗士的哀悼。

总检察长在几天前议会厅的议员大会上，曾义愤填膺地说过：

"在我之前，贩毒分子已经杀害了五十多名法官、二十名记者和数百名警官，我不知道自己将是第几名。但是，我决不会因此而放弃我的权力和我同贩毒分子做斗争的义务和责任……"

现在，他终于实现了他的誓言，到死都没有放弃他的这种义务和责任。

在为奥约斯举行追悼大会的当夜，一批自称是"可引渡者"的人打电话给《时代报》的总编辑桑托斯，声称这件事是他们干的。他们说对奥约斯到麦德林度周末的时间、路线和保镖人数都了如指掌，于是就干掉了他。这伙暴徒还扬扬得意地说这种事仅仅是个开头，他们的暗杀名单上还有长长的一串名字……

果然，两天后，即1月29日，另一名坚持禁毒和引渡的政府官员、库库塔市市长候选人拉蒙·迪亚斯及其夫人又双双惨遭杀害。

面对奥约斯和拉蒙·迪亚斯夫妇等许多政府高级官员接二连三地被害，巴尔科总统紧急呼吁，发动一场全国性的反对贩毒分子暴行的运动，"决不对无耻、胆大的讹诈、威胁和恐吓让步"。政府各界人士也纷纷要求采取紧急措施，严惩凶手和贩毒分子，齐心协力地开展拯救国家的运动。哥伦比亚全国劳工总工会立即响应总统和政府的呼吁，当即宣布：组织五十万人的"爱国军"，协助政府和警方以捍卫法律的尊严和反对暴力恐怖活动。

与此同时，国际社会也纷纷表态，美国、墨西哥、厄瓜多尔、玻利维亚等国都致电哥伦比亚政府，表示自己反对毒品贸易的强硬立场，声援哥伦比亚政府的禁毒主张，并准备同哥伦比亚政府共同联手，在南、北美洲之间，坚决切断罪恶的"白色通道"。

但是，无论是国内还是国际的强硬态度，都没有使麦德林贩毒集团感到威慑。相反，他们更加穷凶极恶，进行更猖狂的贩毒和暗杀、恐怖活动。

1989年9月，麦德林市那位积极主张禁毒的市长又被暗杀，随后，哥伦比亚刚刚上任的司法部部长又被迫辞职。

11月，埃斯科瓦尔又指挥莱德尔手下的杀手，在波哥大机场的民航班机埋下一颗定时炸弹，将一架刚刚升空的波音 747 客机引爆，造成一百零六人死亡，又一次制造空难，向政府施加压力。

12 月，戒备森严的波哥大缉毒警察局总部，发生爆炸。麦德林贩毒集团的杀手在其头目莱德尔的指挥下，竟敢在老虎嘴上拔毛，在警察局前制造流血事件，造成二十一名警官和四十多名市民伤亡……

据不完全的官方统计，从 1981 年到 1991 年的十年间，哥伦比亚已有二十万人死于贩毒集团之手，而这些人中，有 95% 是麦德林贩毒集团的杀手杀害的，同时被害的还有一百五十七名法官和三千五百名禁毒官员。仅 1988 年到 1991 年三年之间，麦德林贩毒集团便杀害了三名部长级官员、三名总统候选人、五十多名法官、二十五名记者和上千名无辜的百姓，从而使哥伦比亚成为全世界最恐怖的国度之一。


哥伦比亚政府面对麦德林贩毒集团持续不断的暗杀活动，除了采取有力的打击措施之外，同时也采取"对话"的方式与其周旋，想缓和一下这种剑拔弩张的局面。

"对话"双方的代表人物有赫尔曼·蒙托亚和华金·巴列霍。

前者是哥伦比亚总统巴尔科的私人朋友、总统府的秘书长，他是哥伦比亚政府和巴尔科总统的代表；后者是哥伦比亚前政务部长、自由党政治家，而他有一个更重要的身份，就是麦德林贩毒集团一号头目埃斯科瓦尔的教父。这些年来，他一直是麦德林贩毒集团的"特使"，肩负着同政府"对话"的特殊使命。

1988 年 8 月，总检察长奥约斯遇难后仅六个月，又一轮新的"对话"在麦德林市郊一座别墅中进行。这幢豪华的别墅，两年前曾是埃斯科瓦尔多处"行宫"中的一处。当时为了讨好他的情妇黛安娜，他也采取"千金博一笑"的办法，在这风景秀丽的麦德林近郊，花了20万元修建，200万美元装修和增添附属建筑，建造了这么一处"香巢"。里面除了卧室、书房、客厅等常规的设施外，还有一个宽大的室内游泳池和网球场、健身房。主楼二楼的正中是一个50平方米的大圆厅，地面铺着进口地毯，四周的墙面都是整块的水银玻璃，天花板也是玻璃吊顶。黛安娜原先是波哥大音乐学院舞蹈班的学生，这里是她练功的地方。她在这块地毯上身穿舞蹈服旋转跳跃，从任何一个方向都能看到自己婀娜多姿的身段和动作。所以，她一天大约有三个小时在这里度过，这里也是埃斯科瓦尔每天都要流连忘返的地方。只要黛安娜在这里练功，他都要站在旁边或进门处的一排沙发上百看不厌地欣赏。后来，由于他的结发妻子柳芭的醋劲大发，有一次带着几名贴身保镖来到这里大闹一场，并扬言要放火烧毁这一切，黛安娜才只好移居他处。

现在这里人去楼空，但依然是贩毒集团的一个秘密据点。这里离麦德林不到10公里，麦德林贩毒集团的一些重要会议还是经常在这里举行。今天，巴尔科总统的代表蒙托亚和埃斯科瓦尔的"特使"巴列霍，又一次在这里进行会谈，会谈的地点就在主楼的圆厅。

圆厅经过改造之后，摆上了一圈沙发和茶几，中间是一些摆设，很像一位官员的客厅。坐在这里进行会谈，很有一种拉家常的味道。这个地方是巴列霍选择的，他需要的就是这种富贵气加胭脂味的气氛。

会谈的焦点还是围绕"引渡"的话题展开的。这个话题在他俩之间已经重复了近三年的时间，但至今都没有一个结果。

今天，只听到巴列霍又在说：

"巴勃罗多次对我说过，他可以停止可卡因生意，将他们所有的钱投入有利于国家建设和人民生活的项目中去。不过，他这样做的条件是，政府必须保证不把包括他在内的所有麦德林成员引渡去美国，他愿意在国内受审。"

蒙托亚说："我的部长先生，对于巴勃罗的这种诚意，政府当然表示欢迎，巴尔科总统也多次说过，巴勃罗的这种想法太晚了些，他的后半生必须在美国的监狱中度过。因为……"

巴列霍马上打断他的话说：

"您应该知道，我们的哥伦比亚是一个独立的主权国，应该有独立的司法权。巴尔科总统同他的前任一样，坚持这种引渡的做法是非常不明智的，这只能激化巴勃罗同政府的对抗。如果……"

"如果巴尔科总统坚持这么做，那么巴勃罗就一直要同政府对抗下去，是不是？"

作为政府的代表，蒙托亚显得很不耐烦。他不想在这个重复了多次的话题上再纠缠不休。他说："巴勃罗和他的麦德林贩毒集团，危害的不仅仅是哥伦比亚和周边的国家，因为他最大的毒品市场在美国。向政府投降是他唯一的出路，除此没有第二条路可走。"

"您说这样的话可要负责任，先生，"巴列霍几乎有点气愤地说，"因为您是代表政府和巴尔科总统在这里说话的。难道巴勃罗派我来同你谈判，是要我向您表达如何投降吗？"

蒙托亚见巴列霍很激动，便笑了笑说：

"我对我说的话完全可以负责，政府不需要他的'可卡因美元'，巴尔科总统自己也同样会这么做。请你转告你的教子，他已经是罪孽深重了。"

巴列霍这时却变得很冷静了。他说：

"我不会把您的话向巴勃罗照本宣科地转述，这样他会发火的。我会让他变得非常理智，这些年来我一直是这么做的……"

"但是，你的努力并没有收获，先生，"蒙托亚说，"麦德林贩毒集团这几年真的'理智'吗，你去问你的教子好了。我再把我重复了多次的话再重复一遍：巴勃罗必须停止目前所做的一切，然后……"

"然后再去美国坐牢？"巴列霍马上反唇相讥。

"我想应该这样。"

蒙托亚不卑不亢地说。

"既然如此，再见吧，先生！"

巴列霍没有等蒙托亚做出反应，就率先走出了圆厅。

蒙托亚也站起来愣住了。他从墙上的玻璃中看到了自己忧心忡忡的脸。他知道巴列霍的突然离去将意味着什么。

# 第十二章

# 机场劫机　波哥大又开杀戒

胆大包天，麦德林贩毒集团一大"创举"——空军基地劫持飞机。

血溅广场，波哥大索查广场再开杀戒，执政党总统候选人再次丧生……

哥伦比亚总统再次大用兵，美国航天局寻找"黄金庄园"……

巴列霍回去后，立即向埃斯科瓦尔汇报了会谈的情况。他对他的教子说：

"巴勃罗，政府的立场并没有改变，你应该好自为之。"

埃斯科瓦尔点了点头说：

"教父，别看那些政客们，一个个神气活现，他们谁不希望把我的几百亿美元据为己有。他们当然明白，如果不把我引渡到美国，他们晚上睡觉都做噩梦。"

巴列霍说："你清楚这一点就好。"

"这一点我早就清楚了。"埃斯科瓦尔点燃一支雪茄对他的教父说，"无论是巴尔科还是他的前任夸尔塔，都不过是美国人的傀儡。我早就说过，美国人可以制造那么多原子弹、核武器，为什么就不敢对他们说：你们这样做是非法的。难道他们不知道，原子弹和可卡因，哪一样对人类的威胁更大？"

巴列霍望着这个在安第斯山下长大的男人，觉得他并不像他所想象的那样。他的身世和教养，决定了他永远不会原谅别人，也永远不会回到上帝的身边。他只有对他说：

"巴勃罗，你现在有什么新的打算？奥约斯的死，几乎让整个哥伦比亚都疯狂了。你现在是站在塔尖上，再爬上去上面是天空，但是却没有路了。"

"我会走出一条路来的，教父。请你为我祈祷吧！"

埃斯科瓦尔满怀信心地说。

他和他教父的对话结束了。此时，他在心中又在开始盘算一条新的"路"。


1989年5月2日，埃斯科瓦尔异想天开地带着莱德尔和两名保镖，化装成哥伦比亚国防军的军官，开着一辆美制军用切诺基吉普车，朝波哥大卡坦空军基地驶去。

他们要去劫持一架军用飞机，用来空运毒品。

在此之前，麦德林贩毒集团情报人员已获得准确的消息：哥伦比亚国防部空军副参谋长格林·巴塞罗那上校，已带着一支五人技术小组秘密去了西德的一家飞机制造公司进行考察，准备从西德进口一批战斗机。埃斯科瓦尔便利用这一难得的机会，化装成格林上校去实施他的劫机计划。

因为他同那位空军副参谋长的长相十分相像，几乎不需要什么化装，只要把一身空军军官服装往身上一套，恐怕连格林的妻子都认不出来。

上午10点钟左右，一辆切诺基军用吉普快速地驶向卡坦空军基地。在基地的大门前，吉普车紧急刹住了。刺耳的刹车声让岗亭里的哨兵打起精神。

车门开了，率先走下一名警卫人员，急急忙忙拉开了车后门。随着车门的打开，警卫人员行着标准的军礼，一位大块头的空军军官走了下来。只见这位军官肥头大耳、鹰鼻鹞眼，一头浓密的卷发梳理得十分得体。双颊和下巴都刮得干干净净，只有看不见的胡茬儿在阳光下泛着青光。但这位军官的上唇却留着一道"斯大林式"的短胡子，修饰得既整齐又威严。

岗亭里的哨兵一见，不由得连忙走出了岗亭，笔直地站在那里向这位军官行注目礼。这位哨兵一眼就认出来了，来的正是空军副参谋长格林上校。这位小兵哪里知道，这位"格林副参谋长"，就是政府通缉的最大贩毒集团头目埃斯科瓦尔。

在埃斯科瓦尔下车的同时，另一边的车门也打开了，化装成一名空军少校军官的莱德尔也下了车。在那两位装成警卫人员的保镖的簇拥下，他们四人神气活现地朝空军基地大门口走去。

大门左边岗哨的那位哨兵，早就毕恭毕敬地站在那里，恭候"格林上校"的光临，但右边岗亭的那位哨兵却不知道是哪里出了毛病，见埃斯科瓦尔四个人走了过来，便走出岗亭，上前行了一个军礼，然后严肃地说：

"请出示证件！"

埃斯科瓦尔心想：这家伙倒够负责的。本想摆出一副长官的架势甩他一个耳光，但一想这样一来，也许会引出一些麻烦，便站在那里威严地打量了这位哨兵一眼，然后把头往后一摆。站在后面的莱德尔会意，马上拉开夹着的大公文包，取出一张军官证给了那位哨兵。

那位哨兵仔细地看了一眼，又朝埃斯科瓦尔脸上瞧了瞧。埃斯科瓦尔傲慢地站在那里，但心里还有点发虚。不过他已经事前同莱德尔商量好了，如果一旦看出了破绽，那必须在他开枪示警以前，用匕首将这两个哨兵同时干掉，然后开车逃走。

不知道这位哨兵是真没有看出来，还是不想惹这个麻烦，他把军官证递给了埃斯科瓦尔，并敬了一个很标准的军礼说："请进！"并且很有派地朝大门里一挥手，一道横在大门口的栏杆缓缓地滑向一边，让出一条道来。

一位保镖立即走过去把车开了过来，埃斯科瓦尔等人又上了车，然后把车子按 30 码的速度缓缓地驶进了基地。

卡坦空军基地是哥伦比亚首都波哥大最主要的空军基地。这里平时待命的各种军用飞机不少于五十架，主要任务是保卫首都的安全。尽管这些年来，波哥大没有遭到过空袭，在它的上空也没有发生过空战，但这些飞机照例每五年更新一次，并有几百人的地勤人员在忙忙碌碌地进行保养、检修和加油等各种工作。上午 10 点以后，正是各种工作繁忙的时候，宽敞的停机坪上，各种车辆不停地来来往往，其中大都是消防车、油罐车、工具车、军用运弹车等。

所以，当埃斯科瓦尔亲自驾驶着这辆军用吉普驶入大门后，便径直朝停机坪驶去。它在这众多的车辆中迂回穿行，并没有引起指挥塔上哨兵的注意。一位基地长官或机械师到停机坪检查一下，或处理一些什么问题，这是十分正常的现象。

驶入停机坪后，莱德尔坐到了前面驾驶员副手的位置上。他和埃斯科瓦尔的眼睛，忙不迭地在机群中搜索。

这时，埃斯科瓦尔一边慢慢地开着车，一边问身边的莱德尔："快，看中了哪一架？"

莱德尔自己就拥有四架飞机包括一架直升机，他从1971年开始，就用自己的私人飞机走私毒品，有几年的驾驶经验，驾驶一般的飞机是没有问题的。但是，这停机坪上的飞机，都是F-16、米格Ⅱ、A-10等世界上最先进的战斗机，没有一种是他曾驾驶过的，只有F-16战斗机试飞过几次。

莱德尔见埃斯科瓦尔在问自己，知道他心中已在发急。这时，这位亡命之徒竟不知天高地厚地指着前面的一架F-16战斗机说：

"就弄那架F-16吧！"

埃斯科瓦尔一听，心中不由得一喜。他虽然也没有驾驶过F-16，但对这种飞机他是非常熟悉的，他知道这是至今为止，世界上最优秀的机种之一，时速快，灵活性大，尤其是其续航能力达5000公里。如果能弄走这样一架飞机，对他走私毒品来说，无疑是如虎添翼。即使是遇到政府空军的拦截，也可以对着干。不过他担心的倒是莱德尔的驾驶能力。

"能行吗？伙计！"

"没问题。"莱德尔又毫不犹豫地补上了一句。

"好，就看你的了。"

埃斯科瓦尔一边说，一边把吉普车滑了过去，停在这架F-16战斗机的旁边。

F-16战斗机下，几位机械师和地勤人员，正在忙上忙下地检修和保养。他们一见这辆吉普车停在这里，便停下了手中的活计。埃斯科瓦尔和莱德尔等人走下车来，很是威风地向他们走去。这些人一见是两位校级空军军官，其中一位还似乎很有来头，便情不自禁地原地站住，行着军礼说："长官好！"

埃斯科瓦尔很神气地摆了摆手说："你们辛苦了，继续忙吧，我们要检查一下你们的飞机！"

说着，他对一位机械师招了招手，命令他放下舷梯，打开了舱盖。他说："让我们上去看看。"

机械师遵命照办了，他们四个人钻进了机舱，并把那位机械师也叫了上去。莱德尔很内行地检查了一下油压阀、电流计、气压表、高度表等仪器，对那位机械师说：

"这位是空军副参谋长格林上校，他有些问题需要问你。"

"是，长官。"机械师机械地回答。

"你们每天都坚持这样保养吗？"

"是，长官。不过，每天坚持的是三级保养，像今天这样的二级保养在通常情况下是一周一次。"

"你知道二级保养的标准是什么？"

"报告长官，二级的标准是：一、根据实战要求，对各种……"

"混蛋！"

莱德尔突然给了这位机械师一个耳光，然后指着前面的一排仪表说：

"你不要以为格林上校不懂空军战术操典，他可是这方面的专家。你看这油压阀，能符合实战要求吗！呃——"

那位机械师被这个莫名其妙的耳光给打糊涂了，连忙说："是，长官，这不符合实战要求。但是……"

"什么但是，把你们的头儿叫上来！"

埃斯科瓦尔明白了莱德尔的意思，他装出一种大人不见小人怪的态度，对这位机械师下达着命令。

一会儿，这位机械师的头儿真的爬了上来。莱德尔严厉地对这位高个子空军机械师说：

"我们的空军副参谋长格林上校要试飞这架飞机，检查你们的保养程度！"

这位头儿一听，忙赔着笑脸说：

"是，上校！但这得报告指挥塔。"

"这我明白。"

埃斯科瓦尔冷冰冰地说。

那位头儿马上打开无线电通话机对塔台呼叫：

"报告指挥塔5号指挥员,F-16二级保养完毕，请求试飞。"

指挥塔马上传来命令：

"F-16注意,5号指挥员同意试飞。请迅速做好准备。"

机械师一听，马上坐到驾驶席上，另一位机械师按动电钮，机舱盖迅速自动关闭。坐在驾驶席上的那位机械师调试了一下各种仪器，然后快速地发动引擎,F-16缓缓地滑向跑道。他猛地加大油门，飞机冲向跑道中端，迅速升空，向天际飞去。

莱德尔在一旁看得非常认真，他知道自己完全可以驾驶这种飞机了，便对埃斯科瓦尔说：

"报告格林上校，本人想亲手试一试这架飞机的性能。"

"行吗？你！"

埃斯科瓦尔见莱德尔这么说，知道他已经明白了F-16的驾驶方法，便不由自主忘了对他打官腔。

更糟糕的是莱德尔，他竟得意忘形地说：

"没问题，伙计！"

两位机械师一听，马上明白这两位空军军官是什么人。但是，为时已晚，只见埃斯科瓦尔对后面的两位保镖喝道：

"动手！"

他的话音还没落，两位保镖已拔出了匕首。一位保镖一刀扎倒了旁边的那位机械师，另一位保镖已伸手抓住了这位驾驶飞机的机械师的衣领，用力往后一拉，将他拉了过去。莱德尔趁势挤过来，迅速抓住了操纵杆，双脚马上配合起来。F-16虽然在高空抖了几下，但马上恢复了平稳。埃斯科瓦尔已同两位保镖把这两个机械师干掉了。

F-16已飞出了试飞区域，无线电话筒里传来了机场指挥塔命令返航的指令。但是，莱德尔根本不理这一套，他一边驾驶着飞机，一边对着话筒说：

"再见吧，亲爱的5号指挥官，我代表巴勃罗大爷谢谢你了，哈哈哈……"

地面指挥塔上的5号指挥官一听，吓了一跳，马上报告了卡坦空军基地司令部。三分钟以后，三架F-16战斗机从机场腾空而起，追上来进行拦截。整个卡坦基地乱成一团。

三架F-16战斗机排成"品"字形，像箭一般冲向莱德尔驾驶的飞机，话筒里传来了迫降的命令。这时莱德尔心中有些发慌，他知道要不了五分钟，他们就会发现自己。他本来想照原计划，将这架飞机驾驶到科迪勒拉山区麦德林贩毒集团的秘密机场，但现在看来很难做到这一点。即使飞到了那丛林中的机场上空，也会将自己的机场暴露在他们的火力之下。他马上对埃斯科瓦尔说：

"巴勃罗，我们不能回我们的机场了。他们会发现我们的机场。"

"对，跟他们在空中周旋，你行吗？莱德尔？"

埃斯科瓦尔这时也在心中后悔，这真是偷鸡不成蚀把米，弄得不好会鸡飞蛋打。

莱德尔没有回答，只是在头上冒汗。因为他知道后面的三架F–16已追上来了。那架飞在前面的长机正要准备射击，报警器已在发出危险的信号。莱德尔吓得语无伦次地说：

"巴勃罗，我可不是那些飞行员的对手，你说怎么办？"

埃斯科瓦尔知道，今天是无法把这架飞机驾驶回去，现在的关键是逃命要紧。他只好对莱德尔说：

"不能回麦德林，往东南方向飞，坚持到巴西边境，我们再逃命。"

同时，他马上命令后面的两位保镖迅速做好跳伞准备。

莱德尔好不容易调准了一下航向，在高空中划了一道弧线，然后径直向东南方向飞去。几分钟以后，他们已飞临了与巴西接壤的莱蒂西亚地区。这是麦德林贩毒集团的一个最大的毒品基地，也是埃斯科瓦尔的老巢，这里被称为"埃斯科瓦尔地区"。

埃斯科瓦尔决定在这里跳伞。因为在这里就像在恩维加一样，即使落到地面上，也不会落到缉毒警察手中。他再一次命令莱德尔和两名保镖做好跳伞准备。

后面的三架F–16又追上来了，立即向他们开炮。几乎就在同时，埃斯科瓦尔和莱德尔等人已跃出了机舱。就在飞机爆炸的一瞬间，除一名保镖为保护莱德尔跳伞迟了一步，被飞机爆炸的弹片击中了之外，其余的三个人都安全地降落在莱蒂西亚地区的古柯林中。

这种惊险而神速的逃命过程，令哥伦比亚空军的伞兵部队也不得不佩服。没想到这"格林上校"和他的部下，竟有如此的绝招。

真正的哥伦比亚国防部空军副参谋长格林上校，一周后从西德回国，听到这个充满传奇色彩的"故事"后，不禁吓了一跳。据说，他有很长一段时间，再也不敢去卡坦空军基地了。他担心那里的士兵会把他当成埃斯科瓦尔。

卡坦空军基地的劫机事件，让哥伦比亚政府丢尽了面子。一般的劫机事件都是发生在民航机上或国外的机场和飞行途中。像这样在光天化日之下，在国家戒备森严的空军基地把一架战斗机劫走，这在世界"劫机史"上恐怕还没有过先例。

劫机事件发生以后，巴尔科总统再次召开内阁紧急会议，将此事迅速通报全国，以防再发生类似的事件。同时，命令全国所有的缉毒部队、军警和工作人员，进一步密切监视麦德林贩毒集团的行动。发现可疑情况，不需要请示上级部门，可以自行决定行动。

巴尔科总统还通令全国，悬赏40万美元，捉拿麦德林贩毒集团的一号头目埃斯科瓦尔。一旦发现他，即使抓不到活的，也要将他击毙。

在政府这一系列的有力措施的打击下，麦德林贩毒集团遭到了很大的损失。许多外围组织和毒品基地都遭到了破坏，又有许多大大小小的贩毒头目被逮捕。港口、机场和公路运输站的毒品，也被缉毒机构查获。更主要的是，许多主张禁毒的人士，又挺起腰杆来同贩毒集团进行斗争，几位与贩毒集团有染的国会议员，也被从议员席上拉了下来，有的还被送进了法庭。

然而，面对政府新的禁毒措施，麦德林贩毒集团并没有"金盆洗手"，而是进行一次又一次的反扑。整个哥伦比亚又沉浸在恐怖与暗杀之中。他们要以这种疯狂的报复行为，向政府宣告麦德林卡特尔公司的"事业"的永恒。

劫机事件后不久的8月18日，又一起骇人听闻的暗杀事件在首都波哥大发生。

1989 年 8 月 18 日晚，波哥大沉浸在美丽的夜色之中。

四年一度的总统换届选举又拉开了序幕，许多有实力的政界人物又走上前台，为竞选总统奔走呼吁。

当晚 8 时许，近万名市民聚集在波哥大西郊的索查广场，来听参议员加兰的竞选演说。

参议员路易斯·卡洛斯·加兰时年 43 岁，是执政的哥伦比亚自由党的总统候选人。他虽然也是麦德林人，但他对毒品走私一直持强硬的反对态度，一直追随现任总统巴尔科，为哥伦比亚的禁毒事业奋斗。他利用参议员的身份，多次在国会进行演讲，为政府禁毒大造舆论。政府许多禁毒措施和对贩毒集团进行打击的政策决定，都是在加兰和他的一伙志同道合的朋友的呼吁中出台的。

现在，他被自由党推选为总统候选人之后，更是雄心百倍，要与贩毒分子做坚决的斗争。他竞选总统的竞选纲领，就是坚决肃清哥伦比亚境内的"毒祸"，去掉哥伦比亚多年来一直以来的"毒品王国"的帽子，还自己的国家以清白。如果他上台，他决不会利用罪恶的"可卡因美元"来支撑自己的政府，他将大力发展哥伦比亚的民族工业、农业和旅游业，把哥伦比亚建成一个自立自强的新的国家。

加兰的这种政治构想无疑是符合哥伦比亚人民的利益的。但是，他的这种构想也是相当冒险的。在执政的自由党内，他的这种构想赢得了理解和支持。在上个月，自由党三名总统竞选人进行了最后的角逐，加兰以得票率为 83% 的绝对优势脱颖而出，成为自由党最后的总统候选人。今天晚上，他将在索查广场面对万名听众，举行他的首场竞选演说，争取波哥大乃至全哥伦比亚选民对他的支持。

当加兰在自由党内获胜后，无论是哥伦比亚政坛还是舆论界都一致惊呼：一颗反毒品的希望之星正在升起！

但是，麦德林贩毒集团和哥伦比亚所有的毒贩，对加兰的胜利都恨得咬牙切齿。他们称加兰是一位"没有上瘾的疯子"！因此，加兰在成为自由党总统候选人的同时，也成了麦德林贩毒集团的第一号暗杀目标。

就在加兰当选为自由党总统候选人的第二天，埃斯科瓦尔就用老办法，给加兰寄去了一封警告信。特制的信封内，是一颗锃亮的手枪子弹，包裹这颗子弹的信笺上画着两根白骨和一个骷髅头像——这是麦德林贩毒集团的专用标志。信笺上还有埃斯科瓦尔的亲笔签名。

他们这种做法的目的显而易见，就是要加兰改变自己的政治立场，不要同贩毒集团作对。他们想以此吓倒这位反毒品斗士。然而加兰根本不吃这一套，在经过近一个月的活动和策划之后，他和他的竞选智囊团毅然做出决定，于8月18日晚在索查广场举行首次竞选演说，在向总统宝座冲刺的同时，也对哥伦比亚所有的贩毒集团拉开决战的序幕，以此来争取更多的支持，实现他最后的政治目标。

当晚7时55分，当加兰在四名保镖的护卫下，乘车前往索查广场的同时，麦德林贩毒集团"死亡小组"的总指挥加查，也奉一号头目埃斯科瓦尔之命，带领一支十个人的暗杀小组，身藏微型冲锋枪，随同波哥大的市民一道，进入了索查广场。进入广场之后，加查命令他们散开混入市民之中，各自寻找机会对加兰开枪。加查对他们说，巴勃罗的命令是不能让加兰开口，更不能让他活着走出索查广场，加查还告诉这些"死亡小组"的杀手，谁先开第一枪，就奖给谁 1 万美元。

对于这一切，加兰和他的竞选班子虽然早有预料，但并没有把事情想得这么严重。当加兰刚刚登上演讲台，高举双手向台下近万名支持者招手致意时，突然枪声四起，子弹像蝗虫一样从人群中飞来，加兰和他的保镖几乎同时倒在血泊之中。

事后，据现场采访的电视台记者录制的图像表明，至少有八名刺客同时向加兰和他的保镖开枪。首先向加兰开枪的是在演讲台前的两名刺客。这两名刺客手持两块巨大的标语牌，上面写着支持加兰的口号，在熙熙攘攘的人群中拥到了最前面。他们用这标语牌挡住了加兰的保镖的视线，当加兰一走上讲台，出现在他们射程之内，他们就毫不犹豫地抽出冲锋枪，向台上开火。他们的枪声犹如指挥员手中的信号枪，随着他的枪声，分散在人群中的其他杀手也纷纷朝加兰射击。

当加兰和他的保镖倒在台上时，又是这两位杀手利用位置的优势，抢先逼近讲台，朝加兰一阵猛射，将这位总统候选人打成了马蜂窝。不过，这两位立了头功的杀手最终却没有逃脱加兰的支持者的惩罚。尽管当时全场大乱，许多人在惊叫声中拼命地朝大街上逃跑，但是，随着加兰和他的保镖中弹倒下，四处的枪声便立即停止了。许多人很快清醒过来，知道这些枪声的目标不是他们而是演讲台上的加兰和他的保镖。许多还没有来得及挤出会场的听众，尤其是加兰的支持者发现这两名胆大包天的杀手之后，立即将他们抓住并将他们打翻在地。这时，这两位杀手的枪已被人抢走了，他们在愤怒的人海之中也难以施展开来。许多人对他们拳打脚踢，又有一些人用手中的标语牌朝他们头上猛砸……

结果，不一会儿工夫，这两位杀手不仅没有了声息，一命呜呼，而且几乎被砸成了肉饼。因为这里毕竟是哥伦比亚的首都波哥大，不是贩毒集团的巢穴麦德林。人心向背是十分鲜明的。

总统候选人加兰之死，再一次让哥伦比亚全国处于疯狂之中。从总检察长奥约斯的惨死到劫机事件，再到加兰被谋杀，一连串的公开挑战让哥伦比亚总统再也忍无可忍了。尽管他的总统任期即将结束，但他也要抓住这最后的时机，给麦德林贩毒集团以最后的打击。否则，他将无法向全国人民以及国际社会交代。

于是，在 8 月 18 日总统候选人加兰被害的当夜，哥伦比亚总统比尔希略·巴尔科·巴尔加斯连夜召集全体内阁成员会议，决定在哥伦比亚掀起一场空前的扫毒战，打击以麦德林贩毒集团为首的贩毒团伙。

内阁会议以后，巴尔科总统又亲自前往波哥大国家电视台，对全国发表电视演说。巴尔科总统站在电视台演播室，对全国人民大声疾呼：

"……贩毒集团的罪恶活动是对整个国家的进攻，因此政府和军队决定给予坚决的回击。我以宪法赋予的权力郑重宣布：自今晚 12 点开始，全国实行戒严，关闭所有的机场和港口；军队和警察立即行动，缉捕贩毒分子；查抄贩毒集团的产业；恢复实施 1979 年签署的哥、美《引渡毒贩条约》……"

巴尔科总统的命令一下，一场持续两年多的围歼贩毒分子的扫毒战，从此在哥伦比亚全境拉开了战幕。

扫毒战的第一个重大行动是"黄金行动"。

1989 年 10 月 17 日下午 3 时，哥伦比亚国家安全局局长米盖尔·马萨向总统报告，据来自贩毒集团内部可靠情报说：11 月 12

日，在距离波哥大东北部 200 公里的科迪勒拉山热带丛林中，麦德林贩毒集团的三大头目埃斯科瓦尔、莱德尔和加查，准备在丛林中的"黄金庄园"举行所谓的"最后高级会议"，准备部署下一阶段新的贩毒活动，拟同巴拿马现任总统诺列加联手，"开放"哥、巴边境，将哥伦比亚的毒品从陆路通过巴拿马运河，倾销墨西哥和美国。

这是麦德林贩毒集团近几年来，采取的一次较大的贩毒措施。因为从加勒比海到墨西哥湾的海上航线已受阻，古巴的毒品中转站已受到有关方面的监控，美国佛罗里达州的海岸线也不安全，海岸警卫队的力量已控制了长达几千公里的海岸线。因此，麦德林贩毒集团只有同巴拿马当局联手，才能重新开辟由哥伦比亚经巴拿马、墨西哥，然后到达美国西部的这条"白色通道"。

"黄金庄园"是埃斯科瓦尔的又一处别墅，地处人迹罕至的深山老林的一处悬崖绝壁上。具体的地理位置在任何地图上都无法找到，也没有任何一位"外人"目睹过。只是从贩毒集团内部传来的情报和通过审讯部分被逮捕的毒贩后，才对这座庄园有一个大致的了解。

这座庄园之所以称为"黄金庄园"，是因为其造价不菲。据知情人介绍，这座庄园是埃斯科瓦尔所有的庄园和别墅中最豪华，也是最隐秘的一处。整个造价在 2000 万美元左右。这座庄园的建筑风格，完全是中世纪古堡式的。它坐落之处的陡壁完全被掏空了，整座庄园基本上是嵌在这壁石崖上，仅有一条通道与山下的小河相连。这条小河两岸建有大小四十多处明碉暗堡，由贩毒武装人员严密封锁了，同时，在通往这条小河的所有通道上，布满了各种陷阱和杀人的机关，直接由庄园的指挥中心监视和控制。所有的轻、重机枪和四联高射炮，还有地雷和隐形炸弹等杀伤武器，都掌握在贩毒武装的手中。只要指挥中心一声令下，马上就能组成一张密集的主体交叉火网，让任何进攻的部队都无法逃脱覆灭的命运。

这座庄园还同埃斯科瓦尔其他的庄园一样，都设有伪装得极其巧妙的秘密通道，直接通往小河边或科迪勒拉山的密林深处。这些通道的出入口也都是由埃斯科瓦尔和几个主要头目掌握，以便在情况紧急时逃生。只要他们一进入秘密通道，就可以随时将这些出入口封死，搜索部队即使发现了也无法进入。这种防御设施的构建，让埃斯科瓦尔把这里看成是他生命的天堂。

在"黄金庄园"内，埃斯科瓦尔有一种比在任何地方都无法比拟的安全感。他在这里花天酒地，和他的大小头目一起享受那种穷奢极欲的人生。庄园里面有一座酒窖，贮藏着世界上所有的名酒，并有五名调酒师，专门为他们调制各种鸡尾酒。在这里，埃斯科瓦尔一个人，就拥有二十名情妇，专供他一个人享乐。除这些朝来暮去的情妇之外，还有临时从山下带来的妓女。此时，埃斯科瓦尔正是人生盛年，精力充沛，情欲过人，他在这时几乎玩遍了世界上各种肤色的女人。

埃斯科瓦尔和他手下的头目出入这座庄园，大都是乘坐直升机。庄园前留有一块空地，被他建成了一个直升机场。周围密布铁丝网、废铁块和高木桩，还有两个高射炮阵地，以防政府的直升机在这里着陆。

得到麦德林贩毒集团的三大头目要在这里举行秘密高级会议的消息之后，巴尔科总统认为这是一个绝好的机会，可以利用这次聚会将麦德林贩毒集团的国内的头目一网打尽。如果真的能如愿，那将是扫毒战的一个决定性的胜利。

于是，巴尔科总统立即召集哥伦比亚国民军、警察部队和特种部队等各路人马的正、副司令和作战指挥，研究攻打"黄金庄园"的计划。

巴尔科总统说："既然所有的毒枭都在'黄金庄园'聚会，我们就把这次行动定为'黄金行动'，大家认为如何？"

三军司令一致赞成。

经过两个多小时的周密商讨，巴尔科总统最后决定："黄金行动"模拟美军的许多成功的战例，由特种部队司令巴尔加斯将军率领二百名经过严格挑选的士兵，用 C-130 运输机将这些士兵运到"黄金庄园"上空，通过空降直插麦德林贩毒集团的心脏；然后由武装直升机和国防军精锐的第 14 旅上千名士兵，从贝尔澳港一带对贩毒武装形成包围之势，切断毒贩们陆地和海上逃亡的通道，再由空军部队派出五十架战斗机，组成轰炸机群，分波次对"黄金庄园"和地面防空工事、各种防御设施进行毁灭性的轰炸，直到全面摧毁为止。

这个作战计划是一个地、空配合的立体式的进攻计划。十几位军事专家经过论证后，都一致认为这个计划是完全正确的。这个计划的实施将会最后摧毁毒枭的这一秘密的巢穴。

但是，还有一个重要的问题，也是关键性的问题没有得到最后解决，那就是"黄金庄园"的准确而具体的位置。在纵横几百里的科迪勒拉山区，如果找不到"黄金庄园"的准确位置，那么，不仅空降部队不能一步到位，直接打击真正的目标，就是几千名进行包围的地面部队和几十架轰炸机，也无法达到预定的效果。反而会打草惊蛇，让这些毒枭闻风而逃。

要解决这样一个难题，对哥伦比亚本国来说，也许是比较困难的。但是，对一向支持哥伦比亚进行禁毒的美国来说，倒不是一件难事。美国发达的航天技术是会帮助他们准确地找到这个巢穴的位置的。

11月18日，巴尔科总统命令国家安全局局长米盖尔·马萨向美国求援。因为离他下令出兵的日期已经很近，几天来的空军侦察和各方面的认真分析，都无法准确地找到"黄金庄园"。

第二天（11月19日）上午，美国航天局立刻电传来了一批照片，这是"大鹏"侦察卫星拍摄的一组地形图。这组地形图覆盖了波哥大附近500公里的范围，将地面上所有的地貌特征和运动的物体都拍摄在上面。在高倍显微镜的分析下，其清晰度可以看到地面上人物的毛发胡须。这种侦察卫星，还能运用红外线热像原理，穿透地表层十多米深的地方，拍摄到地下建筑物热辐射的图像。对于地表层的物理现象，还可以移动跟踪。如果一架飞机刚刚从机场起飞，红外热像仪可以根据拍摄下来的飞机留在机场的影子，分析出这些飞机的机型。

哥伦比亚国家安全局得到这些照片后，立即进行分析处理。最后，这些专家们终于发现，在离波哥大东北部230公里处的丛林中，有一片可疑的建筑。这片建筑大都深入地下，根据其红外热像图分析，发现这片建筑的黄金辐射成分很多。

根据这一特征，专家们马上判定，这就是埃斯科瓦尔"黄金庄园"的所在地。一是在任何地质资料和报告上，都没有表明这里是一座金矿；二是据了解"黄金庄园"的人介绍，在这座豪华的庄园里，有很多东西都是用黄金做的，镶嵌黄金的桌、椅、脸盆、衣帽架、门把手、水龙头及电灯开关到处都是，就连埃斯科瓦尔卧室中的便器都是黄金做的。

根据这两种情况的综合分析，专家们立即得出结论：这里就是"黄金庄园"，具体位置为西经 72.5 度，北纬 6.9 度。

得出这一结论之后，专家们又继续分析其他的卫星图片，发现了"黄金庄园"周围的防御布局和火力配备位置，并发现了这些贩毒集团的武装人员明显的民族和行为特征。照片显示这些武装人员来自世界各地，其中有以色列人、泰国人、南非人和古巴人等。他们手中的武器除了新式长枪、冲锋枪之外，还有肩扛式反坦克导弹、单人火箭筒、喷气式单人飞行器和小型枪榴弹发射器等，甚至连一些武器的编号都看得一清二楚。

在一张照片上，专家们发现在这些武装人员中，有一个来来去去，嘴上叼着一支大雪茄的人的投影。此人一脸的大胡子，身材魁梧。经过鉴定，此人正是麦德林贩毒集团一号头目、"黄金庄园"的主人埃斯科瓦尔——在高倍电子显微镜下，他脸上的那道伤疤都看得一清二楚。

发现这些情况之后，国家安全局局长米盖尔·马萨立即向总统巴尔科进行了详细的汇报。

巴尔科总统一听，真是喜出望外，没有想到美国人的这些照片，不仅准确地找到了"黄金庄园"的基本位置，准确地显示出它的防御设施和火力配备，就连它的主人也被"验明正身"了。

"好，现在是万事俱备，该是行动的时候了。这一回我看巴勃罗这只老狐狸往哪里跑！"

巴尔科总统立即下达战斗命令：

"现在我命令，11 月 21 日子夜○点，'黄金行动'开始！"

# 第十三章

## "黄金行动" 加查父子同丧命

　　调动特种部队，实行陆空"立体包围"，"黄金庄园"成火海，"黄金行动"一举成功。遗憾的是一场大雨，又让众头目侥幸脱逃。

　　长线钓大鱼——五号头目加查现真身。卡车跑不过直升机，"墨西哥人"终于毙命香蕉园……


1989 年 11 月 21 日子夜，哥伦比亚扫毒战中一次最大的军事行动——"黄金行动"正式开始。

特种部队总司令奥克塔维奥·巴尔加斯接到"黄金行动"的指令后，立即亲自指挥特种部队迅速由帕兰格罗军事基地出发。所有的参战人员在帕兰格罗军事基地登上武装运输机和直升机，兵分三路，向"黄金庄园"秘密扑来。

与此同时，精锐的国民军 14 旅近千名士兵，也悄悄地向庄园包抄过来。其他的警察部队，已在所有的路口设下了路障和哨卡，布下了天罗地网，准备捉拿溃逃的贩毒分子。

此时，在"黄金庄园"的地下指挥中心，埃斯科瓦尔、莱德尔和加查三位麦德林集团巨头，正在一边喝酒作乐，一边同远在巴西的二号头目奥乔亚和美国的"总代理人"罗德里格斯聊天。他们通过先进的传真投影通信设备，同这两位远在国外的头目商谈麦德林集团当前的形势和打通哥、巴边境"白色通道"的事情。

这间指挥中心是"黄金庄园"的神经中枢，一条条神经末梢由这里通往哥伦比亚和世界各地，先进的通信和图像投影设备，使这些贩毒头目足不出户，就能对世界各地几万个贩毒网点进行监控。因此，他们把这里当成绝对安全的"洞天福地"。

自从麦德林附近的特兰基兰迪亚基地被摧毁之后，麦德林贩毒集团又苦心经营，在这波哥大附近的丛林中，营造了第二个特兰基兰迪亚基地。这间指挥中心的构造和设施，基本上是特兰基兰迪亚基地那座指挥中心的翻版。而不同的是，埃斯科瓦尔在这个指挥中心的旁边，另辟了一块玩乐的小天地。这里不仅有先进的指挥监控系统，是一个充满杀机的指挥中心，而且还是一个供这些毒枭们花天酒地的淫窟。

紧挨指挥中心的隔壁是一座地下"春宫"，这里有几十位几乎是全裸的妙龄女郎，她们分别来自世界各地不同的国家和民族，真是各具情调，集世界各地之精华。这些女郎大都是受过高等教育，有的还是富家千金。她们在这里所从事的"职业"，无非是供埃斯科瓦尔和他手下的大小头目玩乐。有的专门从事按摩、陪浴，有的是作为他们休闲消遣的玩物，以一种人类原始的动物本能和野性冲动，来获得难以计数的高薪和上流社会都难以企及的待遇。

这种生活对外人来说，永远是一种难以言说的秘密，但对她们来说已属正常了。在今天这样的夜晚，难得三位老板相会在一起，其热闹的程度几乎到了无以复加的地步。无论是"大老板"埃斯科瓦尔，还是"小老板"莱德尔和加查，一个个正是如狼似虎的人生盛年，大把大把的"可卡因美元"，膨胀着他们人生的各种欲望，其中当然包括那种永无止境的色欲和情欲。尤其是近年来在与政府的对抗中又屡屡得手，使他们无不认为自己是这个世界的主宰，是世界上最有权势和最富有的男人。

然而就在这种销魂的享乐之中，一次毁灭性的灾难悄然而至。

凌晨3点50分，第14旅的国民军士兵在"黄金庄园"附近，与贩毒集团的武装人员交火，激烈的枪声惊破了毒枭的良宵好梦。14旅的士兵，一个个端着有红外线瞄准器的冲锋枪，载着特别配备的夜光镜，在丛林中一步步地向预定的目标接近。一路上摧枯拉朽，炸毁了一个个暗堡和火力点。别看这些贩毒武装人员在平时如狼似虎，不可一世，但是，他们一旦遇到精锐的正规部队，就一下子变成了散兵游勇，几乎不堪一击。有许多人只有边打边往深山老林中溃逃，甚至连手中的枪支弹药都扔得一干二净。

在14旅步步向"黄金庄园"进逼的同时，成群的武装运输机和直升机也飞临庄园上空，一队队的特种兵从天而降，朝有灯光的地方开火。

正当庄园的外围战进展十分顺利时，哥伦比亚的空军部队也开始了第一波次的轰炸。第一批满载高爆炸弹的战斗机呼啸而来，飞临庄园上空后马上俯冲向下滑行，投下一枚枚炸弹，然后又一个鸽子翻身凭空拉起，再做一次俯冲飞行。三十架飞机上悬挂的炸弹，顿时将整个庄园炸成一片火海。庄园里所有的灯光全都熄灭了，只见炫目的子弹划出一道道的弧线，炸弹爆炸的火光将附近的山林都映成了橘红色。就在这时，几枚照明弹同时升上天空，将附近的悬崖和山下的小河照得如同白昼。在这白亮的灯光中，只看到许多受伤的贩毒武装人员在一边毫无目标地朝天还击，一边向地下掩体撤退。

第一波次的空袭刚刚结束，五分钟后，第二波次的轰炸又开始了。这次轰炸的目标是那些地下掩体，地下指挥中心首当其冲。几架A-10雷电战斗机紧紧咬住那座地下指挥中心，投下一枚枚电子制导自动导航的空对地导弹。第一枚导弹在指挥中心3米厚的钢筋混凝土外壳上爆炸后，打出了一个60厘米深的弹孔，紧接着第二枚导弹又接踵而至，又在这个弹孔中开花。当第三枚导弹飞来后，它竟沿着这个已被炸成2米多深的弹孔一头扎下去，"轰隆"一声，穿透了最后的防护层，在指挥中心的操纵室里开花了，一时血肉横飞，鬼哭狼嚎。

固守在指挥中心的埃斯科瓦尔和几位头目，一见最后的堡垒被攻破，只好三十六计走为上。他指挥几名保镖迅速推开那张大理石桌面，一个深邃的洞口露出来了。埃斯科瓦尔和莱德尔等人率先钻进洞口，攀扶着一架铁梯下到了洞底。加查手持一支冲锋枪在断后。当主要的人员都撤下之后，突然挤过来几位披头散发的妓女，裸露着身子大喊"巴勃罗大爷救命"，说着就往洞口钻。

埃斯科瓦尔虽然很喜欢这些女人，刚才还和这其中的几位缠在一起没完没了，但在这时他也顾不得许多了，他知道只要有钱，留得一条命在，不愁没有女人。于是便大声命令加查按动自动开关，堵上暗道口。他知道政府军正在向这里搜索，不能为了这几个女人让他们把自己一锅端了。

加查一听到这个命令，马上端起冲锋枪朝洞口周围一阵横扫。只听到一片惨叫声，许多妓女顿时"玉殒香消"。谁知有几个受伤的妓女还在拼命地朝洞口爬。加查虽然按下了自动开关，一块几千斤重的大石块正在慢慢地覆盖住洞口，但是，那几个爬到洞口的妓女明知无望，还死死抓住洞口的扶梯不放手。眼看洞口无法关死，气得加查和站在扶梯上的几位保镖用枪去捅，用拳头猛击还是无济于事。

那块大石头正在一寸一寸地向前挪动，这几个妓女有的已被夹住了，在发出鬼一样的惊叫。这时加查急得冒汗，他只好叫来几位保镖分别抓住那几位妓女的头发和身体的某一部分，用力地把她们拉进洞口，然后扔进洞。又听到几声撕心裂肺的惨叫，那几位拉进洞口的妓女都摔死在洞底下的水泥地面上，有的脑浆迸裂，有的眼珠暴突，惨死在埃斯科瓦尔和莱德尔的脚下。

这时，趴在洞口的妓女一见，拼命地往后爬，但已经来不及了。大石块已经把洞口盖住，紧紧地夹住了她们的一条腿或者是一双手，痛得她们又在怪叫。

加查和几位保镖已扶着铁梯下到了洞底，洞口到底没有关严，留下一道缝隙，从上面透下一阵阵的火光和叫声。这种结果是埃斯科瓦尔逃下洞口时始料未及的，这无疑给政府军指明了一个搜索的目标。

埃斯科瓦尔这时干脆一不做二不休，当他和莱德尔等人撤到第二道石门时，便命令加查和几位保镖一边迅速撤到第二道石门后，一边引爆事先埋藏在洞口的炸药。只听到一声巨响，洞口轰塌了，成千上万吨的石块飞上去很快又纷纷落下，将炸塌的洞口封得严严实实。整个指挥中心的大厅就像发生一场大地震一样，3米多厚的钢筋水泥外壳也塌了下来，这一壁悬崖又恢复了原始地貌，成为一条布满乱石的山沟。

在这条山沟下的那条暗道里，埃斯科瓦尔同莱德尔、加查等人，正同十几名保镖沿着一条地下暗河，朝密林中的那个出口仓皇逃遁。

当他们来到密林中的出口时，钻出来一看，才发现这里已经远离战场了。只见远处的山谷中，照明弹连续爆炸，夜空如同白昼。夜空中战斗机接二连三地掠过，不时传来一阵阵的爆炸声，随后又是一片冲天的火光。密集的枪炮声此起彼伏，夜空中飘来燃烧的灰烬和阵阵的血腥味。

埃斯科瓦尔和他的难兄难弟们当然明白，那个激战的山谷就是昔日繁华的"黄金庄园"，如今却成了一片废墟，一片焦土，但政府军还在那里一遍又一遍地搜索，要把那些伤残的部下斩尽杀绝。

埃斯科瓦尔面对这种惨败，并没有唉声叹气。他知道这里也不是久留之地。等那里的战场打扫干净，大规模的搜山运动就会马上开始。

他最后望了一眼那被火光映红的山谷，然后吩咐莱德尔、加查分别带领一些残兵败将分散行动，赶快钻进深山密林。

他对这些部下说：

"弟兄们，暂时分手吧！留得青山在，不怕没柴烧。我们迟早要算这笔账的！"

说着，他便带头走上附近的一条小路，带着两名保镖，钻进了丛林之中。

没有几分钟，这伙失魂落魄的丧家之犬，就消失在茫茫的林海之中。

这时，在空中飘来阵阵雨丝，一场大雨即将来临。

当"黄金庄园"的地下指挥中心被炸毁后，小河边的激战也接近了尾声。特种部队和第 14 旅的官兵正一步步地缩小包围圈，朝被包围的指挥中心靠拢。

这时，神秘的"黄金庄园"已不复存在，出现在照明弹下的只是一片废墟。所有的建筑物都被摧毁了，一切地面设施都荡然无存。所有的贩毒武装人员除逃跑了的和被击毙的以外，都成了政府军的俘虏。这时，政府军的搜索部队牵着德国狼狗，在废墟上和尸首堆里寻找他们要捕获的头号毒枭埃斯科瓦尔。在特种部队总司令奥克塔维奥·巴尔加斯的指挥下，武装直升机仍然对庄园附近的丛林，进行地毯式的扫射，许多逃窜到丛林中的贩毒分子又死在密集的枪林弹雨之中。

经过近一个多小时的搜索，庄园的遗址和周围的丛林中，都没有发现麦德林贩毒集团的几位头目，就连他们的尸体都没有发现。从一些了解内情的俘虏嘴里知道，从第一波次轰炸开始以后，埃斯科瓦尔和他手下的那些头目就没有露脸。他和莱德尔、加查等几位头目及一些贴身保镖就一直待在地下指挥中心没有出来。根据这种情况，搜索部队又在地下指挥中心的乱石堆里折腾了半个多小时，还是一无所获。

难道他们钻到地下去了吗？

搜索部队通过向俘虏了解，知道这所地下指挥中心下面有一条秘密地道，直通地下的一条暗河。后来，工兵部队终于发现了被炸塌的通道口。由于炸塌的乱石堵塞了那条地下河道，地下水便从这炸塌的乱石堆中渗了出来，渐渐地汇成了一个水潭。这时，搜索部队才知道是这条地下暗河，救了埃斯科瓦尔等一些人的命。

在这样的夜里，即使是逃离了"黄金庄园"，也不可能逃得太远。再说，山下所有的路口都设置了关卡，他们是很难逃出山去的。于是，所有的部队立即兵分数路，从各个不同的方向，朝丛林展开搜索。一场拉网式的大搜山运动正在紧张地进行。所有的搜山人员都发誓，一定要将埃斯科瓦尔和贩毒集团的头目捉拿归案。

搜山运动一直持续到凌晨4点多。然而就在这时，刚才的雨丝顿时变成了倾盆大雨，而且越下越大。在这样恶劣的天气里，山林中还是黑黝黝的一片，搜山部队不得不停止搜索，纷纷退到山下的村镇找地方避雨。

就这样，淋成了落汤鸡的贩毒集团头目，便趁着这瓢泼大雨和黎明前的黑暗，悄悄地逃离了政府军的包围圈。

一场大雨，让哥伦比亚最大规模的扫毒战功亏一篑，让埃斯科瓦尔这些大毒枭逃之夭夭。

尽管埃斯科瓦尔等人侥幸漏网了，但这次震惊哥伦比亚全国乃至拉美地区的"黄金行动"却是战果辉煌。

这次"黄金行动"，仅在"黄金庄园"一役，就打死贩毒分子二百余人，抓获了贩毒分子三百多人，摧毁了麦德林贩毒集团盘踞多年的巢穴，缴获可卡因和其他各类毒品近3000公斤。更主要的是，埃斯科瓦尔最主要，也是最牢固的老巢被抄洗了，使许多大大小小的毒枭再也无险可凭，无家可归，一个个如丧家之犬，在政府的搜捕之中四处流浪躲藏，惶惶不可终日，从而彻底动摇了他们那种疯狂的信念，鼓舞了全哥伦比亚人民扫毒、禁毒的信心。

11月22日清早6时，巴尔科总统得知"黄金行动"战况之后，非常兴奋，立即在当日早晨7时波哥大电视台的《当日新闻》节目中，发表电视讲话。巴尔科总统在电视讲话中，再一次号召所有的哥伦比亚人积极行动起来，进一步同贩毒分子做坚决的斗争，并下令：全国的军队和警察密切配合，联手出击，封锁全国所有的交通要道和机场、港口、海关，实行边境戒严，切断贩毒分子外逃的一切通道，同巴西、秘鲁、委内瑞拉等邻国采取联合行动，加强对边界地区，特别是人烟稀少的边界地区进行严密监控，形成关门打狗之势。在国内继续对有据可查的大小毒枭的住所进行搜索，发现可疑的目标，立即进行跟踪追击。

巴尔科总统电视讲话之后，电视还将以埃斯科瓦尔为首的十六位哥伦比亚最大的贩毒分子的头像，播放了一遍又一遍，并一个个地依次指出他们的生理特征及年龄，使他们很快成为全国人民的众矢之的。

从 11 月 22 日开始，哥伦比亚许多城市又枪声不断，时常传来与通缉的毒枭交火的枪战声。许多贩毒集团的窝点和公司、企业都被查抄，部分银行存款被冻结，财产被查封。

到 11 月 24 日为止，仅三天时间内，哥伦比亚国民军队和缉毒警察及各种禁毒机构，总共搜查在逃的埃斯科瓦尔等毒枭的别墅和住宅四百余座，逮捕毒品贩子或嫌疑犯一万一千五百六十人，并查获大量的可卡因、珠宝、首饰、黄金、武器和 5000 万 "可卡因美元"。

"黄金行动" 的辉煌战果和强大的舆论攻势，使麦德林贩毒集团陷入扫毒战的汪洋大海之中。许多贩毒分子不仅无家可归，四处逃窜，更主要的是，他们这时已经消息不灵，情报不准，许多政府官员中的 "内奸" 和他们的 "卧底" 都被清洗和揭露出来了，使贩毒分子失去了耳目，完全处于挨打的地位。

大搜捕行动还在继续进行。

二十天之后，麦德林贩毒集团的 "五虎上将" 之一的大头目加查和他的儿子弗雷迪，终于遭到了覆灭的下场。

弗雷迪是大毒枭加查的唯一的儿子。

两年前的 1987 年 10 月的一天，弗雷迪带领一伙暴徒，手持长、短武器公然在光天化日之下，袭击《美视》杂志社社长马洛的汽车。《美视》杂志也是一家对政府禁毒行为积极支持的刊物，它的社长马洛不仅是一位积极主张严惩和引渡毒贩的禁毒斗士，而且是被害的总检察长奥约斯的好朋友。马洛经常利用自己的杂志，为奥约斯强硬的禁毒主张大造舆论。因此，马洛就成了贩毒集团的眼中钉，"死亡小组"的总指挥竟派出自己的儿子弗雷迪带领一支暗杀小组，去干掉马洛。

谁知弗雷迪少不更事，在这次行动中不但没有将马洛谋杀，反而被警察当场抓获，关进了莫德洛监狱。

不过，当时警方并不知道这就是加查的儿子，而是把他当成一般的贩毒集团的小头目。但是，在一次审讯时，弗雷迪竟自己暴露了自己的身份，无意之中透露了他就是麦德林贩毒集团"五虎上将"之一、大名鼎鼎的"墨西哥人"加查的宝贝儿子。

哥伦比亚警方获得这一消息之后，真是大喜过望。他们决定放长线钓大鱼，以弗雷迪为"诱饵"引加查上钩。因为他们知道，加查就这么一个儿子，总不会见死不救。

于是，警方就使出"欲擒故纵"的一招。

他们通过报纸、电台和电视台等新闻媒体大造舆论，将弗雷迪被抓获的消息、关押的地点和他的真实身份公开出去，想以此引诱加查亲自出马来营救自己的儿子。

但是，也许是政府的这种肆无忌惮的宣传，引起了贩毒集团的警觉，他们一直没有采取行动。

警方见这一招失灵，便公开宣布将弗雷迪释放。大法官对他的终审判决是：

弗雷迪，年仅 17 岁，未有证据证明他犯有前科，因此免于起诉，从宣判之日起无罪释放。

宣判之后，弗雷迪立即得意扬扬地走出了莫德洛监狱，他根本没有想到这是警察的一个圈套。当然，警方的这种"宽大"，不但瞒住了弗雷迪本人，就连许多支持禁毒的有识之士，当时也对释放弗雷迪表示极大的不满。有许多人竟在报纸上发表议论，撰文批评政府的软弱。

弗雷迪走出监狱的当天，就准备去找他的父亲加查诉说心中的委屈，希望父亲能拿出一大笔钱来补偿他这段时间的损失，好让他去花天酒地，或者是同一伙狐朋狗友去鬼混。于是，他首先去了波哥大市的一家高级浴室，痛痛快快地来了个桑拿浴，然后躲在那里，让一位只穿"一点式"的泰国女郎为他进行按摩。

这是一家与麦德林贩毒集团有关系的浴室，老板就是贩毒集团的一位小头目。弗雷迪虽然年仅 17 岁，但他却曾多次光临这种未成年人不宜的场所，享受这种成年人的"待遇"。这里的老板虽然不明白这位少年的身份，但也知道他有不凡的来头，因此每次都对弗雷迪另眼相待。

几天以后，弗雷迪几乎玩遍了这家浴室所有的按摩女郎，再也没有新鲜感了，便飘然离开了这家浴室。

但是，他哪里知道，从他走出莫德洛监狱的那一刻开始，波哥大警方就派了两名便衣特工跟在他的后头，想通过他找到他父亲的行踪。在便衣特工跟踪弗雷迪的同时，他的父亲加查也派了几名"死亡小组"的杀手，尾随在他的身后，对他暗中保护。

弗雷迪走出那家浴室之后，穿着一身体面的西服，又随手勾走了第一次同他鬼混的那位泰女游山玩水去了。他先去了离波哥大不远的特肯达马瀑布风景区，在那里流连忘返地玩了几天，享受了一番大自然的风光，然后又钻进了波哥大东部的蒙拉山区旅游。

一路上，他除了游山玩水就是吃喝嫖赌，他父亲的目的就是稳住他，不让他急于去见自己，把特工的视线引到自己身上。

就这样，弗雷迪这位大毒枭的花花公子，在一年多的时间内，几乎玩遍了波哥大周围的风景名胜，渐渐地也没有新鲜感了，便急于要去见他父亲加查。

加查在这段时间内，也同埃斯科瓦尔和莱德尔一道，接二连三地干了几件"惊天动地"的大事。这时，他满以为哥伦比亚从此是他们的天下，不再把政府的追捕放在心上，便决定同这位宝贝儿子在一起生活。

1989 年 8 月间，加查同他的儿子弗雷迪见面了。他在图尔沃买了一幢庄园，同儿子在那里享受着天伦之乐。然而，加查的一切所作所为都在警方的监视之中。警方正在策划一个捉拿这位大毒枭的行动方案。谁知就在这一方案实施的前夕，加查却奉埃斯科瓦尔之命，溜进了"黄金庄园"，把他的儿子一个人留在那里。这样，警方才没有采取行动，只是继续监视弗雷迪，暂时将他稳住。因为他们知道，加查总有一天还会回到图尔沃，回到他儿子的身边。

接下来便是一场让麦德林贩毒集团遭到灭顶之灾的"黄金行动"。

在"黄金行动"中，加查为保护大头目埃斯科瓦尔立下了汗马功劳。但是，在他们几个人狼狈地逃出"黄金庄园"之后，加查就再也没有跟在埃斯科瓦尔的身边，而是一个人在政府的大追捕中四处逃窜。

从"黄金庄园"逃出来和埃斯科瓦尔、莱德尔等人分手之后，加查一个人带着几名保镖和亲信，每天惶惶不可终日地如丧家之犬，找不到一个安全的栖身之所。每当他们躲到一个地方，侥幸地过了一两个晚上，政府的缉毒人员便寻上来了。他们前脚离开，那些人就紧接着来到，结果没有逮捕到他们，就把那些窝主给铐走了。这样，加查到后来很难找到一个落脚的地方，那些当年的老朋友或一些贩毒分子的家庭、亲戚都不敢再收留他们了。在近一个月的逃亡生涯中，这位"墨西哥人"深感自己大势已去，在哥伦比亚已没有立足之地。这时，加查在心中想得最多的，不再是麦德林贩毒集团和他的大头目埃斯科瓦尔，而是两个人：一个是他的儿子弗雷迪，另一个就是远在厄瓜多尔的情妇——一个风韵犹存的富孀。

他最大的意愿就是带上他的儿子弗雷迪，一同逃到厄瓜多尔去，利用存在国外银行里的几亿美元，隐姓埋名，过一段富足而安宁的"太平绅士"的日子，并把儿子培养成人，让他到剑桥或哈佛去留学。

于是，从12月11日开始，加查便向图尔沃潜逃，准备去实现自己的后半生的计划。

12月13日，哥伦比亚国家安全局局长米盖尔·马萨与特种部队司令奥克塔维奥·巴尔加斯，得到了麦德林警方发来的电报，报告加查潜逃到图尔沃后的情况。他们接到这份电报之后，真是喜出望外。这真是"踏破铁鞋无觅处，得来全不费工夫"。米盖尔·马萨和奥克塔维奥·巴尔加斯将军立即调兵遣将，前往图尔沃捉拿麦德林贩毒集团头目加查，并亲自乘坐军用直升机前往图尔沃督阵。

12月14日，加查还未潜逃到图尔沃，正躲在卡塔赫纳市的一家汽车旅馆。这是一家三流的下等旅馆，肮脏的大通铺上，横七竖八地躺着一些几乎成了穷光蛋的旅客。加查带着五名保镖，挤在这些人中间。他自以为这样会安全一些，谁知麦德林警方的几名侦探，也已化装成住旅馆的农民，混在这些人当中，把他们的行踪了解得一清二楚，并随时装作上厕所或去酒柜那里买来一些劣质酒，把加查及保镖的情况报告给麦德林警察局。

对于这一切，加查等人还蒙在鼓里。他们根本不知道致命的威胁正一步步地向自己逼来，而是买来酒和几只烧鸡，大吃大喝了一通之后，便蒙头大睡，只留下一名保镖值班，注意周围的动向。

14日深夜，米盖尔·马萨和奥克塔维奥·巴尔加斯率领的搜捕人员，已乘坐十五架军用直升机赶到了卡塔赫纳市。这些全副武装的搜捕警察和特种兵走下飞机后，在当地警方的配合下，立即展开了搜捕行动。特种部队总司令奥克塔维奥·巴尔加斯将军，立即下令封锁卡塔赫纳市空中与海上的交通，全城戒严，并派出了三架直升机在马尔塔机场待命。

凌晨3点，当搜捕的特种部队刚接近这家汽车旅馆时，情况突然发生了变化。一位搜捕人员由于过分紧张，手中的枪不小心走了火。只听到"砰"的一声，惊醒了卡塔赫纳市黎明前的沉寂，也惊醒了正混在旅客中的加查和他的保镖。

他们一听到枪声，犹如惊弓之鸟，立即拿出藏在身上的武器，连忙逃出了这家旅馆。那几位监视的侦探还未反应过来，这伙人就逃进了他们停在门外的那辆汽车，然后一阵风似的冲上大街，迅速向黑暗中逃去。

15日清晨，加查带着五名保镖终于逃到离卡塔赫纳市不远的图尔沃，打电话把他的儿子弗雷迪从那幢庄园里约了出来。他们父子在附近一位种菜人的草棚中见了面。见面之后，加查真是悲喜交集，能在"黄金行动"中死里逃生，又能在政府的大搜捕中漏网，这实是在他的幸运。这时，加查只好开诚布公地对儿子说出了他的想法，要他的儿子同他一起去厄瓜多尔，不要在国内过这种生活。他知道自己一旦被警方抓获，就会立即被引渡到美国去。那时，他不但再也没有重回哥伦比亚的希望，而且要在美国的监狱中度过余生。

弗雷迪听到父亲的一番想法之后，便同意了父亲的要求，决定同父亲一起逃亡国外。于是，他们马上行动。加查父子同五名保镖立即来到海边，乘坐一艘安有两台发动机的汽艇，趁着晨雾向科维尼亚斯驶去。

但是，这一切已经晚了。加查父子的一切行动都在警方的掌握之中。当他们的汽艇刚驶出海面，哥伦比亚海军陆战队的巡逻汽艇也出动了。三艘汽艇紧紧地跟在他们的后面，成扇形向他们包抄过去。

加查父子一见政府的汽艇追上来了，赶紧加大马力朝前驶去。十分钟后，他们利用一座小岛做掩护，在晨雾中突然关掉发动机，调转船头，几个人用双手将汽艇朝内陆的一条河湾划去，然后弃艇上岸，躲进了河边一座叫特索罗的豪华庄园。

这时，加查十分自豪地对他的儿子和保镖说："这下我们总算甩掉了讨厌的尾巴，现在我们可以安安稳稳地睡上一觉，明天再考虑下一步的行动。"

但是，加查哪里知道，几架在港口上空巡逻的直升机，已将他们的行动报告了地面部队。

8时左右，搜捕的特种部队立即开始了收网的大行动。在马尔塔机场待命的三架直升机配合海军陆战队和地面部队，迅速以海陆空立体之势包围了特索罗庄园，切断了他们空中与海上的去路，并从直升机上通过高音喇叭向下喊话，敦促加查父子投降。隆隆的马达声和高音喇叭声震撼着特索罗庄园。加查父子还没进入梦乡就开始做起了噩梦。加查急忙将所有可能暴露身份的衣服脱下，换上当地老百姓的服装，又弄来一小撮早就准备好了的胡须粘在脸上，然后拉着儿子和几位保镖，慌慌张张地开着一辆卡车冲出庄园，拼命地朝辛塞莱霍逃命。

当加查父子乘坐的这辆红色敞篷卡车冲出庄园，驶上公路后，还未离开科维尼亚斯市区，就成了哥伦比亚特种部队的目标。三架直升机立即转动长长的螺旋桨，呼呼地追了上来，在加查的头顶上盘旋。

加查一边命令开车的保镖加大油门，全速朝前逃窜，一边对儿子弗雷迪和其他的保镖说：

"飞得这么低，打下它！"

弗雷迪和保镖一听，立即举起手中的冲锋枪，一齐朝直升机开火。直升机的底部都有一层保护的防弹钢板，子弹打在上面叮叮当当地响，火光四射，直升机照样紧追不放。

这时，加查见势不妙，立即对保镖们说：

"我们的车只要一出市区，就无藏身之处，那些该死的警察们，就会集中火力朝我们开火。我们不如在这里打它一场，拼个鱼死网破。"

他的儿子弗雷迪一听，也大声地说：

"兄弟们，拿出点真功夫来，把这几架直升机给揍下来！"

于是，加查命令卡车在科维尼亚斯市煤气公司的对面停了下来，弗雷迪也率领保镖跳下车，端起手中的自动武器，又朝空中的直升机一阵猛射。

飞机上的缉毒警察见他们下了车，立即用机关枪向地面还击。一阵狂风暴雨般的弹雨从天而降，两名保镖当场被击毙。

同时，另一架直升机很快降低高度，就地着陆，一队缉毒警察跳出机舱，朝弗雷迪和另外两名保镖扑来。

"快跑！"

坐在卡车上的加查和另一位保镖一见，突然启动汽车，并招呼地面上的三个人赶快上车逃命。

但是，他们已经迟了一步。弗雷迪和另外两名保镖还没有来得及逃上卡车，一架武装直升机就"嗡——咔"一声降落在卡车的前方，挡住了它的去路。这时，地面的海军陆战队队员也赶到了，将卡车团团围住。

"快去香蕉园！"

加查见已无路可逃，连忙同另一位保镖下了车，命令他的儿子和另外两名保镖朝公路旁边的香蕉园逃去。

这时，加查这伙人已成了瓮中之鳖，拼命地朝着香蕉林中逃窜。

直升机上的武装警察和地面的搜捕人员立即在后面穷追不舍，一边朝前开枪，一边高喊："加查，赶快投降！"

尽管无数的子弹朝他们飞来，但加查这伙亡命之徒依然朝香蕉园深处逃去。这时，麦德林警察局副局长卡洛斯·卡萨尔戈已乘直升机，飞临了香蕉园的上空，见加查一伙人还没有投降的打算，便用高音喇叭向追捕的武装人员发出命令，将这几名顽固不化的匪徒击毙。

加查也听到了卡洛斯·卡萨尔戈下达的命令。他知道自己和儿子的末日已到，但还用随身携带的 R-15 步枪朝头上的直升机射击，并将手中的手雷，一枚一枚地朝直升机掷去。他明知道这样做已无济于事，但似乎是为发泄自己的疯狂，在做最后的垂死挣扎。

追捕人员听到副局长卡洛斯·卡萨尔戈的命令之后，立即集中火力，对准前面的目标开火。在一阵密集的枪声之中，加查接二连三地被击中，他"扑通"一声摔倒在地。紧接着又一颗从空中飞来的子弹击中了他的头部，他的脑袋被掀掉了半边。他的罪恶的一生终于结束了。

与此同时，在如此激烈的枪战中，加查的儿子弗雷迪和其他三名保镖也先后都中弹身亡，一个也没有逃脱应有的惩罚。

当天上午 11 时 20 分，激烈的枪战结束了，香蕉园又归于一片沉寂。一队队的追捕人员，正把这几具尸体拖出来，抬到路边的卡车上去。

二十分钟后，巴尔科总统办公室的电话响了，麦德林警察局副局长向他报告，击毙了加查父子和五名保镖。

巴尔科总统简直不敢相信这是真的，他大声对这位警察局副局长说：

"庆幸！庆幸！我代表全国人民感谢你们！"

麦德林贩毒集团的五号头目、外号"墨西哥人"的"死亡小组"的总指挥、埃斯科瓦尔的得力助手加查，就这样完蛋了。最先得到这一消息的卡塔赫纳市和波亚卡的市民，在当天中午就涌上街头，庆祝大毒枭加查之死。

12 月 16 日，哥伦比亚共和国外交部举行记者招待会，向全国和全世界关心哥伦比亚扫毒事业的各界人士，宣布这一激动人心的消息。

大毒枭加查之死，是继"黄金行动"之后，哥伦比亚扫毒战取得的又一重大胜利。从此，麦德林贩毒集团开始走向没落和衰败。

　　但是，麦德林贩毒集团与哥伦比亚政府之间，一场新的战斗又拉开了帷幕。

# 第十四章

# 祸及古巴　将军锐变成毒枭

穷途末路，只好又同政府开谈局，岂知一场"国际事件"又起波澜。

祸及古巴，陆军中将由"洗钱"到贩毒，在一排正义的枪声之中，"共和国英雄"倒在共和国的刑场上。

从此，加勒比海"白色通道"不通。

1989 年 11 月 22 日，"黄金庄园"被摧毁的当天，哥伦比亚总统巴尔科下令在全国范围内，继续大规模地搜捕贩毒分子。

就在同一天，刚刚冒着倾盆大雨，从科迪勒拉山区的深山密林中逃往麦德林的埃斯科瓦尔等人，立即利用贩毒集团控制的电台和新闻媒体，向全社会发布了他们所谓的"麦德林公告"。

这份"麦德林公告"，其实是一份继续向政府发难的"挑战书"。

在这份"公告"中，麦德林贩毒集团一号头目埃斯科瓦尔，一方面声称要与政府进行谈判，另一方面又紧急动员所有麦德林贩毒分子团结一致，向政府进行坚决的斗争。

这些毒枭们在"公告"中威胁说，如果政府抓住一名贩毒头目或向美国引渡了一名贩毒分子，他们就要杀死十名法官作为报复。报复的对象不仅仅是法官和政府官员，还包括支持扫毒战的人士及其家属。

就在"麦德林公告"发布的当天夜里，贩毒集团就纠集麦德林市及市郊窝点的贩毒分子，袭击了自由党和保守党总部，炸毁了几位哥伦比亚国家主要领导人的别墅，并扬言要谋杀包括巴尔科总统在内的主要国家领导人。

11月27日，贩毒集团又派人炸毁了哥伦比亚国家航空公司的一架客机，使飞机上一百五十多名旅客和八名机组人员全部遇难。麦德林贩毒集团对外宣称，他们之所以要炸毁这班航机，是因为有五名贩毒集团的告密者，乘坐这班客机出逃国外。

面对贩毒集团的疯狂反扑，哥伦比亚政府并没有退让，巴尔科总统也并没有被谋杀所吓倒。在他的领导下，哥伦比亚的扫毒战仍在继续，战果辉煌。

12月16日，哥伦比亚政府发布了公告，向社会公布一个月来的扫毒战的战果。该公告说，一个多月来，国家缉毒武装部队一共实施大小扫毒军事行动两千一百余次，其中包括战果辉煌的"黄金行动"。在这些军事行动中，缉毒部队一共清剿或查抄了贩毒分子的庄园、别墅和住宅近一千二百座，查封了走私贩毒分子的各类飞机一百多架、船只七十五艘，各类汽车五百二十余辆和贩毒分子大量的不动产，缴获了通信器材三百八十套，各种武器一千三百余件，弹药三百多箱，没收可卡因等各种毒品十九吨多。

要主要的是，麦德林贩毒集团的主要头目、被称为"五虎上将"之一的大毒枭加查被击毙，狠狠地打击了贩毒分子的嚣张气焰并动摇了他们的军心，使许多贩毒集团的小头目纷纷向政府自首，许多"卧底"和"内奸"暴露了本来的面目。

为了防止贩毒集团的疯狂报复，哥伦比亚政府又相继宣布，由陆军接管全国四十六座国家机场，负责这些机场的安全保卫工作；由空军全面控制国家领空，对飞机禁区和任何不听调度的飞机，都可以将其击落。同时，对贩毒分子相对集中的波哥大和麦德林等大城市实行宵禁和交通管制，对国家要害机关采取重点保护的防暴安全措施。为了完成扫毒防暴的任务，哥伦比亚政府还决定，对1990年服役期满的军人推迟退役，延长服役期的期限视扫毒情况而定。

在哥伦比亚政府严厉的打击下，麦德林贩毒集团已越来越感到前途渺茫。尤其是继加查被击毙之后，麦德林贩毒集团的财务主管、32岁的罗迈罗又在一次枪战之中，死于政府的枪口之下，这更让一号头目埃斯科瓦尔感到形势不妙，使整个贩毒集团元气大伤。

为了迫使政府能恢复同贩毒集团对话，进行第二轮谈判，12月19日，埃斯科瓦尔和莱德尔又指使一伙暴徒，绑架了总统府的秘书长赫尔曼·蒙托亚的儿子阿尔瓦罗·迪戈。

迪戈被绑架之后，埃斯科瓦尔通过他的教父华金·巴列霍传话给蒙托亚，如果要想见到自己的儿子，那就必须让巴尔科总统下令，停止一切追捕活动，和麦德林贩毒集团进行谈判。

巴列霍和蒙托亚曾经是谈判桌上的老对手，两人各自代表麦德林贩毒集团和哥伦比亚的政府，在谈判桌上进行过交锋。第一次交锋曾断断续续地维持了一年之久，最后还是不欢而散，导致了自由党总统候选人路易斯·卡洛斯·加兰血溅波哥大的索查广场，也导致了"黄金庄园"的毁灭。

这一次，他们又将开始一场新的较量。

为了救出自己的儿子，蒙托亚得到巴列霍传来的情报之后，立即连夜去总统府求见总统巴尔科，请求他再次派自己去同巴列霍对话。

面对哥伦比亚扫毒战的节节胜利，任期将满的巴尔科总统根本没有同麦德林贩毒集团谈判的打算。再说，由于第一次同麦德林贩毒集团谈判的事曝光之后，在全国引起一片哗然，哥伦比亚乃至国际舆论界都认为，巴尔科的这种做法，实际是助长了麦德林贩毒集团的嚣张气焰。所以，巴尔科总统立即下令对麦德林贩毒集团进行严厉的打击，并且将这种强硬的打击行为持续下去，以挽回国民对自己的不信任。他想通过对麦德林的打击和强硬的禁毒态度，为自己的连选连任捞取更多的选票。

现在，自己的好朋友求上门来了，巴尔科只好放弃初衷，答应同麦德林贩毒集团进行第二次会谈，并答应在会谈期间暂时放松对贩毒分子的打击。

巴尔科总统的态度反馈到巴列霍那里之后，他立即向他的教子埃斯科瓦尔进行了汇报。埃斯科瓦尔本来就没有打算谋害蒙托亚的儿子迪戈，只是想通过这种恫吓的手段给政府施加压力，迫使政府的代表同自己的代言人坐到谈判桌边来，从而赢得喘息的机会和时间，以便东山再起。

这时，他听到自己的教父巴列霍的汇报之后，立即同莱德尔等人进行商量，决定释放蒙托亚的儿子迪戈，并暂时停止对政府禁毒人士的报复，以争取政府对谈判的诚意。

在被绑架后的第三周，蒙托亚的儿子迪戈终于"完璧归赵"。

迪戈一回到家中，立即向父亲蒙托亚诉说了自己被绑架的情况。由于埃斯科瓦尔事先的安排，迪戈这位年轻人无意之中成了他们的"说客"。迪戈在同父亲蒙托亚交谈时，谈得最多的并不是麦德林贩毒集团的暴行，而是大谈特谈自己被绑架到麦德林之后的见闻。他向父亲绘声绘色地描述了麦德林的繁华和当地人的富有，并说那些绑架他的人如何照看他，带他到麦德林各个地方去游玩。言下之意，好像他是被麦德林贩毒集团的人请去做了一次客一样，是自己免费去麦德林旅游了一次。

儿子的"游说"深深地左右了父亲的思维。在同儿子谈话之后，蒙托亚立即建议总统巴尔科再次同麦德林贩毒集团进行会谈。他对巴尔科总统说：

"我想以一位朋友和总统办公厅秘书的身份来告诉你，同麦德林那些人进行会谈是必要的。据我所知，他们尽管做出了许多让政府难堪的事，但他们毕竟也办到了许多政府无法办到的事情……"

"但是，麦德林那伙人的确让我太伤心，也太难堪了，先生，"巴尔科总统毫不客气地打断了蒙托亚这位老朋友的话，非常气愤地说，"自从我 1986 年上任至今，他们的所作所为也未免太过分了。这一次如果不是为了你这位老朋友的宝贝儿子，我是决不会放过他们的。尽管我同意你去同他们坐在一起，但我们的原则还是一成不变。无论我能否连任下一任总统，我都不会让埃斯科瓦尔这样的人胡作非为，我本人并不稀罕他的'可卡因美元'！"

巴尔科总统这样强硬的态度，着实让他的好朋友蒙托亚大吃一惊。蒙托亚沉吟了片刻，马上对巴尔科总统说：

"作为您多年的老朋友，我想说一句您不爱听的话。您说您本人并不稀罕麦德林人的'可卡因美元'，这我完全相信。但是，您应该知道，哥伦比亚的大多数人是稀罕他们的'可卡因美元'的，如果没有他们的'可卡因美元'，哥伦比亚的许多工厂和企业就会停业，许多工人和职员就会为饭碗而奔波。这是一个无法改变的现实，先生。"

巴尔科总统没有作声，似乎在等待他的这位老朋友继续说下去。

蒙托亚一见巴尔科总统没有打断自己的话，果然又滔滔不绝地说：

"巴尔科，我想对您说的是，作为一位国家的总统，您总不希望在自己的任期内，将自己的国家推向贫困和饥饿，否则，这位总统就不能算是一位称职的总统。不管您下届是否能够连任，您考虑的都应该是您的国家和广大选民的利益。我想，那些选民只有有饭吃了，有钱花了，才会投您一票。"

巴尔科总统见蒙托亚说到了这种份儿上，就再也不好说什么了。他只是对蒙托亚说：

"这一次你就再辛苦一回，同你的老对手巴列霍再次好好地谈一谈。但谈话的内容，一定不要让那些记者捕捉到了。否则，我只会在任期内辞职了。"

他这番话，不仅是同意了同麦德林贩毒集团进行会谈，而且为这次会谈定下了一个"基调"。精明的总统办公厅秘书长蒙托亚，当然明白自己在会谈中，应该定一个什么调子。

于是，在蒙托亚的儿子迪戈被释放不久后的1990年1月27日，他又代表哥伦比亚的政府和总统巴尔科先生，会见了麦德林贩毒集团一号头目埃斯科瓦尔的教父和特使巴列霍。

然而，由于在这次秘密会谈之前，分别在古巴和巴拿马发生了两起令世界震惊的国际事件，让这次秘密会谈不仅没有达到巴尔科的目的，反而使这次会谈过早地"流产"了。

这两起令世界震惊的国际事件，都发生在会谈之前。

一起是1989年7月13日，古巴共和国开国元勋之一、古巴国务委员会主席菲德尔·卡斯特罗的亲密战友、时任共和国陆军中将、西部集团军司令的奥乔亚被送上了共和国的刑场，倒在正义的枪声之中；

另一起是前文已经出现过的巴拿马强权人物、时任巴拿马共和国总统的"铁腕将军"曼努埃尔·诺列加于 1990 年 1 月 3 日晚，被美国政府"捉拿归案"了。

这两起事件的发生都与哥伦比亚的麦德林贩毒集团密切相关。因此，这次会谈"不欢而散"。

下面将开始插叙一下古巴那位"共和国英雄"奥乔亚的故事——但要提醒读者注意的是：这位奥乔亚并不是麦德林贩毒集团的那位二号头目、现在已通过整容手术在巴西隐姓埋名、继续干着毒品生意的大毒枭奥乔亚。

这位奥乔亚可是在古巴仅次于卡斯特罗和他的兄弟劳尔·卡斯特罗的大名鼎鼎的人物。


1932 年，奥乔亚出生在古巴奥连特省一个种植园主的家庭。富有的家庭环境，使他从小受到了良好的正规教育。

在大学读书时, 21 岁的奥乔亚开始接受共产主义思想的熏陶，追随古巴后来的革命领袖卡斯特罗，并参加了起义军。在起义军第一次攻打奥连特省的古巴旧政权的蒙卡达兵营时，第一次参加武装斗争的奥乔亚就表现出过人的大智大勇。他建议卡斯特罗选择在狂欢节的清晨，趁敌人防守最松懈的时候发起进攻。

卡斯特罗采纳了他的建议，使战斗一开始就进展顺利。仅三十分钟后，就占领了敌方的司法大厦和医院。但后来由于起义军指挥失调，这次起义以失败而告终。

起义失败后，奥乔亚又同卡斯特罗一起被捕，被送进了古巴旧政权的监狱，被判了十年徒刑并被流放松树岛服刑。

1955年5月15日，古巴政府宣布大赦，奥乔亚同卡斯特罗及其他服刑的战友，才得以离开松树岛监狱，回到了哈瓦那的家里。这时，家里的人都劝他离开卡斯特罗，回到学校去读书，然后去国外留学，过一种贵族式的生活。但是，奥乔亚却拒绝了家人的安排，放弃了舒适的贵族生活，又同卡斯特罗等人离开古巴，流亡墨西哥，继续从事革命活动。

他们在墨西哥招兵买马，建立了军事训练场，培养革命武装力量。后来，这座军事训练基地被墨西哥警方发现，结果奥乔亚又被墨西哥当局指定限期离境。

1956年11月24日晚，奥乔亚同卡斯特罗等八十二人，乘坐一艘游艇连夜离开墨西哥，偷渡回到古巴。他们从墨西哥湾漂流到加勒比海，在加勒比海的风浪中搏斗了八天八夜，终于到达了古巴海岸。

但是，他们刚一登陆，就遭到了古巴政府军的伏击。战斗从海滩一直打到沿海的甘蔗园中，最后剩下十二人，带着枪伤逃进了古巴最南面的马埃斯特腊山区，在这险峻而又荒凉的山区开展游击战斗。这时，奥乔亚始终同卡斯特罗战斗在一起，并在游击队中担任财务管理的重要工作，直到古巴革命胜利。

1959年1月1日，古巴革命军攻进了首府哈瓦那，占领了总统府，推翻了古巴旧政府。一个星期之后的1月8日，革命军控制了古巴全境，成立了古巴共和国。

由于奥乔亚从第一次起义开始，就一直追随卡斯特罗，多次出生入死，屡建功勋，在古巴革命胜利之后，他成了古巴的开国元勋之一，成了除革命领袖卡斯特罗和他的弟弟劳尔·卡斯特罗及格瓦拉之外的最著名的共和国英雄。当时，奥乔亚才27岁，年轻英俊，一表人才，在所有的古巴革命领袖人物中，他是最年轻的一个。他的传奇经历在古巴广为流传，成了千千万万古巴青年崇拜的偶像。

从此，他成了卡斯特罗的得力助手，被委以重任。在后来的二十多年中，奥乔亚一直遵循卡斯特罗的政治路线和军事路线，为古巴新政权的稳定、经济的恢复和发展做出了不可磨灭的贡献。这些年来，他立过三次大功，获得过十九枚功勋奖章。1984年，因资深功高，被古巴政府正式授予最高荣誉——"古巴共和国英雄"称号，成为迄今为止荣获此项殊荣的古巴五位高级将领之一。从此，他在古巴人民心目中享有崇高的地位和威望。

1986年，根据当时国际形势的变化，卡斯特罗及时调整了古巴的国内外政策，打破美国对古巴一直没有松动的政治和经济封锁，让古巴的国民经济走出困境。

这时，卡斯特罗分配给奥乔亚的主要任务就是从军事上冲破美国的封锁，和国际社会及世界各国的军事首脑建立广泛的联系和交往。他被指定为负责古巴武装部队与外国军队联络的最高官员，实行军事外交。

由于工作的需要，奥乔亚经常出国考察、参观、访问。

刚开始，这位从古巴这个社会主义国家走出来的军事政治家，对一些国家，尤其是对西方国家那种灯红酒绿的生活不屑一顾，甚至反感。可是，随着出国次数的增多，视野的开阔，他对那种所谓的资产阶级生活方式开始羡慕起来。他开始出入豪华的星级饭店，混迹于高档的酒楼，甚至对那些脉脉含情的性感女郎也产生了兴趣。在国外期间，令奥乔亚最感兴趣的，还是超级市场中那琳琅满目的高档商品，因为这些商品在古巴国内非常匮乏，有的甚至连他这样的高级国家领导人看都没有看过。奥乔亚的这些变化，自然逃不过国外那些精明的外交官的眼睛。为了各自国家的利益，那些外交官便别有用心地投其所好，送给他昂贵的法国"人头马"、价值连城的钻石戒指和珠宝项链，有的外交官竟以色相为诱饵，安排那些充满异国情调的女郎陪伴他……

慢慢地，奥乔亚的生活发生了变化。他开始讲究起来，习惯用外国进口的东西，喜欢摆阔气。他虽然是古巴的高级将领，尽管在国内属于高薪阶层，但仅仅依靠他的工资是远远不能满足他的巨额花销。这时，奥乔亚开始为钱操心。他常常想的是，到哪里去弄来那么多的钱呢？

正当奥乔亚为钱所累时，一个偶然的机会从天而降——1986年7月，奥乔亚最亲密的助手、最信任的部下豪尔赫·马丁内斯上尉终于为他带来了滚滚财源。

7月的一天，马丁内斯因公出访巴拿马。办完公事之后，在一家咖啡店中喝咖啡。这时从外边走进一个人来，很有礼貌地点了一下头，然后在咖啡桌的对面坐下来。此人一脸的漂亮的络腮胡须，衣着时髦光鲜，戴一顶很别致的便帽。马丁内斯正在无聊之际，见来了这么一位很有派头的人，便觉得十分好奇。待对方坐下来之后，他竟十分客气地递上一支哈瓦那雪茄。对方一见，说了声"谢谢"就叼在嘴上。他见马丁内斯也叼上一支，便连忙掏出打火机为马丁内斯点上火。

这时，马丁内斯竟忘了去吸他口中的雪茄，呆呆地望着对方那只拿打火机的手——原来那竟然是一只纯金的打火机。

对方一见马丁内斯这惊奇的目光，便十分诡秘地一笑说：

"先生是古巴人吧，这雪茄很地道。"

马丁内斯毫不介意地点了点头说：

"您猜得不错，我是古巴的上尉军官豪尔赫·马丁内斯，请问先生是哪里人？"

对方等马丁内斯把雪茄吸燃后，也把自己的雪茄点上，然后对马丁内斯说：

"我是美籍意大利人，老家是意大利西西里岛，想必上尉先生知道这个地方。"

那人一边说，一边把那只纯金打火机漫不经心地放在马丁内斯跟前，又接着说：

"我是一位商人，名叫弗兰克·莫尔法，看来先生对这个小玩意儿很感兴趣，如果您不介意的话，我想把它送给先生，我们交个朋友，行吗？"

"那……那怎么行呢？"

马丁内斯嘴里虽然这么说，手却忍不住拿过那只打火机在手中掂了掂。凭他的感觉，他当然知道这只小玩意儿的分量。但是，自己仅仅是与这位商人弗兰克萍水相逢，认识还不到两分钟，凭什么要收人家这么贵重的礼物，难道一支哈瓦那雪茄竟值这只纯金打火机吗？

马丁内斯心里这么想，手里便把这只打火机又推到了弗兰克的跟前，对他说：

"弗兰克先生，还是请收起来吧，我们仅仅是刚刚认识，这东西我不能要，谢谢您了。"

弗兰克一听，爽朗地大笑着说：

"上尉先生，我这人爱交朋友，从没有这样客套，如果您要是不嫌弃，就把它留下作为一种纪念吧！能在巴拿马这个地方认识先生，看来真是上帝的安排。"

弗兰克一边说，一边又把这只打火机塞到了马丁内斯的手中。

这时，马丁内斯再也不好推辞了，便说了声"谢谢"，就把这只纯金打火机收下了。于是，便继续同这位弗兰克一起喝咖啡。两个人好像真的是一对一见如故的好朋友那样聊天了。

接下来的几天，他们就在一起游玩、吃饭、喝咖啡，两人几乎成了无话不谈的好朋友。

马丁内斯真正了解这位美籍意大利商人弗兰克的真实身份，是在三天之后的那次晚宴上。

三天之后，马丁内斯准备离开巴拿马回国。在离别的前夜，弗兰克在一家装饰十分考究的小餐馆里宴请了马丁内斯。当马丁内斯喝得有几分醉意的时候，这位弗兰克才公开了自己的真实身份，并请求马丁内斯无论如何要给他帮个忙。

原来美籍意大利人弗兰克·莫尔法并不是一位真正的商人，而是有"巴西教父"之称的意大利黑手党最高委员会的组织者巴塞塔贩毒集团一位极有影响的头目。1984年，巴塞塔在巴西里约热内卢被捕引渡回意大利之后，弗兰克继续领导流亡国外的巴塞塔的贩毒团伙"豪华社团"，在国际上从事毒品走私，成为这个贩毒集团的重要角色。他的足迹遍布世界上大多数国家，主要的任务是把该集团贩毒得来的"黑钱"，通过银行转账或私人存款等方式变成合法收入。用一个"术语"来说就叫"洗钱"，以此来掩盖他们贩毒的罪行。

弗兰克为了达到"洗钱"的目的，专门物色各国政界和军界有权有势而又贪财好色之徒，让这些人利用手中的权势来为他们

"洗钱"。

当马丁内斯奉奥乔亚之命，作为特使出使巴拿马之后，弗兰克见他经常出入巴拿马国家的国防部、警察局和一些政府高级首脑机关，便将他视为一个重要的角色，一直跟踪了他几天。

弗兰克为什么要跟踪马丁内斯呢？

原因很简单，那就是他要在巴拿马或世界其他地方，物色一位能帮他"洗钱"的人。

本来，作为南、北美洲的交通纽带的巴拿马，一直是国际社会贩毒集团"洗钱"的据点之一。但是，自从巴拿马的"铁腕将军"诺列加当政之后，迫于国际社会，尤其是美国警方的压力，不得不于1985年关闭了涉嫌"洗钱"的几家银行做做样子，并将一些有关人员都抓了起来。这样，弗兰克失去一些经营多年的黑据点，一时又找不到适当的人来为他效劳。

这次，弗兰克亲自来到巴拿马，就是要开辟新的"洗钱"途径，否则他手中的大批黑钱，就有被警方查获的危险。正当他寻找不到新的代理人时，没想到竟遇上了从古巴来的马丁内斯。弗兰克通过几天的跟踪之后，确定了向马丁内斯进攻的方案。他开始只是想试探一下这位有实权的上尉军官，没想到一只打火机就让他上钩了。

弗兰克对此真是喜出望外，便千方百计地把这位贪财好色的古巴军官抓在手中。没想到马丁内斯并没有漫天要价，便成了他的"好朋友"。

马丁内斯第二天飞回古巴，一下飞机，连家都顾不上回，就立即赶到他的顶头上司奥乔亚的官邸，向他汇报这条生财之道，以换取奥乔亚对自己的信任。

奥乔亚听到马丁内斯的汇报之后，真是高兴至极。他正在为钱伤脑筋时，没想到这位部下竟及时为他找到了一条搞钱的门路。他详细地询问有关情况之后，立即命令马丁内斯继续同那位弗兰克联系。他对马丁内斯说："你可以告诉弗兰克，我将用国际邮件将他们的黑钱运进古巴，然后在我们可以控制的银行里，让这些黑钱合法化。"

"那么，我们将如何同他分成呢？"马丁内斯提出一个他们共同关心的问题。

奥乔亚说："我的想法是五五分成，一人一半。你再去同他协商一次，将最后的结果告诉我。"

奥乔亚还叮嘱马丁内斯，这件事一定要保密，决不能让其他任何人知道。

马丁内斯点了点头说："那您尽管放心好了，将军。我会把一切安排得滴水不漏的。"

奥乔亚满意地笑了。

第二天，马丁内斯又飞回巴拿马同弗兰克协商。

但是，经过多次协商之后，这件事最终还是没有结果。原因是古巴的金融管理制度及有关法令太严厉了，在古巴"洗钱"几乎不可能。

奥乔亚权衡了一番之后，担心走漏风声，鱼没吃成反而惹了一身的腥，最后不得不取消了这种"洗钱"的计划。

然而，这个没有变成现实的计划，却进一步诱发了奥乔亚贪财的欲望。为了满足自己的贪欲和花销的需要，他命令马丁内斯另想办法，继续寻找新的生财之道和新的合伙人。

真是功夫不负有心人——奥乔亚授意之后，马丁内斯立即行动。他利用奥乔亚的招牌，打着出国考察的幌子频繁地走出国门，多方联系，最后终于找到了一位新的"财神爷"。

此人就是麦德林贩毒集团的国外总代理、贩毒集团的"五虎上将"之一罗德里格斯。

罗德里格斯后来成为继麦德林贩毒集团之后哥伦比亚又一个最大的贩毒集团——"卡利集团"的总头目，而在当时，他本人却是麦德林贩毒集团长驻美国和加勒比海地区的毒品推销商，在这些地区为麦德林贩毒集团建立了一个庞大的毒品走私网络。

当这个毒品走私网几乎笼罩了整个加勒比海地区所有的国家和美国的佛罗里达州等地时，位于加勒比海地区战略要地的社会主义共和国古巴，却是这个网络上的一个"盲点"。正当罗德里格斯千方百计准备向古巴渗透，消灭这个"盲点"时，一个偶然的机会让他如愿以偿了。

1986 年年底的一天，罗德里格斯在巴哈马群岛一处风景绮丽的海滨浴场，与马丁内斯邂逅。几句话之后两人一见如故，大有相见恨晚之感，并开始一同策划在古巴开辟新的贩毒据点。

三天之后，马丁内斯又飞回了古巴，向奥乔亚汇报了他在巴哈马浴场的一切。奥乔亚一听，对马丁内斯大加赞赏了一番，深信不疑地对他说：

"没想到你一出马，就钓到了一只白鲨。过两天，你再去哥伦比亚考察一下，最好能见到他们的一号头目埃斯科瓦尔，护照我在这两天为你办好。"

马丁内斯得意地说：

"这没问题，有罗德里格斯的引荐信，那位什么埃斯科瓦尔肯定会见我的。"

几天以后，马丁内斯马不停蹄、风尘仆仆地带着罗德里格斯的引荐信和奥乔亚为他办好的护照，化名"马尔科斯"去了哥伦比亚。他在哥伦比亚的首府波哥大下了飞机，径直找到了麦德林贩毒集团三号头目莱德尔，然后由莱德尔派了一辆专车和三名保镖，将他一直护送到了麦德林。

在麦德林近郊的一栋豪华的别墅里，马丁内斯接受了各种严厉的盘问和考验之后，终于见到了大名鼎鼎的麦德林贩毒集团一号头目埃斯科瓦尔，同他进行了两天两夜的谈判。

在谈判期间，马丁内斯根据同埃斯科瓦尔谈判的结果，两次打电话到国内向奥乔亚汇报，并接受他的指示。在奥乔亚的直接指示下，最后由马丁内斯和埃斯科瓦尔签订了如下协议：

一、马丁内斯保证古巴方面协助麦德林贩毒集团把毒品从哥伦比亚运往美国，他们可以从每公斤的毒品获得 800 至 1000 美元的酬金；

二、马丁内斯帮助麦德林贩毒集团购买一架直升机和部分地对空武器，用来加强麦德林毒品基地的防务和对付缉毒部队的进攻；

三、在古巴首都哈瓦那以北 140 公里处的著名海滨旅游胜地巴德拉罗，建立一个毒品中转站，修建小型的机场和码头各一座以便转运毒品之用。因为这个著名的海滨旅游胜地巴德拉罗距离美国的佛罗里达州首府迈阿密只有 100 海里，地理位置十分优越，极利于走私贩毒活动。

签约回国后，马丁内斯又向奥乔亚详细地汇报了协议的内容和签约的过程。奥乔亚听完汇报，没有任何犹豫就同意了所有的条款，并开始付诸行动，正式同麦德林贩毒集团内外勾结，狼狈为奸，为进一步完善加勒比海地区的贩毒网络而努力，以便从中渔利。

1987年2月，在古巴一次最高级别的国家防务会议上，奥乔亚以维护国家安全的名义，提出购买一批直升机和地对空武器，加强防空力量，以对付来自美国方面的威胁。奥乔亚的这一提议，很顺利地获得了古巴最高当局的批准，并授命由奥乔亚本人具体实施。

于是，奥乔亚立即命令另外两名他信任的部下——安东尼奥上尉和秘书阿马多中尉，负责购买直升机和地对空武器。这两位下属在奥乔亚的授意下，采用多买少报、提高价格的办法购买了这批武器装备，将其中的一架直升机和一些地对空武器，设法由国外直接送往哥伦比亚的麦德林贩毒集团。这些购买的手续和发票以及验收的手续，全由奥乔亚和他信任的部下负责，然后上报古巴国务院和国防部。这件事可以说办得天衣无缝，毫无破绽。

不久，奥乔亚又以加强海岸防务为由，获得古巴最高当局的批准，在巴德拉罗公开修建了一个小型军用机场和一座军用码头。机场和码头建成之后，奥乔亚还请到了古巴的二号人物、卡斯特罗的弟弟劳尔·卡斯特罗和一批国家高级政要前来参观，由劳尔·卡斯特罗亲自在竣工庆典大会上剪彩。

奥乔亚的这一举措，得到劳尔·卡斯特罗和古巴政界的充分肯定和高度赞扬，古巴许多的报纸、电台等新闻媒体也对此进行了报道，对奥乔亚这位年轻有为的"共和国英雄"进行了赞颂。这种政界和舆论界的评价，无疑是一块千金难买的"遮羞布"，为奥乔亚以后的贩毒活动起到了极好的保护作用。

竣工庆典大会以后，奥乔亚公开派遣安东尼奥和阿马多率领一支嫡系部队进驻巴德拉罗军用机场和军用港口，并将这片旅游胜地全部列入军管范围，周围的海滩和山坡上，都挂起了高压电网，埋藏了地雷，并由进驻的部队派出巡逻队，带着军犬巡逻，俨然是一块关系到国家安全的军事禁地。

奥乔亚这样做，名义上是让这支部队担负着守疆卫国的神圣使命，实际上则是由安东尼奥和阿马多两人，具体负责毒品的接收和转运工作。不过，他自己并不直接指挥这片海域的"防务"，而是专门设立了一套无线电密码，由马丁内斯上尉具体掌握，负责同麦德林贩毒集团的埃斯科瓦尔和罗德里格斯联络，并随时向奥乔亚本人通风报信。

从此，巴德拉罗成了加勒比海地区一个最大、最安全、最理想的毒品中转港湾，使麦德林贩毒集团多年梦寐以求的海上"白色通道"变成了现实，从而使大量的可卡因由哥伦比亚东部的港口和毒品基地启运，经过巴德拉罗这个中转站，源源不断地输入墨西哥、美国和加勒比海地区各个国家。麦德林贩毒集团从此高枕无忧，在加勒比海上畅通无阻，而古巴的这位高级将领奥乔亚本人，也从中获得了巨额的非法所得，来满足他日益奢侈的生活。

就在奥乔亚不再为钱发愁的时候，他的好运气也来了。

1989 年 4 月，时任古巴驻安哥拉派遣军司令的奥乔亚，率领古巴派遣军胜利完成了历史使命，根据南部非洲停战协议，率领古巴派遣军由安哥拉凯旋。在一片欢呼声中，他十分得意地率领古巴派遣军团春风得意地走在哈瓦那的大街上，受到了包括古巴主席卡斯特罗在内的古巴领导人和几十万哈瓦那军民的夹道欢迎。鲜花和美酒像雨点一般，洒在派遣军团战士的身上，奥乔亚和卡斯特罗热情地拥抱在一起，哈瓦那电视台将这一激动人心的场景，现场直播给古巴的每一个家庭。从此，在奥乔亚昔日的光辉形象上，又罩上了一圈耀眼的光环，他再一次成为古巴人民心目中的英雄。

归国之后，奥乔亚在休假期间，不仅听到了他的得力助手马丁内斯告诉他，巴德拉罗毒品中转站为他个人"赚"得了几千万美元的好消息，更重要的是，古巴最高当局决定再次重用他，已内定他为全古巴三个集团军中最重要的西部集团军司令。

　　古巴的西部集团军是古巴所有的国防军中最精锐的部队。该部队不仅武器精良，军、兵种齐全，兵员最多，战斗力最强，而且担负着保卫古巴首都哈瓦那的安全，同美国军队隔海对峙的光荣使命。得到了西部集团军司令的职务，实际上就是得到了除卡斯特罗兄弟之外，在古巴军队中的最高职务了。当奥乔亚得知这一喜讯之后，真是欣喜若狂，这标志着他在古巴政界和军界，无论在金钱还是在权力上，都达到了无人可比的高度。这是真正的名利双收。

　　几天之后，奥乔亚立即提前结束了在老家奥连特省的休假，赶回了首都哈瓦那。就在他回到哈瓦那官邸的第二天，委任他为西部集团军司令的任命正式下达了，全国所有的大报小报和电台电视台连篇累牍地进行报道，赞扬声也不绝于耳。他再一次成为古巴的新闻人物和公众称颂的英雄。接连几天，前来贺喜的亲信、战友和各路朋友络绎不绝，外地的贺电也如雪片般飞来。

　　为了表示自己的感激心情和友谊，奥乔亚决定在自己的官邸大摆宴席，招待自己的亲朋好友、同僚部下。然而，当奥乔亚命令自己办公室的私人秘书，将请柬一摞一摞地发出去时，他的最信任的部下马丁内斯约见了他，劝说他放弃这次宴请，免得过分张扬而暴露了他们的贩毒勾当。

　　但是，奥乔亚已经被这一任命高兴得冲昏了头脑，失去了理智，加上几年的贩毒生涯一帆风顺，毫无风险，如今又得到包括卡斯特罗在内的古巴最高当局的完全信任，因此，他认为马丁内斯的担忧是多余的，把他的劝说当作耳边风，按照预定的日期举办了盛大的宴会。

在空前热闹和喜悦的气氛中，奥乔亚命令办公室的工作人员，向每一位出席宴会的宾客馈赠礼品。礼品都是金银珠宝、象牙玉石等，极为昂贵。有的礼品一件就达数千美元。尤其是许多礼品都是在古巴市场上没有见过的，而是来自法国、瑞士、土耳其、希腊和美国、日本等地。大多数宾客尽管是身居高位，或者是古巴的名流，但连见都没见过这样令人眼花缭乱的东西。有的宾客甚至因为礼品太昂贵了，认为是奥乔亚弄错了，或者是推辞不敢接受。

每当出现这种场面时，奥乔亚本人便亲自端着酒杯来到这些人面前，进行解释和劝说。他说得最有力的也是最多的一句话就是：

"怎么？您是瞧不起我，还是不为我高兴？"

话说到这种份儿上，还有哪位宾客再那么固执，再那么不识时务呢！结果，无论是多么昂贵的礼品，被馈赠的宾客们也再不好推辞了，都在一连串的祝贺和感谢声中"笑纳"了。

常言道，乐极生悲。当这场盛大的宴会结束后，许多人都产生了这么一个共同的疑问：

这样铺张的场面，这样昂贵的礼品，是一位仅仅靠工薪收入的陆军中将能办得到的吗？

如果不是靠工薪收入，那么这位奥乔亚将军的钱又是从哪里来的呢？

于是，这场轰动哈瓦那的盛会，马上引起了许多人的议论和猜疑，同时，也立即引起了古巴当局的关注和怀疑。

谁知，在此之后没几天的 4 月 24 日，古巴情报部门偶然监听到了一个神秘的无线电信号。经过情报部门的专家和反谍报人员的认真分析研究，终于破译了这个神秘的密码，确认这是由古巴本土发往美国与贩毒集团联络的信号。

得到这一结论之后，情报部门立即求见卡斯特罗，将这一绝密情报向他做了汇报。

卡斯特罗一听，感到非常震惊。

自从1987年以来，美国政府在一些正式和非正式的场合，不断地指责古巴政府有些高级官员参与国际贩毒活动，与世界上臭名昭著的麦德林贩毒集团联手，利用手中的权力将大量的毒品运往美国，严重干扰了美国正常的社会和经济秩序，是所谓社会主义国家对美国的干扰和渗透。面对美国政府这种接二连三的指责，古巴外交部及有关部门一律断然否认，认为这是美帝国主义对社会主义古巴共和国的造谣中伤和挑衅，是为他们的封锁寻找借口。

现在，面对本国情报部门的这种汇报，卡斯特罗再也坐不住了。虽然他绝不相信在他严厉控制下的古巴共和国会有人贩毒，更不相信他们会使用无线电进行联络，因为这种通信工具和设备只有要害部门和政府高层才能掌握，但是，等他冷静下来之后，又联系到美国政府多次的指责，他立即意识到问题的严重性。为了不打草惊蛇，他立即下令内务部和情报部联合成立一个专门侦破小组，秘密进行调查，并严令调查的结果只能向他一个人汇报，如有泄露消息者一律按同案犯对待。

调查小组经过对外围的调查之后，很快将调查的焦点集中到奥乔亚身上。他们通过前几天的那场惊动哈瓦那的宴会，发现这位陆军中将不仅生活铺张腐化，官邸装修豪华，他还为自己的子女修建或购买了高级住宅，还经常这样宴请宾客，向他人赠送昂贵的礼品……而这一切支出，都远远超过了他的正常收入。调查小组经过分析后认为，奥乔亚极有可能是古巴贩毒集团的首要人物，便决定围绕奥乔亚扩大范围，进行深入调查。

在调查小组进行进一步调查时，奥乔亚被一直蒙在鼓里。5月2日，他指示他的得力部下马丁内斯，再次飞往哥伦比亚，同麦德林贩毒集团的一号头目埃斯科瓦尔谈判，要求将原来每公斤毒品的"买路钱"从原来的800至1000美元提高到2000美元。如果埃斯科瓦尔不答应这个条件，他将单方面停止同他们合作。因为他现在是西部集团军司令，手中拥有比原来大得多的权力。他可以利用在军队中的特权，自己去寻找毒源进行毒品走私，用军用飞机贩运毒品比什么交通工具都方便。

马丁内斯得到奥乔亚的指令之后，立即于5月3日飞往哥伦比亚。但是，马丁内斯的这次行动已在调查小组的掌握之中。因为调查小组深入调查后发现，奥乔亚的几位亲信马丁内斯、安东尼奥和阿马多等人的收入和支出也与现实情况不相符合。这两年来，他们不仅生活腐化，而且也都购买了大量的不动产和豪华的私人小汽车。这一切，在古巴的中下级军官中还是没有先例的。

同时，调查小组还从有关部门了解到，马丁内斯上尉近年来出国频繁，就像一位公务繁忙的军事外交家一样。但是，他所去的国家，大都是古柯叶产量最多、贩毒分子最猖獗的哥伦比亚、秘鲁、委内瑞拉等国，而其中去哥伦比亚的次数最多。于是，调查小组开始将目光转向奥乔亚的部下，并对这些人的行动进行了秘密监视。

因此，当马丁内斯刚一办完出国手续，拿到去哥伦比亚的护照之后，调查小组立即派出两名调查人员，化装成一般的古巴商人，打听到马丁内斯出国所乘的航班之后，也手持特别护照随机前往，与马丁内斯同乘一架飞机去了哥伦比亚。

当马丁内斯在哥伦比亚首府波哥大下了飞机之后，两位调查人员便发现，这位古巴陆军上尉并没有前去哥伦比亚与古巴相应的军事机关或情报保安之类的地方，而是去了一家豪华的星级酒楼。这两位调查人员立即进行跟踪，发现接待马丁内斯的竟是一位像电影明星一样的大老板。他们寒暄了几句之后，这位大老板便递给马丁内斯一张机票。于是，这位陆军上尉到波哥大绕了一圈，一件正经事也没有办，就乘当天的航班飞回了古巴。

原来马丁内斯刚一从古巴登上飞机，奥乔亚就从有关方面得到自己被调查，马丁内斯被跟踪的消息。他立即用密码通过国际长途，同哥伦比亚波哥大平时接待马丁内斯的莱德尔进行了联系，叫他见到马丁内斯后，命令他立即返回古巴，不要去麦德林会见埃斯科瓦尔，并请莱德尔帮马丁内斯预定好当天的返程机票。

马丁内斯回到古巴之后，立即找到奥乔亚询问叫他返航的缘由。奥乔亚没有过多地对他解释，而是命令他立即用密码同美国的罗德里格斯和麦德林的埃斯科瓦尔进行联系，分别告诉他们最近一段时间中止一切合同，暂时中断一切联系，至于什么时候恢复，待日后再告。

安排了马丁内斯之后，奥乔亚又立即命令安东尼奥和阿马多，将巴德拉罗等待转运的大批毒品运往远海销毁，对所有的知情人立即实行调离、转业或"灭口"，并对他们的财产进行转移。

奥乔亚虽然将一切都安排得天衣无缝，但是一切都迟了。调查小组根据马丁内斯那次反常的哥伦比亚之行，立即判断出他就是奥乔亚同贩毒集团之间的"牵线人"。问题就出在 1986 年在巴德拉罗修建的军用机场和军用港口上，安东尼奥和阿马多两人是直接参与贩毒的具体执行者，奥乔亚是他们的总头目。

还没有等奥乔亚布置的措施完全实施，调查小组的报告已经直接送到了卡斯特罗手中。卡斯特罗看完报告之后，简直不相信这一切都是真的。他万万没有想到参与贩毒的总头目竟是同自己一起出生入死的战友，竟是自己万分信任并委以重任的奥乔亚！

三十分钟以后，卡斯特罗立即召见调查小组的全体成员，详细地听取了他们的汇报，仔细询问有关的情况。这时，调查小组又拿出刚刚窃听到的、马丁内斯奉奥乔亚之命与美国的罗德里格斯和麦德林的埃斯科瓦尔二人通话的密码和破译后的记录，并强调指出，通过这份记录可以看出，如果不立即采取行动，奥乔亚和他们这几位部下，将很快会利用手中掌握的交通工具潜逃国外。

这份新的记录，打消了卡斯特罗最后的顾虑。他不再怀疑一切的真实性，而是斩钉截铁地说：

"在法律面前人人平等，不管是谁，哪怕是我的兄弟劳尔·卡斯特罗犯了法，该抓也得抓，该杀也得杀，就是我本人犯了法，也要接受人民的审判。现在我命令你们，立即开始行动！"

卡斯特罗一声令下，调查小组立即行动。他们连夜派人拘捕了马丁内斯，在公海上截获了还没来得及销毁的毒品，当场拘捕了安东尼奥和阿马多。紧接着马不停蹄，包围了奥乔亚在哈瓦那的官邸，将他逮捕归案了。其他的一些犯罪分子，也在后来陆续被拘捕归案。古巴共和国一个史无前例的贩毒团伙，就这样被一网打尽了。

奥乔亚等人被逮捕后，古巴司法机关立即对其进行审讯。面对确凿的证据，奥乔亚及其同伙对所犯罪行供认不讳。当法庭最后问奥乔亚还有什么话要说时，这位"共和国英雄"竟理直气壮地说：

"我为古巴的革命，为古巴的人民解放流血、奋斗，做过不少的贡献，但我享受了什么呢？当我出国之后，我才知道什么叫生活，什么叫享受。我就想，我为什么就不能过上那样的生活呢？为此我就走上了这条路。我身居高位，知法犯法，是罪上加罪。我愿意接受法律对我的任何惩罚……"

1989年7月7日，古巴特别军事法庭做出最后终审判决，判处奥乔亚、马丁内斯、安东尼奥和阿马多四人死刑，判处其他的十名罪犯有期徒刑分别为十年至三十年不等。这个特别军事法庭是由古巴七十九名将军于6月25日在哈瓦那组成的。

在长达一百二十页的宣判书中，列举了奥乔亚等人勾结麦德林贩毒集团进行了大量的毒品走私的事实。从1987年1月至1989年4月，奥乔亚伙同其他罪犯进行了十八次毒品走私活动，其中成功十五次，失手三次，共向美国等地转运毒品6吨多，获得酬金340万美元。

奥乔亚等人被捕后，警方从他们的多处贩毒据点内缴获了大量的赃款赃物，其中有135万美元现钞，42万比索（古巴货币，与美元兑换率为1∶1），三十九辆汽车和一百八十六件武器。奥乔亚一个人还以马丁内斯的名义，在巴拿马一家银行存储了20万美元。

当奥乔亚等人被判处死刑的消息公布后，几乎震惊了整个世界。鉴于奥乔亚的功绩和其在国际社会的影响，当时曾有十多个国家的领导人和一些世界名流，都秘密致电或专程赶往哈瓦那会见卡斯特罗和其他古巴领导人，请求赦免奥乔亚。罗马教皇约翰·保罗二世特地致电卡斯特罗，请他"看在上帝的分儿上饶恕奥乔亚的罪过"，但是，卡斯特罗等古巴领导人并没由此而动摇。

7月9日，卡斯特罗主持召开国务会议，对军事法庭的判决进行最后的审核。面对许多人的求情，他沉痛地说：

"今天的革命不能宽大无边。作为主席，我也要服从法庭的判决。就我本人而言，我确实为他们难过，因为这些人不是敌人，而是我们自己的人。但是，如果不对那些背叛革命、给祖国脸上抹黑的人严厉制裁，他们就会危及革命的未来。"

卡斯特罗的话，对奥乔亚等人进行了最后的判决。1989 年 7 月 13 日清晨，随着几声枪响，奥乔亚这个"共和国的英雄"和他的三名部下倒下了，倒在共和国的刑场上。

他们不光彩地结束了自己的一生。

# 第十五章

## 风云突变　巴拿马再起烽烟

　　古巴事件告一段落，巴拿马再起烽烟。诺列加翻云覆雨，最终却进了美国人的监狱。

　　一条巴拿马运河，流淌着民族的耻辱。但是，一顶"贩毒"的帽子，就连苏联人也只能沉默。

　　兔死狐悲，埃斯科瓦尔已无话可说，但谈判并不能让麦德林贩毒集团再度"中兴"。

　　巴拿马，一个神奇的国家，夹在浩瀚的太平洋和大西洋之间。狭长的国土就像拉丁美洲中的一个精致的领结，连接在两个大陆板块之间。如果没有这么一个"领结"，那么两个大洋之间也就畅通无阻了。所以，人们便开凿了一条举世闻名的巴拿马运河。

　　让巴拿马出了大名的，除了一条巴拿马运河之外，还有一个原因，就是它是有"毒品王国"之称的哥伦比亚的近邻。因此，巴拿马又是麦德林贩毒集团将大批可卡因输入北美毒品市场的陆上咽喉要道和必由之路。

　　从 20 世纪 80 年代开始，巴拿马事实上就成了麦德林贩毒集团陆地上的"白色通道"。尽管哥、巴边境崇山峻岭，双方又有重兵把守，还有许多神出鬼没的缉毒部队，但是，双方走私毒品的马帮和车队仍然络绎不绝。这其中主要的原因，就是巴拿马有一位号称"铁腕将军"的强权人物曼努埃尔·诺列加。

前文已经介绍过，诺列加这位具有印第安和哥伦比亚混合血统的私生子，不仅对安第斯山脉生长的古柯叶和加工后的可卡因情有独钟，而且是一位玩弄权术的传奇人物。

在他成为巴拿马国防军总司令的同时，也成了麦德林贩毒集团一号头目埃斯科瓦尔的密友。当年埃斯科瓦尔被哥伦比亚政府作为全国最大的通缉犯进行追捕时，无路可逃的他便乘坐私人的"云雀"飞机，径直飞往巴拿马，大摇大摆地降落在巴拿马机场。埃斯科瓦尔并没有成为诺列加手中的"猎物"，反而成了他的座上宾。不仅如此，诺列加还把自己庄严的巴拿马国防军总司令部让出来，充当埃斯科瓦尔同哥伦比亚政府讨价还价的交易所，并由他亲自出面充当谈判双方的"经纪人"。尽管当时哥伦比亚政府谈判代表、总统夸尔塔的特使、哥伦比亚前总统阿方索，是一位既体面且有身份的大人物，但谈判的对手却是一位本国政府通缉的要犯。这场谈判本身就令人感到可笑而又滑稽。更令人感到滑稽和可笑的是，如此身份悬殊的谈判，却让政府通缉的要犯成了谈判桌上的赢家——埃斯科瓦尔不仅从此逍遥法外，而且几乎是明目张胆地我行我素，继续从事他的贩毒勾当，而且把这种毒品走私生意越做越大。

这种结果的出现，如果要深究其中的原因，无非有二：一是当时的夸尔塔政权的确垂青于麦德林贩毒集团的"可卡因美元"；二是巴拿马的强权人物诺列加功不可没。如果没有他从中斡旋，埃斯科瓦尔的日子也并不好过。

从此，诺列加与哥伦比亚的麦德林贩毒集团便结下了不解之缘。如果诺列加出生在麦德林市的话，他一定会同埃斯科瓦尔一样，成为又一位闻名世界的大毒枭。然而，诺列加偏偏出生在多灾多难的巴拿马，因此，他的过人之处只能表现在巴拿马政坛的权力斗争之中。

真是"三百六十行，行行出状元"——埃斯科瓦尔能在"毒品王国"逞一时之雄，成为一代毒王，而诺列加却能在巴拿马政坛权力斗争的旋涡中搏击风浪，独领风骚，成为巴拿马权力斗争中的一代枭雄。

从 1981 年出任巴拿马国防军总司令，到 1988 年登上巴拿马总统宝座为止，诺列加像一位演皮影戏的老手一样，牵动手中那根看不见的"线"，让五位巴拿马总统像一个个"皮影人"那样，"你方唱罢我登场"，走马灯似的离开了总统的宝座，最后将这个万众瞩目的位置据为己有。

尽管他是一个国防军总司令，但巴拿马人却不认为诺列加能做到这一点，仅仅是依靠手中的枪杆子，才一次又一次地发动"军变"，而是在很大程度上沾了那知名的巴拿马运河的光。

巴拿马运河是巴拿马人用成千上万人的生命，在自己的国土上开凿出来的一条运河，但是最后获利的却是美国人。因此，维护巴拿马运河的主权，就是维护巴拿马人民的利益，诺列加正是摸准了巴拿马人的这个脉搏，才永远立于不败之地。

1985 年，巴拿马总统巴尔雷塔被赶下了台，原因就是他违背了诺列加总司令的意志，背着他和巴拿马人民同美国政府勾结，出卖了巴拿马运河主权。

1988 年，诺列加又废黜了一位巴拿马总统。这位总统名叫德尔瓦列。

早在半年前的 1987 年夏秋之交，德尔瓦列总统就风尘仆仆地奔波于巴拿马城和美国的白宫和五角大楼之间，希望依靠美国人的力量，将诺列加这位强权人物扳倒。德尔瓦列总统同美国总统里根先生多次协商，总想找出一套逼诺列加"自动退休"的计划。只有这样，他的总统才做得像个总统，而不会像他的那些前任总统一样，一个个都成了这位总司令的"儿皇帝"。

德尔瓦列要同美国人做成这么一桩买卖，他唯一值钱的东西就是巴拿马运河的主权，这也是唯一能让美国人动心的东西。因此，里根政府便当即表示，只要德尔瓦列总统舍得拿出巴拿马运河这唯一值钱的东西，他们将会不顾一切地成全他。

1988 年 1 月 6 日，德尔瓦列总统以检查身体为由又亲自来到美国，走进熟悉的白宫，同美国人继续洽谈这笔"生意"。

美国人的许诺让德尔瓦列总统的胆子壮起来了，回国后他立即采取行动，终于在一个月以后的 2 月 25 日，在电视台面对巴拿马人庄严地宣布：

"罢免国防军总司令诺列加的一切职务！"

诺列加此时正在家中看电视，他从电视中看到总统熟悉的面孔之时，并没有想到自己会听到这么一句没头没脑的话。

听到这句话后，诺列加再也没有心思看电视了。他连电视机都来不及关就急忙提着枪冲出了家门。

这是一个下雨的夜晚。诺列加冲出家门后，冒雨来到车库前，推开车库门迅速倒出自己的座车，然后在雨中驱车驶过还很平静的大街，径直来到国防司令部大楼。停下车后他同样没有顾得上关车门，而是直奔自己的办公室。

他的办公室就是巴拿马国防军的指挥中枢，失去了它就失去了一切。当德尔瓦列总统还在电视台慷慨陈词时，诺列加也拨动了那台红色的专线电话，向巴拿马国防军各部口授一道命令：

"没有我的命令，任何人不得动用一兵一卒！"

向部队下达命令之后，他又拿起那台白色的电话机上的话筒，将巴拿马所有的国会议员都召集到了总统办公室。

当德尔瓦列总统从电视台回到总统办公室时，他脸上的兴奋和喜悦顿时消失了，因为他看到的是站在门口杀气腾腾地迎接自己的诺列加和所有的国会议员。此时，他的双脚开始颤抖，他真不想跨进总统办公室的大门。但是，他最后还是强作镇静，很勉强地走了进来。

一个决定巴拿马国家前途和命运的临时紧急会议，就这样在德尔瓦列极不情愿之中仓促召开了。

"为什么要违背宪法罢免国防军总司令？"

"罢免国防军总司令诺列加将军为什么不召集国会讨论，不通过我们？"

……

所有的议员众口一词，向德尔瓦列总统提出一连串的质问。只有诺列加一个人默默坐在德尔瓦列的对面，一只手紧握枪柄，两只冒火的眼睛在注视着对方。

德尔瓦列总统一时被质问得满头大汗，张口结舌，无言以对。他只是一边不停地用袖子揩着脑门上的汗珠，一边不时地用眼睛瞟一下子诺列加紧握枪柄的手。他真担心他会突然拔出枪来，他知道那支手枪中已经填满了子弹。

在议员们一阵阵的质问当中，德尔瓦列已无招架之力了。这时，他突然想起了二十天前的 2 月 4 日，美国佛罗里达州首府迈阿密法院的执法官曾宣读过一份起诉书。这位法官在起诉书中列举了大量的证据，指控坐在自己面前的这位巴拿马国防军总司令诺列加，不仅是麦德林贩毒集团的支持者，是该集团一号头目埃斯科瓦尔的密友，而且利用自己手中的权力，多次亲自参与毒品走私活动。这份起诉书说，根据上述罪证和有关法律，被告曼努埃尔·诺列加应判处有期徒刑一百四十五年，并处以罚款 114 万美元……

想到这份起诉书，这位巴拿马总统便心中有底。他突然理直气壮地站起来，义正辞言地说："我之所以要做出罢免诺列加将军的决定，是因为他多次参与麦德林贩毒集团的毒品走私，极大地败坏了我国……"

"胡说！"

诺列加这时突然真的拔出手枪拍案而起，把手枪重重地往桌上一摔，大声说：

"这完全是美国人的诬蔑和造谣，是为了把我赶下台而找的借口。这是他们一贯的手法。而你作为巴拿马的总统，德尔瓦列先生，你难道还不明白吗？"

德尔瓦列无法回答诺列加的问题，他只是在考虑自己的命运。因为他知道在座的议员，大部分是诺列加的亲信，当然也有一部分是害怕他手中的枪。诺列加的私人卫队，已经奉命包围了总统府。他的嫡系部队"2000 年营"已将坦克和装甲车开进了城里，在全城戒严。

总统府的这次紧急会议，尽管剑拔弩张，但一切都按照诺列加的意图进行。诺列加决定让德尔瓦列靠边站去，自己取而代之。为了做得体面一些，他还打算先找一个"过渡总统"来掩人耳目。他并不为这么做感到为难，他有绝对的把握把这些事摆平。

会议的进程果然在诺列加的预料之中。许多聪明的议员都明白，德尔瓦列总统将会从今晚开始，永远地离开这个总统府，这里又要换上一位新的总统了。于是，大家便异口同声地指责德尔瓦列的卖国行为，通过了罢黜他的决议。在诺列加的暗示和授意下，一致"选举"了教育部部长帕尔马为巴拿马"代总统"。

总统府外面的夜雨停了，巴拿马的又一次改朝换代也结束了。这时，已经是2月26日的早晨6点。诺列加将军和新当选的代总统帕尔马，还有其他几位内阁成员，在武装警卫的护送下来到了电视台。

6时30分，在同一座电视台，用同一个话筒，诺列加庄严地宣布了罢免德尔瓦列总统的决定——一场互相罢黜的闹剧，前后相隔才十个小时，这不能不让所有听到这一消息的人震惊。

从电视台回来之后，诺列加立即派出军警包围德尔瓦列的私人住宅，并封锁了所有的通道，然后进行搜查。

德尔瓦列面对着一场灭顶之灾。这时，他只能在一位仆人的指导下，换上清洁工的衣服，掀开住宅后门边的下水道的盖子钻了进去。这位忠心耿耿的仆人带着这位昨天还是总统的人，慌慌张张地沿着黑暗而肮脏的下水道朝前走去。最后，他们终于带着一身的脏水和臭气，逃进了美军驻巴拿马部队的南方司令部。

诺列加独揽大权之后，他公开向美国提出收回巴拿马运河主权的要求。对于这一要求，美国人当然不好明目张胆地予以拒绝。于是，只好双管齐下。一方面采取拖延的缓兵之计，并在背后大肆攻击诺列加本人，把他同麦德林集团的交往拿出来大做文章，争取把他赶下台，另外找一个听话的人当总统；另一个方面就是凭借强大的经济实力，对巴拿马实行惯用的"经济制裁"。

所以，政变后的1988年是巴拿马灾难深重的一年。

继1987年停止2000万美元的经济援助和600万美元的军事援助之后，美国政府又于1988年3月2日正式开始，先冻结了巴拿马政府在纽约银行的5000万美元的外汇存款，随后，又扣押了3月份应付的560万美元的运河使用费。与此同时，美国法院又进行无理裁决，冻结了巴拿马政府从纽约市共和国银行转到国内去的1000万美元的现金……

在一系列的经济卡压下，巴拿马政府拿不到美元，不得不关闭国际金融中心所属的十二家国内银行和一百家外国银行。巴拿马仅有的六百家工业企业，有三百家被迫停产关门，同时关门的还有一百家建筑公司。大批商店破产，全国失业的职工高达25%至30%，每天依靠教会的救济过日子的穷人已增加到七万人。

巴拿马，一个仅有二百万人口的小国，面对这种超负荷的经济危机，已经到了全面崩溃的边缘。大街上，整天是成千上万的失业者和饥民在游行示威。许多学校也停课了，学生们也走到了街上。整个国家处于动荡之中。

这时，大多数饥饿的巴拿马人，想到的再也不是运河的主权和国家的尊严，而是要解决吃饭的问题。于是，一些人便开始迁怒于新上台的诺列加，鼓动和策划他下台，以缓解美国人的经济封锁。

4月的一天，以巴拿马国家警察部队总司令马西亚斯为首的一批军官，准备发动兵变。他们带领一批军官冲进国防司令部，要求诺列加辞职下台。

但是，诺列加并没有为马西亚斯所吓倒。他一得到消息之后，立即派遣他的嫡系部队"2000年营"和大批的国防军，迅速挫败了兵变。事后，他又改组了陆军参谋部和全国各军区，实行"换马"和调防，稳住了军权，也稳住了国家的政局。

与此同时，诺列加还采取紧急措施，下令对所有国有企业实行军管，宣布全国进入紧急状态，派出大批的军警在街头巡逻和布防，把一切都控制在军队的掌握之中。

稳定了局势之后，诺列加又通过政府领导的工会组织做失业者的工作，及时动用国家储备，用现金支票从国外购进大批的食品。他命令部队把这些食品装进一个个的食品袋，向饥饿的群众分发这种"尊严食品袋"以鼓励巴拿马人共赴国难，共度难关。同时还由政府组织了许多"大众市场"安抚人心。由于采取了一系列的应急措施，又牢牢地掌握了军权，因此，诺列加政府并没有毁于一旦。

美国政府见经济封锁并没有迫使诺列加下台，又对巴拿马进行军事威胁。从1988年3月中旬开始实行经济封锁的同时，到4月中旬，仅在一个月的时间内，美国政府竟三次向巴拿马运河地区增兵，总数达到了两千七百六十人。再加上美军南方司令部常驻巴拿马一万人的军队，和穿越巴拿马运河的两艘"冲绳号"大型攻击舰，美军进驻巴拿马的总兵力已同巴拿马本国的兵员总数相差无几，而在武器装备方面更是几倍、十几倍于巴拿马军队。

然而，在如此严峻的大兵压境之时，诺列加依然没有屈服。在巴拿马的国家电视台里，人们经常可以听到这位"铁腕将军"的誓言：

"我们决不会在美国人面前低声下气，我们也决不会在这殖民主义庞然大物面前投降！"

"巴拿马运河属于巴拿马人民，最后的胜利也一定属于巴拿马人民！"

诺列加以一种不可动摇的勇气和人格的力量，终于稳住了巴拿马的局势，让这个多灾多难的弱小国家，艰难地度过 1988 年的危机。

但是，到了 1989 年，诺列加参与贩毒的指控，又成了美国政府置他于死地的借口。因为只有这种借口，才能堵住国际舆论的嘴巴。

1989 年 1 月，美国第四十一任总统乔治·布什走进了白宫总统办公室，在椭圆形的办公桌前开始发号施令。

近年来，毒品贸易使美国的确成了世界上最大的受害国之一，每年的经济损失近 1000 亿美元。如果加上给美国私人企业造成的 520 亿美元的损失，那么，两项的总和占全美国民总收入的 10%，而美国庞大的军费开支也才占国民总收入的 7%。这笔损失实在触目惊心。美国公民中吸毒的人数有增无减，到 1989 年竟达两千五百万人之多，这又是一个令人担忧的事实，更不要说因为吸毒而引发的抢劫、凶杀、强奸、卖淫等其他社会犯罪。

当新上台的总统布什从美国缉毒总署的情报部门了解这些情况之后，他决心来一个大的行动。在国家安全会议上，他把禁毒作为主要的内容之一，要求有关部门立即确定打击目标，雷厉风行，给国内国外的贩毒集团来一个毁灭性的打击。

于是，诺列加参与贩毒的指控又旧事重提，关于他的一系列贩毒情报又被送到布什的办公桌上。

其中一份情报写道：

中央情报局驻巴拿马情报处发回情报，有确凿证据表明，巴拿马首脑人物诺列加将军是南美贩毒集团的支持者，他向麦德林贩毒集团及其他贩毒团伙提供机场、海关、码头和军队，赚取"可卡因美元"。据估计，诺列加每年接受贩毒集团的"买路钱"达1500万美元之多，而他自己的大量个人资产，大多为贩毒所得……

还有一些情报说：

诺列加是南美哥伦比亚麦德林贩毒集团头目埃斯科瓦尔的密友，他们20世纪70年代就合作走私毒品。诺列加为麦德林贩毒集团及埃斯科瓦尔提供大量的方便，贩毒头目经常出入巴拿马城及哥、巴边境，但诺列加从未向我国司法机关及世界缉毒组织报告过。

据纽约警方向国务院呈交的报告说，巴拿马寄往美国的外交邮件中藏有大量的可卡因，但因对方享有外交豁免权，警方只有开绿灯。

除了这些危言耸听的情报外，还有一些更加具体的"罪证"：

1984年2月10日，诺列加以巴拿马军事首脑身份访问美国，趁机将100万磅大麻偷运进美国，警方虽然当场发现，但并未没收；

1985年4月1日，哥伦比亚麦德林贩毒集团一架贩运可卡因的飞机抵达巴拿马国际机场，将2000公斤可卡因装入巴拿马空军C-130大力神运输机，进入美国，这2000公斤可卡因去向不明；

1987年10月8日，美军驻巴拿马运河第12特别空降师34旅103团发现一座可卡因仓库，但其中的毒品却被巴拿马警方强行运走，指挥抢运毒品的巴拿马军事指挥人员，手里拿着诺列加亲自签署的命令……

根据上面的情报和"罪证"，美国政府决定以贩卖毒品罪再次向诺列加提出指控，并决定将这位巴拿马元首逮捕到美国受审。

美国政府这种决定可谓是一箭双雕：一是为了缉毒，二是为了永久占有巴拿马运河，因为到目前为止，巴拿马还没有第二个像诺列加一样的硬汉，敢于同美国人公开宣战。

两种目的孰轻孰重，布什总统和他们的议员们心中有数。

但是，巴拿马虽然是一个地少人不多的小国家，但它毕竟是一个享有独立主权的国家，在联合国也占有一席之地。如果美国人将这样一个主权国的元首，像抓一个毒贩一样抓到美国来，关进美国的监狱，这恐怕会引起国际社会的非议。尤其是据某国情报部门提供的情报表明，当时能与美国抗衡的另一位世界"霸主"苏联正在向巴拿马运河区渗透。苏联的最大情报机关克格勃正派员在巴拿马收集情报，并准备秘密约见诺列加，准备在巴拿马城建立情报站。

这一情报，的确让布什对美国的决定踌躇了一番。如果苏联染指巴拿马，而自己又要一意孤行，那么，说不定又会造成一次全球性的战争危机。

为了遏制苏联的行动，又能师出有名地逮捕诺列加，美国政府开展了外交攻势，布什总统先后与时任英国首相撒切尔夫人、法国总统德斯坦、德国总理科尔、意大利总理佩尔蒂尼、日本首相大平正芳、加拿大总理特鲁多和澳大利亚总理基廷等盟友和国家首脑进行了对话，其中还包括苏联总统戈尔巴乔夫，表明了美国政府准备逮捕诺列加的理由，并希望能得到各国的理解和支持，来一个全球性的扫毒大行动。

美国白宫的热线电话马上引起了国际社会的关注和反应，许多国家首脑都给了布什一个明确的答复：支持美国政府的扫毒行动，并预祝成功。就连苏联总统戈尔巴乔夫面对美国政府这种正大光明的理由，也无法表示反对，尽管他知道美国人真正的目的是"醉翁之意不在酒"。

国际社会的态度，让布什总统心中踏实了许多，即使逮捕了诺列加，也不会引起世界时局的动荡。现在是万事俱备，只欠东风了，只要有一个合适的借口，美国的海陆空三军就可以在光天化日之下，包围巴拿马的国防军司令部，公开地捉拿这位"铁腕将军"诺列加了。

但是，这样的"借口"迟迟没有来临。诺列加从1988年之后，一直在致力于巴拿马的治国大事，就像一位总统的"总统"一样，想方设法使巴拿马早日走出困境，美国并没有发现他与哥伦比亚麦德林贩毒集团有什么新的来往，也没有发现他同大毒枭埃斯科瓦尔有新的行动。

正当美国政府在等待他们需要的"借口"出现时，突然，一个意外的机会不期而至——

1989年10月2日星期一凌晨2点30分，一阵急促的电话铃声，将美国国防部长切尼惊醒了。

切尼敏捷地抓起听筒，里面马上传来上任才一天的美国国防部参谋长联席会议主席鲍威尔的声音。

鲍威尔向切尼报告说，据刚刚获悉的可靠情报称，巴拿马国防军"乌拉卡营"营长菲瓦塞·希罗尔迪决定在10月2日上午发动政变，推翻诺列加。希罗尔迪要求允许他的妻子和家人暂时躲进驻巴拿马的美军基地，并且请求美国出兵封锁美洲大桥和阿马多公路，以保证他的政变成功。

切尼一听到这个消息，脸上顿时露出极度的兴奋。他当即表示同意希罗尔迪的妻子和家人到美军基地避险。至于封锁美洲大桥和阿马多公路的事，切尼犹豫了一下，他只对鲍威尔说："待我立即请示总统之后再给你回话！"

美国总统布什接到切尼的专线电话之后，对是否出兵一事也拿不定主意，只好对切尼说："上午的第一件事就是召开内阁紧急会议。"

他也只有听听那些高参们的高见。

10月2日上午8时30分，内阁紧急会议召开。国防部部长切尼通报了情报之后，所有的与会者一致表示：

"届时见机行事，封锁道路！"

9时整会议结束，也同时向有关部队下达了上述命令。仅十四分钟以后，驻巴拿马美军就完全占领了各交通要道，随时配合希罗尔迪率领"乌拉卡营"的兵变。

这时，切尼和鲍威尔等一批军事首脑，正聚集在五角大楼的指挥中心，紧盯着那面墙上的大屏幕，密切注视巴拿马的动向。

然而，一个意外的消息传到五角大楼：

希罗尔迪决定上午的政变取消，改到下午3时。

紧接着，又一个消息传来：

下午3时的政变取消，改为晚上8时。

夜幕降临了，那幅大屏幕前的人们又全神贯注，翘首以待。谁知又一个情报传来：

晚上8时的政变取消，改在明天（10月3日）上午进行……

切尼还没听完这一报告，就摔掉手中的铅笔，大骂："希罗尔迪，你这个猪！"

这时，切尼同鲍威尔都不约而同地想道：这很可能是诺列加设下的一个圈套，同这个希罗尔迪共同密谋，引诱美国人上钩，或者是同美国政府开个"玩笑"，以试探对方的态度。

想到这里，他们都不由得有点担心。互相交谈了几句话，鲍威尔建议，暂不宜向总统布什报告，静观其变。

切尼点了点头，立即向驻巴拿马美军司令部和所有行动的部队下达了一道死命令：

"见风使舵，任何人不得轻举妄动！"

然而，就在美国人疑虑重重、举棋不定的时刻——10月3日早晨8时，巴拿马政变发生了！

这天早晨，诺列加将军像往常一样，亲自驱车来到国防军司令部大楼上班。然而，当他刚一把车停在每天的老地方走下车来，他就被希罗尔迪指挥的"乌拉卡营"的几位士兵扣押了，并把他关进了一间作为临时监狱的秘密地下室。紧接着，"乌拉卡营"控制了巴拿马国防军司令部大楼。

此时，带着政变成功的兴奋和紧张，政变的总指挥希罗尔迪迫不及待地来到国家电视台，站在历任总统和诺列加将军多次站过的地方，用几乎是同一只话筒向巴拿马人宣布：

"各位公民早上好！在此，我，巴拿马国防军'乌拉卡营'营长莫瓦塞·希罗尔迪郑重宣告：原国防军总司令诺列加将军已被扣押，国防部已被控制。这是一次纯粹的军事行动，不涉及任何政治交易。而且特别说明的是，美国人没有参与这次政变。我们这次军事行动的目的，就是强行让诺列加将军交出大权，自行隐退，恢复军人的威信、人民的尊严和1968年的革命方针，结束由他主宰多年的军人政治……"

希罗尔迪的宣言传遍了巴拿马，也传到了美国军方司令部。有意思的是，希罗尔迪的妻子和家人并没有躲进美军基地。也许是由于紧张、疏忽或者是太顺利了，一直到将诺列加扣押以后，希罗尔迪都没有把政变的消息通报美国政府。结果严阵以待的美军南方司令部司令瑟曼中将在这次政变中，完完全全地做了一次"壁上观"，没有帮上任何一点忙，就连诺列加被捕的消息都不知道。

这一切，对美国政府和国防部及南方司令部，都是一个很大的嘲弄，搞得国防部长切尼在布什总统面前几乎无法交差。

然而，这次政变的成功却是那么短暂。

希罗尔迪在电视台的讲话还没有完，诺列加的命令就通过看押他的士兵，传到了国防部的亲信和他们的嫡系部队"2000年营"营长的手中。于是，一个营救诺列加的方案很快诞生了。

仅仅在四个小时以后，巴拿马国防军总司令部上空就冒起了一个个巨大的烟柱，爆炸声接连不断。"2000年营"的士兵和其他部队，高喊着"与将军同生死"的口号，向司令部大楼发起了猛攻。营救部队向希罗尔迪等政变分子发出最后通牒：

"立即释放诺列加，否则后果自负！"

面对营救部队猛烈的进攻，希罗尔迪这位侥幸取胜的政变者乱了方寸，不得不向美国人求援。

当天中午12时18分，两名政变部队的中校军官驱车来到美军克莱顿基地，紧急请求会见他们。

克莱顿基地指挥官西斯内罗斯上校立即向南方司令部请示，南方司令部司令瑟曼将军同意会见他们。但他明确告诉西斯内罗斯少校，美军愿意帮助希罗尔迪的政变，不过，他们一定要把扣押的诺列加将军交给美方审判。

政变部队的这两名中校当场拒绝了。

出兵援助一事搁浅。

巴拿马政变分子不愿交出诺列加的消息也迅速传到了白宫。

布什总统听到这一消息后，立即会见国防部部长切尼和参谋长联席会议主席鲍威尔商量对策。

对于总统的所谓"对策"，鲍威尔将军当然心领神会。他马上说：

"巴拿马现在是群龙无首，一片混乱，我们正好趁此机会，派出我们的海军陆战队和伞兵部队进军巴拿马城，以调停的名义找到诺列加，然后迅速将他弄到美国来。我想，这不是一件很难的事，我们的士兵完全能办得到。"

布什总统听完鲍威尔的建议后，正要征询切尼的意见时，那台红色的电话机又响了。原来是国务院接到美国驻巴拿马使馆的电话，声称政变部队准备把诺列加引渡到美国。

布什放下电话，正要对这两位军事首脑说什么，那台白色的电话又响起来了。

布什总统听到了一个令人吃惊的消息：

据美国中央情报局得到的情报说，今天上午，诺列加将军根本没有去巴拿马国防军司令大楼上班，而是从家里直接去了外地视察，政变部队扣押的根本不是诺列加本人，而是他的一位替身……

"简直是胡闹！"

布什总统还没有等对方说完，就摔下了电话，狠狠地骂了一句。

"诺列加到底在哪里？"

布什总统和他面前的几位高级幕僚也都给搞糊涂了。他们只好下令首先查明诺列加的下落，再决定出兵和引渡事宜。

原来这个情报，也正是营救部队使出的一条缓兵之计。他们知道，如果想搞清楚诺列加的下落，那位搞了多年情报工作的总统是不会轻易下令出兵的。只要他一下令调查，营救部队就赢得了时间和主动权，完全可以抢在美国人之前救出诺列加将军。

布什果然中了这条奸计。

就在美国人犹豫不决和进行调查时，政变部队终于挡不住营救部队的进攻。经过不到两个小时的激战，政变部队的总指挥希罗尔迪就宣布投降，释放了诺列加将军。这种结果给美国人一个措手不及，他们连想都没有想过。

被扣押了六个小时的诺列加将军，又回到了国防军总司令部，恢复了他的霸气。当天晚上他又在电视台露面了，带着神采奕奕的笑容发表了强硬的演讲。他说：

"虽说美国人插手和支持了这场政变，但政变对我来说，就像抛掉一顶帽子一样轻松和随便……"

一场政变的闹剧上演了六个小时，就过早地谢幕了。这场闹剧虽然给了美国人一个机会，但是他们却没有把握好这个机会，反而给诺列加留下了一个笑柄。因此，美国人绝不会由此而罢休，如果不除掉诺列加，根据 1977 年同巴拿马的托里霍斯将军签订的新条约，1999 年 12 月 31 日以后，巴拿马运河的主权就一定会完全属于巴拿马人民的。

于是，美国政府便再次以禁止贩毒为借口，公开入侵巴拿马，要活捉诺列加。


1989 年 12 月 10 日凌晨。

几架美国最先进的 F-117 隐形战斗轰炸机，奉命从美国爱德华兹空军基地起飞，悄悄地飞临正在酣睡中的里奥哈托镇。

这个位于巴拿马首都南部的城市，突然被一连串的爆炸声惊醒了，一时火光冲天。F-117 隐形轰炸机在这里投下一颗颗重达 900 磅的巨型炸弹，从此拉开了美军入侵巴拿马的战幕。

轰炸了里奥哈托镇之后，美军立即将战火推向巴拿马城，一场大规模的军事入侵立刻席卷整个巴拿马。

一批批的重型炸弹落在巴拿马国防军的营房、机场、坦克集结地和弹药库之后，几架巨型的 C-130 "大力神"运输机又接踵而至，夜空中美军第 13 空降师、第 6 机械化营和第 87 步兵师所属的第 5 营等几千名士兵从天而降，迅速占领了正在燃烧的巴拿马城交通要道、政府办公楼和广播电台。与此同时，美军驻巴拿马运河区的部队也倾巢出动，越过运河边界，占领了巴拿马各重要城镇，一路向巴拿马首都扑来。

这次入侵的主要目标就是活捉诺列加，美军 101 特种部队奉命首先直扑巴拿马国防军司令部大楼。根据美国中央情报局获得的准确情报，19 日晚诺列加就住在司令部大楼。种种迹象分析，他绝不会在这么短的几小时内，又是在深夜突然离开办公室。

但是，当美军冲进了大楼，冲进了诺列加的卧室时，仅仅找到了诺列加的一只公文包和被褥里一个浑身发抖的赤身裸体的北欧女郎。士兵们还有一个重大的发现，就是一支印有诺列加名字的古巴雪茄还在燃烧。

"诺列加在哪里？"一位美军军官用枪指着这位北欧女郎喝道。

但是这位女郎无论如何也回答不了这个问题。她只能告诉这位军官，那支雪茄是她抽的，诺列加当晚根本就没来这里过夜。可是，美军还是从一只大文件柜里拉出了一位吓得浑身发抖的年轻人。这位年轻人也是一丝不挂，但他根本不是诺列加。美军终于相信了这位女人的话，也没有时间去理会这对男女的私情。他们要找的是诺列加。

那么，诺列加到底在哪里呢？

冲进大楼的美军几乎将大楼翻个底朝天，但仍然一无所获。

原来，这位总司令的确不是等闲之辈。早在四十八小时之前，他就判断出美军会入侵巴拿马。从 19 日开始，每隔十分钟，就有一架美军巨型运输机降落在运河区美军基地。诺列加根据这一反常的迹象判定，美军入侵的时间就在 20 日深夜。

于是，在 12 月 19 日，诺列加就下达了一道密令：除了留小部兵力守卫重要的军事目标外，所有的正规军都换上便衣，潜出巴拿马城，然后就在里奥哈托镇不远的地方集结待命。

战争果然按照诺列加的判断爆发了。但是巴拿马军队却没有遭到重大的损失。

入侵的美军在欢呼自己的胜利，白宫发言人菲斯沃特也在白宫举行记者招待会，宣布美军在巴拿马的军事行动已经取得空前的胜利，贩毒分子诺列加即将被押往美国受审。

但是，就在这时，美军驻巴拿马的南方司令部大楼却传来一阵轰轰的爆炸声。紧接着，几百名巴拿马武装部队人员冲进了大楼，将美军在巴拿马的这个老巢给一锅端了。

原来正在美国人得意忘形之时，诺列加率领潜出城外的部队进行了反击。

在美军南方司令部被炸毁的同时，巴拿马的军队在科隆市、巴拿马城周围也趁美军立足未稳之时，全面发动猛烈进攻。一时让入侵的美军损失惨重。

入侵的美军遭到这突然的袭击，一时措手不及，只好向五角大楼发出紧急求援的信号。切尼和鲍威尔等人一时还反应不过来，连总统布什本人也被诺列加这突然的行动给镇住了。

在这场战争中，美国军队无论如何也输不起，否则，将会在国际社会永远抬不起头来。

于是，五角大楼在取得布什同意之后，又迅速发出新的命令：

　　火速向巴拿马空运两千名海军陆战队队员；

　　抓住诺列加赏美金 100 万元。

　　面对美军新的行动，诺列加又用他的秘密电台，号召巴拿马人团结起来，继续同美国人斗争，维护国家的主权和尊严。

　　诺列加的讲话，激起了巴拿马人强烈的反美情绪，许多美军驻地都遭到了袭击。但是，那 100 万美元的重赏，却让诺列加成了一块诱人的肥肉，引得美军官兵和巴拿马国许多反对诺列加的人，都像猎狗追逐猎物一样，对他进行追踪。一发现他的行踪就穷追不舍，告密的电话、纸条一个又一个地传到美军南方司令部和情报部门那里。

　　诺列加这时已意识到自己的危险的处境，随时都有落入美军和反对者手中的可能。但是，十年情报局长的经历使他并没有绝望，他知道只要留得一条命在，巴拿马就不完全是美国人的天下。经历了几次惊险的追捕之后，诺列加最后不得不抛弃电台，离开保护他的"2000 年营"，一个人单枪匹马，开着一辆军用吉普与美军周旋。

　　于是，"诺列加失踪"的情报又接连不断地传到了白宫和五角大楼。但是，没过多久，诺列加又出现在科隆市或其他城市，又利用当地的电台发表一次演说，然后又神秘地"失踪"了。

　　这样的游击战让美国人大伤脑筋，如果再抓不到诺列加，实在是太没面子了。眼看 1989 年的圣诞节快到，布什早已下令，一定要在圣诞节前结束巴拿马事件。于是，一个更大规模的追捕行动在圣诞节前展开。

　　四天四夜过去了，美军除了不时听到诺列加的声音之外，依然一无所获。不过，与美军周旋了这么多天的诺列加，这时也已精疲力竭，疲惫不堪了，想尽快找到一条逃生之路。

12月24日，诺列加突然得到一个消息：与自己平时往来密切的梵蒂冈大使馆至今仍是一块"净土"，没有成为美军滋扰和搜查的目标。这个消息给了他强烈的求生勇气和信念，他决定躲进梵蒂冈使馆。

通过简单的联络，罗马天主教的发言人表示同意接受诺列加的要求，为他的避难提供方便。

于是，12月24日中午，诺列加就悄悄地驱车来到梵蒂冈驻巴拿马大使馆，被使馆人员请了进去。逃亡了几天几夜的诺列加，终于得到了片刻的休息。

但是，诺列加逃进梵蒂冈大使馆的消息，在二十分钟以后就传到了白宫。布什总统亲自致电梵蒂冈教皇保罗一世，向他施加压力，请他下令交出诺列加，并派出总统特使黑格将军匆匆飞往教廷，同教皇面谈，商谈逮捕诺列加的事宜。与此同时，美军驻巴拿马南方司令部及入侵巴拿马的各部，立即派兵将梵蒂冈驻巴拿马大使馆围得水泄不通，甚至连下水道出口处都派上了岗哨。顿时，诺列加成了瓮中之鳖，插翅难逃。

教皇特使何塞·塞瓦斯蒂安·拉沃亚奉教皇之命，飞往巴拿马城，对诺列加宣示"主动劝谕"。人们尚不知道诺列加是否在天主面前忏悔过什么，但消息灵通的记者们注意到，威严的罗马教廷只用"休息"一词，而非用"避难"一词来解释诺列加的行为。

在拉沃亚向诺列加宣示主的"教谕"的同时，美军除在使馆外炫耀武力之外，还开展了强大的心理攻势进行"攻心战"。他们别出心裁地在使馆门前架起十多只高音喇叭，大肆播放杰克逊的摇滚舞曲《无处可逃》。高分贝的乐曲就像飓风一样，摇撼着大使馆的门窗，也震撼着诺列加的心灵。

诺列加这时像一只热锅上的蚂蚁，在大使馆的那间小屋里走来走去。他透过窗户，看到大使馆墙外，坦克、装甲车和全副武装的士兵像铁桶一样，将大使馆团团围住。而空中则盘旋着一架架武装直升机。这一切，让诺列加这位铁腕人物不由得想道：如今真的是无处可逃了。他没有想到，那位天才摇滚巨星迈克尔·杰克逊的这首舞曲，竟是为自己而作。

小小的梵蒂冈大使馆哪里挡得住美国政府的这种压力，他们终于向诺列加发出了最后通牒。贩毒的罪名又是那样无懈可击，何况高明的布什总统又早已在国际社会做好了"铺垫"。诺列加知道自己的末日已经来临了，就是主，也无法拯救自己。

于是，他开始做好了"下地狱"的准备。

十天以后的1990年1月3日晚8时30分，紧闭了十天的梵蒂冈使馆的大门打开了。一身戎装的诺列加将军出现在门口。通红的眼珠，严峻的神色，始终保持一位巴拿马将军平日的威容。

高音喇叭声停止了，一切喧闹都变得鸦雀无声。只有雪白的军用探照灯的光柱，将这扇大门和站在大门周围的人照得一片白。无数的美军官兵和远处的巴拿马城的居民，都在静静地注视着站在大门口的诺列加，似乎被他的出现震惊了。然而就在这时，几名美军特种兵走上前去，"咔嚓"一声给他戴上了一副特制的不锈钢手铐。

一个时代结束了。诺列加的眼光掠过这些士兵和人们的头顶，最后看了一眼自己的城市和人民，然后他在四名美军士兵的架持下，向一架直升机走去。

此时，无数的照相机和摄像机在闪着光，摄下了这惊心动魄的一幕。人群外传来巴拿马人的哭声……

直升机发动了，轰鸣的马达声震动着巴拿马城的所有巴拿马人的心，甚至全世界也为之一震。直升机升上了夜空，在漆黑的夜色中，坐在舷窗边的诺列加将军看到了一条白色的河道和一片片温馨的灯光。他知道那是举世闻名的巴拿马运河。他留恋的目光凝神了片刻，然后闭上了眼睛仰头靠在坐垫的靠背上。

他的眼里似乎有泪在流……

美国联邦最高法院举行了终审判决，判处诺列加一百四十五年监禁，终生不得保释。随后，诺列加被押往有"恶魔鬼"之称的美国马里恩监狱，在铁窗中度过他的后半生。这是美国所有的监狱中管制最残酷的一座监狱，监狱长哈曼是一位以虐待犯人为乐事的"虐待狂"。但是，哈曼这一次却表现得异常的人道和正常，非常欢迎这位大名鼎鼎的罪犯的到来。

原来，他希望诺列加写一部《我的故事》的自传体小说，他的一位出版商朋友告诉他，这部《我的故事》可以卖到 100 万美元，同时还可以让他的马里恩监狱从此名扬世界。

就是在监狱，诺列加也无法逃脱美国人的算计。这一切都是因为，他是一名令世人深恶痛绝的贩毒分子。有谁来为他"平反"呢！

诺列加的厄运令他的密友、哥伦比亚麦德林贩毒集团的一号头目埃斯科瓦尔震惊。

诺列加的悲剧发生在哥伦比亚的"黄金行动"之后。"黄金庄园"的毁灭、麦德林贩毒集团头目之一加查的被击毙，已经让埃斯科瓦尔和莱德尔等人焦头烂额。现在，自己的密友诺列加又成了美国人的阶下囚，这一系列打击，不能不令埃斯科瓦尔垂头丧气。

几乎是从美军入侵巴拿马的那一天开始，埃斯科瓦尔就一直关注着诺列加的命运和事态的发展。没想到事情很快就有了结果，这结果似乎在埃斯科瓦尔的意料之中，但又在他的意料之外。一位国家的元首沦为另一个国家的因犯，这无论在世界外交史还是国际法上都难以找到先例。更令埃斯科瓦尔不能理解的是：对于这么一件震惊世界的国际事件，所有国家几乎都在保持沉默，甚至连一直同美国抗衡的苏联政府，都没有表示异议。

这一切都说明了什么？

答案已不言而喻。

因此，埃斯科瓦尔不得不使出同政府"对话"的一招。他认为唯有如此，才可以保护麦德林集团的利益，才会使自己和其他的兄弟们不会像诺列加那样，被关进美国人的监狱。

但是，谈判并不是麦德林贩毒集团的中兴之路，一场新的厄运又接踵而来。

# 第十六章

## 谈判未果　三号头目遭引渡

　　谈判未果，相持五十多天之后，只好"图穷匕见"
——索查广场再成"屠场"。

　　三号头目一生风流倜傥，最后却因女人落入法网，
引渡美国被判一百六十年，依然阴魂不散……

　　哥伦比亚"改朝换代"，新总统恩威并施，重在
"招安"。

　　1990年1月27日，诺列加被关进美国马里恩监狱不久，哥伦比亚麦德林贩毒集团同政府的第二轮谈判重新开始。

　　从1989年9月6日到1990年1月初，哥伦比亚政府向美国一共引渡了十三名贩毒分子。这十三名被引渡者都被美国联邦最高法院判处了八十五年以上的有期徒刑，而且没有一个允许保释。这对哥伦比亚的贩毒分子造成了一种极大的心理压力。尤其是"黄金行动"的胜利和美国政府逮捕了巴拿马政府首脑诺列加将军，更让哥伦比亚和南美地区所有的贩毒集团，都成了惊弓之鸟。

　　现在，麦德林贩毒集团的代表又同政府的代表坐到谈判桌前来

了，所以，哥伦比亚总统巴尔科决定采取适可而止的态度，在加紧围剿追捕，进行严厉打击的同时，改变一些策略，将打击和对自动投降的贩毒分子予以宽大处理结合起来。巴尔科总统认为，这样也许更能有效地全面打击和瓦解贩毒集团，取得哥伦比亚扫毒战的最后胜利。

另外，还有一个更重要的私人原因就是，巴尔科总统的任职即将结束。他不想在他下台前最后的日子里，把这件事办得太过火，给他的后任留下一个话柄。任何事情的解决都得讲究一个"度"，狗急了也会跳墙或回过头来咬人，何况是这种亡命的贩毒分子。如果他们一旦发现连投降都没有出路，那么只有拼个鱼死网破。

然而，谈判的结果并不尽如人意，双方代表在谈判桌边的对话，并没有什么实质性的突破。尽管麦德林贩毒集团遭受到一系列的重创，但埃斯科瓦尔的教父巴列霍并没有做出让步和向政府靠拢的打算。他提出来的许多条件都是旧话重提，并没有新的内容，其中包括不能没收麦德林贩毒集团头目的财产和不得引渡等。而政府一方的代表、巴尔科总统的密友蒙托亚，尽管自己的儿子被贩毒集团绑架过，但他并没有屈服于这种威胁，更不担心会有第二次绑架的事件发生。因为美国人的强硬态度已表明，全面性的禁毒已成了各国的共识。南美地区和加勒比海沿岸的毒贩，随着古巴军事首脑奥乔亚的覆灭和巴拿马诺列加的被捕，也都认识到了自己的末日已为期不远。哪怕是总统巴尔科即将隐退，但禁毒运动已是大势所趋，已形成了一股不可逆转的世界潮流，并不可能因为某一任或某一位领导人的更迭可以改变。因此，蒙托亚依然明确地坚持自己的观点：引渡问题可以考虑，但这些毒枭利用贩毒所牟取的非法所得，一定要查封收缴。否则，这种禁毒就毫无意义了。

双方一直僵持了五十多天，相持不下。这时，麦德林贩毒集团的一号头目埃斯科瓦尔同三号头目莱德尔商量，应该再来一点"荤"的，给他们的谈判代表增加一点谈判的筹码。

莱德尔对埃斯科瓦尔的这种想法早就心领神会，表示完全赞同。于是，一场新的谋杀阴谋又在波哥大酿成。

1990年3月22日，哥伦比亚爱国联盟党的总统候选人哈拉米略，驱车前往波哥大西部的索查广场，准备在那里举行他的第五次竞选演说。

对于波哥大西部的这个索查广场，广大的波哥大市民并不陌生。尤其是半年多以前的1989年8月18日，43岁的自由党总统候选人路易斯·卡洛斯·加兰血溅广场，倒在贩毒分子的枪口之下以后，人们对这里更有一种恐怖的感觉。

爱国联盟党的总统候选人哈拉米略之所以又一次选择这个索查广场进行他的竞选演说，其目的当然很清楚，他无非是要向他的选民表示他的禁毒决心和对贩毒分子的蔑视。尽管他的竞争对手加兰倒下了，但哥伦比亚禁毒运动并不能就此而终结。他竞选总统的口号，就是"还哥伦比亚以清白"。他曾多次向千千万万的选民承诺，如果他当上了哥伦比亚总统，他执政的第一招就是要去掉哥伦比亚"毒品王国"的帽子，决不靠所谓的"可卡因美元"来支撑自己的政府。

哈拉米略的这种竞选纲领既大胆，又切中了哥伦比亚的时弊，得到了广大选民的支持和拥戴。因此，在这次大选前夕，他同其他的几位总统候选人相比，更显得咄咄逼人，风头正劲，行情一直看好。

现在，哈拉米略的竞选班子又为他安排了这么一着险棋，让他在加兰倒下去的地方公开地向贩毒集团叫板。如果这一着险棋成功了，那么，在总统竞选的最后决战中，哈拉米略就会稳操胜券。

但是，这的确也是一着险棋。虽然贩毒集团此时正在同政府对话，形势有所缓和，但谈判的进程并不令人乐观，因此，在哈拉米略去索查广场之前，他的竞选班子和爱国联盟党总部采取了一切有力的措施，防患于未然，确保哈拉米略的安全，以防加兰的悲剧重演。

谁知哈拉米略的这次竞选演说，却撞到了麦德林贩毒集团的枪口上——他们在谈判桌上得不到的，只有企图通过谋杀和恐吓争取。

于是，当3月22日下午3时，哈拉米略的车队开进索查广场时，一场流血事件就发生了。

索查广场的中央有一座临时搭起来的讲台，讲台周围和广场附近的高楼上，都布满了负责保卫安全的军警。哈拉米略的支持者和爱国联盟党的骨干分子，就像人墙一样被特地安排在讲台的最前面，将讲台围得水泄不通，以防不三不四的人和贩毒分子接近讲台。

3时20分，哈拉米略在一群身材高大的保镖的簇拥下，将防弹轿车直接开到讲台前才下了车，然后径直走上讲台。这时，整个广场顿时欢声雷动，聚集在这里的近万名市民热情地鼓掌，欢迎这位未来的最强硬的禁毒总统。

哈拉米略在群众的欢呼声中频频招手，开始神采奕奕地进行他的竞选演说。他那激昂的调子和深得人心的竞选措辞，不时被一阵阵的掌声和欢呼声所打断。哈拉米略这时也自我感觉非常良好，他似乎看到自己走进总统府那一天的盛况。他的演讲也更加激越、精彩，充满着一种成功的自信和喜悦。这时，他已经把危险丢到脑后去了，然而危险也正是在这时悄悄向他走来。

几位新闻记者在人群中挤来挤去，他们趁负责保卫的军警和爱国联盟的骨干分子沉浸在成功的喜悦之中时，悄悄地向讲台靠近。

他们就是莱德尔派来的杀手。

莱德尔和埃斯科瓦尔商量的结果是，不把谋杀安排在哈拉米略演讲的开始，而是安排在演讲进行了一半之后。这时，处在兴奋之中的人们，那种高度的戒备之心就会松懈下来，把兴奋点转移到另一个方面。这样，就会给他们创造一个下手的机会。

事情的发展进程完全在他们的预料之中。当这几位化装成新闻记者的杀手挤入人群之后，根本没有引起什么人的怀疑和注意。这时，他们分散开来，举起了手中的照相机——一种有特殊装置的自动手枪。随着那上面的"快门"的"咔嚓"声，一连串的子弹就飞上了讲台，哈拉米略和他的保镖们一个个都中弹倒下。

哈拉米略倒下去之前，正张开双臂举向空中，一个"V"形的手势像庆祝胜利一样。然而，就在这时，一串子弹准确无误地击中了他的左胸，他就是带着这种胜利的姿势倒在讲台上，倒在血泊之中。

台下顿时大乱，索查广场又一次沉浸在恐怖之中，而且是在午后的阳光之下。这几位杀手见大功告成，便一个个摔掉身上的"照相机"，混在人群之中往广场外逃去。

事后，波哥大警方从扔在广场这几架特殊的"照相机"，终于查到了谋杀哈拉米略的凶手是谁。

于是，持续了五十五天的谈判彻底宣告结束，巴尔科总统再一次向麦德林贩毒集团发起新的进攻。

几天之后，哥伦比亚缉毒部队意外地抓获了一位名叫塞尔米拉·曼塞娜的女人，经过审讯得知，这位身材苗条、风流漂亮的女人原来就是麦德林贩毒集团三号头目、有哥伦比亚"黑手党教父"之称的莱德尔的情妇。

莱德尔，这位哥伦比亚的大毒枭不仅腰缠万贯，富甲一方，而且生就一副电影明星的派头。他潇洒英俊，风度翩翩，尽管他是麦德林贩毒集团的三号头目，尽管他的妻子是漂亮的影视明星和名模特莱齐娜，但他周围依然美女如云。追求他的女人不是歌星、电影明星，就是舞蹈家和女大学生，甚至还有许多名媛千金。这一切，都与他那充满男子汉魅力的派头有关。许多女人都以占有他一张照片，或与他一度春风为荣。在哥伦比亚，他几乎是一个家喻户晓的人物，其知名度几乎与埃斯科瓦尔齐名，而其中的原因并不仅仅是因为他是政府屡次通缉的要犯或者是有钱。

莱德尔平时的业余爱好之一，就是收集明星的照片，在他的饭店或餐厅的墙壁上，四周几乎全都挂满了影星、歌星的巨幅照片，至于他的卧室更不用说了。他的一生几乎是生活在美女和明星之中。

莱德尔一生真正崇拜的偶像有两个：一个是著名歌星约翰·列侬，另一个就是希特勒。

在他那座豪华饭店的前厅里，竖着一尊真人大小的塑像，这就是1981年死于崇拜者枪口之下的约翰·列侬。莱德尔花了几百万美元，请了麦德林大学美术学院一位有名的雕塑家和他的一群学生，将这位崇拜者塑成这么一尊塑像，竖在饭店的大厅里。

希特勒是莱德尔的另一个偶像。他虽然没有公开地把希特勒像列侬一样竖在自己的饭店里，但是他却像当年希特勒建立党卫军那样，在哥伦比亚创建了一个右翼激进党"拉丁美洲人运动"。在当时，这个激进党派组织已拥有党员一万多人。更值得一提的是，他领导的这个政党在地区议会中赢得了两个议席，在地区参议院中占有了十一个席位。他除了创办报纸之外，还经常利用"拉丁美洲人运动"的讲坛发表演说，号召哥伦比亚团结起来，消除"出卖祖国的叛徒"，号召废除1979年哥伦比亚政府同美国签订的《毒品走私犯引渡协定》。

为了笼络人心，达到其不可告人的目的，莱德尔不惜将数不清的钱财捐献给国民和国家，经常做出一些人们意想不到的惊人之举。

他先后向地方政府捐赠一架飞机，向麦德林市内的一家中学捐赠价值近1万美元的教学仪器，花了7000美元改造了一幢记者协会的办公楼，用自己的飞机将一名生命垂危的姑娘送往首都波哥大治疗，他还向地震灾区的难民一次捐献了5000美元的救济款，被当地人称为德高望重的"唐·卡洛斯"——使他获得了意大利黑手党教父一样的荣誉……但是，在另一方面，莱德尔又同埃斯科瓦尔和奥乔亚等人一样，极端残忍地迫害那些禁毒人士，向政府施加压力，制造一次又一次的暗杀事件，将哥伦比亚笼罩在死亡的恐怖之中，自己也成为政府多次通缉的要犯。

"黄金行动"以后，莱德尔同埃斯科瓦尔及加查等毒枭侥幸地逃出"黄金庄园"，在深山老林和一些小镇潜伏了几天，躲过政府的追捕之后，就逃进了他那座豪华的"贝罗卡庄园"，过着打家劫舍和花天酒地的生活。

莱德尔的"贝罗卡庄园"位于麦德林市西郊40公里的奥内格罗镇。这里青山绿水，鸟语花香，高大的棕榈树四季常青。在棕榈树丛中，掩映着一片高高低低的楼房群，粉红色的屋顶，淡黄色的墙壁，犹如童话中的小木屋。这就是莱德尔的"贝罗卡庄园"。

莱德尔逃进"贝罗卡庄园"之后，仅仅只是过了几天的自在日子，就开始兴风作浪。

有一天，他带领三名保镖，化装成一位大老板，来到麦德林市寻欢作乐。在麦德林的一家娱乐城，他遇到了一对男女青年，男的叫查莱德，是麦德林歌剧院的首席小提琴手。一头的自然卷发，修长的身材。尤其是他那种哈姆莱特式的忧郁，很是令那些上流社会的贵夫人和小姐动情。在麦德林，他有"小哈姆莱特"之称，物质生活虽然很贫穷，除了一套标志自己身份的燕尾服之外，几乎一贫如洗，但他的"精神生活"却丰富多彩，身边经常是美女如云，围绕他转的不是富婆，就是青春貌美的女大学生。他身边的那位女子，就是塞尔米拉·曼塞娜，麦德林音乐学院声乐系的学生。

　　曼塞娜的父亲是麦德林有名的企业家，市议会议员，除了有钱还有名望。这位小提琴手查莱德在一次音乐会上，与这位曼塞娜一见钟情。共同的爱好和一身的浪漫气息，让这一对青年男女形影不离，成为麦德林许多公共场所的一道亮丽的"风景"，引得许多人都羡慕不已。

　　这天夜晚，在这家有名的娱乐城，查莱德同曼塞娜又沉浸在音乐之中。他们在舞池中翩翩起舞，犹如一对穿花蝴蝶，成了今晚舞会上的王子和公主。

　　这时，坐在一边品着东方浓茶的莱德尔在默默地看着。这几年忙于毒品生意，很少涉足这样的场合，尤其是成了政府的通缉犯之后，更是少有在大众场合抛头露脸的机会。他真没有想到，在麦德林市，还有这么漂亮的妞。莱德尔边看边想，决定把这位小姐占为己有。

　　一曲终了，莱德尔招呼一位女招待，掏出几张美元对那位女招待说：

　　"小姐，去帮我买一束郁金香来。"

那位女招待嫣然一笑，说了声"先生，请稍候"，就飘然而去。

不一会儿，女招待捧来一束艳丽的郁金香，并交还找回的钱。莱德尔笑了一下，说：

"这是小费，你收下。不过，还得请你代劳一下。"

说着，他摘下手上的一枚宝石戒指，从这束郁金香中找出一朵黑色的，然后将这枚戒指套在这朵小小的黑郁金香的花蕊上，对那位女招待说："请你代我把这朵花，献给那位小姐，然后把她带到我这里来，拜托了。"

那位女招待又捧着这朵黑郁金香，朝邻座走去，将它和这枚戒指送给了正在同查莱德低声谈笑的曼塞娜。

曼塞娜一见这朵黑郁金香，脸色一沉。她是在麦德林市长大的，自然知道一朵黑色的郁金香并不意味着友谊和爱情。同时，她还看到了这枚价值上千美元的蓝宝石戒指，自然知道这位送花人不同凡响。

她不由得对查莱德说：

"亲爱的，看来我们今天遇到了麻烦。"

查莱德虽然是一个风流王子，但也是一位见过世面的人。他连忙问这位女招待：

"这份礼物的主人是谁？"

女招待笑着说：

"喏，先生您看，就是坐在那里的那位先生。他请小姐过去见见他。"

透过彩色的灯影，查莱德和曼塞娜都不约而同地朝女招待说的地方看去。只见四位男子散坐在沙发上，悠闲地喝着茶。其中一位那风流倜傥的派头似曾相识。曼塞娜小姐觉得有几分面熟，因为她似乎在一位女同学的相册中，见过这样一张照片。于是，她就对查莱德说：

"亲爱的，我过去看看。你在这等着。"

查莱德默默地点了点头。

曼塞娜随着女招待来到莱德尔面前，伸出手来很大方地说：

"您好，见到您真让我感到高兴，请问先生您……"

"慢，慢，请坐！"

莱德尔连忙打断她的话，一边让座一边对曼塞娜说："听说小姐是音乐学院的高材生，有一副美丽的歌喉，不知小姐能否赏脸，为我们大家唱点什么，好让我们一饱耳福。当然，如果小姐不愿意，我也绝不勉强，那我们就互相认识一下，交个朋友也好。"

曼塞娜见这位男子说得如此绅士，而且风度翩翩不失大家风范，便高兴地说：

"谢谢先生的夸奖。不知先生喜欢听什么样的歌？"

"就来一段《茶花女》中的《良宵有约》吧，我想小姐一定会唱得别有韵味。"莱德尔文质彬彬地说，一副高雅的派头深深地打动了曼塞娜的芳心。

……几次接触之后，曼塞娜就投入了莱德尔的怀抱，开始冷淡那位小提琴手查莱德。

当查莱德正为失去曼塞娜而苦恼时，他突然从曼塞娜那里获悉，这位风度翩翩的大老板，原来就是政府通缉的要犯莱德尔。这消息真让他心花怒放。

爱国联盟党总统候选人哈拉米略在索查广场被谋杀之后，哥伦比亚当局又在报纸和电视台大张旗鼓地通缉这场谋杀的主谋，悬赏20万美元。

查莱德心想：只要举报了莱德尔，不但可以得到 20 万美元的奖金，而且可以夺回曼塞娜小姐，真是一箭双雕。于是，他开始跟踪曼塞娜与莱德尔的幽会，并偷拍下了他们会面的照片。待这一切证据都拿到手之后，查莱德毫不犹豫地来到波哥大缉毒警察局，出示了这些有力的证据，提供了莱德尔同曼塞娜经常幽会的时间和地点。

终于在一个充满柔情蜜意的夜晚，警方包围了他们幽会的旅馆。遗憾的是莱德尔逃脱了，曼塞娜被警方捕获。

曼塞娜被捕以后，警方立即对她进行了审讯。曼塞娜知道，如果招出了莱德尔同自己的关系和他的行踪，那么，不但自己会受到法律的严惩，而且还会遭到那位有"黑手党教父"之称的莱德尔和他部下的追杀。因此，她一直拒不交代。这时，警方拿出查莱德偷拍的照片，曼塞娜才没有话说了。在警方的严刑拷问下，她才如实交代了自己同莱德尔的交往和莱德尔的藏身之所。

于是，新任麦德林市警察局局长布拉斯立即派出大批缉毒警察，迅速包围了奥内格罗小镇，并向波哥大警察局求援，请求派出一支防暴警察部队前来协助。不到六个小时，麦德林警察局的四十名警察和从波哥大赶来的二十名防暴警察，在警官勒姆斯少校的率领下，将奥内格罗和莱德尔的"贝罗卡庄园"包围了。警方在所有的通道上都设下了关卡，切断了奥内格罗与外界的一切交通和联络，并派人在庄园周围的丛林中，密切监视庄园内的一切动向。

当天傍晚时分，一辆防弹林肯轿车驶向"贝罗卡庄园"。这辆轿车并没有开灯，而是利用现代化的夜视镜行驶在通往奥内格罗的公路上。

设在公路口的关卡立即用步话机报告了勒姆斯警官。勒姆斯警官立即断定，这辆车一定是莱德尔的。如此名贵的轿车，又有如此现代化的夜行设备，这一切连政府警察部门都无法办到，只有像莱德尔这样的大毒枭和他的同伙，才具备这种条件。于是，他立即发出命令：

"目标已经出现，密切注意监视！"

这辆林肯轿车驶到了"贝罗卡庄园"的门口停下了，车门打开，从车上走下来的正是他们要追捕的毒枭莱德尔和他的几名保镖。在保镖的簇拥下，莱德尔派头十足地走进了"贝罗卡庄园"。大门关闭了，两名保镖在门口持枪站立。

这时夜幕降临，庄园内传来一阵阵悦耳的音乐声，一直荡漾到深夜。大约到凌晨3点钟时，音乐声停止了，庄园里的灯光也渐次地熄灭，但莱德尔的武装保镖还一直在持枪巡逻，保卫着这位大毒枭最后的残梦。

勒姆斯警官在耐心地等待下手的机会。

渐渐地，夜光表上的时针已指向5点，天色开始放亮。勒姆斯警官知道，如果等到天亮以后进攻，在莱德尔严密的防守和警戒面前，进攻的警察一定会受阻，莱德尔也会趁机潜逃出去。

最好的攻击时机就是这时。因为一夜的平安无事已经让警戒的保镖疲惫松懈了，莱德尔本人此时也正搂着女人酣睡在美梦之中。

这时，勒姆斯及时地下达了准备战斗的命令。他首先命令向庄园的主楼发射了一颗燃烧弹。随着燃烧弹的爆炸，庄园中的那座主楼顿时火光冲天，所有的保镖都乱作一团，朝主楼冲去。

勒姆斯立即命令所有的警察向前冲去，尽快接近庄园，占据房顶和制高点。将凡是在射程之内的保镖全部击毙，消灭莱德尔的有生力量。

这时，庄园内又是枪声大作，火光冲天，爆炸声不断。许多保镖纷纷中弹倒下。

就在火光和枪声之中，莱德尔终于出现在卧室的阳台上。在火光当中，只见他赤裸着上身，手提一挺轻机枪，身边还跟着两个赤裸的女人，紧紧地缠住他不放。

莱德尔甩开两个女人，随手给了其中一个女人一梭子子弹。那个女人随着枪响应声倒下，另一位吓得抱着头滚下了阳台。

勒姆斯一见，立即朝阳台上打了一梭子子弹，命令防暴警察包围了这栋楼房。

当莱德尔正要向卧室逃去时，阳台上和楼梯上到处都出现了荷枪实弹的防暴警察，一支支黑洞洞的枪口对准了他。只要他一还击，马上就会被打成肉酱。

正当莱德尔还在犹豫时，勒姆斯警官出现在阳台入口处，他大声地对莱德尔说：

"放下武器，不然就打死你！"

周围的警察立即一齐举起了手中的微型机关枪和冲锋枪。

莱德尔一见已经没戏了，才无可奈何地举起了双手。四名防暴警察立即冲过去，给他戴上了手铐。

麦德林贩毒集团的三号头目，有哥伦比亚"黑手党教父"之称的大毒枭莱德尔，就这样束手就擒了。


两小时以后，莱德尔被押上了早就等待在麦德林国际机场上的一架 A–6E"入侵者"战斗轰炸机。这是美国缉毒总署的缉毒专机。这位贩毒集团的头目未经过哥伦比亚的审判，就直接从这里引渡到美国去受审。

"入侵者"战斗机载着这位大毒枭冲上了8000米的高空，飞过哥伦比亚的圣马尔塔港，飞向加勒比海上空，向2500公里以外的美国佛罗里达州的达坦帕国际机场飞去。

　　1点20分，"入侵者"安全降落在达坦帕国际机场。莱德尔刚一出现在机舱门口，几辆警车呼啸而来，在八名全副武装的防暴警察的押解下，莱德尔用戴着手铐的双手抱住自己的后脑勺走下了舷梯，被架上了其中一辆警车，押往杰克逊维尔联邦监狱，等待受审。

　　麦德林贩毒集团一号头目埃斯科瓦尔得知莱德尔被捕获，并被引渡到美国的消息之后，他立即同远在美国佛罗里达州的毒枭罗德里格斯进行联系，命令他务必将莱德尔营救出来，如果万一营救不了，也要将他杀死在狱中。但是，在美国警方的严密监视下，尽管罗德里格斯有通天的本领也无济于事。

　　几天以后，莱德尔被押上了佛罗里达州的杰克逊维尔联邦法院的法庭。在法庭上，联邦法院的法官出示了莱德尔大量的罪证，长达一百三十二页的起诉书称：

　　这位有哥伦比亚"黑手党教父"之称的大毒枭、麦德林贩毒集团的三号头目莱德尔，多年来，一直从事走私毒品和谋杀恐怖的勾当，先后亲自指挥贩毒分子和黑社会犯罪分子，谋杀了哥伦比亚政府五名部长级政府首脑、五十七位法官、三十名记者和三百名警察及许多无辜的老百姓。从1979年开始，他操纵麦德林贩毒集团，先后将33吨可卡因和其他大量的毒品运输到美国……

　　经过三审后，美国联邦大法官米尔顿在对莱德尔的终审判决中宣布：

"终身监禁，追加一百六十年徒刑，永远不准保释。"

指控莱德尔的罪行有走私可卡因罪、暴力杀人罪、谋杀罪等十多项罪名。他从此开始了漫长的铁窗生涯。美国联邦调查局和缉毒总署，为了侦破和捕获这位大毒枭，花了将近十年的时间，耗费了大量的人力、物力，直到这时总算如愿。但是，尽管莱德尔被关进了美国监狱，他在哥伦比亚依然阴魂不散。许多古柯种植者和麦德林人，还将他视为"民族英雄"。每个星期的周末，由他创建的"拉丁美洲运动"党都要举行聚会，会场里依然悬挂着他的巨幅画像。该党全体党员都一致坚持要求美国当局释放他们的领袖。

更令人感到不安的是，在莱德尔被引渡到美国后的第二个星期天，麦德林歌剧院的那位首席小提琴手查莱德和他的情人、音乐学院的女大学生曼塞娜双双失踪了。几天以后，他们两人的尸体被吊在麦德林广场街心公园的栏杆上。两个人都被剥得精光，一丝不挂，遍体伤痕。

这幅惨象，是黑手党人对告密者惯用的惩罚方式，令人触目惊心。


莱德尔被捕获之后，麦德林贩毒集团已元气大伤。当年贩毒集团的"五虎上将"，如今活跃的只剩下了埃斯科瓦尔和在国外的罗德里格斯了。

这时在国内的埃斯科瓦尔已孤掌难鸣。同政府的谈判破裂之后，他又被警方全国通缉。于是，他又只好仓皇出逃，在各个地方流亡。最后不得不躲进离麦德林不远的科迪勒拉山的一个潮湿的山洞中，一有风吹草动，就带着几名保镖逃进深山老林，全没了当年称霸黑道时的风采。

面对这种困境，大毒枭埃斯科瓦尔开始考虑的，不是贩毒集团东山再起，而是自己的前途和命运。何去何从，这是他第一次面临的选择。有了莱德尔的前车之鉴，他最担心的是被引渡到美国。

然而，就在埃斯科瓦尔举棋不定，犹豫彷徨之时，一条"喜讯"从天而降。

1990 年 4 月 5 日，即将任职期满的哥伦比亚总统巴尔科访问了法国，在向欧洲议会代表的讲话中，这位总统首次公开宣布：哥伦比亚不会将埃斯科瓦尔引渡给美国，条件是只要他放弃毒品走私，向政府投降。

巴尔科总统的这番讲话，无疑给了埃斯科瓦尔一线求生的希望。不过，巴尔科毕竟是一位即将下台的人物，他下台之后，他的继任者会不会恪守他的诺言很难说，所以埃斯科瓦尔对哥伦比亚政府的这个决策，还是将信将疑。

不久，新任加维里亚总统针对贩毒分子惧怕被引渡的心理，继承了前任"打击和招安"相结合的策略，制定了一套对付贩毒分子的新办法。在加紧对贩毒集团围剿和追捕的同时，他郑重地颁发了第三号总统令。该总统令宣布：

在此法令颁布之日前，凡是犯有毒品生产、制造罪的贩毒集团分子，只要向政府投降，司法当局将对他们从轻处理，并保证不把他们引渡到美国或其他国家……

新总统这项宽大的政策，终于让埃斯科瓦尔把准了政府的脉搏。他和他的同伙，都是在美国毒品管理局通缉令名单榜上有名的"可被引渡者"，如果一旦被引渡到美国，那就一切都完了。

如今，这一新的法令，使埃斯科瓦尔和他的同伙们心动了。他们在考虑是否向政府投降。但是，同政府兵戎相见、浴血厮杀了近二十年的"巴勃罗大爷"要向政府投降并非一件易事。他还需要察言观色，看准气候，还要物色可靠的中间人在中间斡旋，还需要投石问路，否则，将会一失足成千古恨。

正在这时，一个偶然的机会让埃斯科瓦尔为自己找到了一个台阶。

一天，《波哥大电讯报》的新闻记者桑特斯，找到他的邻居帕柯昂家里，议论新总统加维里亚对贩毒分子的新政策。

桑特斯是一位非常敏感的职业记者，他总想捕捉一些重大新闻来引起轰动效应。因此，他在波哥大的同行中名气很大。而他的邻居帕柯昂是一位电影工作者，时任波哥大电影协会会长，又是资深电影评论家，同样对新闻极感兴趣，有"特邀记者"之称。桑特斯28岁，帕柯昂55岁——尽管两人年龄相差很大，但由于共同的兴趣和爱好，他们成了一对感情极深的"忘年交"。帕柯昂对加维里亚的新政策也很感兴趣。他们认为，麦德林贩毒集团的头目，在这种新政策的感召下，一定会有新的举动。因为他们已到了山穷水尽的地步，绝不放过这么一个"柳暗花明"的机会。如果能获得第一手资料，将麦德林贩毒集团的新举动及时报道出来，肯定会引起各界的关注，成为一个新闻热点。

于是，他们便商量好，秘密地潜入麦德林贩毒集团的毒品基地，最好是能找到他们的大头目埃斯科瓦尔亲自谈一谈，然后再拍下几张照片，或者同他合个影。如果将这些内容和照片在报纸上一登，那么，将会轰动整个哥伦比亚甚至是半个世界。他们也意识到，这种采访无疑是深入虎穴，一定会有危险。但是，埃斯科瓦尔鉴于目前的形势和政府的态度，绝不至于杀害他们。要搞点有价值的东西，没有点冒险精神是不行的。

桑特斯和帕柯昂商量好了之后，说干就干。

第二天，他们都各自准备了一番，带好了采访的器材，并没有和家人打招呼就秘密行动了。由桑特斯开着一辆吉普车，同帕柯昂一道朝麦德林驶去。当天，他们就到了麦德林市，一到那里，就在大街小巷逛来逛去，故意向一些不三不四的人打听麦德林贩毒集团和埃斯科瓦尔的事情，并要人们告诉他们去埃斯科瓦尔的老家恩维加的路线。桑特斯和帕柯昂这种可疑的言行，立即引起了贩毒集团的"耳目"的注意，这些人都认为他俩是政府派来的侦探。于是，他俩很快被盯上了，身后出现了跟踪的人。

桑特斯和帕柯昂之所以这样，当然是为了引鱼上钩。果然，当埃斯科瓦尔接到这些情报之后，立即命令贩毒集团的几位武装人员潜下山去，见机行事，把这两个家伙带上山来。

桑特斯和帕柯昂走了半天，心想他们的行踪一定引起了麦德林贩毒集团的警觉。现在要想达到自己的目的，只有铤而走险。于是，当夜幕降临以后，他们把那辆吉普车停放在一个停车场，然后背着闪光灯和照相机，向麦德林郊外的公路上走去。

当他们走到离麦德林市 2 公里的地方，一伙人围了上来，不管三七二十一，将他们的双手反绑起来，用黑布蒙上双眼，把他们推上了一辆卡车，朝郊外的山区驶去。

在卡车上，桑特斯凭感觉车子正在爬坡，他不由得用脚跟碰了碰站在一边的帕柯昂，意思是说他们的计划很快就会实现。正当帕柯昂也用脚跟"回答"他的时候，那些看守他们的贩毒武装人员发现了。其中一个小头目走过来，上前给了他们一人一个耳光，喝令他们："老实点，再动就把你们丢下山去。"

桑特斯一听，心里更加高兴了。这位小头目的话更证实了他的判断。

又过了一个多小时，他们被押下了车，又被架着行走在崎岖的山间小道上，一会儿上坡，一会儿过河，还经过了一座独木桥，最后钻进了一片阴森森的深山老林。这时，他俩心中更踏实了。他们知道这伙劫持的人，肯定是不会杀害他们。既然如此，那么带他们去的地方，一定是贩毒分子的老巢，一定是带他们去见贩毒分子的大头目。

桑特斯心中在暗暗地祈祷：但愿见到的大头目一定是埃斯科瓦尔本人啊！

在这样的山路上走了近两个小时，他们终于被带进了一座冰凉的山洞。这时，押解他们的人解下了他们眼睛上的黑布，他们的双手还被反绑着，桑特斯和帕柯昂用力睁了睁发木的眼睛，发现这个山洞很大，昏黄的灯下站着许多乱七八糟的拿枪的人，一个个都对他们怒目而视。过了好一会儿，才从山洞的深处走出几个人来，其中一个身材高大，满脸的胡须，两眼露着恶狠狠的光。他俩一见，几乎要异口同声地叫出来——原来这就是他们在照片上和电视上经常见到的埃斯科瓦尔，一个名闻全球的大毒枭。只不过比照片上和电视上的样子要憔悴得多，全没有那种不可一世的气派。

埃斯科瓦尔同他的手下走过来，威严地站在桑特斯和帕柯昂二人的面前。沉吟了良久，埃斯科瓦尔才下令给他俩松绑，然后才问他们："你们知道这是什么地方吗？"

桑特斯揉了揉被绑得发麻的手臂，点了点头。

帕柯昂也做了一下同样的动作，然后也点了点头，似乎还对埃斯科瓦尔笑了一下。他是一个充满着童心和幽默感的人。

"你们是干什么的？谁派你们来的？为什么要打听我们的事？"

埃斯科瓦尔根本没有理会这位年过半百的老人的一笑，继续按照自己的思路，一连提出了三个他们必须回答的问题。

桑特斯向帕柯昂看了一眼，意思是说，该由谁来回答这些问题。

帕柯昂点了一下头说："桑特斯，如实告诉他们吧。"

桑特斯领会了这位老朋友的意思，便对埃斯科瓦尔说：

"我是《波哥大电讯报》职业记者，名叫桑特斯，他是我的朋友，波哥大市电影协会会长，一位既研究电影，又热衷于新闻工作的人。我们没有受任何人的指派来见你们，完全是以一位记者的责任和义务，想来见见你，同你谈谈你对新总统加维里亚关于对你们的政策的看法……"

"我的这位朋友说的全是实话，天主可以作证。"帕柯昂毫不犹豫地接着说，"我们完全是从国家和你们的利益出发，并非受任何人指派。我要说的是，你们与其待在这样的地方，为什么不可以同政府对话，争取回到你们原来的生活中去。何况加维里亚总统已经颁布了这样的政策。"

"你们能保证加维里亚不说假话，你们能保证我们不被引渡到美国或其他国家？"

埃斯科瓦尔眼中的光似乎消失了，他只是以一种忧虑的口吻说话，似乎在向这两位莫名其妙的家伙征询意见。

帕柯昂一听，接着说：

"当然，我并不是加维里亚本人，我不能代表他向你保证什么。不过，我想他作为一位刚上台的总统，一定不会拿自己的声誉开玩笑。白纸黑字的命令，不是说变就变的。"

"那么你认为呢？"埃斯科瓦尔又指着桑特斯说。

"作为一名新闻记者，我曾见过加维里亚总统本人。更知道他在这次大选中获胜，走进总统府的前因后果。据我所知，他应该是一位诚实的人。如果你和你的手下是有诚意的，总统想改变也不容易。"

埃斯科瓦尔听完了桑特斯的话，竟下意识地点了一下头。

不过，他马上恢复了原来的威严，大声对他们说：

"我相信你们的诚实，也佩服你们的勇气。不过，我会怎么做，这是我个人的事。在我做出决定之前，只好委屈你们在我这里住几天。到底住多久，就要看你们的那位诚实的总统了。"

埃斯科瓦尔说完，朝一边挥了挥手。立即上来几位持枪的贩毒人员，押着桑特斯和帕柯昂向另外一个山洞走去。

不过，这一次他们再也没有被蒙上眼睛和反绑着双手，而是被关在一间潮湿的地窖里。

黑暗中，只能听到有水在汩汩地流。

桑特斯和帕柯昂每天背靠着背坐在两块潮湿的石头上，听着那汩汩流淌的水声。他们不知道要在这里被关到何年何月，也不知道这位麦德林贩毒集团的头目要做出什么样的决定。至于外面发生了什么，他们更是一无所知。

现在他们才知道，什么是真正的暗无天日。

桑特斯和帕柯昂哪里知道，此时，他们已成了麦德林贩毒集团手中的一张"牌"。

# 第十七章

# 讨价还价　一号头目受招安

　　83 岁的神父亲自出马，被人背进深山老林去当
"说客"；大毒枭黔驴技穷只好讨价还价，最后终于放
下屠刀走出山林。

　　哥伦比亚政府宣布：持续七年之久的"紧急状态"
从此解除。

　　但是，这并不是最后的结局……


　　埃斯科瓦尔把桑特斯和帕柯昂投进地窖之后，立即派人通知他
的教父巴列霍神父。他请巴列霍神父告诉哥伦比亚政府，这两位记
者已被他作为人质扣押起来了，要政府立即派代表来同他谈判。否
则，他将把这两个人杀死。

　　巴列霍得到这个消息之后，一边为埃斯科瓦尔着急，一边赶快
把这个消息转告了哥伦比亚总统办公室。

　　两天以后，哥伦比亚的麦德林等城市所有的大、小报纸，都竞
相报道了桑特斯和帕柯昂被绑架、扣押的消息。一时群情激愤，舆
论哗然，全国上下一致在指责政府的软弱无能和麦德林贩毒集团的

凶残。

这两个人的命运，不仅在哥伦比亚引起了震动，而且引起了全世界舆论的关注。就连罗马教皇，也在紧急呼吁麦德林贩毒集团，尽快将桑特斯和帕柯昂两人释放。

在哥伦比亚首都波哥大和其他城市，教会在举行仪式，祈祷桑特斯和帕柯昂的平安。电视台也不定期地播放关于这两个人的节目，时刻提醒人们关注这两个人的命运和麦德林贩毒集团的行动。

一时间，桑特斯和帕柯昂成了名人，在哥伦比亚甚至在其周边国家和美国，他俩的名字几乎家喻户晓。他俩的故事经常在报纸和电台、电视台上出现。

这种情况，正是埃斯科瓦尔和他的同伙所期望的。他和他的同伙完全没有想到，桑特斯和帕柯昂这两个普通人被扣押，竟然会引起如此大的风波。

当然，埃斯科瓦尔所关注的，并不是舆论界的反应和群众的情绪，也不是教会的祈祷仪式。他所关注的，是哥伦比亚政府和加维里亚总统的态度。他正是要通过对这两个人的扣押，试探一下政府和总统对"招安"的态度。如果政府因为这两个人的扣押，又一次大动干戈，派军队进行搜捕和围剿，那说明政府的政策和总统的"总统令"，都不过是虚晃一枪的欺人之谈。那么，他只有先杀掉这两个无辜的家伙，再同政府的军队进行最后的一搏。

然而，奇怪的是，尽管风声放出去了几天，舆论也炒得沸沸扬扬，对政府和加维里亚总统的谴责之词不绝于耳，但是，哥伦比亚政府却一直没有同以往一样，调兵遣将进行扫荡，好像无动于衷一样。

这种结果，应该表明了政府"招安"的诚意，表明了新总统真的不想再同麦德林贩毒集团结仇，这也是埃斯科瓦尔希望看到的。

　　但是，对于政府的这种态度，这位老奸巨猾的大毒枭又觉得来得太突然了一些。他没有想到加维里亚上台，真的会置社会和国际舆论而不顾，真的对麦德林贩毒集团放下了屠刀。

　　他一面派人通过有关部门和知情者，多方面地了解政府的动向，另一方面他也在想：总统加维里亚这几天在干什么。


　　又过了几天，埃斯科瓦尔通过各方面反馈回来的情报，终于弄清了哥伦比亚政府这一次的确是打算诚心诚意地同麦德林贩毒集团谈判。至今为止，并没有派遣一兵一卒向麦德林贩毒集团所有的毒品基地进行武力威胁和围剿。至于新总统加维里亚对谈判也持十分积极和慎重的态度，他这几天正四处寻找一位有分量的人物作为他同麦德林贩毒集团对话的代表。

　　通过多方打听和比较，总统加维里亚最终找到了哥伦比亚圣多明各大教堂 83 岁高龄的天主教牧师赫瑞罗斯神父，请他出面同麦德林贩毒集团进行斡旋。

　　圣多明各大教堂位于哥伦比亚通哈市，建造于 18 世纪，至今已有近二百年的历史，是南美地区最著名的教堂之一。而担任这座教堂神父的，都是天主教中德高望重的长者，并非一般的宗教界人士。这里的神父在宗教界享有极高的地位和声望。

　　现任圣多明各大教堂神父的赫瑞罗斯，同样是哥伦比亚宗教界的领袖人物。他从小在教堂里长大，接受了正规的神学教育。成了神父之后，他曾多次到梵蒂冈接受教皇的召见，足迹踏遍哥伦比亚全国。赫瑞罗斯学识渊博，精通五国文字，见过许多位国家元首，与各界保持良好的关系。他是哥伦比亚天主教派最重要的人物之一，担任哥伦比亚天主教爱国会要职。

天主教是哥伦比亚的国教。任何一位哥伦比亚人，不管其政见如何，从事何种职业，他都不敢不服从天主教，不敢亵渎天主教。即使像埃斯科瓦尔这样的大毒枭和政府通缉的要犯，在某种程度上也是一个虔诚的天主教徒，以天主教领袖人物的身份，去同埃斯科瓦尔这样的人进行会谈，既抹去了世俗的政治色彩，又抬高了埃斯科瓦尔的身份，他应该感到受宠若惊。

为了国家和民族的利益，从天主教人道主义的教义出发，赫瑞罗斯神父还是欣然地接受了总统加维里亚的请求和委托，愿意会一会埃斯科瓦尔这只"迷途的羔羊"。

总统加维里亚请赫瑞罗斯神父出马的另一个重要原因就是，埃斯科瓦尔的教父巴列霍神父，是赫瑞罗斯神父的得意门生。他们之间不仅是一般的师生关系，还有一种情同父子般的情谊。而多年来，巴列霍一直是埃斯科瓦尔最信赖的人，是他的精神世界的指路人。他曾几次作为埃斯科瓦尔和麦德林贩毒集团的特使，同政府方面进行谈判。这一次，如果是他的老师赫瑞罗斯亲自出马，巴列霍肯定会助他一臂之力的。

所以，无论是于公还是于私，请这位德高望重的老神父赫瑞罗斯作为总统及政府方面的代表，都是加维里亚总统的最佳选择。

赫瑞罗斯神父接受了总统的重托之后，便启程来到了麦德林市天主教堂，他的学生、麦德林教堂神父巴列霍几乎是诚惶诚恐地接待了他。他真的不知道自己的老师，以如此重老之躯，光临他的教堂有何贵干。

见面之后，赫瑞罗斯叫巴列霍领他去楼上的密室，他要同他进行密谈。

巴列霍见老师神态严肃，知道事关重大，便遵命而行。

在楼上的密室中，赫瑞罗斯接受了修女献上的清茶，润了润嗓子之后，才叫修女退下，命令巴列霍关上了房门，神情严肃地向巴列霍说明了来意。

赫瑞罗斯神父说："我这次是受国家总统加维里亚先生的委托，作为他和政府的代表来同麦德林卡特尔谈判的，希望你能为我提供一切必要的情况，并助我一臂之力。"

赫瑞罗斯的一番开场白，犹如千钧雷霆，一下子就把巴列霍震蒙了。想到自己同埃斯科瓦尔那种不干不净的关系，他不由得心头发怵。于是，即使是在自己最尊敬的老师面前，他也不得不违心地说：

"先生，您是我最尊敬的人，对于您的吩咐，我没有不照办的。但是，对于这种事情，请您原谅，我实在是无能为力。作为一个神职人员，我只能为天主效劳，为……"

"好啦，"赫瑞罗斯神父用手轻轻地一摆，打断了巴列霍的话，"巴列霍神父，天主的眼睛是能看清一切的。您不是麦德林卡特尔大头目埃斯科瓦尔的教父吗？您同他是一种什么样的关系，政府都非常清楚，您怎么可以说无能为力呢？"

巴列霍一听，头上不由得渗出了汗珠。他一边用手绢轻轻地擦拭，一边说：

"老师，作为您的学生，您是最了解我的，您应该知道，麦德林在这近二十年内，到底是谁的天下。我作为这里的神父，所做的一切，都是为了天主和他的子民。即使有过分的地方，也是身不由己。"

"这种心情可以理解。但是，我们都是天主的使者，我们的职责就是要拯救一切有罪的人。对于埃斯科瓦尔这只迷途的羔羊，我们都有责任去拯救他的灵魂。"赫瑞罗斯神父听了巴列霍的解释之后，心平气和地对他的学生说。

巴列霍听到老师的口气平缓了许多，便以一种负罪的口气说："老师，不知您到底要我干些什么？"

"您首先尽快地通知您的教子，请他来您的教堂，我想同他谈谈。对于他的生命安全，我以一个神父的名义发誓，绝不会伤害他一根汗毛。"

巴列霍说："好吧，我马上派人去见他。"

当天下午，巴列霍通过秘密渠道，向埃斯科瓦尔发出了信息，请他到麦德林教堂来见见赫瑞罗斯神父。

埃斯科瓦尔一听到这个消息，心头也不由得一惊。虽然这么多年来，他并没有正式进过教堂祈祷或忏悔，但是，由于同巴列霍的关系，他对赫瑞罗斯的大名和威望还是有所耳闻的。知道他德高望重，是一位深受各界人士和国际社会欢迎和尊敬的人物。如今的总统加维里亚请他出面为说客同自己会谈，埃斯科瓦尔当然从心底里感到高兴，好像一下子身价百倍，同时，他也体会到政府和谈的诚意，觉得这个新上台的加维里亚不管怎么说，比起他的前任巴尔科来，还是一位有诚意的人。这时，他又想到了那两位关在地窖里的倒霉鬼，觉得他们两人并没有欺骗自己。

不过，这位赫瑞罗斯贸然叫自己下山，这倒有必要考虑。兵不厌诈，政治家有时都喜欢翻云覆雨，说变就变。

因此，为了进一步考验一下政府方面的态度，埃斯科瓦尔马上对送信来的人说：

"你回去告诉巴列霍，如果那位赫瑞罗斯神父实在想和我谈话，就请他到我这里来谈。现在就是总统本人来了，我也不会下山的。"

要一位 83 岁的老者，爬上科迪勒拉山的山峰，这实在是埃斯科瓦尔的一种闹剧。他之所以要这么做，无非是想在未来的谈判中要个"好价钱"。他根本不相信那个赫瑞罗斯敢这样做，也不会相信他的教父巴列霍让他的老师来冒这个险。

　　但是，埃斯科瓦尔的如意算盘落空了。

　　巴列霍听到埃斯科瓦尔的这种要求，气得在心里直骂他混账。他无论如何也不敢让赫瑞罗斯去冒这个险。一旦这位老人家有什么闪失，他将万劫不复了。

　　但是，赫瑞罗斯听到这一消息，却笑着对巴列霍说："孩子，让我去试试吧。我就不相信，那里就是我的地狱。"

　　巴列霍一听，慌忙说："老师，千万不能开这种玩笑，您无论如何不能这么做。"

　　赫瑞罗斯把脸一沉，非常严肃地对巴列霍说："孩子，您应该知道我身负的重任。我已经把拯救埃斯科瓦尔的灵魂作为我的责任了，这也是天主的旨意。我不能永远让他陷在罪恶的渊薮之中。如果您不让我这样做，我将奏请罗马教廷，撤销您的一切神职，并让政府去审判您！请您不要再为我考虑了，为我去见埃斯科瓦尔做准备吧。"

　　巴列霍见老师去意已定，知道再也没有商量的余地了。他当然知道这个埃斯科瓦尔如今住在什么地方，也知道这种险恶的崇山峻岭和人迹罕至的深山老林，是赫瑞罗斯神父无论如何也爬不上去的。

　　用什么将这位 83 岁的老师送到埃斯科瓦尔住的山洞呢？

　　巴列霍思来想去，最后还是花大价钱，雇了四个印第安的彪形大汉，轮流背着赫瑞罗斯神父在丛林小道中，足足走了三天三夜，才将赫瑞罗斯送到了埃斯科瓦尔住的山洞。

当赫瑞罗斯神父出现在山洞之中，出现在埃斯科瓦尔的面前时，就像一位天主降临一样，把这位罪孽深重的大毒枭也给镇住了。他不安地望着这位白发苍苍的老人，一时竟惊惶万分，不知说什么才好。

赫瑞罗斯见状，稍微定了定神，以一种布道的口吻深沉而宽容地说：

"孩子，万能的天主是仁慈的，他不会记恨自己的任何一位儿女，只要他能改恶从善，弃暗投明。"

埃斯科瓦尔一听，浑身一震，竟不由自主地一步跨上前去，拥抱着这位令人肃然起敬的长者，然后抱着他的大腿，跪在他的脚下，用嘴巴亲吻赫瑞罗斯的脚。

"神父，我该怎么办？"

埃斯科瓦尔抬起头来，好像向上苍祈祷一样。

"一切听从神的旨意，回到主的身边，祈祷天主的宽恕，走出丛林，接受正义的审判。只有这样，你的灵魂才能升入天堂。"

这时，赫瑞罗斯神父把埃斯科瓦尔搀扶了起来，两人坐在椅子上交谈起来。一场类似宗教仪式的会见结束了，埃斯科瓦尔似乎又回到了人间，他在以一种极为傲慢的口吻与赫瑞罗斯神父对话。因为他知道，坐在自己面前的，是一位政府派来谈判的代表。尊重他本人是一回事，而对付政府的代表又是一回事。

双方经过长达三个小时艰难的对话，埃斯科瓦尔终于接受了赫瑞罗斯的第一个要求：释放被扣押的桑特斯和帕柯昂。

为了保密，埃斯科瓦尔派出手下的保镖，在当天晚上先将桑特斯从地窖里带出来，依然蒙上他的双眼，然后派人将他押到山下的公路边，再让他坐汽车回波哥大。过了两个小时后，他又用同样的方式，将帕柯昂也释放了。

1991年5月20日上午，被扣押的桑特斯和帕柯昂终于先后回到了自己在波哥大的家。

他俩被释放的消息不胫而走，电台、电视台和各报社的记者蜂拥而至，好像采访一位外星人一样，他们又一次成了轰动哥伦比亚的新闻人物。

这是麦德林贩毒集团的犯罪史上破天荒的一次，在这以前，他们从没有释放人质的先例。这一先例让许多对政府禁毒深感忧虑的人也看到了曙光。被记者包围的桑特斯和帕柯昂都充满自信地对他们表示，逃亡中的埃斯科瓦尔可能马上投降，整个麦德林贩毒集团将由此解体，持续多年的毒品战争可能会走向和平。他们对此深信不疑。连哥伦比亚总统加维里亚也兴奋地说："和平的曙光已经出现，哥伦比亚将迎来新的时代。"

释放了桑特斯和帕柯昂，是麦德林贩毒集团向政府靠拢的第一步。但是，要真正让埃斯科瓦尔这位世界闻名的大毒枭俯首投降，接受政府的审判，并不是一件容易的事。

在取得谈判的第一项成果之后，赫瑞罗斯神父开始认识到，即使是埃斯科瓦尔，也不是个一成不变的人，他对谈判充满了信心。

经过两天艰难的会谈，埃斯科瓦尔终于代表麦德林贩毒集团，做出了向政府投降的口头承诺。不过他却提出了三个条件：

1. 政府要保证他的个人财产合法化；

2. 惩办侵犯过毒贩及其家属人权的警察；

3. 建一座由正规部队看守的专门监狱以确保他们的生命安全。

对于埃斯科瓦尔的三项要求，赫瑞罗斯的答复是：如实向政府和总统本人汇报，力争圆满答复。即使不能全部接受，或只接受其中的一项或两项，也还要进行进一步的磋商。对话不能中断，继续负隅顽抗，固守山林，是没有出路的。

5 月 22 日，波哥大所有的报纸，都在头版头条的位置，报道了一条新的消息：赫瑞罗斯牧师于本月 21 日，在麦德林附近的一个秘密地点，继续同麦德林卡特尔的大头目埃斯科瓦尔会谈。经过艰难的磋商，埃斯科瓦尔同意在十五天之内，率领麦德林卡特尔的所有成员向政府投降，因为他需要一些时间来处理他的"私人事情"。在提出"投降"之前，埃斯科瓦尔提出了三项条件，政府通过认真的考虑后，决定接受两项条件，但拒绝使埃斯科瓦尔贩毒所得的亿万家产"合法化"……

谈判还在继续之中。

5 月 30 日，埃斯科瓦尔亲自给麦德林市的新闻机构写了一封信，以书面的形式表示他愿意向政府自首。在这封信中，他没有要求政府对他实行大赦，也没有要求政府停止正在进行的扫毒行动，更没有要求把他贩毒得来的钱财合法化。

埃斯科瓦尔的这封信在报纸上全文披露之后，终于消解了大多数人心中的忧虑。许多人都在奔走相告，在期待着最后的时刻。


1991 年 6 月 19 日，是世界禁毒史上一个值得纪念的日子——

上午 8 时 30 分，哥伦比亚最高立法机构修宪委员会，在波哥大政府办公大厅，通过了一项新的议案：《禁止引渡哥伦比亚人》。

这项议案的产生，最后彻底打消了埃斯科瓦尔和贩毒集团所有人的顾虑。他们终于看到政府的所谓不再"引渡"，不是口头承诺，而是以立法的形式确立下来了，把它作为哥伦比亚法律的一项内容。

当听到这个消息之后，麦德林贩毒集团的一号头目埃斯科瓦尔才最后下定决心：走出丛林，率部向政府投降。

上午 10 时整，年迈的赫瑞罗斯神父带着他的学生巴列霍，再次乘坐一架直升机从麦德林市出发，进入丛林之中埃斯科瓦尔指定的地点。

当飞机徐徐降落之后，等候在那里的武装贩毒人员立即登机检查，发现飞机上除了两位神父和驾驶员之外，再也没有别的什么人之后，才又允许飞机继续起飞，由一位埃斯科瓦尔的贴身保镖引路，随机飞往埃斯科瓦尔的藏身之地。

在这个神秘的山洞里，埃斯科瓦尔已经料理完了他的"后事"。他首先遣散了几百名跟随他多年的贩毒分子，每人分发了 3 万至 5 万美元的"路费"，让他们各自逃生，又对暂时留在营地的武装贩毒分子说：

"十天以后如果没有我的消息，你们就可以各奔前程了。这里的财物你们可以随便拿走，然后尽快离开这里，不要再等政府军来抓你们，明白吗？"

他的部下都纷纷点头，神色沮丧。

埃斯科瓦尔说这话时，也黯然神伤。他面对众多昔日的部下，想到经营多年的"基地"不久将毁于一旦，也不禁悲从中来，一种日暮途穷之感涌上心头。

"现在该离开这里了，孩子。"

赫瑞罗斯神父说。

同这位老人接触了几天之后，这时的埃斯科瓦尔真像一个听话的乖孩子，他朝赫瑞罗斯和他的教父巴列霍点了点头，低声地答道：

"好吧，神父。"

埃斯科瓦尔朝基地看了最后一眼，然后朝站在那里的部下挥了挥手，才随着两位神父爬上了直升机。在进入机舱时，他还扶了赫瑞罗斯神父一把。

军用直升机启动，巨大的螺旋桨开始转动，发出沉闷的隆隆声。

武装的贩毒分子们一齐庄重地举起了手中的枪。

飞机升空了，剧烈的旋涡将周围的树木旋得东倒西歪，树叶沙沙作响，一阵乱飞。

"啪！啪！啪——"

突然一阵枪声冲天而起，让所有的人都大吃一惊。

埃斯科瓦尔和两位神父忙朝舷窗望去，只见毒贩们站在那里，朝空中放出一排枪声。他们在为自己的头目最后开枪送行。

埃斯科瓦尔探出头去，摆摆头，又向他们再一次挥挥手，只听地面一阵狂呼：

"埃斯科瓦尔！"

"埃斯科瓦尔！"

毒贩们冲着正在远去的直升机，向着茫茫无际的天空高喊着。

埃斯科瓦尔无力地倒在坐垫的靠背上，随手关上了舷窗。

直升机消失在丛林上空……


在麦德林市郊哥伦比亚某空军基地，哥伦比亚空军陆战师第2师师长赫斯特上校，代表哥伦比亚政府，接受麦德林贩毒集团一号头目埃斯科瓦尔的投降。

为了使这次受降不发生意外，赫斯特上校事先做了周密的安排。他派重兵把守在空军基地周围，附近山冈的制高点的丛林中，还埋伏着陆军两个团的兵力。武装直升机轮流在基地上空巡逻，战斗机随时做好了起飞的准备。整个基地几乎处于一级战备状态。

与此同时，赫斯特上校还实行了舆论封锁，拒绝任何记者进行采访，并通过舆论界向外透露说，埃斯科瓦尔推迟了投降的时间，还说有国际贩毒分子和国外贩毒集团，正在预谋暗杀这位贩毒集团最大的变节者……

一时视听混淆，真假莫辨，使人们无法知道埃斯科瓦尔投降的日期和地点。

当日下午2时，在约定的时间内，基地雷达两岸瞭望塔发出信号，向赫斯特上校报告，一架军用直升机正从科迪勒拉山那边朝这里飞来，机上标识表明是赫瑞罗斯和巴列霍神父乘坐的那架飞机。

赫斯特上校一听，知道"客人"快要到了，立即命令所有的工作人员各就各位，安全保卫人员严密监视，注意一切反常的动向，并命令基地瞭望塔打开最先进的3号机组，注意沿海空域，监视半径为2500公里。

二十分钟后，赫瑞罗斯和巴列霍神父乘坐的那架飞机，在指挥塔的导航下，安全地降落在基地中间指定的位置。螺旋桨停止了转动，舱门开启，巴列霍神父第一个爬下了舷梯，紧接着走下一位身材高大，但面容憔悴，神情黯淡，一脸大胡子的彪形大汉。围在赫斯特上校和直升机周围的军警一眼就认出来了，这就是政府追捕了近十年之久的大毒枭埃斯科瓦尔。随着埃斯科瓦尔的出现，整个基地的气氛骤然一变，沉静得没有一丝声息。

赫瑞罗斯神父最后走下飞机，银白头发在正午的阳光下闪着耀眼的光。他和巴列霍神父分别站在埃斯科瓦尔的两旁，在进行了简单的祈祷仪式之后，才同埃斯科瓦尔一道一步一步地向赫斯特上校走来。

赫斯特的身后是两排手持冲锋枪的陆军士兵，就像一堵人墙一样随着哥伦比亚这位著名的空军陆战师师长，在原地直立不动，表现出一种凛然不可侵犯的正气。

在离赫斯特站立的位置 10 米的地方，赫瑞罗斯和巴列霍神父站住了，随后埃斯科瓦尔也停下了脚步，他向这边望着。也许是长时间在丛林的幽闭生活，使他的眼睛在这强烈的日光下似乎有点不大适应。他一直眯着眼睛，往日的凶光全不见了。

赫斯特上校依然威严地原地站立，也朝对方望去，似乎在对峙着。这时，站在赫斯特上校身边的两位特勤人员，立即跑过去，将巴列霍和赫瑞罗斯两位神父搀扶着走了过来。埃斯科瓦尔一个人孤零零地站在 10 米远的地方，伴随他的只有他脚下自己的影子。

双方对峙了片刻之后，赫斯特上校才大声说："巴勃罗先生，我，空军陆战师第 2 师师长赫斯特，奉命代表政府和加维里亚总统在此正式接受你的投降，请交出你的武器！"

赫斯特上校的话音一落，站在他身后的两排士兵立即"唰"的一声，将手中的冲锋枪平端在手，齐刷刷地做出射击的准备。几十支乌黑的枪口一齐对准了埃斯科瓦尔的脑袋。

埃斯科瓦尔一听，稍稍迟疑了两秒钟，便把自己那支随身携带了多年的手枪，弯着腰放在地下，然后用脚狠狠地像踢足球一样，把它踢到赫斯特上校跟前。上校身边的一位特勤人员把它拾了起来，交到他的手上。

赫斯特上校把这把手枪放在手上，好像在掂掂它的分量。然后挥了一下手，几位军警立即冲上前去，给埃斯科瓦尔戴上了手铐。

此时，赫斯特上校转过身去，用自己的手枪朝空中连发了三颗信号弹，他面前的那两排士兵也立即将枪口指向空中放出了一排枪。

这枪声，正式宣告这场受降仪式的结束，也宣告哥伦比亚政府十多年来的扫毒战暂告一个段落。

几辆装甲车开过来，埃斯科瓦尔被推上了其中的一辆装甲车。紧接着，赫斯特上校也上了一辆防弹轿车，一辆警车在前头开路，引导着这一支混合车队迅速地离开了空军基地，一直朝麦德林市政府大楼驶去。在市政府大楼检察厅，哥伦比亚国家检察总监阿里埃塔、刑事审理局局长梅希亚等人，仔细地验看了埃斯科瓦尔的指纹，并让他在逮捕文件上签了字。

随后，埃斯科瓦尔被带到市政府大楼楼顶上，那里有一架直升机在等待着。埃斯科瓦尔被押上了直升机，在阿里埃塔、梅希亚和赫瑞罗斯以及巴列霍等人的陪同下，被直接送往他的老家恩维加监狱。

恩维加监狱位于麦德林南部 60 公里处，修建在海拔 2600 米的埃尔瓦列山庄上。这里是埃斯科瓦尔的故乡，透过铁窗，他可以看到自己童年生活的村庄，还可以看到他十几岁时在那里打过工的古柯种植园。

恩维加监狱的四周被 4.6 米高的带刺高压电网包围着，四周还有四座 9 米高的瞭望哨，上面设有远程机枪哨位。四周电网的电压超过 1 万伏，形成一个里外 2 米纵深的强力磁场，任何导电的物体在这里接触都会被击倒，整个建筑群里里外外的大小监视高楼共有六十九座。

关押埃斯科瓦尔的牢房顶部是焊铸的厚钢板，墙壁是由花岗岩石和 80 厘米厚的钢筋混凝土砌成的，比一般的战地碉堡还要牢固。门窗上嵌着直径为 24 厘米的螺纹钢条，用 24 磅的大铁锤敲击也无法撼动，高强度的锯条也锯不出什么痕迹。

恩维加监狱中共有四十多名狱警日夜看守，狱外还有一百六十多名正规部队的士兵和一支十二名防暴警察组成的巡逻队常年驻守，并且配有各种轻重武器和几十辆坦克和装甲车应急。这一切都是按照埃斯科瓦尔本人的要求设置的。这样的监狱与其说是防止他逃跑，倒不如说为了防止其他的贩毒集团，派人溜进来将这位大毒枭谋杀。因为他实在是从古至今第一位全球闻名的大毒枭，也是贩毒集团中最大的"叛逆者"。

整座恩维加监狱可以容纳四十多人，也许这都是为埃斯科瓦尔的部下准备的。在6月19日埃斯科瓦尔投降之后，多年来追随他的部下和麦德林贩毒集团的其他大小头目，又有十九人先后向政府自首，其中有埃斯科瓦尔的哥哥罗伯特·埃斯科瓦尔，还有麦德林贩毒集团的另一位重要人物约翰·海罗·贝拉斯克斯等人。他们先后都被关押在这里。

麦德林贩毒集团的另一位主要头目、"五虎上将"之一的罗德里格斯，也在6月19日这一天，于埃斯科瓦尔之前三小时在美国佛罗里达州投降了。他在佛罗里达州的一座秘密监狱关押了一段时间之后，也被押解到恩维加监狱等待审判。

哥伦比亚的"不引渡"政策令美国人大为不满，一些美国官员对哥伦比亚进行指责和非议。美国中央情报局局长威廉·韦伯斯特对哥伦比亚的宽大政策感到失望。他说，美国曾强有力地支持哥伦比亚的扫毒战争，但他们自己却打"退堂鼓"，不履行当年双方签署的《引渡条约》。

但是，哥伦比亚政府却不以为然。总统加维里亚一方面呼吁哥伦比亚社会应该在扫毒斗争中承担自己的责任和义务，另一方面则对向哥伦比亚政府指手画脚的人大声抗议："不要对刚开始和平进程的哥伦比亚评头论足。"

在埃斯科瓦尔入狱后，哥伦比亚政府有关方面在波哥大、麦德林、卡利等五大城市，进行了几项民意调查。民意测试的结果表明：

75%的人认为哥伦比亚的法官，完全有能力对埃斯科瓦尔和其他贩毒集团头目做出公正的裁决；

84%的人认为美国对哥伦比亚政策的批评是没有道理的；

还有36%的人认为，麦德林贩毒集团至此虽然全军覆没，但在三至五年之后还会死灰复燃；关在狱中的埃斯科瓦尔还会在狱中遥控麦德林贩毒集团的残余势力和国外贩毒分子进行毒品贸易。

对于这种可能性，哥伦比亚政府有足够的思想准备，他们并不认为哥伦比亚的扫毒斗争是一劳永逸的事——满山遍野的古柯叶需要寻找市场，世界各地的许多"毒民"也在"望梅止渴"……

但是，麦德林贩毒集团一号头目埃斯科瓦尔和国外"总代理"罗德里格斯的投降，毕竟是哥伦比亚贩毒史上空前绝后的大胜利。至此，麦德林贩毒集团的"五虎上将"，都先后找到了自己的"归宿"。

于是，在埃斯科瓦尔入狱十天之后的1991年7月2日，哥伦比亚政府宣布：从1991年7月4日开始，以新宪法的生效期为标志，结束为期七年之久的"紧急状态"。

这种"紧急状态"是从1984年4月夸尔塔总统执政时开始的。在此期间，宪法规定了限制公民的某些自由，赋予总统以重建社会秩序的特殊权力等新的内容。如今，这些内容都在新的宪法中得以删改。

第二天（7月5日），麦德林贩毒集团的武装组织宣布解散，所有的贩毒武装分子有的被绳之以法，有的则"解甲归田"。

如果从1981年11月"麦德林卡特尔"正式成立算起，那么，这个世界上最大的贩毒集团盘踞了十年之久，终于最后寿终正寝了。

为了得到这一结果，哥伦比亚政府通过了夸尔塔、巴尔科和加维里亚等三代领导人的努力，所耗费的人力、物力，所付出的血的代价是无法估量的。

但是，这种"结果"却不是最后的结果。

一年之后，随着大毒枭埃斯科瓦尔的越狱潜逃，哥伦比亚的扫毒战烽烟再起。

# 第十八章

# 越狱潜逃　遭击毙人亡曲终

　　恩维加监狱成了"五星级监狱"，埃斯科瓦尔成了"监狱皇帝"——监狱内除了彩电、冰箱，还有游泳池、健身房和足球场，来此"表演"的都是"甲级球队"……

　　政府每天的"保护费"是 5000 美元，但他并不领情，还是借机越狱潜逃。

　　不幸的是，与妻子的一次通话让他现出原形。带伤拒捕走投无路，自杀是他最佳的选择。

　　麦德林贩毒集团曲终人散，哥伦比亚禁毒未有穷期……

　　戒备森严的恩维加监狱按照埃斯科瓦尔的要求，进行了精心的修缮。哥伦比亚当局在这里新建了游泳池、健身房、网球场和小型电影院及动物馆等设施。在埃斯科瓦尔的牢房中，已备有电话、卫星电视、空调、地毯、冰箱、酒柜等现代化的电器。他甚至用上了摩托罗拉手机……

这里真正变成了"五星级监狱",埃斯科瓦尔放弃了那种清贫的"乡村生活",当上了真正的"监狱皇帝"。

埃斯科瓦尔从小爱好足球运动,他要求当局修建一座足球场,他用自己的钱,经常雇来国内外一支支足球劲旅甚至是甲级足球队,来到恩维加监狱的足球场,为他做精彩的表演,让他和他的同伙一饱眼福。

为了庆祝他42岁的生日,他又要求再建一座斗牛场,他要观看斗牛表演,以此来为自己和关在这里的部下寻找带血的刺激。

在他的要求下,当局又不打折扣地照办了,在他42岁生日的那一天,他坐在新建的斗牛场的看台上,观看斗牛士将一头头凶悍的公牛杀死。他亲手将一把把花花绿绿的美钞抛向斗牛场,奖给那些卖力的斗牛士,一共抛出去了200万美元。

无数的照相机和摄像机对准了他,拍下了这举世无双的"新闻"。

埃斯科瓦尔所做的这一切,都得到哥伦比亚当局和恩维加监狱长的默许和认可。但是,只有一件事情让政府感到不安——那就是他在监狱中,仍继续指挥世界各地的毒贩进行毒品贸易和走私。

他除了用高档手机同外面联络之外,在他的牢房里还有一台与国家电脑网络相连的私人电脑,可以随时提供任何信息,同国外的贩毒分子在网上谈生意。同时,哥伦比亚另一个有名的贩毒集团——"卡利贩毒集团"的头目奥米巴托等人,也经常出入他的牢房,以视探为名同他洽谈毒品生意。除此之外,波哥大的走私商、蒙特里亚的恐怖杀手、巴西和委内瑞拉的毒贩和黑社会人物都成了他牢房中的常客。

在埃斯科瓦尔的卧室里,藏有微型冲锋枪,毒刺型导弹发射器,手榴弹和高爆手雷等各式轻、重武器,这里几乎变成了一个弹药库，其火力装备甚至超过了恩维加监狱的看守人员。

这种种迹象无不表明，埃斯科瓦尔尽管已身陷囹圄，但他武装贩毒的美梦并没有完全破灭。他正在养精蓄锐，寻找机会，企图东山再起。

这种机会果然没过多久，就"幸运"地降临到他的头上了——

哥伦比亚国家监狱总长纳瓦斯·鲁维奥上校是一位少有的正直官员，当他从恩维加监狱的下属递交的报告中获悉这一切后，怒不可遏。他不能容忍国家每天花掉 5000 美元的"保护费"，来"保护"这样一个贼心不死的大毒枭在这么一个安全的环境里，继续从事着贩毒的勾当。

1992 年 7 月的一天，鲁维奥上校带着所有文字、录像材料和照片，驱车前往总统府去求见加维里亚总统。

作为一名半生从事监狱工作的国家高级官员，他不能再沉默了。

加维里亚总统听取了鲁维奥上校的汇报，亲自翻阅和查看了这些材料和照片之后，也大吃一惊。

加维里亚总统狠狠地敲着他的办公桌大声说："笑话，这真是一个天大的笑话！如果将这些内容传出去，真是一个荒唐的讽刺！鲁维奥先生，您说怎么办？请拿个主意！"

纳瓦斯·鲁维奥总长当然理解总统的心情。这种事情如果被新闻界曝光，不仅是一个讽刺，自己还将被撤职，连总统也会遭到议会的弹劾。

但是，这一切又都是当时同麦德林贩毒集谈判时协商好了的，如果不给埃斯科瓦尔以"自由"，他将不走出丛林，将继续在那秘密的贩毒据点和毒品基地同政府周旋。而这些谈判的内容又已成为公开的秘密，如果公开将埃斯科瓦尔和他的同伙严加看管，同样会遭到舆论的谴责和他的支持者的反对，从而会使政府失去信誉和威望，对瓦解其他的贩毒团伙也极其不利。

鲁维奥上校思索了一下，最后对总统加维里亚说：

"总统阁下，我想唯一的办法，应该是立即取消那位巴勃罗享有的一切特权，切断他同外界的一切联系。"

"但是怎么做到这一点呢？公开取消，同样会引起舆论哗然。"加维里亚总统深思熟虑地说。

"我们不妨以修缮恩维加监狱为名，将埃斯科瓦尔和他的同伙转移到坦库尔军队监狱……"

"转移？"

加维里亚总统立即打断鲁维奥上校的话说：

"把埃斯科瓦尔关押在恩维加监狱，是他当时投降的条件之一。如果现在将他转移，他和他的支持者们一定会反对，政府也不能由此而失信。"

"这是不错的。但是，我们可以对他承诺，这种转移是暂时的，一旦等恩维加监狱修缮完工之后，仍让他们住到这里来。我想，这样总不致授人以柄。而我们可以在他们离开之后，将恩维加监狱进行一番彻底的改造，使他们回来之后，即使可以在里面逍遥自在，但却不能再次控制罪恶的毒品交易。"

加维里亚总统点了点头，同意了鲁维奥上校的设想。

第二天，他马上召开了由哥伦比亚军警首脑、内政部部长、司法部部长、总检察长和最高法院院长以及国防部部长等军政要员出席的国家安全委员会特别会议，专门研究"修缮"恩维加监狱和对埃斯科瓦尔等人进行暂时"转移"的问题。

一个国家、一位国家总统，专门召开这么一个高级别的会议来讨论一位囚犯的问题，这在哥伦比亚历史上恐怕还没有过先例。

在会上，国家监狱总长鲁维奥上校通报了一些可以通报的材料，并谈了自己的设想。经过了三个多小时的讨论，会议达成一致意见，同意了这位监狱总长的建议。总统亲自任命哥伦比亚司法部副部长爱德华多·门多萨和国家监狱总长纳瓦斯·鲁维奥上校，具体实施会议决定，落实一切有关事宜。

然而，就在国家安全委员会议结束后的一个小时内，一个秘密电话拨通了埃斯科瓦尔的手机，告诉了他政府"转移"的阴谋。

埃斯科瓦尔一听，顿时气得破口大骂。于是，一个越狱的阴谋便由此在他的心中开始酝酿了。

但是，两位负责"转移"埃斯科瓦尔的政府高级官员，对此却一无所知。


1992年7月21日晚上9时35分，哥伦比亚的北方山区浓云密布，恩维加监狱和周围的群山笼罩在一种沉闷和不祥的气氛之中。

这时，几辆黑色的高级防弹轿车悄无声息地驶进车水马龙、人群熙攘的哥伦比亚第二大城市麦德林市。

半小时后，这几辆轿车又朝南驶出市区，朝离麦德林市60公里处的恩维加监狱驶去。这几辆轿车上，坐的正是哥伦比亚司法部副部长爱德华多·门多萨和监狱总长纳瓦斯·鲁维奥上校。今晚，他们正式执行对埃斯科瓦尔及关押在恩维加监狱的三十多名贩毒头目的"转移"任务。

在沉闷的夜色和群山之中，戒备森严的恩维加监狱远远望去，犹如一座豪华的乡间别墅。但四周林立的岗哨和高压电网，又使它恢复了监狱的本来面目。

此时，麦德林市的广播电台，正在晚间节目中播送一条重大新闻。新闻的内容大致如下：

哥伦比亚政府最近决定拨款 400 万美元，对恩维加监狱进行修缮，以增加监狱的警卫设施。在修缮期间，国家安全委员会决定，把监狱在押的所有人员，暂时全部转移到坦库尔军营，执行时间为今晚 10 时以后……

与此同时，恩维加监狱的高音喇叭，也在播送着这条新闻。住在 EEO-1 号豪华牢房的埃斯科瓦尔听到这一新闻之后，马上来到窗前，按响了装在窗户上的电铃，立即通知他的部下做好准备，关键的时刻到了。

二十分钟以后，门多萨和鲁维奥上校的车队驶进了恩维加监狱的大门。他们在监狱长和几名看守的陪同下，穿过三道警戒线，来到了关押埃斯科瓦尔的 EEO-1 号牢房。

当他们见到关押在这里的大毒枭埃斯科瓦尔时，他们都发现，这位重刑囚犯并没有半点沮丧之色，而是满面春风，喜形于色，好像真的生活在自己的乡间别墅一样。

更让门多萨和鲁维奥两人惊讶的是，这间面积约 60 平方米的大牢房，就像一位阔人的客厅一样摆设齐备，豪华无比。尽管周围是坚固的花岗石和钢筋混凝土墙壁，上头是焊铸的厚钢板，但牢房内部根本没有什么通常所见的隔离设施，监房连着其他的监房，有一道道铁门相通，而所有铁门都没有上锁。只是有一道粗钢筋的铁栅栏与外面隔开，而所有的囚犯完全可以通过监房中的铁门自由往来。

埃斯科瓦尔和他的同伙就住在这里，享受着世界上所有监狱中都找不到的特殊待遇。

　　此时，埃斯科瓦尔就像一位真正的"监狱皇帝"一样，半倚半靠在一只宽大的沙发上一动不动，在他的视线之内是一台大屏幕的彩色电视机。他的眼睛此时正紧紧地盯在电视机的屏幕上，但那从眼角中飘出来的余光，却早就把门多萨这伙"不速之客"尽收眼底。他用不着站起来去迎接他们，尽管他们是国家司法部副部长和监狱总长，对自己有生杀予夺的大权，但自己也用不着去拍马讨好、阿谀奉承他们。

　　他已将一切都布置好了，正在胸有成竹地等待事态的进展。

　　司法部副部长门多萨等人在那道铁栅栏前停住了脚步。他打量了一番这位要犯之后，便走上前一步，用手敲了敲铁栅栏，大声说道：

　　"埃斯科瓦尔先生，我们奉总统之命，来此向你宣读一份政府的决定，请你走近一些！"

　　埃斯科瓦尔一听，这才傲慢地抬起头来，正眼看了看铁栅栏外的一伙人。然后动了动身子，似乎很不耐烦地拿起身边的遥控器关掉了电视。

　　但是，他仍然坐在那里，点燃了一支粗壮的黑色雪茄，浓浓的烟雾顿时从他宽厚的嘴角里挤出来，遮住了半张面孔。

　　他猛吸了一口之后，很不高兴地说：

　　"多么精彩的球赛啊，让你们给搅黄了。什么事，说吧！"

　　其语气冰冷异常，露出一肚子的遗憾和不高兴。

　　门多萨也懒得计较这些，只好从口袋里拿出加维里亚总统的亲笔手令，公事公办地说：

　　"好吧，你听着，是关于把你们暂时移送到……"

"等等！"

埃斯科瓦尔突然站起来，摔掉手中刚吸了一口的雪茄，像一头咆哮的狮子一样大声吼道：

"你说当局要把我转移到别的地方去？"

"是的！"监狱长鲁维奥点了点头，肯定地说，"是坦库尔陆军监狱。"

"不行！这不公平！这违背了当初我自首时政府所做的承诺。作为自首者，我强烈抗议，而且坚决不服从！"

埃斯科瓦尔愤怒地挥舞着双手，目光逼人，做出一种决不让步的架势。

"这只是暂时的，埃斯科瓦尔先生，"监狱长进一步解释说，"请你安静，为了你和你的同伴的安全，当局必须对恩维加监狱进行改造和修缮，加强警戒设施。一等施工结束，你就可以仍然回到这里来。"

"嘿，这是圈套，你们是想通过这种方式，把我们引渡给美国！"

"请相信，政府全没有这种想法，"一直保持沉默的国家司法部副部长门多萨说，"我以政府及我个人的名义担保，埃斯科瓦尔先生，这绝不是圈套。等到这里完工后，我将亲自送你回来。"

听到门多萨这么说，埃斯科瓦尔似乎相信了。他忽然变得平静下来。此时，他在心里想，该发的脾气已经发了，要表现的样子也做得差不多了，不能再这样闹下去，以免让他们看出了破绽。

现在是该让他们钻圈套的时候了。

于是，埃斯科瓦尔装作很理解的样子说：

"副部长先生，我相信你和你的同僚的话是真实的，也相信政府的诚意。不过，你既然要宣读什么文件，总不能这样隔着一道铁栏杆来对我们宣读。这样做是对我本人尊严的一种亵渎。"

"那你要怎么办？"门多萨说。

埃斯科瓦尔说："我要求你们到里面来宣读。如果隔着一道铁栏杆那么做，我和我的部下将坚决拒绝政府的决定。"

鲁维奥一听，摇了摇头说："你有什么理由要坚持这么做呢？埃斯科瓦尔先生，你什么时候变得这样拘泥小节和形式呢！"

"不，这不是小节，也不是形式，这是一种起码的平等和尊重。我再重申一遍，如果不照我说的做，我将拒不服从。我不能听凭一群不尊重人的人摆布。"

双方一直相持不下。僵持了几分钟以后，门多萨同鲁维奥二人商量了一下，决定答应埃斯科瓦尔的要求。尽管他们的警卫和恩维加监狱的监狱长都劝他们不要进去，认为这里面一定有个阴谋，但是，司法部副部长门多萨还是不以为然。他说：

"不，就答应他的要求吧！"

他相信，在他的权力范围内任何担心都是多余的，何况在这样一座戒备森严的国家监狱里，如果不敢进去实在有损自己的形象。一个手握生杀大权的国家司法部副部长，难道还用得着害怕一个关在牢房里的罪犯？这岂不是天大的笑话。

于是，在恩维加监狱长的示意下，沉重的铁门"咣"一声打开了。

然而，随着这惊心动魄的一响，一切都无法挽回了。门多萨和鲁维奥等人刚一走进埃斯科瓦尔的牢房，就只见他一步跨过来，抓住铁门把它堵死了，同时大声对狱中的同伙吼道：

"动手，快！"

随着埃斯科瓦尔的一声令下，那些关在里面的大小头目立即如狼似虎地猛扑过来，马上各自凶猛地抓到了一个人质，有的还迅速地抢夺到了警卫手中的枪。这些人真不愧是科迪勒拉山中的草莽英雄和黑道高手，他们那种速度和凶狠，连精于格斗、训练有素的警卫和保镖们一时都反应不过来，不知道在自己身边究竟发生了什么，更不要说出手反击。

　　有几个警卫和保镖被埃斯科瓦尔的部下打倒了，司法部副部长门多萨和监狱总长鲁维奥上校也被几名凶狠野蛮的暴徒给擒住了。

　　埃斯科瓦尔立即命令那些警卫和保镖退出去。他大声吼道：

　　"滚出去，这里没你们的事！我们只要这两位先生够了！"

　　那些被制服的警卫和保镖不肯就范，刚一被松开，又和埃斯科瓦尔手下的暴徒格斗起来。

　　埃斯科瓦尔一见，立即站过去将副部长门多萨的手臂往后一拧，并在他头上狠狠地揍了一枪把，然后对他说：

　　"告诉他们，赶快滚出去！快！"

　　门多萨的头上还流着血，他只好对那些警卫和保镖们说："照他说的做吧。"

　　警卫和保镖们见状，知道如果不出去，这伙亡命之徒还会下更重的手，只好乖乖地退了出去，站在铁栅栏外持枪监视着里面的埃斯科瓦尔和其他的暴徒。

　　埃斯科瓦尔见这些军警退了出去，马上命令监狱长把铁门锁死，并把钥匙交给自己。监狱长迟疑了一下，还是照办了。因为他知道，自己如果违拗这个家伙的旨意，他又要对两位上司下手了。

　　这时，恩维加监狱仍然被几百名军警严密地警戒着，他们开始对牢房内喊话，要求埃斯科瓦尔和他的部下放出被扣押作为人质的副部长和监狱总长，并立即缴械投降。但是，不久他们就发现，这些亡命之徒根本不理睬他们。

埃斯科瓦尔一方面用手机与麦德林市的贩毒分子进行联系，命令他们立即前来接应，并且在麦德林市几所学校附近都安放上汽车炸弹，如果接应受阻，就引爆这些炸弹，将这几座学校送上天去。他想，政府当局总不至于不管不顾这几千名学生的生命吧。另一方面，他决定与恩维加监狱的管理者对话，提出要同监狱值班的军士长菲利韦托·霍亚对话。埃斯科瓦尔知道这里并非久留之地，政府的援军很快就会赶到。他们一定要想法在援军赶到之前逃离恩维加监狱。

霍亚军士长果然来到了埃斯科瓦尔的牢房，他站在那道铁栅栏外不敢走进去。

埃斯科瓦尔用监狱长的钥匙打开了另一扇门，对军士长霍亚说：

"喂，你进来一下，我要同你单独谈谈。"

"干什么？想投降吗？"军士长迟疑地不敢进去。他担心自己一旦走了进去，也会变为埃斯科瓦尔手中的人质。

"不，军士长先生，靠近些，进来。我不想为难你，只是想同你做笔交易。"

埃斯科瓦尔似乎是在很友好地邀请霍亚，脸上看不到一点恶意。

霍亚终于胆怯地走了进去。

埃斯科瓦尔一把抓住他，把他带进旁边的密室贴着他的耳朵轻轻地对他说：

"你命令你的部下打开监狱的门，让我们出去，我将让你变成百万富翁。"

霍亚一惊，但还是问了一句：

"你这是什么意思？"

"我愿拿出 500 万美元，300 万给你个人，200 万分给你的部下，你看如何？"

面对这么一个诱人的数字，军士长霍亚有点心动。但是，他也想到事后承担的罪责，便又胆怯了。他对埃斯科瓦尔说：

"巴勃罗先生，我不能这样干。"

"如果是这样，那好，我马上叫人拧下你的脑袋，现在就拧！给你一分钟时间考虑。"

埃斯科瓦尔恶狠狠地盯着霍亚。

霍亚还没有经过一分钟的思考就点了点头。他对埃斯科瓦尔说：

"你不能这样明目张胆地走出去，得想点办法，比如化个装⋯⋯"

埃斯科瓦尔打断他的话说：

"这个不用你教。给，这是一张 500 万美元的现金支票，照我说的去做，快！"

军士长霍亚接过这张支票，没有说什么，很快地退了出去。他的脸上有一种得意的惊喜，又有一种不安的惶惑。


7 月 22 日凌晨 1 点 30 分的时候，埃斯科瓦尔和他的部下在密室里化装后，就朝外逃去，留下五个人看守被扣押的两位人质，应付局面。

这五个人也都化了装，每个人都戴上一副防毒面具，把自己的脸孔遮得严严实实的，使被扣押的门多萨和鲁维奥无法辨认他们。

这五个人当中有一位暴徒的身高和声音都极像埃斯科瓦尔。于是他便装成埃斯科瓦尔这个角色，与这两位被扣押的政府官员周旋。

凌晨 1 点 40 分时，埃斯科瓦尔和他的十名同伙逃离了 EEO-1

号监室。这时，军士长霍亚正等候在大门口。霍亚已经同他的部下做成了这笔"生意"，差不多每一个值班的士兵都能得到近 20 万美元的报酬。作为一个普通的士兵，能够在一瞬间得到这么一笔巨额的钱财，那他们还有什么不愿干的。

霍亚再一次对这些士兵说：

"兄弟们，这是一件冒险的事，就是废掉你们男人的那家伙，都不能走漏半点风声。"

这些士兵再一次信誓旦旦，保证不会把这件事说出去。

正在霍亚和他的士兵在等候时，埃斯科瓦尔和他的同伙出现了——十多个人从黑暗中走出来，在大门的灯光下，他们一个个衣着怪异，都穿着一些花里胡哨的印第安农民的服装。在这一群"农民"当中，还有一位身穿运动服的胖妇人，头上包着一块花头巾，脸上涂抹着红彤彤的胭脂，活像一位吉卜赛马戏团的小丑。

这些士兵哪里知道，这位"胖妇人"就是大名鼎鼎的大毒枭埃斯科瓦尔。

当这一队人来到大门前时，军士长霍亚亲手按动了电钮，两扇铁铸大门马上缓缓地向两边移动，让出一道容两个人走过的门缝来。这些人立即从这道门缝中走了出去，两旁持枪的士兵都视而不见，有的干脆背过身去，把头扭向墙壁。

埃斯科瓦尔等人悉数鱼贯而去，立即被前来接应的贩毒同伙用车接走了，顿时消失在茫茫的黑夜之中……

这时，政府增援的特种部队已乘坐直升机飞到了恩维加上空，隆隆的马达声传到恩维加监狱之中。被扣押的门多萨和鲁维奥听到这声音，不由得为之一震，知道营救自己的人已经近了。

不过，他们根本不知道埃斯科瓦尔等人已经远走高飞了，还在对那位戴着防毒面具的假埃斯科瓦尔说：

"巴勃罗先生，听到了什么吗？"

这是门多萨兴奋的声音。

鲁维奥也说："埃斯科瓦尔先生，这一次不管你愿意不愿意，我们都要将你送到坦库尔军营去。"

那位假埃斯科瓦尔和他的四名同伙，听到此不由得心中一乐。他只好假惺惺地对这两位糊涂官说："这是政府逼我们这么干的，我们本来不想这样干。你们说是不是？"

那四位暴徒也都在面具里异口同声地笑着说："是，巴勃罗大爷。"

门多萨一听，脸都气得发黑，头上的伤口还在流血。他大声说：

"埃斯科瓦尔，你们这帮疯子，这有什么好笑的！"

"是没有什么好笑的，"那位假埃斯科瓦尔突然摘下头上的面具，对门多萨说，"尊敬的副部长先生，请你把眼睛睁大一点，看看我是谁？"

这时，其余的四个人也都拿下头上的防毒面具。他们知道，埃斯科瓦尔他们已经走远了，现在再用不着这样干了。

当这五个人露出了真面目之后，门多萨和鲁维奥不由大吃一惊：

这五个人中没有一个是埃斯科瓦尔！

"你们的头儿哪里去了？"门多萨问。

"他去了他应该去的地方。"那位埃斯科瓦尔的扮演者说，"我倒想问问你们两个打算去哪儿？"

"你这是什么意思？"鲁维奥显得有些惊慌失措的样子说。

"我现在负责这里的一切，你们的性命就在我们五个人的手中攥着。如果我们不高兴，就把你俩全崩了！"

"你说我们应该干什么？"

"向政府保证我们的生命安全。"

"我完全可以做到这一点。"门多萨说。

"只要你们理智一点，政府一定会这么做。"鲁维奥也似乎有点讨好地说。

在这样的情况下，面对这样的亡命之徒，他们还能说什么呢！

就在他们正讨价还价时，直升机降落在恩维加监狱的足球场上，营救人质的特种兵跃出了机舱，冲进了 EEO-1 号囚室，活捉了这五名留守的暴徒。

门多萨和鲁维奥终于得救了。

恩维加监狱二十五名有嫌疑的看守被特种部队当场拘留，但军士长霍亚却不知去向。

门多萨和鲁维奥对特种部队说，埃斯科瓦尔一伙可能是戴上了防毒面具，从监狱的某个地道中逃走了。

但是，几百人将恩维加监狱翻了个底朝天，却始终没有找到埃斯科瓦尔和其他贩毒分子的踪影。

此时，人们才不得不相信：

埃斯科瓦尔和他的部下已越狱潜逃了。


一个被关押了近一年之久的贩毒集团一号头目，居然带领他的十多名部下，轻而易举地逃出了戒备森严的恩维加监狱，一时成了震惊世界的头号新闻，国内外舆论一片哗然。

哥伦比亚总统加维里亚不得不取消了飞往西班牙首都马德里，

参加拉美国家首脑会议的日程，在电视台沉重地宣布：

"囚禁达一年之久的哥伦比亚最大贩毒集团麦德林卡特尔的一号头目巴勃罗·埃斯科瓦尔于 22 日凌晨越狱潜逃，至今下落不明。政府已派出大批军警，正在全国进行追捕……"

加维里亚总统还在电视讲话中重申：政府和平的政策不变，只要埃斯科瓦尔自首，政府将一如既往，保证其生命安全，进行公正的审判。

但是，直到 7 月 23 日中午，埃斯科瓦尔越狱十个多小时后，仍然行踪杳然。

这种结果，不仅让哥伦比亚震惊，也令哥伦比亚的邻国和其他国家感到恐慌。

紧靠哥伦比亚的委内瑞拉政府，立即下令军队处于戒备状态，以防埃斯科瓦尔及其部下逃窜入境；

巴拿马国家总检察长克鲁斯表示，越狱事件是对哥伦比亚法律的公开挑战，这将让整个世界为之担忧；

对哥伦比亚政府取消《引渡条约》不满的美国此时再次表示，继续支持哥伦比亚政府的扫毒立场，并决定为哥伦比亚再次捕获埃斯科瓦尔提供最新的技术援助。

在继续追捕埃斯科瓦尔的同时，哥伦比亚政府开始追究造成埃斯科瓦尔越狱成功的失职者的责任。

首当其冲的是恩维加监狱的监狱长，他首先引咎辞职，随后去向不明；

陆军副总司令因守卫部队失职被迫提前退休；

空军司令因组织飞机营救人员行动迟缓而向国防部提交了辞呈……

更为严重的是：哥伦比亚舆论界一致对加维里亚总统的宽容政策提出质问，国会正在酝酿提出弹劾总统的议案……

在舆论的压力下，哥伦比亚总统不得不宣布，再次恢复与美国签署的《引渡条约》，再次宣布全国处于"紧急状态"。

一年前，曾为埃斯科瓦尔的自首而出面斡旋的老神父赫瑞罗斯再次出面呼吁，敦促埃斯科瓦尔放下手中的武器，向政府自首。

这时，就连埃斯科瓦尔的妻子和女儿得知其越狱的消息后，也站出来呼吁埃斯科瓦尔再次向政府自首，并希望政府能履行一年前的承诺。他的妻子说：

"作为妻子、母亲和哥伦比亚公民，我以整个心灵呼唤我的国家，请求总统和平永存。"

然而，这一切的措施和呼吁都回答不了这么一个问题：

潜逃的埃斯科瓦尔现在在哪里？


埃斯科瓦尔越狱之后，一直东躲西藏，像一个无家可归的幽灵。这时，他除了受到政府的追捕之外，还遭到了黑道上的劲敌卡利集团的追击。

卡利集团的头目桑塔克鲁兹见麦德林贩毒集团已到了覆灭的末日，便乘人之危，一方面积极收买麦德林贩毒集团的余党，不断扩充自己的势力，准备将麦德林贩毒集团最后彻底挤垮，取而代之，成为"毒品王国"的霸主，垄断南美地区的可卡因生意。另一方面，这个集团还趁政府再次通缉埃斯科瓦尔之机，落井下石，想早日置这位大毒枭于死地。

因此，埃斯科瓦尔和他残余部下的日子越来越不好过。他的许多余党，眼看这位昔日的集团领袖已经辉煌难再，纷纷倒戈，投靠卡利集团和其他贩毒团伙。这些叛逆者，有埃斯科瓦尔当年的卫兵和贴身保镖。这些人的叛逃，让埃斯科瓦尔完全失去了东山再起的信念。一种末日来临的感觉让他变得更加残忍和暴戾，更不择手段，不问目的和后果地制造恐怖暗杀和暴力事件，有时甚至滥杀无辜。好像在自己下地狱之前，要多找几个冤魂和他做伴一样。

在他潜逃的一年多时间内，他先后亲手制造暴力谋杀事件二十五起，死于他之手的先后有五十多人。这其中有政府官员，有黑道上的仇敌，也有许多是无辜的市民甚至是小学生。有一次他在波哥大市的超级市场，将一辆汽车开进去，然后引爆，当场炸死了五位天真烂漫的小学生，并使六十多人受伤。

埃斯科瓦尔和他的余党的这种暴行，引起了全社会的愤怒，甚至也引起国际舆论的公愤。人们把他称为杀人的疯子和恶魔。他从此也更加行踪诡秘，居所不定，使政府和警方的追捕人员很难找到他的行踪。

埃斯科瓦尔的这种虐杀行动，不仅让自己变得更加十恶不赦，罪孽深重，同时，也给他的家庭和亲人带来了灾难。他母亲居住的别墅，忽然一夜之间被炸为平地，让他的母亲无家可归。

1992年10月28日晚，麦德林市法蒂玛区枪声大作，弹雨横飞，埃斯科瓦尔的表弟、麦德林贩毒集团的武装军事头目，有"头号杀手"之称的布朗斯·穆尼奥斯被警方击毙。

不到半年后的1993年3月1日晚，埃斯科瓦尔的妻子的弟弟、麦德林贩毒集团中负责安全保卫的头目金特罗，又在麦德林市被警方击毙于街头。

从此之后，埃斯科瓦尔身边最后的几位死党，除叛逃的之外，都烟消云散了。这时，他的妻子和儿子便成了被攻击的目标。尤其是卡利集团，为了最后摧毁麦德林贩毒集团，击碎埃斯科瓦尔的精神支柱，便对其妻子和儿子进行迫害。

埃斯科瓦尔在其"辉煌"时期，身边一直不缺女人，自然不把妻子放在心目之中，使他的妻子成为徒有虚名的"名义妻子"。但是现在，在这山穷水尽之际，埃斯科瓦尔突然良心发现，决定要尽自己最后的努力保护自己的妻子和儿子。于是便打算将她们母子送往国外，去寻找一个安全的国度，进行避难。他的妻子首先带着儿子飞往德国。

但是，当这对母子乘坐哥伦比亚航空公司的P104航班飞往德国波恩国际机场后，却遭到拒绝入境的待遇，两名波恩警察不让这对母子下飞机。他的妻子发了一通牢骚之后也没有用，又不想返回波哥大，最后竟财大气粗地包下这架波音747客机，直飞比利时。据说包下这架"飞机"，花费不下100万美元。

然而，花了这么大的代价飞到比利时的布鲁塞尔机场后，所遇到的结果和在波恩机场没有两样。比利时当局也禁止这对母子入境，理由同样是"不为贩毒集团及其家属提供任何庇护"。

埃斯科瓦尔的妻子在比利时国际机场遭到拒绝后，又飞往英国、法国等国，她带儿子在欧洲的天空中飞来飞去，到了将近十个国家，但没有一个国家接纳她和她的儿子。

这时，她才意识到她的丈夫实在像瘟神一样，在这个世界上已经没有立足之地了。最后，她只有带着儿子又孤零零地飞回了波哥大，向哥伦比亚警方寻求保护。

哥伦比亚警方出于人道主义的考虑，同时也想借此机会，寻找埃斯科瓦尔的下落，便向总统加维里亚请示，请求给她们母子居住的地方，并把他们保护起来。

哥伦比亚总统加维里亚也一直为找不到埃斯科瓦尔而忧心忡忡。现在听到有这么一个机会，便同意了警方的要求。

于是，埃斯科瓦尔的妻子和儿子便被哥伦比亚警方"保护"起来了，安排在波哥大一家豪华旅馆第33层的套房中居住。警方动用了最现代化的窃听工具，窃听埃斯科瓦尔同他妻子的通话，以便找到他的行踪。

行踪不定的埃斯科瓦尔，终于现出了真身。


1993年12月1日，警方终于捕捉到了埃斯科瓦尔与他妻子的一次通话，并迅速查寻到埃斯科瓦尔的声音来自美德殷。

这一重要情报立即被传到哥伦比亚总统府和国家缉毒警察局。不到二十分钟，三架武装直升机就神速地腾空而起，载着十八名经过特殊训练的高级警官从波哥大空军基地出发，向位于安蒂奥地亚省南部的最后一个毒品基地——美德殷飞去。

一场搜捕埃斯科瓦尔的战役又拉开了战幕。

一小时二十分钟后，直升机在离美德殷3公里处的一块平地降落。为了不打草惊蛇，这支精锐的队伍离开了飞机，悄悄地向美德殷小镇进发。三十分钟以后，他们在鲁林塔少校的带领下，全部潜伏在镇北的树林里。

一个偶然的机会，让鲁林塔少校和他的部下得到了准确的情报，原来埃斯科瓦尔此时正带着最后的几个保镖，躲在这座小镇上。具体的地方是一栋白色的小别墅，位于镇东头的最尽头。

鲁林塔少校立即带领这支队伍，运动到了镇东头，神不知鬼不觉地包围了那幢白色的小别墅。他们埋伏的地点离那幢房子才100米左右，对别墅外面的东西看得一清二楚，甚至连里面说话的声音都听得见。

此时正是中午 12 点钟，别墅前出现了一个年轻人，手里提着食品盒，在门口东张西望了一会儿后，才伸手按响了门边的门铃。

一会儿门开了，那个年轻人走了进去，那扇门又关上了。

这时，鲁林塔少校立即命令这十八个人跃出潜伏的地方，接近了这幢楼房。等大家都做好了冲锋的准备之后，他才走过去伸手按响了门铃。

门铃一响，立即有一个人出来开门。开门的是一位胖妇人，她刚一打开门，发现是鲁林塔少校，先是一愣，紧接着便不顾一切地大声喊："警察，快跑！"

但是为时已晚，鲁林塔少校已带着几个追捕队员冲进了小楼。

躲在楼上的埃斯科瓦尔，正忙着吃刚才那位年轻人买来的食品。他一听到喊声，已来不及从楼下的暗道里逃走，只好与身边的两位保镖一起开枪拒捕。三支卡宾枪同时朝楼下扫射，两名警察当场中弹倒下了。

鲁林塔少校一见，立即也同两名警察一道用冲锋枪朝楼上还击，堵住埃斯科瓦尔下楼的路。同时，他命令已进屋的警察赶快撤出屋去，占领别墅周围的房顶和制高点。他知道埃斯科瓦尔一见下不了楼，一定会边打边往房顶上撤，然后跳到附近的房顶上逃跑。

鲁林塔少校的判断非常正确。埃斯科瓦尔扫了一梭子子弹之后，一面指挥其他的两名保镖继续朝楼下射击，一面自己带着一名保镖蹿上阳台，朝邻居家的阳台上跳去。已经冲上楼顶的警察一见，迅速射出雨点般的子弹。埃斯科瓦尔和他的那位保镖应声倒下，从阳台上掉到了地面上。

刚追上阳台的两名警察也来不及多想，紧跟着也跳了下去。可是，他们只是在地上看到了一具尸体，埃斯科瓦尔却不见了。

这是怎么回事？

突然，他们听到了小楼的后院有马达声。他们立即追到后院一看，发现负了伤的埃斯科瓦尔这时已经钻进了一辆没有标志的普利茅斯牌敞篷吉普车，冲出了后院，朝公路上狂奔。

也赶到后院的鲁林塔少校一看，知道双脚是追不上吉普车的，眼看到手的猎物又在眼皮底下溜走了，怎么办？

他一边想，一边带着十几名警察追到了公路边，朝那辆远去的吉普车放了一排枪，就像为埃斯科瓦尔送行一样。吉普车后边卷起的一股烟尘越卷越远。

这时，小别墅中所有的歹徒全部消灭了，打死了三人，活捉了五人。追捕的警察也有五人受伤，两人被打死。鲁林塔少校望着远去的吉普车，正在束手无策之时，突然他发现邻居的院子里有一辆摩托车。这是一辆不到五成新的摩托，看样子还是刚刚熄火。鲁林塔一见，心里忽然一亮，有了办法。他马上带上一位警察，跳过院墙，本想去找摩托车的主人，但幸运的是摩托车没有上锁，于是鲁林塔便一步跨上摩托车，"轰"的一声发动了，带着那位警察一转眼冲出了院门。

这时，那位刚进屋的车主见摩托车被人偷走了，气得追到门口直跳脚。那位坐在后座的警察只好回头一笑，对他扬了扬手。

鲁林塔少校驾着这辆摩托车，并没有朝公路上去追埃斯科瓦尔的吉普，而是朝镇中间的那条小街冲去。不到十分钟，他们就来到刚才停飞机的地方，三架武装直升机静静地摆在那里。那位坐在后座的警官终于明白了少校的意思。

三分钟以后，一架直升机腾空而起，掠过美德殷小镇的上空，朝公路上飞去。鲁林塔少校亲自驾驶着飞机，命令那位警官注意搜索公路附近的目标，防止埃斯科瓦尔弃车潜逃。不多时，其他的警官也都赶到了飞机降落的地方，那两架直升机也随后起飞了。

这时，埃斯科瓦尔还开着那辆吉普车在公路上狂奔。他的左臂受伤了，随着方向盘的抖动在一直流血。他没有时间包扎一下，心想先逃远些再说。只要这次不被警察抓住，想办法逃到国外去，还有东山再起的希望。想到在国外的银行里，还存有那么多的钱，他就心中有底了。他想，到了国外，也像奥乔亚那只老狐狸一样，改变一下自己的面容，隐姓埋名地度过后半辈子，同样有享不完的荣华富贵。

通过车上的反光镜，他发现后面并没有警察追来，他的心稍宽了一点。他又朝前面望了望，科迪勒拉山峰就耸立在前方不远的天边，在中午的阳光下，闪着一种宁静的光辉。埃斯科瓦尔心中更踏实了。他生在这座山下，长在这座山下，山中的古柯叶给他带来了数不清的财富。因此，他对这座山有一种对母亲一样依恋的情怀。如今，他又要投到它的怀抱之中，这座神秘的大山，又将要给他第二次生命了。

想到这里，埃斯科瓦尔踩了踩油门，油门已踩到底了，汽车在他的身下嘶鸣着。他双手紧紧抓住方向盘，鼓突着两颗快要迸裂的眼珠子，心里在祈祷天主保佑……

然而就在这时，鲁林塔少校驾驶的那架直升机已飞到了他的头上，发现了他驾驶的那辆吉普车。

埃斯科瓦尔的末日终于来临了——

鲁林塔少校驾驶着直升机呼啸着追了上去，在掠过车顶时，那位警官朝下扫射着，一阵子弹在隆隆的机声中倾泻下来，像雨点一样打在埃斯科瓦尔的吉普车上，发出乒乒乓乓的乱响。他们知道仓皇出逃的埃斯科瓦尔身边已没有重型武器，唯一的武器就是刚才携带的那支卡宾枪。他现在唯一的目的，就是利用这辆破车逃命，根本没有时间去对付头上的飞机了。

所以，鲁林塔少校尽量把直升机降低到最低的限度，几乎是贴在埃斯科瓦尔的头顶上随着他的吉普车做超低空飞行。现在不需要用话筒，就可以直接同埃斯科瓦尔对话了。

鲁林塔少校驾着飞机，与埃斯科瓦尔"同行"了一段路程，大声地命令他停车投降。但是，这位大毒枭还想做最后的挣扎，他知道这次被抓住了，恐怕不是回到他的"乡间别墅"恩维加监狱了，很可能会被引渡到美国。

他不想去过他的老朋友莱德尔的那种生活。

鲁林塔见埃斯科瓦尔没有停车的意思，只好将直升机呼啸着超过他的吉普车，在前方不远的地方猛然掉转机头，迎着飞驰的汽车飞来，飞机上的那位警官又朝埃斯科瓦尔猛烈地扫射。

这时，另外两架直升机也赶到了。机上的警官一齐朝公路上的汽车开火。在一阵真的"弹雨"之中，埃斯科瓦尔的汽车被打烂了，瘫在公路上开始燃烧。

埃斯科瓦尔就在汽车爆炸的一瞬间，抱着那支卡宾枪滚出了汽车，滚下了公路，跌倒在路边的农田里。

他已经全身是血了。

三架直升机同时降落在公路上，所有的警官都从飞机上跳了下来，十几条枪在喷着火，一齐朝埃斯科瓦尔开火。

但是，他还是趴在那块农田里，用卡宾枪还击了几下，便再也不动了。

警官们也停止了射击，站在离他大约 50 米的地方，看着这个大毒枭在那里痛苦地挣扎了一阵。几个人正要冲过去将他活捉，但是鲁林塔少校却摆了摆手说：

"别过去！他的枪里还有子弹……"

鲁林塔少校的话还没有说完，果然就听到一阵沉闷的枪声，但是却不见子弹飞来。

只见埃斯科瓦尔跪在那里，用那支卡宾枪顶住自己的胸脯，就像一位剖腹自杀的日本兵一样。他用手勾动了扳机，最后的一梭子子弹穿透了他的胸脯……

他终于倒在一边，在那阵沉闷的枪声中结束了自己罪恶的一生。

这一天正好是他的生日。他四十四年的人生历程，就这样画上了一个永远的句号。

鲁林塔少校带领所有警官围了上来，他们举起手中的冲锋枪，朝空中一阵鸣放。

这密集的枪声不是在为埃斯科瓦尔送葬，而是庆祝哥伦比亚最大贩毒集团的最后灭亡。

"麦德林卡特尔"从此成了一个历史的话题，一个昨天的惊心动魄的故事。


12 月 3 日，埃斯科瓦尔的葬礼在恩维加小镇——他的故乡举行。参加他的葬礼的，除了他的母亲、妻子、儿子和亲属外，还有恩维加周围的农民和麦德林市的市民，送葬的队伍很长很长……

他的坟墓建在背靠科迪勒拉山的一座小山上，远远地俯瞰着麦德林这座与他息息相关一生的城市。

他的教父巴列霍神父站在他的墓前为他祈祷，愿这位教子的灵魂早日升入天堂。

与此同时，哥伦比亚的首都波哥大和卡利、米图、巴兰基利亚等各大城市都举行了集会，有的还燃放了焰火，庆祝麦德林贩毒集团的覆灭。哥伦比亚政府和总统加维里亚本人也在此前后，不断地收到了巴西、巴拿马、委内瑞拉、厄瓜多尔和美国及世界各国政府发来的贺电，祝贺哥伦比亚政府的禁毒斗争取得了历史性的胜利。

尽管他的教父为他进行了祈祷，但埃斯科瓦尔的灵魂永远不会安宁。

美国《芝加哥太阳报》权威评论家曼斯·菲尔丁在一篇文章中写道：

"是的，埃斯科瓦尔本来应该成为英雄，但他选择了毒品作为武器，结果沦为恶魔！"

——也许，这是对他一生最公允的评述。

# 尾 声

麦德林贩毒集团覆灭之后，哥伦比亚又一个被称为南美最大的贩毒集团平地崛起，这就是卡利贩毒集团。

卡利集团以哥伦比亚第三大城市卡利市为活动中心，其主要首领是哥伦比亚大富豪桑塔克鲁兹家族和罗德里格斯家族成员。在麦德林贩毒集团覆灭之后，他们吞并和收买了该集团的漏网余党，继承了其部分海外贩毒网络，扩充了自己的势力，使卡利成为继麦德林之后的新的"毒品之都"。

据美国毒品管理局 DEA 的官员罗伯特·本纳说，卡利集团是个新生的"可卡因大王"，流入美国毒品市场的可卡因，有70%是卡利集团生产的，它在欧洲毒品市场上占有90%的毒品销售额。该集团是现代黑社会组织中最强大最显赫的机构，他们有专业知识，有武装实力，富于创造力，组织严密，外人几乎无法打入。这个卡利集团是世界上最强大的犯罪组织。今天或是历史上任何时候的贩毒组织，都无法与之匹敌。

20世纪70年代中期，当麦德林贩毒集团垄断了美国佛罗里达州及迈阿密的毒品市场时，该集团已打入了美国纽约毒品市场，将其80%的可卡因在纽约市场倾销。

当时，卡利集团的毒品走私已横穿美国，深入到墨西哥境内。

后来，他们把主要力量集中在欧洲和日本市场。在欧洲的一次大搜捕中，德国警方从卡利市进口的果汁饮料桶中，就一次查获可卡因2658公斤。

卡利集团的主要头目之一桑塔克鲁兹是一个传奇式的人物。早年他曾是哥伦比亚陆军部队的一名中校军官，曾同麦德林贩毒集团一号头目埃斯科瓦尔接触过，希望能同他合作，共同垄断哥伦比亚的可卡因走私，但是却遭到了拒绝，因此怀恨在心，对麦德林贩毒集团落井下石。

桑塔克鲁兹身材魁梧，动作敏捷，头脑灵活，不失军人作风。他在围剿哥伦比亚"四一九"运动游击队时，曾怂恿部下抢劫山区老百姓，结果被哥伦比亚军事法庭判处两年有期徒刑。丢掉军籍和军衔之后，他干脆干起了可卡因生意，创建了卡利贩毒集团。几年下来，暴富成哥伦比亚大富豪，拥有个人财产50亿美元。

此人除有上述优势之外，还善于指挥调度，为人幽默风趣，在纽约拉丁区黑社会是一名神秘的人物。他在毒品交易中经常同顾客开几句玩笑，说上两句俏皮话，然后马上像他突然出现那样，消失得无影无踪。

负责调查卡利集团的纽约特别工作组组长威廉·莫克勒曾说过，桑塔克鲁兹经常"在戏弄我们"和纽约市的警察。尽管发现他有一支"飞行分队"，在美国东海岸一带从事毒品走私，但就是抓不到他。莫克勒不得不承认：

"他是一个我永远抓不到的人。"

在桑塔克鲁兹的指挥下，卡利集团创造了一套奇特的贩毒和管理方式。

麦德林贩毒集团往往喜欢用快艇或私人小飞机运送毒品，而卡利集团则喜欢用缓慢但安全的商船，把大量的毒品藏在如山的待运商品中，并通过第三国转运。美国海关每年大约要进口九百万个集装箱的货物，但只能检查其中的3%，这为卡利集团的毒品走私提供一条巨大而又秘密的"白色通道"。

为破获卡利集团的"木材走私毒品案"，美国联邦政府曾花费了九年的时间和大量的人力、财力。当时，美国海关和毒品管理局也得到情报，说从南美进口的木材中藏有毒品。但是，每年进口的木材都是成千上万立方米，你知道他们的毒品藏在哪里？直到1993年4月，海关检查人员才在一船从巴西运抵佛罗里达州的塔明港口的松木板中间，一次性查获了可卡因270公斤。

此外，卡利集团还经常把毒品藏在巧克力和一些化学药剂中走私入境。

1993年，美国海关人员从卡利市运来的120吨巧克力中查获可卡因2270公斤，在二百五十二桶碱液中查出可卡因5000公斤——这种碱液是海关最不愿意检查的，既损伤眼睛、皮肤，也会烧坏肺脏，但卡利集团却对此情有独钟。

从这些碱液中发现的可卡因收货人的代号是"婴儿一号"，同时在洛杉矶等其他地方也发现了同样的标志。后来经联邦警察局查明，所谓"婴儿一号"就是桑塔克鲁兹在纽约的代理人、28岁的洛佩斯。这位洛佩斯是该集团主要管理人员之一。他同样精通业务，工作勤奋但又诡计多端，处事谨慎，在卡利集团中举足轻重。

在1993年以前，美国警方在纽约、洛杉矶和佛罗里达州等城市和地区，连续破获了卡利集团的许多贩毒网络，卡利集团有名的财务管理头目吉尔伯特和米盖尔·罗德里格斯等人都被抓获。相继落网的还有桑塔克鲁兹的异母兄弟埃切维里，他在迈阿密被判入狱。他的私人财政顾问蒙蒂拉，也在卢森堡因非法转移"黑钱"而受审。但是，这些主要头目的落网，都没有对卡利集团造成致命的威胁。因为他们内部分工精细，个别人的损失不会造成"牵一发而动全身"的结局。

卡利集团的第二大"业务"就是"洗钱"。

"洗钱"是黑道社会和贩毒团伙必要的"后期工作"，卡利集团也同样十分重视这方面的工作。该集团在纽约的一些基层小组，每个时期的收入大都在700万至1200万美元。早年，这些基层小组都是把这些钱存入地方银行，然后电汇巴拿马。在巴拿马有一家"美洲国际银行"，是由该集团主要头目吉尔伯特和米盖尔·罗德里格斯控制的。后来，美国政府强行关闭了这家银行，卡利集团就只好把这些钱分散运回哥伦比亚，一些用来投资，一些兑换成比索，还有一部分就以亲属的名义汇回美国或欧洲存入银行。

美国官方曾发现桑塔克鲁兹一次用卡车把1800万美元运到墨西哥，又有一次，警方在长岛一个沉重的电线筒里发现过1400万美元。

尽管如此，卡利集团的非法所得，源源不断地被"洗"干净，变成了合法收入，他们的财产不断地膨胀。

自从1989年8月18日晚，哥伦比亚执政党自由党总统候选人加兰在波哥大索查广场被谋杀后，政府开展了规模更大的缉毒运动。这时，卡利集团开始收缩，其头目桑塔克鲁兹突然"消失"了，米盖尔·罗德里格斯也"赋闲"在家。

但是，经过一段暂时的"隐居"之后，卡利集团又倾巢出动了，尤其是在麦德林贩毒集团覆灭前夕，卡利集团趁政府把打击的矛头重点对付他们时，一方面积极发展自己的"事业"，另一方面对麦德林贩毒集团落井下石，招降纳叛，从而使该集团迅速发展壮大。

待到麦德林贩毒集团彻底覆灭以后，哥伦比亚政府便正式向卡利集团开刀。从1995年开始，哥伦比亚政府又开始了一个规模空前的"消除毒品计划"，对位于卡利市的卡利集团巢穴，进行了多次空袭，并悬赏百万美元捉拿卡利集团头目。1995年3月，米盖尔·罗德里格斯的兄弟何吉被政府缉拿归案。随后，哥伦比亚当局又出动六千多名军警，进行了两千三百多次搜捕，均无收获。

6月9日，哥伦比亚缉毒警察局根据"卧底"提供的线索，出动三百多名特种兵对卡利市蒙塔尼卡区的一家公寓进行突然袭击。这些特种兵破门而入进行搜查，终于将藏身于密室之中的卡利集团大头目之一的米盖尔·罗德里格斯逮捕归案。

米盖尔·罗德里格斯的落网，是继麦德林贩毒集团一号头目埃斯科瓦尔自杀以来，哥伦比亚政府对贩毒集团的又一次沉重的打击，也是哥国政府扫毒战的又一次重大战果。当米盖尔·罗德里格斯戴着手铐，被十名冲锋枪手押上直升机的镜头在电视中出现时，哥伦比亚全国沉浸在一片欢腾之中。

哥伦比亚总统桑佩尔声称："这是卡利集团覆灭的开始。"

对此，美国总统克林顿也特地发去贺电，祝贺哥伦比亚扫毒战取得决定性的胜利。克林顿发表声明说，这一胜利，是美国和哥伦比亚联合执行"擒王计划"的重大成果，也是两国携手扫毒的辉煌起点。

米盖尔·罗德里格斯被关押在拉科塔监狱中一个戒备森严的牢房内，三百多名经过特种训练的军警日夜在监狱周围巡逻防守，并配有五辆坦克、八辆装甲车和十多挺高射机枪和其他先进的重型武器。

米盖尔·罗德里格斯被捕获不久，不到一个月的时间，卡利集团的三号头目何塞·桑塔克鲁兹·多尼奥及另外两名主要头目塞瓦略斯和福梅克也被关进政府监狱——前者是被抓获的，后两者是向政府投降自首的。

从此，卡利集团七名主要头目中已有四人落入法网。卡利集团由此开始走向崩溃。

在哥伦比亚取得禁毒斗争节节胜利的同时，世界其他地区，如玻利维亚、委内瑞拉、墨西哥、缅甸、泰国、老挝、伊朗等国也取得了一系列的胜利，先后查获了大量的毒品，破获了许多大大小小的贩毒集团。尤其是东南亚地区"金三角"的覆灭、"东方大毒枭"坤沙的投诚，更标志着国际扫毒战争取得了关键性的胜利。

1996 年 6 月 26 日是"世界禁毒日"，世界海关组织在布达佩斯发表的《1996 年海关与毒品报告》中指出：1996 年全球共查获鸦片剂 16.8 吨，其中包括海洛因 10 吨、鸦片 2.7 吨、吗啡 1.5 吨、罂粟 2.6 吨；查获可卡因 76.8 吨，查获各类大麻制品 807.6 吨……

但是，尽管国际社会缉毒、禁毒战果喜人，而下面两个数字却令人触目惊心：

同样是 1996 年，据不完全统计，全球各地毒贩共生产可卡因 900 吨、鸦片 4400 吨！

1997 年 6 月 26 日"世界禁毒日"的一份资料又表明：

毒品蔓延的范围已遍及世界五大洲的二百多个国家和地区，连解放后三十多年来被称为"无毒国"的中国也不能幸免。

全世界有据可查的吸毒人数在五千万以上，而且正在上涨；全世界每年因吸毒而死亡人数都在二十万人以上；全世界近年来每年

的毒品交易额都突破了 5000 亿美元，相当于国际贸易总额的 10%
至 13%……而这些数据，还仅仅是"有据可查"的公开数据，那
么，那些无据可查的"隐形数据""地下数据""不可公开的数据"
又是多少呢？

恐怕连上帝也无法知道！

正如前联合国秘书长安南先生在"世界禁毒日"的专门文告中
指出的那样：

"毒品问题是严重的。毒品不除，世界无安宁之日。"

毒品尚未根除，缉毒未有穷期！